हिन्द पॉकेट बुक्स

क्या नेताजी जीवित हैं?

सन् 1917, में ढाका, बांग्लादेश में जन्मे समर गुह प्रसिद्ध भारतीय राजनीतिज्ञ, सामाजिक कार्यकर्ता और स्वतंत्रता संग्राम सेनानी थे। वे सुभाष चंद्र बोस के करीबी सहयोगी थे। वे एक प्रसिद्ध शिक्षाविद भी थे, जिनकी रसायन शास्त्र की पाठ्यपुस्तकें अभी भी स्कूलों में पढ़ाई जाती हैं। आप सांसद सदस्य भी रहे। 17 जून 2002, कोलकाता में आपका निधन हुअ

क्या नेताजी जीवित हैं ?

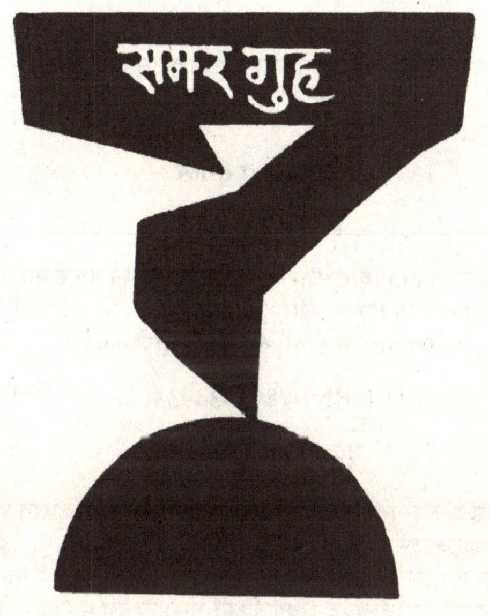

हिन्द पॉकेट बुक्स
पेंगुइन रैंडम हाउस इम्प्रिंट

हिन्द पॉकेट बुक्स

यूएसए | कनाडा | यूके | आयरलैंड | ऑस्ट्रेलिया | सिंगापुर
न्यू ज़ीलैंड | भारत | दक्षिण अफ़्रीका | चीन

हिन्द पॉकेट बुक्स, पेंगुइन रैंडम हाउस ग्रुप ऑफ़ कम्पनीज़ का हिस्सा है,
जिसका पता global.penguinrandomhouse.com पर मिलेगा

पेंगुइन रैंडम हाउस इंडिया प्रा. लि.,
चौथी मंजिल, कैपिटल टावर -1, एम जी रोड,
गुड़गांव 122 002, हरियाणा, भारत

पेंगुइन
रैंडम हाउस
इंडिया

प्रथम संस्करण हिन्द पॉकेट बुक्स द्वारा 1978 में प्रकाशित
यह संस्करण हिन्द पॉकेट बुक्स में पेंगुइन रैंडम हाउस द्वारा 2022 में प्रकाशित

10 9 8 7 6 5 4 3 2

इस पुस्तक में व्यक्त विचार लेखक के अपने हैं, जिनका यथासंभव तथ्यात्मक सत्यापन किया गया है, और इस संबंध में प्रकाशक एवं सहयोगी प्रकाशक किसी भी रूप में उत्तरदायी नहीं हैं।

ISBN 9789353493301

मुद्रकः रेप्रो इंडिया लिमिटेड

www.penguin.co.in

This is a legitimate digitally printed version of the book and therefore might not have certain extra finishing on the cover.

लेखक का निवेदन

नेताजी सुभाषचंद्र बोस जीवित हैं या नहीं, पिछले तीस वर्षों से यह महत्त्वपूर्ण प्रश्न भारत के जनमानस को आंदोलित करता रहा है। भारतीय स्वतंत्रता-संघर्ष के सबसे वीर नायक के भाग्य से संबंधित इस अत्यंत महत्त्वपूर्ण मसले का न तो शाहनवाज़ समिति से ही कोई संतोषजनक उत्तर मिल सका और न खोसला आयोग से। फलस्वरूप नेताजी-संबंधी रहस्य आज तक नहीं सुलझाया जा सका।

नेताजी की कथित मृत्यु की घोषणा करते हुए 23 अगस्त, 1945 का टोकियो से किया गया प्रसारण अस्पष्ट और पहेली जैसा था। यह रेडियो समाचार और टोकियो तथा तैहोकू (ताइपेई) में प्रकाशित कुछ अन्य समाचार नेताजी की मृत्यु की परिस्थितियों से संबंधित कुछ महत्त्वपूर्ण बातों में एक-दूसरे का खंडन करते थे। इन रिपोर्टों में पाई गई असंगतियों से भारतीय जनता और अमेरिकी अधिकारियों के मन में शंकाओं का उठना स्वाभाविक ही था। भारत के तत्कालीन वाइसराय लार्ड वैवेल ने अपनी डायरी में लिखा था, "वह रिपोर्ट बोस के भूमिगत हो जाने की बात पर पर्दा डालने के लिए प्रसारित की गई जान पड़ती है।" गांधीजी ने भी कहा था, "मुझको विश्वास है कि नेताजी जीवित हैं और कहीं छुपे हुए हैं।" उन्होंने यहां तक कहा था, "उनकी कोई भस्म भी दिखाए तो भी मैं विश्वास नहीं करूंगा कि सुभाष जीवित नहीं हैं।" सितम्बर, 1945 को बम्बई में हुए अखिल भारतीय कांग्रेस कमेटी के अधिवेशन में, कांग्रेस के अध्यक्ष मौलाना आज़ाद ने नेताजी की कथित मृत्यु पर शोक-प्रस्ताव प्रस्तुत करने से मना कर दिया था, क्योंकि उनके अनुसार नेताजी की मृत्यु की खबर बहुत अस्पष्ट थी।

इस कारण भारत की आम जनता का विश्वास है कि नेताजी अमेरिकी सेना से बचकर निकल गए थे जो उन्हें ज़िन्दा पकड़ना चाहती थी। एक आशा थी भारतीयों के मन में और अब भी है कि शायद नेताजी जीवित हैं और कभी प्रत्यक्ष हो जाएं। नेताजी की मृत्यु के समाचार को काल्पनिक इसलिए नहीं समझा गया कि भारत के लोग दिल से चाहते थे कि यह खबर झूठ साबित हो, बल्कि जैसा कि

स्वयं पंडित जवाहरलाल नेहरू ने 1962 में कहा था, "नेताजी की मृत्यु का कोई पक्का प्रमाण नहीं था।" खेद की बात है कि नेताजी की कथित मृत्यु के ग्यारह वर्ष बाद तक भारत सरकार ने सत्य का पता लगाने की कोई कोशिश नहीं की। जनता की निरंतर मांग के फलस्वरूप भारत सरकार ने दो बार जांच करवाई—1956 में शाहनवाज़ खां की अध्यक्षता में और दूसरी बार, 27 वर्ष के बाद, एक-सदस्यीय आयोग द्वारा जिसके अध्यक्ष श्री जी० डी० खोसला थे; लेकिन इन दोनों जांचों के निष्कर्ष भारत के लोगों को मनगढ़ंत या किसी आदेश की पूर्तिमात्र जान पड़े।

ब्रिटिश सरकार के हाल में प्रकाशित अति गोपनीय दस्तावेज़ों से तीस वर्ष बाद इस आश्चर्यजनक बात का पता चला है कि ब्रिटिश सरकार ने नेताजी की मृत्यु की बात पर विश्वास नहीं किया था। उनसे यह भी पता चलता है कि उन्हें शक था कि वह रूस चले गए हैं। इस बात की पुष्टि 1946 में सरकार को पेश की गई ब्रिटिश गुप्त सूचना विभाग की रिपोर्ट ने की।

स्तंभित कर देने वाली इस जानकारी के प्रति हमारी भूतपूर्व सरकार की जो तीव्र प्रतिक्रिया होनी चाहिए, वह नहीं हुई। उनको अपने-आप ही नेताजी के बारे में ताज़ा जांच शुरू करनी चाहिए थी। लेकिन अभाग्यवश पहले की सरकार का विवेक जाग्रत् नहीं हुआ, और उसने इसकी ओर कोई ध्यान ही नहीं दिया। अब देखना यह है कि जनता सरकार की इस मामले में क्या प्रतिक्रिया होती है।

1940-50 में पंडित नेहरू ने नेताजी-संबंधी रहस्यपूर्ण घटनाओं की सही जांच कराने की जनता की मांग को ठुकरा दिया। लेकिन जब टोकियो के युद्ध-संबंधी अपराधों के मुकदमे के भारतीय विधिवेत्ता डा० राधाविनोद पाल की अध्यक्षता में एक गैरसरकारी जांच समिति की स्थापना हुई, तो पंडित नेहरू ने अचानक एक समिति नियुक्त कर दी—"उन परिस्थितियों की जांच करने के लिए जिनमें नेताजी की कथित मृत्यु हुई।" आश्चर्य तो यह है कि समिति जांच कर ही रही थी कि पंडितजी ने संसद् में कहा, "नेताजी की मृत्यु की बात असंदिग्ध तथ्य है।" इस प्रकार भारत के तत्कालीन प्रधानमंत्री ने जांच समिति के सदस्यों के मन में पूर्वधारणा ही नहीं बना दी, बल्कि समिति के काम पर भी प्रभाव डाला। फलस्वरूप शाहनवाज़ समिति ने पंडित नेहरू की बात का खंडन करने का साहस नहीं किया, बल्कि इस अजीब निष्कर्ष पर पहुंचे कि "इसकी पूरी संभावना है कि कथित वायुयान-दुर्घटना में नेताजी सुभाषचंद्र की मृत्यु हो गई।"

1967 में लोकसभा में अपने पहले भाषण में इस पुस्तक के लेखक ने नेताजी-संबंधी रहस्य की नये सिरे से जांच करवाने का प्रस्ताव किया। संसद् के 350 से अधिक सदस्यों ने एक मेमोरेण्डम पर हस्ताक्षर करके उसे राष्ट्रपति और प्रधानमंत्री को भेजा। 1969 में, कांग्रेस के विभाजन के बाद, जब इंदिरा गांधी प्रधान मंत्री थीं, राजनैतिक परिस्थितियों के दबाव के कारण उन्हें श्री जी० डी० खोसला

की अध्यक्षता में एक-सदस्यीय जांच आयोग की नियुक्ति करनी पड़ी। उसका उद्देश्य था, "जिन परिस्थितियों में 17 अगस्त, 1945 को नेताजी लापता हो गए थे, उनकी जांच करना।"

शाहनवाज़ खां समिति ने अपनी रिपोर्ट में जापानी गवाहों के बयानों में असंख्य असंगतियां बताईं और कई उलझन में डाल देने वाले मसले उठाए, लेकिन उनके पीछे कारण क्या थे, इसका पता लगाने का प्रयास नहीं किया। श्री खोसला ने 224 भारतीय, जापानी और ताइवानी गवाहों के बयान लिए, लेकिन लगभग सभीके बयानों को अस्वीकार कर उन्होंने अपने निष्कर्षों को केवल चार जापानी गवाहों के बयानों पर आधारित किया, जिनका दावा था कि उन्होंने नेताजी के साथ उसी विमान में यात्रा की थी। एक जापानी डॉक्टर के बयान को भी उन्होंने महत्त्व दिया, जिसने तैहोकू के अस्पताल में नेताजी का इलाज करने का दावा किया था। इन पांचों के बयानों में, जो वास्तव में पहले से सिखाए जान पड़ थे, श्री खोसला को कुछ भी गलत नहीं लगा, यद्यपि उन्होंने किसी प्रकार का कोई प्रमाण पेश नहीं किया। दोनों जांचों की रिपोर्टों को देखने के बाद यह कहा जा सकता है कि शाहनवाज़ खां समिति की रिपोर्ट की अपेक्षा खोसला आयोग की रिपोर्ट बदतर थी। दोनों जांचों के बाद भी नेताजी का मसला एक रहस्य ही बना रहा।

लेखक ने, यह दिखाने के लिए कि वह नेताजी की मृत्यु की खबर को कपोल-कल्पित क्यों समझता है, एमरजेंसी के दौरान रोहतक जेल में इस पुस्तक को लिखने का निश्चय किया। जेल में उसने पुस्तक की केवल रूपरेखा तैयार की—श्री खोसला द्वारा अपने निष्कर्ष के समर्थन में दिए गए तर्कों का खंडन करने के लिए। जेल से छूटने के बाद लेखक ने उसे फिर से लिखना आवश्यक समझा जिससे आम पाठक उसे आसानी से समझ सके।

खोसला आयोग के निष्कर्षों को, जिसे लोकसभा में विचार का अवसर दिए बिना ही भूतपूर्व सरकार ने स्वीकार कर लिया था, अस्वीकार करने के लिए लेखक ने संसद् में प्रस्ताव पेश किया। उस प्रस्ताव पर संसद् के तीन सत्रों में बहस होती रही। लेखक ने इस पुस्तक को संसद् में बहस का समापन होने के पूर्व ही प्रकाशित करना ठीक समझा। इस कारण बहुत जल्दी पांडुलिपि तैयार करनी पड़ी और भाषा को संवारने का समय नहीं मिला।

लेखक ने शाहनवाज़ खां समिति और खोसला आयोग के समक्ष प्रस्तुत बयानों और दस्तावेज़ों से ही अपनी सामग्री प्राप्त की है। उसने ऐसी कोई बात नहीं जोड़ी है जो इन रिपोर्टों में नहीं थी। यदि अतिरिक्त सामग्री है भी तो उसका स्रोत बता दिया गया है। इस प्रकार यह पुस्तक, आदि से अन्त तक, तथ्यों और दस्तावेज़ों पर आधारित है, किसी प्रकार की कल्पना पर नहीं।

इस पुस्तक में यही सिद्ध करने की चेष्टा की गई है कि कथित हवाई दुर्घटना में नेताजी की मृत्यु की खबर उनके पलायन पर पर्दा डालने के लिए, और उन्हें रूस में आश्रय लेने का मौका देने के लिए फैलाई गई थी। इस पुस्तक का मुख्य उद्देश्य यह सिद्ध करना है कि नेताजी वायुयान-दुर्घटना में नहीं मरे। रूसी क्षेत्र में जाने के बाद उनका क्या हुआ, इसकी चर्चा यहां नहीं की गई है।

प्रश्न उठता है कि यदि नेताजी दुर्घटना में नहीं मरे, तो क्या वह इस समय जीवित हैं? इस प्रश्न के साथ कई संभावनाएं जुड़ी हैं। संभव है कि किसी रूसी जेल में उनकी स्वाभाविक मृत्यु हो गई हो और हो सकता है कि रूसियों ने युद्ध के बंदियों के शिविर में कैद अन्य क्रांतिकारियों की तरह, उनकी भी हत्या कर दी हो। या हो सकता है वह आज भी साइबेरिया में या रूस में कहीं और किसी जेल में पड़े हों। यह भी संभव है कि वह रूसी जेल से भी निकल भागे हों और कहीं अज्ञातवास कर रहे हों अपने देशवासियों के सामने फिर प्रकट होने के लिए किसी उपयुक्त समय की प्रतीक्षा में। लेखक के पास कुछ महत्त्वपूर्ण सूचना है जिससे लगता है कि नेताजी जीवित हैं। लेकिन इस पुस्तक में इसके बारे में कुछ नहीं कहा गया है। इसका कारण क्या है यह शायद निकट भविष्य में पता चल जाए। लेखक केवल इतना ही कह सकता है कि यह उसका स्वप्न है, और सर्वशक्तिमान से उसकी यही विनती है कि नेताजी अपने व्रत को पूरा करने के लिए फिर अपनी मातृभूमि को वापस लौटें।

इस पुस्तक को लिखने का उद्देश्य है भारत की जनता, सरकार और संसद् में जनता पार्टी और विरोधी पार्टियों के सदस्यों के विवेक को जाग्रत् करना, जिससे कि वे भारत की क्रांति के सबसे महान नेता से संबंधित रहस्य के उद्घाटन के लिए भरपूर प्रयत्न करें। यह हमारा राष्ट्रीय कर्तव्य है जिसे हम अब तक पूरा नहीं कर सके।

लेखक राष्ट्रीय समिति के सलाहकार श्री गोविंद मुखोटी और श्री सुनील गुप्त का आभारी है, जिन्होंने इस पुस्तक को तैयार करने में सहायता की।

नई दिल्ली

—लेखक

क्रम

1

मृत्यु के बिना ही मृत घोषित

मित्रराष्ट्रों को आत्मसर्पण करने के नवें दिन, 23 अगस्त 1945 को जापान रेडियो ने घोषणा की कि स्वतन्त्र भारत की अंतःकालीन सरकार के प्रधान, सुभाषचंद्र बोस, फारमोसा में तैहोकू में हवाई दुर्घटना में मारे गए। रिपोर्ट में आगे कहा गया था कि भारतीय नेता तैहोकू होकर, जहां उनकी मृत्यु हो गई थी, जापान के राजकीय मुख्य कार्यालय के साथ सलाह-मशविरा करने जा रहे थे। टोकियो के इस प्रसारण को सुनने के बाद ब्रिटिश सरकार ने अपने प्रमुख विरोधी सुभाषचन्द्र बोस की मृत्यु के समाचार की सरकारी तौर पर पुष्टि नहीं की, न ही उसे निराधार कहकर अस्वीकार किया। वे हमेशा भारतीयों के सामने यही रवैया अपनाते रहे कि ब्रिटिश सरकार को इस समाचार पर विश्वास है कि बोस सचमुच उस कथित हवाई दुर्घटना में मारे गए। इसके विपरीत उनके शासन के ऊपरी तबकों में यह जानने की भारी चिंता थी कि टोकियो की खबर बोस के आंग्ल-अमेरिकी ताकतों के हाथों से भाग निकलने की बात पर पर्दा डालने के लिए तो नहीं उड़ाई गई है? नेताजी की मृत्यु की खबर की सच्चाई का पता लगाने के लिए तीन गुप्तचर दल तुरंत काम पर लगा दिए गए। एक दल तो केवल सरकार द्वारा दिल्ली से भेजा गया, दूसरा लॉर्ड माउंटबैटन के सिंगापुर-स्थित मुख्य कार्यालय से रवाना हुआ, तीसरा मैकार्थर के टोकियो-स्थित कार्यालय से। ये दल दक्षिण-पूर्व एशिया, फारमोसा और टोकियो में फैल गए और कई महीने तक कड़ी जांच-पड़ताल करने के बाद उन्होंने अपने-अपने अधिकारियों को अपनी रिपोर्ट पेश की। लेकिन आश्चर्य की बात है, इन रिपोर्टों को ब्रिटिश सरकार द्वारा कभी प्रकाशित नहीं किया गया—न ही दिल्ली से जब वे भारत के शासक थे और न ही भारतीयों को शासन सौंपकर वापस जाने के बाद लंदन से।

नेताजी के भाग्य के बारे में ब्रिटिश सरकार ने इतनी हिसाबी किन्तु रहस्य-पूर्ण नीति क्यों अपनाई? यह प्रश्न पहले कभी नहीं पूछा गया, न ही इसका महत्व पहले समझा गया। लेकिन अभी हाल में ही (1976 में) भारत में ब्रिटिश शासन

के अत्यंत गोपनीय दस्तावेज़ों के प्रकाशन के बाद, चकित कर देने वाले तथ्यों के सामने आने से, इस राजनीतिक साज़िश का पर्दाफाश हो गया है कि भारतीय क्रांति के सबसे महान नेता के सम्बन्ध में उन्होंने यह रहस्यपूर्ण मौन की नीति क्यों अपनाई? अतः जब कि नेताजी से संबंधित सत्य के प्रकाशन से उनके लिए कोई समस्या नहीं खड़ी होती, उन्होंने अपनी गुप्त दस्तावेज़ों को प्रकाशित कर दिया है, जिसमें बोस-संबंधी रिपोर्ट भी शामिल है। यदि वे 1945-46 में रिपोर्ट प्रकाशित कर देते, तो भारत की राजनैतिक स्थिति उनके काबू के बाहर हो जाती। यहीं नहीं, उससे आंग्ल-अमेरिकी शक्तियों और रूस के बीच टकराव की स्थिति उत्पन्न हो जाती। अब यह संभावना घटकर केवल ऐतिहासिक खोज और विवेचना का विषयमात्र बनकर रह गई है। इस कारण ब्रिटिश सरकार ने नेताजी सुभाषचंद्र बोस से संबंधित जो रिपोर्ट उनके पास थी, उसे अब प्रकाशित कर दिया है। अति गोपनीय दस्तावेज़ों के हाल के प्रकाशन से यह बात स्पष्ट हो गई है कि ब्रिटिश सरकार ने नेताजी की मृत्यु की खबर को कभी सच नहीं माना। यही नहीं, उन्हें इससे बहुत ज्यादा मालूम था। उन्हें मालूम था कि अपनी मृत्यु के समाचार के पर्दे में छुपकर वह कहां चले गए थे, और उन्हें किस प्रकार बंदी बनाकर रखा गया।

अति गोपनीय दस्तावेज़ों का प्रकाशन

भारत की धरती से चले जाने के तीस वर्ष बाद, ब्रिटिश सरकार ने अब उन दस्तावेज़ों को प्रकाशित करना शुरू कर दिया है जो भारत में उनकी शासकीय नीतियों से संबंधित हैं। महारानी के स्टेशनरी आफिस, लंदन, द्वारा ये दस्तावेज़ें 'ट्रांसफर आफ पावर, 1942-1947' शीर्षक से प्रकाशित की जा रही हैं। इनके छठे भाग में कुछ अति गोपनीय पत्रों को छापा गया है जिसमें जापान के पतन के बाद 'सुभाषचंद्र बोस के साथ व्यवहार' के संबंध में कुछ ब्रिटिश प्रस्ताव भी समाविष्ट हैं।

वाइसराय की कार्यकारिणी कांउसिल के होम मेम्बर, सर आर० एफ० म्यूडी ने लार्ड वैवेल द्वारा पूछे जाने पर उनके निजी सचिव सर इवान जेन्किस को एक पत्र लिखा जिसमें बोस और उनकी आज़ाद हिन्द फौज पर मुकदमे के विषय में कुछ सुझाव दिए गए। नीचे दिए गए 'अति गोपनीय पत्र नं० 57, ' दिनांक 23 अगस्त, 1945 और उसके साथ संलग्न अत्यंत महत्त्वपूर्ण दस्तावेज़ से यह पता चलता है कि यह पत्र हिज़ एक्सेलेंसी के अनुरोध के उत्तर में लिखा गया था कि बोस से संबंधित जिन मसलों पर विभाग चाहता है कि वे लंदन में बातचीत करें, उनपर उन्हें नोट भेजे जाएं।

सर आर० एफ० म्यूडी का पत्र सर ई० जेन्किन्स के नाम

वैवेल कागज़ात, सरकारी पत्राचार : भारत
जनवरी-दिसम्बर, 1945, पृ० 273-5

अति गोपनीय
गृह विभाग
नई दिल्ली
23 अगस्त, 1945

प्रिय जेन्किन्स,

मैंने अभी तक जापानी आत्मसमर्पण-सूची और बोस से संबंधित आपके अति गोपनीय पत्र, नं० 1157 दिनांक 11 अगस्त, 1945, का उत्तर नहीं दिया, क्योंकि मैं पहले 'आत्मसमर्पण-सूची' से संबंधित कागज़ात देखना चाहता था। हिज़ एक्सेलेंसी ने उन विषयों पर नोट मांगे हैं जिनपर विभाग चाहता है कि वे लंदन में बातचीत करें। उसके उत्तर में मैं बोस के साथ व्यवहार पर एक नोट संलग्न कर रहा हूं। बोस के संबंध में जो भी निर्णय किया जाए, उसको हिज़ मैजेस्टी की सरकार का पूरा समर्थन प्राप्त होना ज़रूरी है।

(2) यह नोट स्मिथ और टोटनहम के साथ बातचीत करने के बाद तैयार किया गया है। उनपर इस देश में मुकदमा चलाने से जो उत्तेजना फैलेगी उसकी चिंता टोटनहम या मुझसे ज्यादा स्मिथ को है। और भारत के बाहर मुकदमा चलाने के बारे में जो आपत्ति है उसको हमारी अपेक्षा वे कम महत्त्व देते हैं।

(3) मैंने आपका प्रस्ताव नोट कर लिया है कि बोस को युद्ध का अपराधी (वार क्रिमिनल) माना जाए। सही तौर पर तो वह युद्ध-अपराधी नहीं हैं। संयुक्त राष्ट्रसंघ ने इस शब्द की अब जो व्यापक परिभाषा स्वीकार की है, उसके अंतर्गत भी वह नहीं आते। इस संबंध में मैं आपको पहली अगस्त के 'टाइम्स' के एयरमेल एडिशन का हवाला देना चाहूंगा।

आपका
आर० एफ० म्यूडी

नं० 51 का संलग्न पत्र

गृह विभाग

अति गोपनीय

निकट भविष्य में गृह विभाग के सामने आने वाले सबसे पेचीदे मसलों में एक होगा सुभाषचंद्र बोस का मसला।

(2) इस समस्या का पेचीदापन बोस की विचित्र स्थिति के कारण है जैसा कि नीचे समझाया गया है।

(अ) आज़ाद हिंद फौज पर बोस का बहुत प्रभाव है। इस प्रभाव का विस्तार उन बारह हज़ार दो सौ सैनिकों और नागरिकों तक है जो अब हमारे बंदी हैं, और भी अधिक मात्रा में उन 15,000 लोगों पर है जिनका पता अभी लगना है। उनका प्रभाव सब जातियों, वर्गों और समुदायों पर एक-सा है। उनके मन में उनके प्रति गहरी श्रद्धा है। सच्चा देशभक्त, भारत की समुद्री सीमा के बाहर रहने वाले भारतीयों के बेजोड़ नेता, भारत की पहली राष्ट्रीय सेना का संगठनकर्त्ता, जापानी आधिपत्य में आने वाले अपने देशवासियों के रक्षक और ऐसे व्यक्ति के रूप में जिन्होंने जापानियों से सफलतापूर्वक सौदा किया, और जिन्हें उस स्थिति में अन्य किसी भी नेता से ज्यादा इज्ज़त मिली, लोग उन-पर विश्वास करते हैं।

(ब) बंगाल की राजनीति पर बोस का प्रभाव : बंगाल के राजनैतिक क्षेत्र में बोस का विशिष्ट स्थान है, और बंगालियों की दृष्टि में, समूचे भारत के राष्ट्रीय नेता के रूप में, उनका स्थान गांधीजी से कुछ ही नीचे है। फारवर्ड ब्लॉक के जन्मदाता और नेता के रूप में हानि पहुंचाने की उनकी शक्ति यथेष्ट थी। बंगाल के युवजन, विशेषकर आतंकवादियों के लिए वे प्रेरणा के स्रोत हैं। स्वतंत्र भारत की अंतःकालीन सरकार या आज़ाद हिंद फौज के सेनाध्यक्ष के रूप में उनके जो कारनामे रहे हैं उनसे उनके प्रभाव में कोई कमी नहीं आएगी।

(3) जहां तक बोस के साथ व्यवहार का सवाल है, उसकी ये संभावनाएं हैं:

(क) उनको भारत वापस लाया जाए और उनपर युद्ध छेड़ने के लिए या शत्रु के एजेंट-संबंधी अध्यादेश के मातहत मुकदमा चलाया जाए।

(ख) मुकदमा बर्मा या मलाया के न्यायालय में चलाया जाए, उस देश के राजा के विरुद्ध युद्ध छेड़ने के अपराध में।

(ग) भारत के बाहर सैनिक अदालत में मुकदमा चलाया जाए।

(घ) भारत में उन्हें नज़रबंद रखा जाए।

(च) किसी अन्य ब्रिटिश क्षेत्र में नज़रबंद रखा जाए जैसे सिशिलेस द्वीप में।

(छ) वह जहां हैं वहीं छोड़ दिया जाए, उनको वापस भेजने की मांग न की जाए।

(4) मैं नहीं समझता कि अगर बोस पर भारत में मुकदमा किया गया, तो उन्हें फांसी देने की कोई गुंजाइश होगी। उनकी रिहाई के लिए बहुत ज्यादा दबाव डाला जाएगा। मुकदमे से उनके काम, उद्देश्यों आदि का बहुत प्रचार होगा। इसके विपरीत भारत में मुकदमा करना साफ रास्ता होगा और उसकी आलोचना नहीं की जा सकेगी। अगर यह अनुमान है कि मृत्युदंड असंभव होगा, तो उपद्रव

के उठने से पहले ही उसे दबा देने की पूर्व व्यवस्था करना सबसे अच्छा होगा।

(5) बर्मा की सरकार जो बर्मी राष्ट्रीय सेना को संतुष्ट करने में व्यस्त है, बोस के मुकदमे के लिए सहमत होगी, यह संभव नहीं लगता। मानो वह राज़ी भी हो गई, तो यह और भी असंभव लगता है कि वह उन्हें फांसी देगी। हो सकता है कि मलाया सरकार को ऐसी नैतिक आपत्तियां न हों, और फांसी का फैसला भी दिलाया जा सकता है यदि हिज़ मैजेस्टी की सरकार भारत और पार्लियामेंट में होने वाली उत्तेजना की उपेक्षा करने पर सहमत हो। सिंगापुर में मुकदमा होने से उस देश में उतनी ही उत्तेजना फैलेगी जितनी इस देश में मुकदमे से; अलबत्ता मुकदमे की कार्रवाई गुप्त रूप से हो और फांसी हो जाने तक कोई खबर प्रकाशित न की जाए। लेकिन उस स्थिति में हमपर वैधानिक हत्या का आरोप लगाया जाएगा। कहा जाएगा—और सच ही कहा जाएगा—कि हमने कार्रवाई को गुप्त रखा ताकि उनके मित्र और समर्थक उन्हें बचाने की कोशिश न कर सकें। फिर, बोस पर भारत के बाहर मुकदमा चलाने के कारण ही क्या दिए जा सकते हैं जब कि आज़ाद हिंद फौज के नेताओं पर भारत में ही खुल्लमखुल्ला मुकदमा चलाया जाने वाला है। आगे इसके राजनैतिक परिणाम बहुत गंभीर होंगे।

(6) भारत के बाहर सैनिक अदालत द्वारा मुकदमा और फांसी के बारे में यही आपत्ति उठाई जा सकती है, लेकिन कम, क्योंकि मुकदमा उतना लंबा नहीं खिंचेगा और यह मान लिया जाएगा कि सैनिक दंड नागरिक दंड की अपेक्षा अधिक कठोर होगा। लेकिन सैनिक अदालत द्वारा मुकदमे का यही अर्थ होगा कि उनका अपराध था हमारे सैनिकों की हत्या, जब कि नागरिक अदालत में फौरन स्वतंत्रता का सवाल उठ खड़ा होगा। इसके विपरीत, यह स्पष्ट रूप से छल होगा और सेना इसपर सहमत होगी, इसमें संदेह है।

(7) बोस को भारत में नज़रबंद रखने से उनके छुटकारे के लिए आंदोलन होगा, और हो सकता है कि छुटकारे के कुछ समय के अंदर ही वह रूस भाग जाएं जैसा उन्होंने 1940 में किया था। (देखिए नीचे पैराग्राफ 6) मुकदमे की मांग को लेकर आंदोलन होगा और हमपर बिना मुकदमा चलाए उन्हें जेल में रखने का आरोप लगाया जाएगा।

(8) भारत के बाहर मुकदमा या नज़रबन्दी के पक्ष में सोचा जा सकता है। नज़र की ओट होने पर मामला कुछ हद तक दिमाग की ओट भी रहेगा, और उनकी रिहाई के लिए आंदोलन भी कम होगा। बचकर रूस चले जाना भी कठिन होगा।

(9) कई दृष्टि से, वे जहां हैं उन्हें वहीं छोड़ देना और उनकी रिहाई की मांग न करना सबसे आसान रास्ता है। कुछ खास परिस्थितियों में, हो सकता है, रूस में उनका स्वागत भी हो। इस रास्ते को अपनाने से राजनैतिक कठिनाइयां सबसे कम

होंगी, लेकिन सुरक्षा अधिकारी सोचते हैं कि किन्हीं परिस्थितियों में रूस में उनकी उपस्थिति इतनी खतरनाक हो सकती है कि उसपर विचार ही नहीं करना चाहिए।

(10) भारत से निर्वासन या बाहर नज़रबन्दी, भारत में मुकदमा और मृत्यु-दंड—ये ही विकल्प हैं। दोनों को मिलाकर, बोस को अपराधी साबित करने के बाद निर्वासित किया जा सकता है। मुकदमे से काफी दीर्घकालीन लाभ हैं। मृत्युदंड को रोकने से यह प्रश्न उठ सकता है कि तो उन सैनिक अधिकारियों को क्यों फांसी दी गई जो बोस की सेना में शामिल हो गए थे? उत्तर यह होगा कि उनके सैनिक पद के कारण उनका अपराध और भी बड़ा हो गया था, लेकिन यह शायद सेना को स्वीकार न हो।

आर० एफ० म्यूडी 23-8-45
होम मेम्बर

इन अति गोपनीय पत्रों से क्या पता चलता है? इनसे पता चलता है कि यद्यपि युद्ध के दिनों में ब्रिटिश सरकार बोस को राजद्रोही या जापान की कठपुतली करार देने से नहीं हिचकिचाई, उनकी राजनीतिक भूमिका और उनकी प्रतिष्ठा के अपने सरकारी मूल्यांकन में उसकी राय थी कि भारत के लोग उनका बहुत आदर करते हैं।

दूसरे, इन पत्रों से सबसे महत्त्वपूर्ण बात जो पता चलती है वह यह कि उन्होंने नेताजी की मृत्यु की जापानी रिपोर्ट को सच नहीं माना। माना जाता है कि नेताजी की मृत्यु 18 अगस्त, 1945 को हुई थी, लेकिन होम मेम्बर का पहला पत्र 23 अगस्त को लिखा गया था। यदि ब्रिटिश अधिकारी हवाई दुर्घटना की खबर पर विश्वास करते, तो वे इस प्रश्न को लेकर इतनी माथापच्ची न करते कि बोस को युद्ध-अपराधी करार देकर उनको दंडित करने के लिए दिए गए सुझावों में से कौन-सा सबसे उचित होगा।

तीसरे, उनको विश्वास था कि बोस ज़िंदा हैं, तभी ब्रिटिश सरकार ने उन संभावित परिणामों पर सोच-विचार किया जो बोस पर भारत में या दक्षिण-पूर्व एशिया के किसी अन्य देश में, मुकदमा चलाने और फांसी देने से हो सकते थे।

अंत में 'बोस के साथ व्यवहार' के अनेक विकल्पों पर विचार करके श्री म्यूडी ने वाइसराय को सुझाव दिया :

"कई दृष्टि से यही अच्छा होगा कि वह जहां हैं वहीं रहने दिया जाए और उनकी रिहाई की मांग न की जाए।"

इस ब्रिटिश निर्णय से एक और रहस्यपूर्ण प्रश्न सामने आता है। इन उक्तियों से यह पता चलता है कि ब्रिटिश सरकार जानती थी कि वह कहां छिपे थे या कहां बंधन में रखे गए थे, इसी कारण उनकी रिहाई के लिए दबाव नहीं डालना चाहती

थी। शाहनवाज़ कमिटी और खोसला कमीशन इस निर्विवाद निर्णय पर पहुंचे थे कि नेताजी की योजना थी मंचूरिया की सीमा को पार कर रूस पहुंचने की। रूस में शरण लेने की नेताजी की इच्छा की ओर इन अति गोपनीय ब्रिटिश पत्रों में जो इशारा किया गया है, उससे निश्चित है कि ब्रिटिश सरकार को यह पता चल गया था कि नेताजी रूस पहुंच गए हैं, लेकिन राजनयिक उलझनों से बचने के लिए उन्होंने साफ-साफ नहीं कहा है, क्योंकि रूस उस समय इंग्लैण्ड और अमेरिका का मित्र था, जिसके साथ उन्हें अनेक युद्धोत्तर समस्याओं को निपटाना था।

उसी दस्तावेज़ में एक और अति गोपनीय रिपोर्ट प्रकाशित हुई है जिससे म्यूडी के पत्र का महत्व और भी स्पष्ट होता है। नेताजी और आई० एन० ए० के बारे में म्यूडी द्वारा तैयार की गई गुप्त रिपोर्ट को लेकर अक्तूबर 1945 के अंतिम सप्ताह में वैवेल लंदन गए।

अक्तूबर 25 को ब्रिटिश मंत्रिमंडल ने, तत्कालीन प्रधानमंत्री मि० एलटी की अध्यक्षता में और मंत्रिमंडल के वरिष्ठ सदस्यों की उपस्थिति में, इस रिपोर्ट पर बहस की। मंत्रिमंडल की इस सभा का रिकार्ड, दस्तावेज़ नं० 168, नीचे दिया जा रहा है।

"168

मंत्रिमंडल

भारत और बर्मा कमिटी, आई० बी० (45) छठी बैठक,

10 डाउनिंग स्ट्रीट, एस० डब्ल्यू० आई०, में 25 अक्तूबर, 1945 को दोपहर बारह बजे हुई। इस बैठक में ये लोग उपस्थित थे :

मि० एटली (अध्यक्ष), सर स्टेफर्ड क्रिप्स, लार्ड पेथिक लारेंस, मिस एलेन विल्किन्सन, अर्ल आफ लिस्टोवेल।

ये भी उपस्थित थे : मि० जी० एच० हाल, मि० ए० हेंडरसन, मि० ई० ए० आर्मस्ट्रांग तथा मि० जी० पी० गिबसन (सचिवालय)।

विवरण

एल/डब्ल्यू एस/1।15।77 : एफ एफ 128-32

राजद्रोहियों और शत्रुओं से सांठगांठ करने वालों के साथ व्यवहार

समिति के सामने आई० बी० (45) 16 और 18 थे—

भारत के सेक्रेटरी आफ स्टेट का मेमोरैण्डम—

भारतीय राजद्रोहियों के साथ व्यवहार

भारत के नागरिक अपराधियों पर मुकदमा और दण्ड किन सिद्धांतों पर आधारित हों, समिति ने इसपर विचार-विमर्श किया।

निम्नलिखित मुख्य बातों पर बहस हुई :

(1) इस बात पर मतैक्य था कि बोस एकमात्र नागरिक राजद्रोही थे।

(2) जो भारतीय राजद्रोही भारत के बाहर पकड़े गए थे, वे मुकदमे के लिए भारत लाए जाएं? इस प्रश्न पर यह बताया गया कि युद्ध-अपराधियों के साथ व्यवहार की व्यवस्था-संबंधी समझौते में यह भी है कि इन अपराधियों को उनके देश वापस ले जाकर मुकदमा चलाया जाएगा। दूसरी ओर यह सुझाव दिया गया कि असैनिक अधिकारियों को गैर-भारतीय क्षेत्रों में फौजी कोर्ट मार्शल के सामने पेश करने की संभावना पर भी, जैसा कि यूरोप में किया गया था, विचार किया जाए।

(3) इस बात पर मतैक्य था कि असैनिक और सैनिक अपराधियों को पृथक् समझा जाए, विशेषकर जहां कम महत्त्वपूर्ण लोगों का प्रश्न हो। अगर सैनिकों की अपेक्षा असैनिकों के प्रति ज्यादा रियायत की गई, तो इस बात की पुष्टि होगी कि भारतीय स्वतंत्रता के समर्थकों को दंडित करना हमारी नीति नहीं थी।"

(दि ट्रांसफर आफ पावर, पृ० 402-405)

वैवेल द्वारा एटली को भेजी गई गुप्त रिपोर्ट पर बहस करने के लिए इंग्लैंड के मंत्रिमंडल की बैठक 25 अक्तूबर को हुई। नेताजी की मृत्यु की टोकियो रिपोर्ट के दो महीने बाद यह बैठक हुई। इस दूसरी दस्तावेज़ से यह बिलकुल स्पष्ट हो जाता है कि 25 अक्तूबर, 1945 तक न दिल्ली में, न लंदन में ब्रिटिश अधिकारी हवाई दुर्घटना में नेताजी की मृत्यु की बात पर विश्वास करते थे। इसके विपरीत उनके पास पक्की सूचना थी कि बोस जीवित हैं और किसी देश में बंदी हैं, जिसका अनुमान दस्तावेज़ों से लगाया जा सकता था, लेकिन स्पष्ट राजनैतिक कारणों से उसके नाम का साफ-साफ उल्लेख नहीं किया गया था।

वैवेल क्या समझते थे

एफ० एम० वैवेल, 1945 में भारत के वाइसराय, ने तैहोकू में हवाई दुर्घटना में नेताजी की मृत्यु की खबर टोकियो रेडियो पर सुनने के बाद अपनी प्रतिक्रिया तुरंत 'डायरी' में नोट कर ली। 23 अगस्त को जो उन्होंने लिखा था वह बाद में 'वैवेल जर्नल' में छपा। वैवेल ने लिखा था :

> "हवाई दुर्घटना में सुभाषचन्द्र बोस की मृत्यु के बारे में जापानी घोषणा की सचाई में मुझको संदेह है। यह वैसी ही खबर है जो उनके भूमिगत हो जाने पर दी जाती।"

एक महीने बाद वैवेल ने फिर अपनी डायरी में लिखा :

> "सिंगापुर में जापानियों के अनुसार बोस की निश्चय ही मृत्यु हो गई है, लेकिन इसकी पुष्टि होने तक मुझको संदेह ही रहेगा।"

वैवेल ने तुरंत गृह विभाग को जांच-पड़ताल करने का आदेश दिया। उन्होंने सिंगापुर में मित्रराष्ट्रों के मुख्य कार्यालय के प्रधान ऐडमिरल माउंटबैटन से भी जांच करवाने का आग्रह किया।

माउंटबैटन की डायरी से रिपोर्ट

माउंटबैटन और मैकार्थर के हेड क्वार्टरों ने जापान और फारमोसा में जांच-पड़ताल करवाई। लेकिन इस जांच की पूरी रिपोर्ट न तो शाहनवाज़ समिति के सामने पेश की गई और न खोसला आयोग के सामने। (इन रिपोर्टों का क्या हुआ, इसकी चर्चा हम आगे करेंगे।) हां, माउंटबैटन की डायरी के कुछ फुटकर पन्ने इन जांच समितियों के सामने अवश्य रखे गए। इन पन्नों में कुछ महत्त्वपूर्ण सूचना थी जिनसे साफ पता चलता था कि माउंटबैटन ने भी नेताजी की मृत्यु की कहानी पर विश्वास नहीं किया था।

दूसरे महायुद्ध के समय ब्रिटिश सरकार ने राष्ट्रीयतावादी चीन, जिसके नेता च्यांग काई शेक थे, की राजधानी चुंकिंग में सैनिक गुप्तचर कार्यालय स्थापित किया था। वह दक्षिण-पूर्व एशिया के मित्रराष्ट्रों के प्रधान कार्यालय की मातहत पहले कोलम्बो से, फिर सिंगापुर से काम करता रहा। माउंटबैटन को नेताजी की मृत्यु के बारे में यह गुप्त समाचार मिला :

"चीन-स्थित सैनिक गुप्तचर विभाग के निदेशक ने 17 अक्तूबर, 1945 को तार द्वारा माउंटबैटन को सूचना दी : जब बोस अपने परिवार के साथ बर्मा से चलने की तैयारी कर रहे थे, चीनियों ने जापानियों का एक संदेश पकड़ा जिसमें बोस से कहा गया था कि वह अपने परिवार से अलग होकर बर्मा में ही बने रहें। डी० एम० आई० का अनुमान था कि दुर्घटनाग्रस्त हवाई जहाज़ में बोस का परिवार तो था, लेकिन स्वयं वह नहीं थे। वह बाद में थाईलैंड को निकल गए थे। डी० एम० आई० के पास इस पकड़े गए संदेश के अलावा और कोई सबूत नहीं है, पर उनको विश्वास है कि वह ठीक कह रहे हैं।"

माउंटबैटन की उसी डायरी से एक और महत्त्वपूर्ण रिपोर्ट मिली। दक्षिण-पूर्व एशिया पर कब्ज़ा करने के बाद माउंटबैटन की सेना को कोई महत्त्वपूर्ण युद्ध-संबंधी दस्तावेज़ नहीं मिली। क्योंकि मित्रराष्ट्रों को आत्मसमर्पण के बाद उनकी सारी राजनैतिक और सैनिक दस्तावेज़ें नष्ट कर दी गई थीं। लेकिन ब्रिटिश सेना को हिकारी कीकान के कार्यालय में, जो जापान की सरकार और नेताजी की आज़ाद हिन्द फौज के बीच संपर्क संस्था का काम करती थी, कुछ महत्त्वपूर्ण संकेत मिले। स्पष्ट है कि इन संकेतों को ब्रिटिश सेना की पहुंच के अंदर रखा गया था।

साइगोन के मुख्य जापानी सैनिक अड्डे से भेजे गए इन सिगनलों में कुछ गुप्त सूचनाएं थीं। पहले सिंगनल द्वारा हिकारी कीकान को बताया गया कि नेताजी 17 अगस्त, 1945 को साइगोन से चले गए। साइगोन के मुख्य कार्यालय ने हिकारी कीकान से यह समाचार बैंगकाक के भारतीयों तक पहुंचा देने को कहा। 20 अगस्त को भेजे गए दूसरे सिगनल में कहा गया था कि बोस टोकियो जाते हुए तैहोकू (ताइपेई) में हवाई दुर्घटना में मारे गए और उनका शव टोकियो भेज दिया गया। तीसरे सिगनल में हिकारी कीकान से भारतीयों को बोस की मृत्यु की खबर दे देने को कहा गया था। अंतिम सिगनल में कर्नल हबीबुर्रहमान, जो बोस के सहायक थे और समाचार के अनुसार हवाई दुर्घटना में जिन्हें चोट आई थी, की हालत पूछी गई थी।

ब्रिटिश गुप्तचर दल ने फुर्ती से इन चारों गुप्त संकेतों को पकड़ लिया और उनमें दी गई सूचनाओं का पूरा विश्लेषण किया। उनके बारे में माउंटबैटन को दी गई रिपोर्ट में उन्होंने कहा :

"तीन कारणों से लगता है कि हवाई दुर्घटना में बोस की मृत्यु की खबर मनगढ़त थी :

(1) इस संबंध के बैंगकाक और साइगोन के सारे कागज़ात जापानियों ने नष्ट कर दिए। एक ही फाइल वे छोड़ गए हैं जिसमें केवल चार संकेत (सिगनल) पाए गए।

(2) लगता है कि जापानी जनरल इसोडा ने जानबूझकर भारतीयों के बीच बोस के पलायन की खबर फैलाई और पहले से ही उन्हें बोस की मृत्यु के समाचार के लिए तैयार कर दिया गया था।

(3) जापानियों ने पहले कहा कि बोस की मृत्यु फारमोसा में हुई, फिर कहा, जापान में हुई—दोनों रिपोर्टें सच नहीं हो सकतीं।"

जनरल इसोडा हिकारी कीकान के प्रधान थे। इस जापानी जनरल ने साइगोन स्थित एफ० एम० तेराउची के मुख्य कार्यालय के कर्नल टाडा के साथ मिलकर साइगोन से नेताजी के प्रस्थान की योजना बनाई थी। अंग्रेज़ों को बाद में पता चला कि तेराउची और इसोडा नेताजी का बहुत आदर करते थे और इन दोनों ने ही, बहुत गुप्त रूप से, तेज़ी से बढ़ती आ रही ब्रिटिश सेना से उन्हें बचाने के लिए, नेताजी के बचाव की योजना बनाई थी। इस रिपोर्ट में आगे कहा गया था :

" लगता है सारी बात संदेहजनक है। कहा गया है कि हवाई जहाज़ में केवल दो सीटें उपलब्ध थीं। स्वाभाविक है कि बोस जैसे महत्त्वपूर्ण व्यक्ति को विशेष विमान से जाने की अनुमति मिलनी चाहिए थी।

"दाह-संस्कार का वर्णन और भी संदेहात्मक है। गुप्त संकेत कहते हैं कि

बोस टोकियो गए थे। दोमेई एजेंसी द्वारा प्रसारित समाचार के अनुसार बोस की मृत्यु जापान में हुई और वहीं उनका दाह-संस्कार हुआ। फिर हबीबुर्रहमान कहते हैं कि बोस की मृत्यु तैहोकू में हुई और वहीं उनका दाह-संस्कार हुआ। ये विरोधी बातें संदेहात्मक हैं। यह कहा जा सकता है कि बोस साइगोन से निश्चित रूप से रवाना हुए थे। शायद हवाई दुर्घटना की कहानी तैहोकू में गढ़ी गई। संभव है कि उसके बाद बोस कहीं चले गए।"

रूसियों द्वारा प्रकटीकरण

ऊपर दिए रिपोर्ट से पता चलता है कि माउंटबैटन के मुख्य कार्यालय की प्रारंभिक जांच के बाद नेताजी की मृत्यु की कहानी को अस्वीकार कर दिया गया। तदनुसार जो गुप्तचर दल दिल्ली से दक्षिण-पूर्व एशिया में बोस का पता लगाने के लिए भेजा गया था, उसे खास आदेश दिया गया था कि बोस को जीवित या मृत गिरफ्तार करके लाया जाए। यदि भारत में ब्रिटिश अधिकारी या माउंटबैटन का मुख्य कार्यालय नेताजी की मृत्यु की खबर में विश्वास करते तो गुप्तचर दल को नेताजी को गिरफ्तार करने के आदेश का प्रश्न ही न उठता।

जापान के आत्मसमर्पण के तुरंत बाद ही ब्रिटिश सेना ने उच्च जापानी अधिकारियों और आज़ाद हिन्द फौज के जनरलों को गिरफ्तार कर लिया। दक्षिण-पूर्व एशिया में बंदी बनाए गए इन उच्च पदस्थ अधिकारियों से ब्रिटिश गुप्तचर दल ने बार-बार पूछताछ की। पूछताछ के दौरान यह बात खुली कि साइगोन से चलने के बाद नेताजी का इरादा मंचूरिया की सीमा पार कर रूस पहुंच जाने का था। यद्यपि बिना कारण ही रूसी समाचारपत्र 'प्रावदा' ने नेताजी के रूस चले जाने की खबर का खंडन किया, काबुल और तेहरान में स्थित दो राजनयिकों ने रूस में नेताजी के पहुंचने की खबर की पुष्टि की।

1946 के शुरू के महीनों में वैवेल की सरकार को एक गुप्त रिपोर्ट में बताया गया था कि बोस शायद रूसी क्षेत्र में पहुंच गए हैं, और गांधी और नेहरू को इसके बारे में गुप्त सूचना भी मिली है। यह रिपोर्ट शाहनवाज़ समिति को पेश की गई दस्तावेज़ों में मिली (नं० 10/मिस्क०/आई० एन० ए०/पृ० 38-39) जिसमें कहा गया था :

"गांधीजी ने जनवरी के आरम्भ में (1946) में सार्वजनिक रूप से कहा था कि उनका विश्वास है कि नेताजी जीवित हैं और छिपे हुए हैं। इसका आधार उन्होंने अपनी अन्तरात्मा की आवाज़ बताया था। कांग्रेसजनों का विश्वास है कि गांधीजी की 'आत्मा की आवाज़' उन्हें मिली गुप्त सूचना थी। एक गुप्त रिपोर्ट के अनुसार नेहरू को बोस का एक पत्र मिला था, जिसमें उन्होंने लिखा था कि वह

रूस में हैं और भारत लौटना चाहते हैं।"

"इस सूचना के अनुसार गांधीजी और शरत् बोस को इसका ज्ञान था। संभव है कि जब गांधीजी ने सार्वजनिक वक्तव्य दिया था उस समय उन्हें कोई पत्र मिला हो। कहा जाता है कि जनवरी में भी शरत् बाबू ने कहा था कि उनको विश्वास है कि उनके भाई जीवित हैं। एक और गुप्त सूचना, जो बोस को उत्तर-पश्चिम सीमांत प्रदेश से जोड़ती है, एक पत्र है जिसमें फ्रंटियर के छात्र कांग्रेस के अध्यक्ष ने लिखा था कि वह स्वयं वहां जा रहे हैं। इस पत्र के लेखक ने लिखा था कि बोस 'टी० टी०' में है—यह कोई सांकेतिक शब्द था।"

"आंतरिक सूत्रों से प्राप्त सूचना हैरत में डालने वाली है। बाहर से मिली सूचनाओं के बारे में भी यही कहा जा सकता है। 7 जनवरी को रूसी पत्र 'प्रावदा' ने ज़ोरदार शब्दों में अस्वीकार किया था कि बोस रूस में हैं। दिसम्बर में एक रिपोर्ट में कहा गया था कि अफगान सूबा खोस्त के गवर्नर को काबुल-स्थित रूसी राजदूत ने बताया था कि कई कांग्रेसी शरणार्थियों ने मास्को में शरण ली है, और उनमें बोस भी हैं। ऐसे व्यक्ति बोस का नाम कपोल-कल्पित कहानियों के साथ जोड़ेंगे, इसका कोई कारण नज़र नहीं आता। तेहरान से प्राप्त रिपोर्ट में रूसी अधिकारियों द्वारा नेताजी के मास्को पहुंचने की बात कहे जाने का उल्लेख है···।"

ब्रिटिश गुप्तचर विभाग ने काबुल और तेहरान में इस बात की जांच अवश्य की होगी और अपनी सरकार को सूचना दी होगी। लेकिन इस सिलसिले में आगे क्या कार्रवाई की गई, इसकी रिपोर्ट न शाहनवाज़ समिति को दी गई, न खोसला आयोग को। श्रीमती गांधी की सरकार ने खोसला आयोग को बताया था कि नेताजी विषयक रिपोर्टों से सम्बन्धित नेहरूजी की गोपनीय फाइलें या तो 'गुम हो गई हैं या नष्ट कर दी गई हैं।' फाइलें नेहरूजी के निजी सचिव श्री मोहम्मद यूनुस की देख-रेख में थीं।

(इन फाइलों पर विस्तारपूर्वक चर्चा अन्तिम अध्याय में की गई है।)

क्या नेहरू ने बोस के साथ विश्वासघात किया?

ब्रिटिश गुप्तचर दल ने सरकार को सूचना दी कि नेहरू को बोस से एक पत्र मिला है। खोसला आयोग के सामने बयान देते हुए एक गवाह मेरठ के श्री श्याम-लाल जैन ने इस बात की पुष्टि की। 1945-46 में श्री जैन आसफ अली के स्टेनो थे जो आई० एन० ए० डिफेंस कमिटी के सचिव थे। श्री भूलाभाई देसाई उसके अध्यक्ष थे और पंडित नेहरू उसके एक विशिष्ट सदस्य। आई० एन० ए० के इस स्टेनो ने अपने बयान में बोस के प्रति नेहरू के रवैये के बारे में एक अचरज में डालने वाली बात बताई। श्री जैन ने खोसला आयोग को बताया :

"मैं शपथ खाकर कहता हूं कि एक शाम को (तारीख 26 या 27 दिसम्बर होगी) श्री जवाहरलाल नेहरू ने टेलीफोन पर मुझसे टाइपराइटर लेकर श्री आसफ-अली के आवास पर पहुंचने को कहा। मैंने आदेश का पालन किया। कुछ पन्ने टाइप करवाने के बाद पं० नेहरू ने अपनी अचकन की जेब से एक कागज़ निकाला और उसकी चार प्रतिलिपियां टाइप करने को कहा। कागज़ पर हाथ से कुछ लिखा था जिसे पढ़ना कठिन था। उसमें क्या लिखा था यह मैं अपनी याददाश्त से बताने की कोशिश कर रहा हूं :

> 'नेताजी सुभाषचन्द्र बोस साइगोन से चलकर आज 23 अगस्त, 1945 को दोपहर को डेढ़ बजे दैरेन (मंचूरिया) पहुंचे। यह विमान जापानी बमवर्षक था। उसमें सोने की छड़ें, ज़ेवर आदि भरे थे। नेताजी के दोनों हाथों में एक-एक अटैचीकेस था। जहाज़ से उतरने के बाद उन्होंने चाय पी और केले खाए। उसके बाद वह चार अन्य व्यक्तियों के साथ, जिनमें जनरल शिडेई नाम का एक जापानी भी था, पास खड़ी एक जीप में बैठ गए। यह जीप रूसी क्षेत्र की ओर चल दी। करीब तीन घंटे बाद जीप वापस आई और उसके चालक ने वायुयान के पायलट को सूचना दी जो टोकियो वापस चला गया।'

"टाइप करने के लिए वह कागज़ मुझको देने के बाद पं० नेहरू श्री आसफ-अली से 10-15 मिनट बात करते रहे। मैं पत्र को पूरा नहीं कर सका, क्योंकि उसको लिखने वाले का नाम पढ़ाई में नहीं आ रहा था। मैं प्रतीक्षा करता रहा कि जवाहरलालजी आएं और मुझको नाम बताएं। इस बीच कई बार मैंने वह कागज़ पढ़ा। इस समय मैं इतना ही याद कर पा रहा हूं। जवाहरलालजी भी नाम नहीं पढ़ पाए। उन्होंने कहा कि मशीन से कागज़ निकालकर जैसे हैं वैसे ही उन्हें दे दिए जाएं।

"मैं फिर शपथ खाकर कहता हूं कि उसके बाद श्री जवाहरलाल नेहरू ने अपने राइटिंग पैड से चार कागज़ मुझको दिए और उस पत्र की चार कापियां बनाने को कहा जो उन्होंने मुझको लिखवाया। इस आदेश का भी मैंने पालन किया। जहां तक मैं याद कर सकता हूं, पत्र में यह लिखा था :

> मि० क्लेमेंट एटली
> प्रधानमन्त्री, ब्रिटेन
> 10, डाउनिंग स्ट्रीट
> लन्दन
>
> प्रिय श्री एटली
>
> मुझको विश्वसनीय सूत्रों से पता चला है कि आपके युद्ध-अपराधी, सुभाषचन्द्र बोस, को स्टालिन ने रूस में प्रवेश करने की अनुमति दे दी है।

यह रूसियों द्वारा विश्वासघात है। रूस इंग्लैंड और अमेरिका का मित्र रहा है। उसे ऐसा नहीं करना चाहिए था। कृपया इसे नोट कर लें और जो कार्रवाई उचित समझें, करें।

आपका

जवाहरलाल नेहरू"

श्री जैन ने खोसला आयोग को जो बताया उसपर विश्वास करने के लिए बार-बार आंखें मलनी पड़ेंगी। यह अविश्वसनीय लगता है कि नेहरूजी ऐसी नीचता करेंगे। लेकिन अन्य तथ्यों के सन्दर्भ में श्री जैन के बयान को भी विकृत कल्पना की उपज कहकर नहीं टाला जा सकता।

दूसरे, कर्नल टाडा ने, जो नेताजी की पलायन योजना के मुख्य शिल्पी थे, 1951 में श्री एस० ए० ऐयर को बताया था कि जापानी अधिकारी नेताजी को मंचूरिया की सीमा के पार रूसी क्षेत्र में पहुंचाने की व्यवस्था करने को राज़ी हो गए थे।

(इसपर और बाद में)

तीसरे, जांच आयोग के सामने न तो सरकारी वकील ने और न स्वयं श्री खोसला ने श्री जैन के बयान का खंडन किया।

चौथे, नेताजी से सम्बन्धित अधिकांश फाइलों के बारे में, जिन्हें 'प्रधानमन्त्री की विशेष फाइलों' के रूप में स्वयं पं० नेहरू रखते थे, और जिनमें से एक में आई० एन० ए० बचाव समिति-सम्बन्धी तमाम पत्र थे, सरकार ने यह कहकर टाल दिया कि वे गुम हो गई हैं या खो गई हैं। यह मान लेना आसान नहीं है कि नेहरूजी के नाम नेताजी के पत्र या एटली के नाम नेहरू के पत्र की प्रतिलिपियां भी नष्ट कर दी गईं।

(फाइलों के बारे में अन्तिम अध्याय में देखिए।)

पांचवें, 1946 में माउंटबैटन से सिंगापुर में मिलने के बाद नेताजी के प्रति नेहरू का रवैया बिल्कुल बदल गया था। गुजराती दैनिक 'जन्मभूमि' के सम्पादक स्व० अमृतलाल सेठ, जो नेहरूजी के साथ सिंगापुर गए थे, ने वापस लौटते ही स्व० श्री शरत्चन्द्र बोस को बताया था कि ब्रिटिश ऐडमिरल ने नेहरू को सावधान किया था कि उनकी रिपोर्ट के अनुसार बोस कथित हवाई दुर्घटना में मरे नहीं थे, और यदि नेहरू ने बोस से सम्बन्धित किस्सों को बहुत उछाला या आज़ाद हिन्द फौज का भारतीय सेना में शामिल कर लेने की मांग की, तो यह, बोस के वापस लौटने पर, भारत को उनको भेंट कर देने के समान होगा।

छठे, अमृतलाल सेठ की रिपोर्ट के समर्थन में दो बातें हैं। सिंगापुर पहुंचने पर आज़ाद हिन्द फौज ने नेहरू का ज़ोरदार स्वागत किया था। उनके अनुरोध पर नेहरू आज़ाद हिन्द फौज के शहीदों की समाधि पर फूल चढ़ाने को भी राज़ी

हो गए थे, जिसे ब्रिटिश द्वारा सिंगापुर पर पुनः कब्ज़ा कर लेने के बाद तुड़वा दिया गया था। विचित्र बात है कि दूसरे ही दिन नेहरू ने समाधि पर आयोजित समारोह में जाने से इन्कार कर दिया। तीन दशक बाद माउंटबैटन ने नेहरू पर दिए गए अपने भाषण में गर्व से कहा था कि आज़ाद हिन्द फौज के प्रति व्यवहार के सम्बन्ध में नेहरू ने उनकी सलाह मान ली थी।

सातवें, सिंगापुर से लौटने के बाद नेहरू ने दस साल तक नेताजी के बारे में एक शब्द भी नहीं कहा; प्रधानमन्त्री बन जाने के बाद भी नहीं। 1950 तक आल इंडिया रेडियो को आदेश था कि नेताजी पर कोई विशेष वार्ता प्रसारित न करे और उनके जन्म-दिवस आदि का समाचार भी कुछ मिनटों से अधिक का न हो। नेताजी की तस्वीर लगाना सेना की सभी बैरकों के लिए वर्जित था, और यह निषेध, अंग्रेज़ों के चले जाने के बाद भी, बरसों तक बना रहा।

आठवें, प्रधानमन्त्री बनने के बाद श्री नेहरू को वे सारी गोपनीय रिपोर्टें मिली थीं, जिनमें वैवेल सरकार को बोस के रूस पहुंच जाने की सूचना दी गई थी। लेकिन प्रधानमन्त्री की हैसियत से उन्होंने सार्वजनिक रूप से इन रिपोर्टों के बारे में रूस से पूछताछ नहीं की।

नवें, नेहरू ने बराबर नेताजी-सम्बन्धी रहस्य की अदालती जांच करवाने के हर प्रस्ताव का विरोध किया। उन्होंने शाहनवाज़ समिति की नियुक्ति विशेषकर डॉ० राधाविनोद पाल की अध्यक्षता में गैरसरकारी जांच के प्रयत्नों को खत्म करने के उद्देश्य से की थी।

नेताजी के प्रति, विशेषकर उनके बारे में जांच के प्रति, नेहरू का बदला हुआ रवैया श्री जैन के बयान को विश्वसनीय बना देता है, चाहे ऐसा सोचना भी निन्द्य हो।

एक महत्त्वपूर्ण दस्तावेज़ को नेहरू ने दबा दिया था

नेताजी-सम्बन्धी एक और महत्त्वपूर्ण दस्तावेज़ को, जिससे क्रांतिकारी नेता की रूस जाने की योजना का पता चलता है, दबाने के लिए नेहरूजी ने एक और असाधारण काम किया। 1951 में आज़ाद हिन्द फौज के भूतपूर्व प्रचार मन्त्री, जो उस समय बम्बई सरकार के प्रचार अधिकारी थे, को नेताजी की मृत्यु के समाचार से सम्बन्धित सूचना इकट्ठी कर लाने के लिए जापान भेजा गया। लौटकर श्री ऐयर ने एक लम्बी रिपोर्ट नेहरू को पेश की जिसे पंडितजी ने संसद् में पढ़कर सुनाया। लेकिन पंडितजी ने एक ऐसा काम किया जिसकी उन जैसे प्रतिष्ठित व्यक्ति से अपेक्षा नहीं थी। ऐयर की रिपोर्ट में एक अति गोपनीय नोट था जिसे पंडितजी संसद् की जानकारी में नहीं लाए। यह गोपनीय नोट तब प्रकाश में आया

जब सरकार ने, शायद भूल से, ऐयर की मौलिक रिपोर्ट के साथ उसे भी खोसला आयोग के सामने पेश कर दिया।

ऐयर के इस नोट में एक बहुत महत्त्वपूर्ण सूचना थी जो कर्नल टाडा ने दी थी :

> "इस बार बड़ी महत्त्वपूर्ण सूचना मेरे हाथ लगी। कर्नल टाडा ने मुझको बताया कि युद्ध के अन्त में जब जापान ने आत्मसमर्पण कर दिया, तेराउची ने नेताजी की सहायता करने की पूरी ज़िम्मेदारी ली और उनसे कहा कि बोस से मिलकर उनसे यह कहें कि वह रूस चले जाएं—उनको पूरी मदद मिलेगी। यह व्यवस्था की गई कि सुभाषचन्द्र बोस उस हवाई जहाज़ से जाएंगे जिसमें शिडेई जा रहे थे। जनरल शिडेई दैरेन तक उनकी देखभाल करेंगे। उसके बाद वे स्वयं ही अपने साधनों के द्वारा रूसियों से सम्पर्क करने की कोशिश करें। जापान दुनिया को यह बताएगा कि बोस दैरेन से भाग निकले। इससे मित्रराष्ट्रों की नज़र में वे निर्दोष रहेंगे।"

जनरल शिडेई, जो जापान की मंचूरिया-स्थित सेना के प्रधान नियुक्त हुए थे, अंग्रेज़ी और जर्मन दोनों भाषाएं अच्छी तरह जानते थे, और नेताजी से उनकी मित्रता थी। वह मंचूरिया में जापानी सेना का चार्ज लेने जा रहे थे जो उस समय उस क्षेत्र में आगे बढ़ती हुई रूसी सेना का मुकाबला कर रही थी।

श्री जैन ऐयर के इस नोट के बारे में नहीं जानते थे जोकि आयोग के सामने बहुत बाद में पेश किया गया था—उनके बयान के लगभग एक वर्ष बाद। ऐयर के नोट से जैन के बयान की पुष्टि होती है।

पंडित नेहरू की दुविधा

पंडित नेहरू ने 1956 में लोकसभा को बताया कि नेताजी की मृत्यु एक प्रमाणित सत्य है—लेकिन उनके आचरण से तो यही लगता था कि वह हृदय से इसपर विश्वास नहीं करते थे। 1950-60 वाले दशक के अन्तिम वर्षों में नेहरू टोकियो के निकट रेंकोजी मन्दिर में गए जहां नेताजी के अस्थि-अवशेष सुरक्षित रखे बताए जाते हैं। अन्य विशिष्ट भारतीय जैसे स्व० डा० राजेन्द्र प्रसाद और स्व० रफी अहमद किदवई भी उस मन्दिर में गए थे और 'दर्शकों के लिए पुस्तक' में उन्होंने नेताजी की स्मृति के प्रति गहरी श्रद्धा व्यक्त की। पंडितजी रेंकोजी मन्दिर गए तो उन्होंने 'विज़िटर्स बुक' में नेताजी की स्मृति में कुछ लिखने के प्रस्ताव को टाल दिया। इसके बदले उन्होंने एक वाक्य लिखा कि, "बुद्ध का सन्देश मानवजाति को शांति दे।" क्या इससे यह नहीं सोचा जा सकता कि पंडितजी जानते थे कि नेताजी की कथित वायुयान-दुर्घटना में मृत्यु नहीं हुई, और इस कारण

उनकी अन्तरात्मा नेताजी की स्मृति में कुछ लिखने के प्रस्ताव को स्वीकार नहीं कर पा रही थी।

करीब दो दशक बाद पंडितजी का विवेक विचलित होने लगा। नेताजी के बड़े भाई सुरेशचन्द्र बोस को, जो शाहनवाज़ समिति के सदस्य थे, एक पत्र के उत्तर में उन्होंने 13 मई, 1962 को लिखा :

> "आप नेताजी की मृत्यु का प्रमाण चाहते हैं। मैं आपको कोई पक्का प्रमाण नहीं दे सकता। लेकिन परिस्थितियों पर आश्रित जो भी प्रमाण मिले हैं, जिनका जांच आयोग ने हवाला दिया है, उनसे हम सबको विश्वास हो गया है कि नेताजी की मृत्यु की बात सच है। समय के लंबे अंतराल और इसकी नितांत असंभावना, कि नेताजी ज़िन्दा हैं और कहीं छिपकर रह रहे हैं, जब कि भारत में बड़े उत्साह और प्रेम से उनका स्वागत होगा, इस प्रमाण को और भी सबल बनाते हैं।"

क्या उत्तर था! नेहरूजी ने यह तो स्वीकार किया कि नेताजी की मृत्यु का कोई सीधा या पक्का प्रमाण नहीं है, फिर भी प्राप्त संकेतों के आधार पर ही उन्होंने नेताजी की मृत्यु की बात को सच मान लिया! लेकिन सबसे प्रासंगिक प्रमाण के लिए उन्होंने शाहनवाज़ समिति को कथित दुर्घटना-स्थल तैहोकू नहीं जाने दिया। नेताजी भारत नहीं आए, क्या इसीसे यह प्रमाणित हो जाता है कि दुर्घटना हुई थी और नेताजी उसमें मारे गए थे? हो सकता है वह रूस में बन्दी रहे हों, जैसा कि अब प्रकाशित ब्रिटिश दस्तावेज़ों से पता चलता है। नेहरूजी शायद जानते थे कि नेताजी पर क्या बीती, इस कारण उनकी मृत्यु की सचाई को जानने के लिए जो सबसे महत्त्वपूर्ण बात थी उसको टालने की उन्होंने पूरी कोशिश की।

भूतपूर्व सूचना और प्रसारण मंत्री तथा तमिलनाडु के राज्यपाल श्री के० के० शाह ने इस लेखक को 1968 में बताया था कि नेताजी की मृत्यु की खबर में नेहरू ने कभी विश्वास नहीं किया। नेहरू ने स्वयं यह बात श्री शाह से कई बार कही थी। श्री शाह ने इस लेखक को यह भी बताया कि नेताजी से सम्बन्धित सारी गोपनीय फाइलें पं० नेहरू स्वयं अपने पास रखते थे। नेताजी-सम्बन्धी विशेष फाइल थी, इस बात की पुष्टि तब हुई जब उसके गुम हो जाने या नष्ट हो जाने की बात खोसला आयोग को बताई गई।

पं० नेहरू की निरन्तर दिलचस्पी से चाहे वह कितनी गुप्त रही हो, पता चलता है कि उनको मालूम था कि नेताजी जीवित हैं और जापान के आत्मसमर्पण के बाद रूस चले गए थे। नेताजी के जीवित होने की कोई खबर उड़ती या कहीं कोई उल्लेख होता, तो वे चिंतित हो जाते। उनकी इस परेशानी की बात खोसला आयोग के सामने भी आई जब भारत सरकार के गुप्तचर विभाग के कई प्रधान,

जैसे बी० एन० मलिक, एस० आर० मीरचन्दानी आदि ने बयान दिए। इन गवाहों ने बताया कि नेताजी के जीवित होने के बारे में कोई अफवाह या रिपोर्ट देश में कहीं भी सुनी या पढ़ी जाती तो नेहरू कभी उसकी उपेक्षा नहीं करते थे। गुप्तचर विभाग के उच्चतम अधिकारियों से इन रिपोर्ट की जांच करने को कहा जाता था। आयोग के सामने यह बात भी आई कि कई नागा और मीज़ो सरदारों से पूछताछ की गई क्योंकि उनमें से किसीने सार्वजनिक तौर पर यह कह दिया था कि वे जानते हैं कि नेताजी जीवित हैं।

1960 के बाद कुछ समय तक शौलमारी के साधु के रहस्यपूर्ण समाचार ने काफी सनसनी फैला दी थी। साधु कौन है, यह जानने के लिए नेहरूजी भी उत्सुक थे। स्व० सुरेन्द्रमोहन घोष, जो बंगाल के एक क्रांतिकारी नेता थे, और नेताजी के बहुत निकट थे, शौलमारी आश्रम के साधु का सच्चा परिचय प्राप्त करने के लिए चुने गए। डा० राजेन्द्र प्रसाद और श्री मोरारजी देसाई ने भी इस मामले में बड़ी दिलचस्पी ली। स्व० सुरेन्द्रमोहन घोष ने शौलमारी आश्रम जाकर साधु से लम्बी बातचीत की। वापस आकर उन्होंने नेहरू को बताया कि साधु नेताजी नहीं हैं। यह सारी सूचना स्वयं श्री घोष ने खोसला आयोग को दी।

पंडितजी की मृत्यु के कुछ दिन पहले, नेताजी के एक भतीजे, श्री अमियनाथ बोस ने इनको लिखा, "राष्ट्रीय हित के लिए, अगस्त 1945 में तैहोकू में हुई हवाई दुर्घटना के बारे में उच्चतम न्यायालय के मुख्य न्यायाधीश द्वारा जांच होनी चाहिए।" अपने उत्तर में पं० नेहरू ने कहा, "मैं आपसे सहमत हूं कि नेताजी की मृत्यु के प्रश्न का अंतिम रूप से फैसला करने के लिए कुछ करना चाहिए।"

इंटरप्रेस का एक लेख

देवेन सेन, भूतपूर्व संसद्-सदस्य ने 1949 में फ्रांस के मार्सेल्स के हवाई अड्डे पर नेताजी से आकस्मिक भेंट का विवरण दिया है। वह और बबंई के ट्रेड यूनियन के एक नेता श्री जोगलेकर अन्तर्राष्ट्रीय श्रम सम्मेलन में हिस्सा लेने के लिए फ्रांस गए थे। दोनों ही उन दिनों के मज़दूरों के जाने-माने नेता थे। वे मार्सेल्स हवाई अड्डे पर पहुंचे तो बड़े अचरज से देखा कि बिलकुल नेताजी की शक्ल-सूरत वाला व्यक्ति, सैनिक वर्दी में, एयरपोर्ट के लाउंज में, गोरे सुरक्षा अफसरों द्वारा घिरा खड़ा है। जब नेताजी भारत में थे तो देवेन सेन का इनसे बहुत निकट का परिचय था। उन्हें देखकर आश्चर्य और प्रसन्नता से अभिभूत होकर दोनों उनकी ओर बढ़े, लेकिन उनके निकट पहुंचने के पहले, जिस व्यक्ति को उन्होंने नेताजी के रूप में पहचाना था, उसने तर्जनी के इशारे से सावधान किया कि वे उससे बातचीत करने की कोशिश न करें। कुछ देर बाद वह व्यक्ति अपने सुरक्षा दल के साथ एक हवाई

जहाज़ पर सवार होकर मार्सेल्स से रवाना हो गया।

यूरोप से लौटने के बाद देवेन सेन ने शरत्चंद्र बोस को उस हैरत में डालने वाली घटना के बारे में बताया। शरत्चंद्र ने उनको सलाह दी कि उस अविश्वसनीय लगने वाली घटना का प्रचार न करें। देवेन सेन ने प्रेस को यह बात अपनी मृत्यु से कुछ समय पहले बताई। इसके पहले वह यह किस्सा इस लेखक को और भूतपूर्व संसद्-सदस्य और 'आनंद बाजार पत्रिका' के सम्पादक चपलाकांत भट्टाचार्य को सुना चुके थे। श्री भट्टाचार्य ने यह बात खोसला आयोग को बताई।

यह दिलचस्प बात है कि ब्रिटिश कम्युनिस्ट नेता गैलेचर ने, लगभग उसी समय जब कि देवेन सेन ने इस घटना के बारे में बताया था, एक वक्तव्य में कहा था कि सुभाषचन्द्र बोस डि वैलेरा से मिलने गुप्त रूप से आयरलैंड गए थे। क्या यह संभव है कि नेताजी मार्सेल्स होकर आयरलैंड जा रहे थे, कौन बता सकता है?

जर्मनी की एक अखिल विश्व गुप्तचर एजेंसी ने, जो इंटरप्रेस के नाम से सुपरिचित है, 1949 मे एक लेख प्रकाशित किया था, जिसमें दावा किया गया था कि उनके पास बोस के रूस में होने के प्रमाण हैं। उसमें गैलेचर का वक्तव्य भी शामिल था। उस लेख में, जिसे इस पुस्तक के लेखक ने खोसला आयोग के सामने पेश किया था, कहा गया था, "हाल की घटनाओं से असंदिग्ध रूप से पता चलता है कि भारत के क्रांतिकारी सुभाषचन्द्र बोस, जो हवाई दुर्घटना में मारे गए बताए जाते हैं, एशिया की राजनैतिक स्थिति पर कब्ज़ा करने के अवसर की प्रतीक्षा में हैं।"

अंतर्राष्ट्रीय प्रतिष्ठा प्राप्त इस पत्रिका में प्रकाशित इस लेख की विश्वसनीयता चाहे जितनी हो, इससे यह अवश्य स्पष्ट है कि पश्चिमी देशों में ऐसे अनेक लोग थे जो नेताजी की मृत्यु की खबर को सच नहीं मानते थे। इस लंबे लेख के अंत में कहा गया था, "दूसरे महायुद्ध की समाप्ति के बाद मि० बोस को फिर मृत घोषित किया गया। यह सच है कि टोकियो रेडियो प्रसारित कर चुका था कि फारमोसा जाते हुए तैहोकू में हवाई दुर्घटना में उनकी मृत्यु हो गई। इस समाचार के कोई प्रमाण नहीं हैं। किसीने जलते हुए हवाई जहाज़ की लपटों में शव को नहीं देखा था। जो लोग दक्षिण-पूर्व एशिया में युद्धोत्तर घटनाक्रम से परिचित थे, वे जानते थे कि आत्मसमर्पण के बाद जापानियों ने दुर्घटना में मृत लोगों की जो सूची मित्र-राष्ट्रों को दी थी, उसमें कई विशिष्ट व्यक्तियों के नाम थे। पचास वर्ष की उम्र में भी सुभाषचन्द्र बोस शारीरिक रूप से सबल थे, उनकी मानसिक शक्ति अद्वितीय थी, वे असाधारण रूप से दूरदर्शी राजनैतिक नेता थे।...यह नहीं मान लेना चाहिए कि इस दूरदर्शी और बहादुर नेता ने भविष्य की अपनी कोई योजना नहीं बनाई थी। एशियाई राष्ट्रीयतावाद के पुनरुत्थान का लाभ उठाने के मास्को के इरादे को

क्या वह नहीं जानते थे?

"1945 में मित्रराष्ट्रों की विजय के बाद चीन में जो सरगर्मी हुई, वे उसका लाभ उठा सकते थे। उनके पास जो सोना था उसकी सहायता से सोवियत क्षेत्र में बिना किसी कठिनाई के पहुंच सकते थे और मास्को में, या किसी एकांत स्थान में, शरण ले सकते थे। ब्रिटिश कम्युनिस्ट गैलेचर द्वारा दिए गए समाचार का, कि बोस किसी गुप्त काम से आयरलैंड गए थे, और क्या महत्त्व हो सकता था?"

"भारत में करोड़ों लोगों को विश्वास है कि देश में भारी परिवर्तन होंगे, जो उसे स्वर्ग बना देंगे। बुद्ध जैसे दीखनेवाले बोस, जो उच्चकोटि के योगी हैं, शायद एक दिन भारत के ही नहीं सारे एशिया के मुक्तिदाता होंगे।···आज सारा भारत उनके महान व्यक्तित्व के प्रभाव से हिल उठा है। यदि श्री बोस जीवित हैं—और यह बहुत संभव है—तो संसार फिर उनकी आवाज सुनेगा।"

हां, करोड़ों भारतीयों ने यह मानने से इन्कार कर दिया था कि उनका नेता, भारत की स्वतंत्रता का क्रांतिकारी पुजारी—अपनी प्यारी मातृभूमि को वापस नहीं लौटेगा। टोकियो का प्रसारण उन्हें एक राजनैतिक कहानी लगा जिसे न तो प्रमाणित किया जा सकता है, और न ही जिसकी जापानी अधिकारियों ने सरकारी तौर पर पुष्टि की। उस समय के सभी उच्च पदस्थ जापानी व्यक्ति नेताजी को महामानव मानते थे। तोजो ने उन्हें एशिया का सबसे महान क्रांतिकारी कहा था, और उनके विदेश मंत्री शिगामेत्सु ने उन्हें अपने युग का सबसे महान वीरनायक कहा था। यदि नेताजी सचमुच मर गए होते, तो क्या जापानी अधिकारी इस तरह चुप्पी साध जाते? आगे के अध्यायों में प्राप्त प्रमाणों का जो विश्लेषण दिया गया है उससे स्पष्ट हो जाएगा कि नेताजी की मृत्यु की खबर एक राजनैतिक चाल थी, जिसका उद्देश्य था कि जापान के आत्मसमर्पण के बाद, उसके पर्दे के पीछे उन्हें लापता हो जाने का अवसर मिल जाए।

2
अविश्वसनीय प्रसारण

अगस्त 15, 1945 को जापानियों द्वारा आत्मसमर्पण करने की खबर सुनने के बाद अपने प्रिय नेता सुभाषचन्द्र बोस के बारे में संशय भारतीयों के मन में सर्वोपरि था। इस अनिश्चितता की अवस्था में ही उन्होंने नेताजी की मृत्यु की खबर सुनी। दस दिन बाद, यानी 25 अगस्त को, उन दिनों तैहोकू के एकमात्र दैनिक 'ताइवान शिन पाओ' ने फारमोसा के सैनिक सूचना ब्यूरो द्वारा जारी की गई एक विज्ञप्ति छापी :

"भारत के स्वतंत्रता-आंदोलन के प्रधान सुभाषचन्द्र बोस जापानी सरकार से बातचीत करने के इरादे से चो नुम (सिंगापुर) से हवाई जहाज़ द्वारा टोकियो के लिए रवाना हुए। हवाई जहाज़ 18 अगस्त को दोपहर में दो बजे दुर्घटनाग्रस्त हो गया। मि० बोस को गंभीर चोटें आईं और वे उपचार के लिए स्थानीय अस्पताल में ले जाए गए। अगस्त 18-19 को मध्यरात्रि में उनकी मृत्यु हो गई। इस हवाई जहाज़ में उनके सहयोगी कर्नल हबीबुर्रहमान थे, जो बुरी तरह जल गए, और जनरल शिडेई थे, जिनकी तत्काल ही मृत्यु हो गई। चार अन्य अफसर भी थे जो कम या बहुत जल गए थे।"

नेताजी की मृत्यु की खबर इतनी आकस्मिक और स्तब्ध कर देनेवाली थी कि सारा देश शोक में डूब गया। पहले धक्के की चोट कुछ कम हुई तो विचारशील लोग समाचार की एक-एक पंक्ति का विश्लेषण करने लगे। कई प्रश्न उठे। जापान की सरकार या उसके मुख्य सैनिक कार्यालय ने नेताजी की मृत्यु के बारे में कोई सरकारी विज्ञप्ति क्यों नहीं जारी की? समाचार कथित दुर्घटना के पांच रोज़ बाद क्यों प्रसारित किया गया? समाचार इतना अस्पष्ट क्यों था? एक रिपोर्ट में कहा गया था कि नेताजी अस्पताल में मरे, जब कि दूसरी में कहा गया कि वह तैहोकू में मरे। ऐसा क्यों? फोटोग्राफी के इतने शौकीन जापानियों ने शव का चित्र लेकर उसे प्रकाशित क्यों नहीं किया? सिवाय हबीबुर्रहमान के और किसीको शव क्यों नहीं दिखाया गया? नेताजी के निजी सामान का क्या हुआ?

लेकिन प्रश्नों का जापानी अधिकारियों की ओर से कोई उत्तर नहीं आया। बाद में श्री एस० ए० ऐयर ने खोसला आयोग को बताया कि वास्तव में समाचार दोमेई एजेंसी ने प्रकाशित नहीं किया था। टोकियो सैनिक मुख्य कार्यालय की ओर से स्वयं ऐयर ने समाचार का मसौदा तैयार किया था। ऐयर के यह बताने के बाद सारे का सारा समाचार रहस्यपूर्ण पहेली लगने लगा। जैसा कि स्वाभाविक था, अनेक भारतीयों के मन में संदेह उठा। सबसे पहले महात्मा गांधी और पं० मदनमोहन मालवीय ने लगभग साथ-साथ अपनी शंका प्रकट की। दोनों ने तार भेजकर बोस परिवार को कहलवाया कि वे श्राद्ध न करें, केवल मामूली-सी प्रार्थना करें। 21 सितम्बर, 1945 को बंबई में हुई कांग्रेस की सभा में यह शंका और भी प्रखर रूप से व्यक्त की गई। 8 अगस्त, 1942 की सभा के बाद, जिसमें 'भारत छोड़ो' प्रस्ताव स्वीकार किया गया था, कांग्रेस की यह पहली सभा थी जिसमें पिछली सभा के बाद दिवंगत हो गए नेताओं को श्रद्धांजलि अर्पित की गई थी। लेकिन नेताजी की मृत्यु के संबंध में मौलाना आजाद ने कहा :

> "जिन परिस्थितियों में और जिन सूत्रों से बोस की मृत्यु की खबर आई है, इससे यह निश्चित नहीं होता कि उनकी मृत्यु हो गई है। इस कारण अखिल भारतीय कांग्रेस समिति की पिछली सभा के बाद दिवंगत हुए लोगों की सूची में उनका नाम नहीं होना चाहिए।"

नेहरू ने शंका व्यक्त की

इसके पूर्व ए० पी० आई० ने 29 अगस्त, 1945 को पं० नेहरू और 'शिकागो ट्रिब्यून' के अमेरिकी पत्रकार अल्फ्रेड वाग के वीच एक भेंट की रिपोर्ट छापी। अल्फ्रेड वाग का दावा था कि वे 18 अगस्त की हवाई दुर्घटना के समाचार के प्रसारण के बाद सिंगापुर के निकट नेताजी से मिले थे। ए० पी० आई० के अनुसार अमेरिकी पत्रकार ने विश्वास से कहा कि नेताजी जीवित हैं और चार दिन पहले साइगोन में देखे गए थे। 11 सितम्बर को स्वयं नेहरू झांसी में ए० पी० ए० के एक रिपोर्टर से कहा था कि "सुभाषचन्द्र बोस की मृत्यु की खबर में मुझको विश्वास नहीं है। मुझको कई रिपोर्टें मिली हैं, जिनसे मेरे मन में भारी शंका उत्पन्न हो गई है।"

गांधीजी ने कहा था, "नेताजी जीवित हैं"

यही नहीं कि गांधीजी को हवाई दुर्घटना की कहानी में अविश्वास था, उन्होंने यह साफ-साफ कहा था कि मुझको पूरा विश्वास है कि नेताजी जीवित हैं।

दिसम्बर 1945 में दमदम की जेल में उन्होंने कैदियों से, जिनमें अधिकांश नेताजी के सहयोगी थे, कहा था, "अगर मुझे कोई उनकी राख भी दिखा दे तो भी मैं विश्वास नहीं करूंगा कि सुभाष ज़िन्दा नहीं हैं।" यह लेखक भी एक कैदी की हैसियत से वहां उपस्थित था।

बाद में, 2 जनवरी, 1946 को, गांधीजी ने पश्चिम बंगाल में कोन्ताई में मज़दूरों की एक सभा में कहा था, "मुझको विश्वास है कि सुभाष बोस ज़िंदा हैं और कहीं छिपे हुए हैं।" जब लालकिले से मुक्त होने पर शाहनवाज़ और सहगल गांधीजी के दर्शन के लिए गए तो उनसे भी उन्होंने वही बात कही।

'हरिजन' में 3 फरवरी को प्रकाशित अपने एक लेख में उन्होंने कहा था, "आई० एन० ए० के सम्मोहन ने हमपर जादू डाल दिया है। नेताजी की देश-भक्ति किसीसे कम नहीं। उनके सारे कारनामों में उनकी वीरता दिखाई देती है···।"

लेकिन बाद में जब हबीबुर्रहमान वर्धा में उनसे मिले तो उन्होंने कुछ अस्पष्ट-सी बात की। उन्होंने यद्यपि यह कहा कि हबीब ने जो बात कही वह एक सैनिक के योग्य है, लेकिन साथ ही यह भी कहा कि भारत की जनता को इनकी बात पर विश्वास कर लेना चाहिए। यह ध्यान देने योग्य बात है कि गांधीजी ने यह नहीं बताया कि स्वयं उनका क्या विश्वास है। शायद गांधीजी तब तक यह समझ गए थे कि इस बात की बहुत अधिक चर्चा से नेताजी की जान को खतरा हो सकता है।

जेल से छूटने के बाद शरत्चंद्र बोस एक महीने के लिए यूरोप की यात्रा पर गए। भारत लौटने पर उहोंने 22 जुलाई, 1946 को, बम्बई में यूनाइटेड प्रेस को बताया, "मुझको विश्वास है कि नेताजी जीवित हैं। हवाई दुर्घटना की खबर मन-गढ़न्त है। हाल में मेरी भेंट एक महिला पत्रकार से हुई, जिनका संबंध एक स्विस पत्र से है और जो इस समय जापान में थीं। इस महिला ने कई व्यक्तियों से संपर्क स्थापित किया और दुर्घटना के बारे में विस्तार से पूछताछ की। उनका भी यही विश्वास है कि दुर्घटना की खबर मनगढ़न्त थी।"

हबीबुर्रहमान किसीको विश्वास नहीं दिला सके

कर्नल हबीबुर्रहमान एकमात्र भारतीय थे जिन्हें नेताजी ने साइगोन से अपने साथ जाने के लिए चुना था। कहा गया था कि कथित दुर्घटना में उनको भी चोटें आई थीं, और साइगोन से चलने से लेकर नेताजी के कथित दाह-संस्कार तक उन्होंने अपनी आंखों से सब कुछ देखा था। इस कारण वही ऐसे व्यक्ति थे जो नेताजी के बारे में सच्ची खबर दे सकते थे। लालकिले से मुक्त होने के बाद वह

कई महीने शरत्चन्द्र बोस के साथ रहे। वहां वह आजाद हिन्द फौज के अपने साथियों और नेताजी के निकट के लोगों से मिले। उन्होंने सबसे वही कहानी दुहराई, लेकिन प्रश्नों के उत्तर वह नहीं देते थे। वह सबको एक ऊनी स्वेटर दिखाकर कहते थे कि हवाई दुर्घटना के समय भी उन्होंने यही स्वेटर पहन रखा था। उन्होंने यह भी बताया कि जहाज़ में आग लग गई थी और कैसे वह नेताजी के साथ लपटों में से बाहर निकले, और किस तरह नेताजी की बुशशर्ट और उनके शरीर का ऊपरी भाग झुलस गया था। लेकिन आश्चर्य की बात है कि स्वेटर में जलने के कोई निशान नहीं थे। मित्रों ने पूछा कि ऊनी स्वेटर, जिसमें सहज ही आग लग जाती है, कैसे बच गया? उनके पास कोई उत्तर नहीं था।

नेताजी के निजी चिकित्सकों, डॉ० कर्नल राजू और डॉ० कासलीवाल ने हबीबुर्रहमान से भली भांति पूछताछ की। उन्होंने पूछा कि जब आपने नेताजी की बुशशर्ट में लगी आग को दोनों हाथों से बुझाने की कोशिश की तो हथेलियां कैसे साफ बच गईं? हबीबुर्रहमान ने कोई उत्तर नहीं दिया। कर्नल रहमान द्वारा दिए गए विमान-दुर्घटना और नेताजी के वृत्तांत पर आज़ाद हिंद सरकार के भूत-पूर्व विधि मंत्री ए० एन० सरकार ने 'फारवर्ड ब्लॉक' नामक साप्ताहिक में 1947 में एक लेख में लिखा, "···मैंने कर्नल हबीबुर्रहमान के शरीर पर आई चोटों को न्यायिक और डाक्टरी दृष्टि से देखा, और जब मैं समझदारी से मुस्कराया तो उनके चेहरे के भाव को भी मैंने देखा··········वास्तव में नेताजी की मृत्यु के कोई प्रमाण नहीं हैं। इस कारण इसका खंडन करने का भी सवाल नहीं उठता।"

शरत्चन्द्र बोस द्वारा प्रकटीकरण

अपनी मृत्यु के चार महीने पहले, 7 अक्टूबर 1947 को, शरत्चंद्र बोस ने कलकत्ता के उस समय के एक दैनिक 'दि नेशन' के संवाददाताओं से कहा था कि, मुझको विश्वास है कि नेताजी साम्यवादी चीन में हैं। यह इंटरव्यू पत्र के एक विशेष संस्करण में छः कॉलम की सुर्खी देकर छापा गया था। शरत्चंद्र ने कहा था, भारत सरकार के पास निश्चित सूचना थी, कि नेताजी माओ त्से तुंग के साम्यवादी चीन में है। एक स्विस पत्रकार डॉ० मिस लिली एबेग की रिपोर्ट का हवाला देकर उन्होंने प्रेस को बताया, ब्रिटिश और अमेरिकी प्रेस ने न तो तैहोकू की हवाई दुर्घटना की बात पर विश्वास किया था और न नेताजी की मृत्यु की खबर में।

श्री बोस ने आगे कहा कि जब यह किस्सा सुनाया गया तो मैं जेल में था। मैं स्वीकार करता हूं कि जब तक जेल में रहा, मैं बहुत दुःखी था। तब मेरे पास कोई ऐसी सूचना नहीं थी जिसके आधार पर मैं कह सकता कि यह समाचार सच

है या नहीं। फिर भी मुझको उस समय यह बात विचित्र लगी कि खबर दुर्घटना के पांच दिन बाद प्रकाशित की गई।"

"1945 में जेल से बाहर आने के बाद मुझको आज़ाद हिंद फौज के कर्नल हबीबुर्रहमान से बातचीत करने का मौका मिला। वह इसी किस्से पर अड़े रहे। मुझको लगता है कि इनको उनके प्रधान का आदेश था कि यह कहानी सुनाई जाए। एक व्यक्ति और आज़ाद हिंद फौज के सैनिक की हैसियत से हबीबुर्रहमान मुझको 'खरा सोना' जान पड़े। जब मैं दुर्घटना की बात पर विश्वास नहीं कर सका तो इसी निष्कर्ष पहुंचा कि उनको अपने प्रधान का अता-पता बिल्कुल गुप्त रखने का आदेश है। और अगर कर्नल रहमान को ऐसा आदेश है तो वह मुझको नहीं बताएंगे, क्योंकि मैं भाई ठहरा और एक भाई की भावनाएं और कमज़ोरियां मुझमें होंगी।"

श्री बोस ने फिर 3 अक्तूबर, 1949 की लन्दन से प्राप्त यू० पी० आई० की रिपोर्ट का हवाला दिया, जिसमें कहा गया था कि बोस द्वारा चीन की साम्यवादी सरकार को समर्थन देने का अर्थ लंदन में यह लगाया गया है कि मि० बोस पहले से ही चीन के कम्युनिस्टों के साथ सलाह-मशविरा कर रहे थे।

संसद् में जांच की मांग

भारत की जनता को आशा थी कि 15 अगस्त, 1947 को सत्ता ग्रहण करने के बाद, देश के स्वतन्त्रता-आंदोलन के सबसे वीर नायक का क्या हुआ, इसकी पूरी जांच करवाना पंडितजी देश के प्रति अपना पहला कर्तव्य समझेंगे। लेकिन इस मामले में पहल करना तो दूर, उन्होंने जांच करवाने की जनता की हर मांग को ठुकरा दिया। उनका यह रवैया आश्चर्यजनक था।

श्री एच० वी० कामथ ने सबसे पहले यह प्रश्न लोकसभा में उठाया। इसके उत्तर में 26 सितम्बर, 1955 को पं० नेहरू ने कहा, "इस मामले में जापानी सरकार द्वारा ही कोई सार्थक जांच-पड़ताल हो सकती है। सारी कुछ सामग्री, सब कुछ वहां है। हम लोग जापानी सरकार पर जांच समिति नहीं लाद सकते। हां, अगर वे स्वयं जांच करना चाहें तो उन्हें हम पूरा सहयोग देंगे। लेकिन हम उनके क्षेत्र में जाकर जांच नहीं कर सकते, और विशेषकर इस कारण भी कि सब महत्त्व-पूर्ण गवाह या तो वहां के सरकारी अधिकारी हैं या सरकार से संबंधित व्यक्ति। और जैसा कि मैंने कहा, पहल जापान की सरकार को करनी चाहिए।"

गैरसरकारी जांच का प्रस्ताव

भारत सरकार की नेताजी के प्रति उपेक्षापूर्ण नीति बनी रही तो कलकत्ता के प्रमुख नागरिकों ने अन्तर्राष्ट्रीय ख्यातिप्राप्त विधिवेत्ता डॉ० राधाविनोद पाल की अध्यक्षता में एक गैरसरकारी जांच समिति स्थापित करने का फैसला किया। 22 जुलाई, 1946 को एक वक्तव्य में शरत्चन्द्र बोस ने कहा था, "मेरे मित्र डा० राधाविनोद पाल ने, जो टोकियो के मुकदमे में जज थे, मुझको बताया कि उन्होंने प्रमुख अंग्रेज़, जापानी और अमेरिकी पत्रकारों से सुना था कि वे विश्वास करने से इन्कार करते हैं कि कोई हवाई दुर्घटना हुई थी। यह कोरी कहानी है।" इस पुस्तक का लेखक भी जब-जब डॉ० पाल से मिला, उन्होंने यही बात कही।

बाद में 14 फरवरी, 1953 को श्री ए० एम० नैयर के नाम एक पत्र में डॉ० पाल ने खुल्लमखुल्ला कहा था, "मैं फारमोसा में नेताजी की मृत्यु की बात को स्वीकार नहीं कर सका। मैं समझता हूं कि इस मामले की पूरी जांच होनी चाहिए। लोगों द्वारा दिए गए छुटपुट बयानों से मुझको समाचार की सत्यता में विश्वास नहीं होता। संदेह के कारण हैं मेरे पास।"

गैरसरकारी समिति की स्थापना के प्रस्ताव से पं० नेहरू विचलित हो गए। उसके निष्कर्ष उनकी सरकार के लिए परेशानी का कारण न बन जाएं, इस आशंका से उन्होंने जांच न करने के पक्ष में अपने तर्क वापस लेकर, 1956 में सरकारी जांच समिति नियुक्त करने की घोषणा कर दी। डॉ० राधाविनोद पाल को उसका अध्यक्ष नियुक्त करने की मांग की गई, क्योंकि टोकियो के मुकदमे में उनके निर्णयों के कारण उन्होंने जापान की जनता, युद्धकालीन नेताओं और जापान की सरकार की कृतज्ञता प्राप्त की थी। यदि उन्हें अध्यक्ष बनाया जाता तो जापान की युद्धकालीन दस्तावेज़ें उनके हाथ लग सकती थीं और उच्च अधिकारियों में उनकी साख के कारण नेताजी के लापता हो जाने के रहस्य की तह तक वे पहुंच सकते। लेकिन टोकियो के मुकदमे में बहुमत के विरोध में मत देने के कारण नेहरूजी उनसे अप्रसन्न हो गए थे। यहां तक कि भारत सरकार ने इस अन्तर्राष्ट्रीय प्रतिष्ठा वाले विधिवेत्ता का कभी कोई उपयोग नहीं किया। इसके बदले शाहनवाज़ खां को, जिनकी निष्ठा अब नेहरू के प्रति हो गई थी, तीन सदस्यों वाली जांच समिति का अध्यक्ष नियुक्त किया गया गया। अन्य दो सदस्य थे आई० सी० एस० के वरिष्ठ अफसर श्री एस० एन० मोइत्र और नेताजी के बड़े भाई श्री सुरेशचन्द्र बोस।

शाहनवाज़ समिति द्वारा एकरुखी जांच

सरकार ने मात्र जांच समिति नियुक्त की, अदालती आयोग नहीं। समिति का अध्यक्ष जो चुना गया उसमें ऐसे पेचीदा अन्तर्राष्ट्रीय मामले का संचालन करने की योग्यता नहीं थी। हवाई दुर्घटना के समाचार के ग्यारह वर्ष बाद सरकार ने नेताजी के बारे में जांच करवाने के लिए पहला कदम उठाया, लेकिन आश्चर्य है कि समिति की कार्रवाई का क्षेत्र केवल नेताजी की मृत्यु की खबर की पुष्टि में प्रमाण-संग्रह करने तक ही सीमित रखा गया। सरकार ने "बैंगकाक से अगस्त 16, 1945 को नेताजी सुभाषचन्द्र बोस के प्रस्थान, हवाई दुर्घटना में उनकी कथित मृत्यु और उसके बाद की घटनाओं की जांच करने के लिए समिति की नियुक्ति की घोषणा की।"

समिति की नियुक्ति के बाद पंडितजी ने संसद् में हतबुद्धि कर देने वाली एक घोषणा की, जिससे उनके पूर्वाग्रह का पता चलता है, जिसका समिति की जांच पर भी असर पड़ सकता था। उन्होंने कहा, "मेरे मन में न तब शंका थी और न अब है कि नेताजी सुभाषचन्द्र बोस की मृत्यु निश्चित तथ्य है। इसमें कोई संदेह नहीं है।"

समिति के अध्यक्ष ने पंडितजी द्वारा बताए गए तरीके से जांच का संचालन किया। 4 मार्च, 1956 को टोकियो पहुंचने पर शाहनवाज़ खां ने एयरपोर्ट पर संवाददाताओं को बताया कि "उनका उद्देश्य केवल ऐसे व्यक्तियों से भेंट करना है जो श्री बोस की मृत्यु के बारे में सीधे प्रमाण दे सकें।" टोकियो में उन्होंने केवल ऐसे लोगों से भेंट की जो नेताजी की मृत्यु के समाचार का समर्थन करते थे। उसका विरोध करने वालों से वह दूर ही रहे। जनरल ओशीमा, जनरल कीवाबे, जनरल याकुरु, श्रीमती तोजो, श्रीमती शिडेई और जापान की युद्ध-कालीन सरकार के अन्य उच्च पदस्थ अधिकारियों से, जो नेताजी के प्रशंसक थे और इस रहस्य को सुलझाने में मदद कर सकते थे, वे नहीं मिले। न ही उन्होंने इस संबंध में युद्धकालीन दस्तावेज़ों को देखने की इच्छा प्रकट की। समिति ने तैहोकू जाने की सारी व्यवस्था की, लेकिन आखिरी मिनट में, पं० नेहरू के आदेश से, वह रद्द कर दी गई।

आदेशानुसार जांच की रिपोर्ट

जैसा कि पहले ही आशंका थी कि शाहनवाज़ पं० नेहरू द्वारा बताए 'निश्चित तथ्य' को अनिश्चित नहीं बताएंगे, जांच समिति ने जापानी गवाहों और हबीबुर्रहमान के बयानों में कई असंगतियां बताईं, लेकिन फिर भी उनकी जांच के

विलक्षण समापन में कहा गया, "जिस पेटी में उनकी भस्म रखी गई थी उसपर सील नहीं लगाई गई थी, कोई औपचारिक रसीद नहीं दी गई, और न ही उसपर बराबर निगरानी रखी गई। इसलिए यद्यपि यह निर्विवाद तो नहीं है फिर भी कहा जा सकता है कि रेंकोजी मन्दिर में सुरक्षित रखी भस्म नेताजी की है। यदि भस्म को असली मान लिया जाए तो रेंकोजी मंदिर उसका अंतिम विश्राम-स्थल नहीं हो सकता।

कितना हास्यास्पद निष्कर्ष है! राख की पहचान कौन कर सकता है? समिति के तीसरे सदस्य श्री सुरेशचन्द्र बोस ने, जिन्हें समिति के सामने पेश की गई सारी दस्तावेज़ें न दिखाने की अभद्रता की गई थी, अन्य दोनों सदस्यों के निष्कर्षों को चुनौती देते हुए अपना भिन्न मत दिया था।

भारत की जनता ने जांच समिति के निष्कर्षों को स्वीकार करने से इन्कार कर दिया, लेकिन इसके अध्यक्ष शाहनवाज़ खां को उनकी बदली हुई निष्ठा का पुरुस्कार मिला। रिपोर्ट पेश करने के शीघ्र बाद ही उन्हें भारत सरकार में उपमंत्री बना दिया गया।

ताज़ा जांच की ताज़ा मांग

1967 के चुनावों के बाद इस लेखक ने नेताजी के सम्बन्ध में नये सिरे से जांच करवाने की ताज़ा मांग की शुरुआत की। संसद् में अपने 45 मिनट के लंबे भाषण में उसने संसद् के विवेक को जगाने का प्रयत्न किया और कहा कि इस युग के सबसे महान राष्ट्रीय नेता के प्रति जो अन्याय हुआ है उसे मिटा दिया जाए। सौभाग्य से लोकसभा के सामने पेश की गई इस मांग का कई प्रमुख समाचारपत्रों ने समर्थन किया। शीघ्र ही नेताजी पर एक राष्ट्रीय समिति की स्थापना हुई जिसमें संसद्-सदस्य भी थे और बाहर के लोग भी। समिति की ओर से प्रतिष्ठित इतिहासवेत्ता डा० रमेशचन्द्र मजुमदार ने सरकार को राज्य-सभा और लोकसभा के सांसदों द्वारा संयुक्त रूप से पेश करने के लिए एक ज्ञापन तैयार किया। कुछ ही दिनों में संसद् के 350 सदस्यों ने उसपर हस्ताक्षर किए।

ज्ञापन में सरकार को स्मरण दिलाया गया था, "नेताजी के प्रेरणादायक नेतृत्व में आज़ाद हिंद फौज ने भारत की भूमि को ब्रिटिश की गुलामी से आज़ाद किया था और दिल्ली में लाल किले पर झंडा फहराने के तीन वर्ष पहले, भारत की स्वाधीनता का झंडा फहराया था। वास्तव में नेताजी स्वतन्त्र भारत के प्रथम राष्ट्रपति थे।" ज्ञापन में आगे इसपर खेद प्रकट किया गया कि "सरकार ने नेताजी के अद्भुत व्यक्तित्व और स्वाधीनता-आंदोलन में उनकी ऐतिहासिक

भूमिका को उचित महत्त्व और सम्मान नहीं दिया।" उसमें सरकार से कहा गया था कि "(1) संसद्-भवन के सेंट्रल हाल में नेताजी का चित्र लगाया जाए, (2) नई दिल्ली के किसी प्रमुख स्थल पर, हो सके तो इंडिया गेट के पास, नेताजी की मूर्ति स्थापित की जाए, (3) उनकी सैनिक प्रतिभा को सम्मानित करने की उचित विधि सोची जाए, (4) हर वर्ष उनका जन्मदिवस मनाया जाए, (5) आज़ाद हिंद फौज के वीरों का स्मारक कोहिमा और इम्फाल में बनाया जाए, (6) आज़ाद हिंद फौज का इतिहास तैयार कराया जाए और उसे प्रकाशित किया जाए, (7) भारत के स्वतन्त्रता-आंदोलन के इतिहास में नेताजी को उचित स्थान दिया जाए (8) नेताजी के लेखों और भाषणों को प्रकाशित करने की व्यवस्था की जाए।"

ज्ञापन में मांग की गई थी कि जापान और ताइवान की सरकारों के सहयोग से सुप्रीम कोर्ट के जज और दो-तीन प्रमुख नागरिकों की, जिनकी योग्यता और ईमानदारी में जनता को पूरी आस्था थी, समिति नये सिरे से जांच करे। यद्यपि देर बहुत हो गई है, लेकिन अब भी जांच का अच्छा परिणाम निकल सकता है, लेकिन यदि अविलम्ब यह कार्रवाई नहीं की गई तो आने वाली पीढ़ियां भारत की सरकार और जनता को भारत की स्वतन्त्रता के एक महान शिल्पी के प्रति उपेक्षा के लिए कभी क्षमा नहीं करेंगी। (परिशिष्ट-1)

सभी पार्टियों के इतनी अधिक संख्या में संसद्-सदस्यों ने पहले कभी किसी राष्ट्रीय मसले पर इस प्रकार के ज्ञापन पर हस्ताक्षर नहीं किए थे, लेकिन राष्ट्रपति डा० जाकिर हुसेन का उत्तर इसके पक्ष में नहीं था। राष्ट्रपति की ओर से उनके मुख्य सचिव ने 24 मई, 1968 को राष्ट्रीय समिति के संयोजक को सूचना दी: "···22 वर्ष बाद इस प्रकार के मामले की जांच करने से कोई नये तथ्यों को प्रकाश में लाने में सहायता नहीं मिलेगी, लोगों के मन में चाहे जो भी शंकाएं हों।" लेकिन नेताजी को राष्ट्रीय मान्यता देने के संबंध में आवश्यक कार्रवाई करने पर सरकार सहमत हो गई।

राष्ट्रपति का उत्तर निराशाजनक था, लेकिन राष्ट्रीय समिति ने प्रयत्न जारी रखने का निश्चय किया। संसद्-सदस्यों का एक दल राष्ट्रपति डा० जाकिर हुसेन से मिला और उनसे ताज़ा जांच के अनुरोध पर फिर से विचार करने का आग्रह किया। 45 संसद्-सदस्यों द्वारा हस्ताक्षरित एक और पत्र प्रधानमंत्री श्रीमती इंदिरा गांधी को भेजा गया और उनसे भी नेताजी-संबंधी रहस्य की पुन: जांच करवाने का अनुरोध किया गया।

उत्तर आया 30 जुलाई, 1969 को—प्रधानमंत्री के पास से नहीं, तत्कालीन विदेश मंत्री दिनेशसिंह के पास से। उन्होंने लिखा था, "जैसा आप जानते हैं, इस विषय को कई बार संसद् में उठाया गया और सरकार ने अपना दृष्टिकोण

पर्याप्त रूप से समझा दिया है। पिछले वर्ष, जब संसद्-सदस्यों ने ज्ञापन दिया था, सरकार ने काफी गहराई से उसपर सोच-विचार किया। सरकार ने इस बात को दोहराया कि नेताजी की मृत्यु के संबंध में आगे जांच करना उचित नहीं होगा।"

उत्तर निराशाजनक तो था, लेकिन राष्ट्रीय समिति संसद् के भीतर और बाहर ताज़ा जांच की अपनी मांग पर ज़ोर देती रही। इस बीच 1969 में कांग्रेस में विभाजन हो जाने से राजनैतिक स्थिति बदल गई। इससे श्रीमती गांधी को अपनी अल्पसंख्यक पार्टी की सरकार को कायम रखने के लिए विरोधी दलों पर निर्भर होना पड़ा। इस प्रकार नेताजी-संबंधी ताज़ा जांच की मांग को और भी प्रबल बनाने के लिए राजनैतिक स्थिति अनुकूल थी। राष्ट्रीय समिति के संयोजक ने संसद् में कई बार यह प्रश्न उठाया और एक प्रतिनिधि मंडल उनके नेतृत्व में नये राष्ट्रपति श्री वी० वी० गिरि से भी मिला। नये राष्ट्रपति नेताजी के मित्र और प्रशंसक थे। उन्होंने ज्ञापन का समर्थन करते हुए हस्ताक्षर करके उसे प्रधानमंत्री के पास भिजवा दिया। इस प्रकार राजनैतिक दबाव के कारण श्रीमती गांधी नये सिरे से जांच करवाने पर सहमत हो गईं।

तत्कालीन गृहमंत्री श्री यशवंतराव चव्हाण ने 45 संसद्-सदस्यों की सभा आयोजित की, नेताजी के लापता हो जाने से संबंधित सारे हालात की ताज़ा जांच के प्रश्न पर विचार करने के लिए। सभा 5 दिसम्बर, 1969 को हुई, जिसमें सभी सदस्यों ने एकमत से ताज़ा जांच के प्रस्ताव का समर्थन किया।

राष्ट्रीय समिति के संयोजक को गृहमंत्री से यह पत्र प्राप्त हुआ :

"भारत के गृहमंत्री

नई दिल्ली **18 मार्च, 1970**

प्रिय श्री गुह,

···यह निश्चय हुआ है कि सुप्रीम कोर्ट या हाईकोर्ट के न्यायाधीश द्वारा जांच के लिए आयोग नियुक्त किया जाए। उचित समय पर इस संबंध में घोषणा की जाएगी।

आपका

वाई० बी० चव्हाण

श्री समर गुह, एम० पी०

नई दिल्ली"

आखिर, 11 जुलाई, 1970 को सरकार ने एकसदस्यीय आयोग नियुक्त करने के अपने निर्णय की घोषणा की। एक महीने बाद न्यायमूर्ति जी० डी० खोसला, जो पंजाब हाइकोर्ट के अवकाशप्राप्त मुख्य न्यायाधीश थे, इस एक-

सदस्यीय न्यायिक आयोग के अध्यक्ष नियुक्त हुए। संसद् के सदस्यों ने सोचा कि कथित हवाई दुर्घटना के 27 वर्ष बाद, और एक जांच हो जाने के बाद, सरकार का दूसरी जांच के लिए राजी हो जाना, उनकी विजय थी। इस मनःस्थिति में उन्होंने यह नहीं सोचा कि एकसदस्यीय आयोग जांच के उद्देश्य के प्रति न्याय कर भी पाएगा या नहीं।

3
निराधार निष्कर्ष

नेताजी-संबंधी दूसरी जांच से देश-भर में बड़ी दिलचस्पी और आशा उत्पन्न हुई। लोगों को भरोसा था कि अदालती आयोग होने के कारण वह बिना किसी भय के जांच कर सकेगा। यह भी आशा की गई थी कि नेताजी के लापता होने के रहस्य से संबंधित सारे तथ्यों की जांच करने के भरसक प्रयत्न किए जाएंगे और आयोग के निष्पक्ष निष्कर्ष उनपर आधारित होंगे। इसके लिए यह वांछित था कि कमीशन का अध्यक्ष किसी प्रकार के सरकारी दबाव में न आए। लेकिन खेद की बात है कि श्री खोसला का आचरण एक सरकारी अधिकारी के समान था, स्वतंत्र जज के अनुरूप नहीं। वह प्रधानमंत्री श्रीमती गांधी को प्रसन्न करने के लिए इतने उत्सुक जान पड़ते थे कि अन्ततः जांच का काम एक व्यंग्य बनकर रह गया।

एक स्वतंत्र न्यायिक आयोग के अध्यक्ष से यह अपेक्षा की जा सकती है कि वह जांच की अवधि में ही प्रधानमंत्री की जीवनी लिखने का सरकारी काम स्वीकार करेगा? श्री खोसला ने श्रीमती गांधी की जीवनी लिखना स्वीकार करके, और उसके लिए अच्छी रायल्टी प्राप्त कर, बड़ी नादानी की। यही नहीं, उन्होंने कमीशन का काम पूरा होने के पहले जीवनी को प्रकाशित भी कर दिया।

पंडित नेहरू ने शाहनवाज़ समिति को ताइपेई जाने की अनुमति नहीं दी थी, जहां कथित हवाई दुर्घटना घटी थी। संसद् में छः महीने बराबर संघर्ष करने के बाद श्रीमती गांधी को मानना पड़ा कि वह खोसला कमीशन को ताइवान जाने की अनुमति देंगी। कमीशन ताइपेई गया ज़रूर, लेकिन श्री खोसला को गुप्त आदेश थे कि ताइवान की सरकार या वहां की किसी गैरसरकारी एजेंसी से बात-चीत न करें। श्री एच० वी० कामथ, मुल्का गोविंद रेड्डी, स्व० प्रकाशवीर शास्त्री और अन्य संसद्-सदस्यों ने, जो पहले ताइवान हो आए थे, कमीशन को बताया कि ताइवान सरकार ने जांच करवाई थी कि अगस्त 1945 में कोई भी हवाई दुर्घटना ताइपेई में हुई थी या नहीं। उन्हें पता चला कि उस दिन कोई दुर्घटना नहीं हुई थी। लेकिन ताइपेई में श्री खोसला ने ताइवान सरकार से कोई भी रिपोर्ट लेने से

इन्कार कर दिया, और ताइवान के अधिकारियों ने भी बिना मांगे उन्हें कोई सूचना देना स्वीकार नहीं किया।

श्री खोसला ने ताइपेई में एक और अविश्वसनीय काम किया—उन्होंने श्रीमती इंदिरा गांधी के लिए एक उपहार खरीदा जो घर लौटने पर उन्होंने स्वयं अपने हाथों से उन्हें दिया। क्या कोई और जज—अदालती कमीशन का अध्यक्ष—ऐसा आचरण करता है?

यही नहीं, इन सज्जन ने इससे भी ज़्यादा भद्दा काम किया। कमीशन का काम पूरा करने में उन्होंने चार वर्ष लगा दिए और संसद् के सामने रिपोर्ट पेश करने के पहले ही 'लास्ट डेज़ ऑफ नेताजी' शीर्षक से एक पुस्तक, दिल्ली के एक प्रकाशक द्वारा छपवा ली। यह पुस्तक उनकी रिपोर्ट की लगभग अक्षरशः नकल थी। इसका आशय यह हुआ कि गोपनीय रिपोर्ट को संसद् के सामने प्रस्तुत करने के पहले ही अपने प्रकाशक को दे दिया।

नेताजी कमीशन की अध्यक्षता श्री खोसला को अवकाश प्राप्त करने के बाद सौंपा गया इस प्रकार का तेरहवां काम था, और इसके बाद बराबर वह सरकार से उसी प्रकार सुविधाएं पाते रहे, जैसे उस समय जब वह जज थे।

कमीशन से क्या अपेक्षा थी?

नेताजी-विषयक जांच-संबंधी राष्ट्रीय समिति ने शुरू से ही इसपर बल दिया था कि 27 वर्ष के बाद की जाने वाली अदालती जांच के निष्कर्ष इन दस्तावेज़ों की उपलब्धि पर निर्भर करेंगे—(1) माउंटबैटन के मुख्य कार्यालय, मैकार्थर के मुख्य कार्यालय, ब्रिटिश काउंटर-इंटेलिजेंस ऑर्गेनाइजेशन और वैवेल सरकार द्वारा की गई जांचों की रिपोर्टें, (2) माउंटबैटन की संपूर्ण डायरी, (3) तैहोकू की कथित वायुयान-दुर्घटना और नेताजी की मृत्यु से संबंधित युद्धकालीन जापानी, दस्तावेज़, (4) अमेरिकी रिकार्ड, (5) रूसियों के रिकार्ड, (6) नेताजी की मृत्यु-संबंधी नेहरूजी की सारी गोपनीय फाइलें, (7) तैहोकू की कथित वायुयान-दुर्घटना की ताइवान सरकार द्वारा की गई जांच की रिपोर्ट, (8) विभिन्न जांच समितियों द्वारा कर्नल हबीबुर्रहमान से की गई पूछताछ के बारे में उनके वक्तव्य आदि। श्री खोसला ने आवश्यक दस्तावेज़ों को संबंधित सरकारों से प्राप्त करने के लिए भारत सरकार पर दबाव डालने की कोशिश नहीं की। सरकार ने श्री खोसला को भी सूचित किया कि नेताजी के मामले से संबंधित नेहरूजी की तीस 'निजी' फाइलें गुम हो गईं। ये फाइलें श्री मोहम्मद यूनुस के चार्ज में थीं, फिर भी उनके 'गुम हो जाने' या 'नष्ट कर दिए जाने' की सफाई देने के लिए उन्हें खोसला आयोग के सामने नहीं बुलाया गया। जांच की कार्रवाई खत्म होने को आई तो सरकार की

ओर से कुछ फाइलें पेश की गईं। उनसे जो सूचनाएं मिलीं उनपर आगे जांच नहीं की जा सकी। खोसला आयोग को भी केवल वही दस्तावेज़ें दिखाई गई जो शाहनवाज़ समिति के आगे पेश की गईं थीं।

खोसला आयोग के निष्कर्ष

आयोग की नियुक्ति के ठीक चार वर्ष बाद, 30 जून, 1974 को श्री खोसला ने अपनी रिपोर्ट पेश की जिसके ये निष्कर्ष थे :

(1) 12 अगस्त, 1945 को बोस को सूचित किया गया था कि युद्ध खत्म होने वाला है और जापानियों ने आत्मसमर्पण कर देने का फैसला कर लिया है। वह उस समय सरबान में थे। संदेश नेगीशी लाया था (गवाह नं० 50)।

(2) बोस तुरंत सिंगापुर के लिए रवाना हो गए। वहां उन्होंने अपने साथियों और मंत्रियों के साथ अपनी योजना के बारे में दिन-रात विचार-विमर्श किया। अंतिम निर्णय चौदह अगस्त को किया गया जब साकाई ने आकर बोस से बात-चीत की। यह तय किया गया कि बोस स्वयं सिंगापुर छोड़ दें और रूस को भाग निकलने का प्रयत्न करें जहां उन्हें शरण मिलेगी।

(3) 16 अगस्त, 1945 को सवेरे कर्नल हबीबुर्रहमान, एस० ए० ऐयर (गवाह नं० 29), जापानी सम्पर्क अधिकारी नेगीशी (गवाह नं० 155) और अन्य व्यक्तियों के साथ बोस सिंगापुर के लिए रवाना हो गए।

(4) 17 अगस्त, 1945 की सुबह आठ बजे बोस और उनके साथी दो हवाई जहाज़ों से साइगोन के लिए रवाना हो गए। बोस की पार्टी में थे हबीबुर्रहमान, देवनाथ दास (गवाह नं० 51), इसोडा (गवाह नं० 68), गुलज़ारासिंह (गवाह नं० 153), कर्नल प्रीतमसिंह (गवाह नं० 155), आबिद हुसेन (गवाह नं० 157) और अन्य। पार्टी साइगोन सुबह 11 बजे पहुंची।

(5) जिस जहाज़ में बोस और उनके साथी आए थे, उसे वापस जाना था। आगे की यात्रा के लिए नया इंतज़ाम करना था। बोस को बताया गया कि उनको एक जापानी बमवर्षक में, जो मनीला से आया था और मंचूरिया में दैरेन को जाने वाला था, एक सीट दी जा सकती है। उनको यह भी बताया गया कि उसमें कई जापानी हैं जिनकी मंचूरिया में नियुक्ति हुई है और जिन्हें पीछे नहीं छोड़ा जा सकता।

(6) यह सुनकर बोस को बहुत निराशा हुई, क्योंकि वे अपने सारे साथियों को अपने साथ ले जाना चाहते थे। इसोडा और हाचिया को दालात भेजा गया जहां फील्डमार्शल तेराउची का शिविर था। ये दोनों उनसे नहीं मिल सके, लेकिन उनके एड्‌जुटैंट ने उनसे कहा कि बोस को अधिक से अधिक दो या तीन सीटें और

मिल सकती हैं।

(7) इसोडा और हाचिया ने आकर हवाई जहाज़ के पायलट और जापानी सरकारी अफसरों से मशविरा किया। निर्णय यह हुआ कि बोस को दो सीटें और दे दी जाएं।

(8) कुछ बहस के बाद बोस ने दोनों सीटें लेने का फैसला किया और हबीबुर्रहमान को साथ चलने को कहा।

(6) जापानी बमवर्षक शाम को करीब पांच बजे साइगोन से उड़ा। उसमें बोस, हबीबुर्रहमान, ले० कर्नल साकाई (गवाह नं० 47), एस० नोनोगाकी (गवाह नं० 53), तारा कुनो (गवाह नं० 63), ताकाहाशी (गवाह नं० 65), पाइलट इनचार्ज ताकीज़ावा, जनरल शिडेई, सेकंड पाइलट आयोआगी और कुछ अन्य व्यक्ति थे जिनके नाम बताना आवश्यक नहीं है। अंतिम तीन की दुर्घटना में मृत्यु हो गई थी।

(10) हवाई जहाज़ तुरेन शाम को 7-45 पर पहुंचा, और पार्टी ने रात वहां गुज़ारी।

(11) 18 अगस्त, 1945 की सुबह बमवर्षक सभी यात्रियों को लेकर फिर उड़ा और ताइपेई में दोपहर को दो बजे पहुंचा।

(12) पार्टी ने ताइपेई में नाश्ता किया और पाइलट ने इंजन में हो गए किसी नुक्स को ठीक किया।

(13) जहाज़ 2-35 पर उड़ा, लेकिन कुछ सेकंड के अंदर ही एक इंजन अलग हो गया और तैहोकू के हवाई अड्डे की सीमा पर गिर गया। जहाज़ के दो टुकड़े हो गए और उसमें आग लग गई।

(14) पायलट ताकीज़ावा और शिडेई तो जहाज़ के अंदर ही मर गए। बाकी चालक दल और यात्री बाहर निकल आए। सभी जल गए थे; कोई कम, कोई ज्यादा। आयोआगी और बोस बहुत ज़्यादा जल गए थे।

(15) आहत लोगों को समीप के एक अस्पताल में ले जाया गया।

(16) डॉक्टरों की पूरी कोशिश के बावजूद बोस की उसी रात को मृत्यु हो गई।

(17) दूसरे आहत व्यक्ति आयोआगी की भी मृत्यु हो गई।

(18) दो दिन बाद बोस का दाह-संस्कार किया गया और उनकी भस्म को सितम्बर 1945 के प्रारंभ में टोकियो ले जाकर रेंकोजी मंदिर में रखा गया।

(19) नेहरू और बोस के घनिष्ठ निजी संबंधों में संदेह करने की कोई गुंजाइश नहीं है। राजनैतिक मतभेदों से न तो बोस के हृदय में नेहरू के प्रति आदर का भाव कम हुआ था और न नेहरू के दिल में अपने से कमउम्र इस राजनैतिक नेता के प्रति, जिनकी देशभक्ति में संदेह नहीं किया जा सकता, स्नेह में ही कोई

अंतर आया।

(20) समिति के सदस्यों के चुनाव से ही उसकी विश्वसनीयता का पता चलता है। बोस के भाई उसके एक सदस्य थे, क्योंकि यह विश्वास था कि वह अपने भाई की मृत्यु के बारे में सचाई का पता लगाने के लिए कोई कसर न छोड़ेंगे। समिति के अध्यक्ष नेताजी के निकट सहयोगी शाहनवाज़ खां थे, जिनका ब्रिटिश-विरोधी संघर्ष में बहुत बड़ा हिस्सा था। उनपर भरोसा किया जा सकता था कि वह ईमानदारी और निष्ठा से जांच करेंगे। तीसरे सदस्य, अनुभवी प्रशासक और आई० सी० एस० अफसर एस० एन० मोइत्र थे।

(21) ऐसे कोई संकेत नहीं मिले जिनसे वर्तमान सरकार द्वारा आयोग के काम में अड़चन डालने का या किसी प्रमाण को दबाने या छिपाने की कोशिश करने का संदेह हो। जो दस्तावेज़ें मांगी गईं सभी प्रस्तुत की गईं। फाइलों या दस्तावेज़ों को तैयार करने में यदि कुछ समय लगा तो उसे रुकावट डालने का प्रयत्न नहीं कहा जा सकता। सरकारी लालफीताशाही में ऐसे विलम्ब होते ही रहते हैं।

(22) एक महान देशभक्त और एक योग्य प्रशासक के रूप में बोस ने जापानियों को प्रभावित किया था। दक्षिण-पूर्व एशिया में उन्होंने भारतीयों का विश्वास जीता। जापानियों का ख्याल था कि वे उनके द्वारा अपना उल्लू सीधा कर सकेंगे। बड़ी अनिच्छा से उन्होंने बोस को ब्रिटिश सेना के विरुद्ध मोर्चा संगठित करने दिया। जापानियों ने आज़ाद हिंद फौज की काफी सहायता नहीं की, और न ही, अपने वायदों के अनुसार, जीता हुआ क्षेत्र आज़ाद हिंद सरकार को लौटाया। इसका एक और उदाहरण अंडमान और निकोबार द्वीप है। बोस ने मेजर जनरल लोकनाथन को इन द्वीपों का हाई कमिश्नर नियुक्त करके भेजा, लेकिन उन्हें पूरी तरह प्रशासन नहीं सौंपा गया। सब प्राप्त प्रमाणों से यही पता चलता है कि जापानियों को एक बड़ी सेना का नेतृत्व करने की बोस की योग्यता पर भरोसा नहीं था, न ही वे उनपर पूरा विश्वास करते थे। लेकिन वे उनका काफी आदर करते थे, क्योंकि यह तो उन्होंने देख ही लिया था कि वह सच्चे देशभक्त और असाधारण रूप से वीर हैं।

(23) युद्ध के समाप्त होने पर बोस के प्रति जापानियों का रवैया बदल गया। बजाय बोस को किसी बड़े पैमाने पर सहायता देने के, जापानियों को इसकी अधिक चिंता थी कि अपना जो कुछ बचा सकें, बचा लें। उनके आत्मविश्वास को भी इतना ज़बर्दस्त धक्का पहुंचा था कि वे बोस के प्रति उदासीन हो गए थे।

(24) 1945 के बाद बोस से हुए मुकाबलों के किस्से बिलकुल निराधार हैं। वे कोरी काल्पनिक घटनाएं हैं।

न्यायिक निष्कर्षों की कपोल-कल्पना

श्री खोसला इन निष्कर्षों पर कैसे पहुंचे? उन्होंने उन्हीं दस्तावेज़ों को देखा जो उनके पूर्व निर्धारित निष्कर्षों की पुष्टि करती थीं। उन्होंने केवल पांच चुने हुए जापानी गवाहों के बयान लिए। कुल मिलाकर श्री खोसला ने 224 गवाहों के बयान लिए जिनमें 18 जापानी थे। उनकी रिपोर्ट 123 छपे हुए पृष्ठों की है। इनमें से 77 पृष्ठ विभिन्न गवाहों के बारे में हैं। गवाहों के विश्लेषण के 42 पृष्ठ केवल जापानी गवाहों के बारे में हैं। भारतीय गवाहों के विश्लेषण के लिए श्री खोसला ने केवल सात पृष्ठ रखे। 185 भारतीय गवाहों में आज़ाद हिंद फौज के उच्च पदस्थ सैनिक अधिकारी, आज़ाद हिंद सरकार के मंत्री और नेताजी के सहयोगी भी थे।

महत्त्वपूर्ण तथ्यों और सूचनाओं के प्रमाण में इतने भारतीय गवाहों से प्राप्त प्रचुर सामग्री की श्री खोसला ने उपेक्षा कर दी। कुछ मामलों में तो उन्होंने उनका यदा-कदा ही हवाला दिया, और वह भी नेताजी के परम विश्वसनीय सहयोगियों के बारे में अभद्र और असम्मानसूचक फबतियों के साथ। श्री खोसला कई साक्ष्यों को दबाने या तोड़ने-मरोड़ने से भी नहीं हिचकिचाए, और कहीं-कहीं तो अकल्पनीय न्यायिक दांव-पेचों से भी बाज़ नहीं आए। इस पुस्तक के लेखक को विशेष रूप से उनकी अपमानसूचक आलोचना का निशाना बनाया गया था।

आयोग को केवल 1945 में नेताजी के लापता हो जाने से संबंधित सारे तथ्यों की जांच करने को कहा गया था। खोसला रिपोर्ट को सरसरी तौर पर देखने से भी पता चल जाएगा कि उन्होंने आयोग के विचारार्थ विषय का किस प्रकार उल्लंघन किया। उन्होंने शाहनवाज़ समिति की रिपोर्ट का समर्थन किया, यद्यपि इस आयोग की कार्रवाई शुरू होने पर उन्होंने उसकी आलोचना की थी। उन्होंने नेताजी के संबंध में नेहरू की भूमिका की प्रशंसा की और नेताजी की क्रांतिकारी नीति के विरुद्ध नेहरू की फासिस्त-विरोधी युद्धनीति को उचित सिद्ध करने की हर कोशिश की। नेताजी को जापानियों की 'कठपुतली', 'शतरंज के मोहरे', 'शत्रुपोषी' आदि कहने की नीचता की। उन्होंने कहा कि सारे प्रमाणों से यही पता चलता है कि नेताजी को उन्होंने जैसा अपनी रिपोर्ट में बताया है, उससे वह बेहतर नहीं थे। कम से कम 27 स्थानों पर श्री खोसला ने नेताजी के क्रांतिकारी व्यक्तित्व की निंदा की है। आयोग की कार्रवाई की रिपोर्ट में, जो 5550 पृष्ठों की है, न किसी दस्तावेज़ में और न किसी गवाह के बयान में इस प्रकार की कोई टीका-टिप्पणी मिली। फिर भी इस भूतपूर्व जज ने बिना किसी शहादत के नेताजी के बारे में इस प्रकार की निंदाजनक बातें कहीं कि भारतीय जनता उन्हें कभी क्षमा नहीं करेगी।

4
ताइवान से प्राप्त भिन्न कहानी

तैहोकू (ताइवान की वर्तमान राजधानी का जापानी नाम) वह कथित दुर्घटना-स्थल है जहां 18 अगस्त, 1945 को नेताजी की मृत्यु हुई बताई गई थी। नेहरू ने शाहनवाज़ जांच समिति को इस शहर में जाने की अनुमति नहीं दी थी। इंदिरा सरकार ने भी महीनों तक खोसला आयोग को वहां जाने की इजाज़त नहीं दी। कमीशन की रिपोर्ट के अनुसार, "आयोग के ताइवान जाने का प्रयोजन सरकार ने स्वीकार नहीं किया। श्री समर गुह ने यह स्थिति स्वीकार नहीं की और ताइवान जाने पर ज़ोर देते रहे। 1973 के आरम्भ में सरकार ने कमीशन को ताइवान जाने की अनुमति दे दी।"

ताइवान में जांच के लिए सरकार की स्वीकृति 27 वर्ष देर से मिली। नेहरू सरकार को 1947 में ही एक प्रभावशाली दल को ताइवान भेजना चाहिए था। लेकिन खेद है कि उन्होंने ऐसा नहीं किया। उनकी बेटी ने अनिच्छापूर्वक खोसला आयोग को ताइवान जाने की अनुमति दे दी। लेकिन सरकार ने श्री खोसला को गुप्त रूप से आदेश दिए थे कि वह न तो जापानी सरकार से सम्पर्क स्थापित करें और न ताइपेई में किसी गैरसरकारी जांच समिति से। श्री खोसला ने, जो कि निष्पक्ष अदालती जांच आयोग के अध्यक्ष थे, शाहनवाज़ की तरह किसी समिति के अध्यक्ष नहीं, सरकार की आज्ञा को शिरोधार्य किया। ताइपेई पहुंचने तक उन्होंने इस बात को गुप्त रखा।

राष्ट्रीय समिति के तीन सदस्य, जिनमें यह लेखक भी था, अग्रिम व्यवस्था के लिए कुछ दिन पहले ही ताइवान पहुंच गए। वे ताइवान के विदेश मंत्री, उसके दक्षिण-पूर्व एशिया ब्यूरो के प्रधान और ताइवान संसद् के प्रमुख सदस्यों से मिले। वे सब आयोग की सहायता करने पर राज़ी हो गए। राष्ट्रीय समिति के संयोजक ने एक प्रेस सम्मेलन बुलाया और जांच आयोग के उद्देश्य समझाए। ताइपेई प्रेस और टेलीविज़न ने उसका अच्छा प्रचार किया।

खोसला का अनपेक्षित व्यवहार

11 जुलाई, 1973 को ताइवान के कई विशिष्ट व्यक्तियों ने ताइपेई एयर-पोर्ट पर श्री खोसला का स्वागत किया। लेकिन हमें तब तक इसका अनुमान नहीं था कि हमें कितना विक्षोभ होने वाला है। एयरपोर्ट पर श्री खोसला ने राष्ट्रीय समिति के संयोजक को बधाई देते हुए यह कहकर हमें चकित कर दिया कि, "मिस्टर गुह, आपने कमाल कर दिया। दिल्ली के 'टाइम्स ऑफ इंडिया' ने रिपोर्ट छापी है कि आपने एक नर्स का पता लगाया है, जिसने नेताजी की मृत्यु से संबंधित तथ्यों की पुष्टि की है। आखिर सत्य का पता लगाना ही हमारा ध्येय है।" संयोजक को इस सूचना से बहुत धक्का लगा और उसने उससे इंकार भी किया। बाद में पता चला कि जिन लोगों ने पहले नई जांच के प्रस्ताव का विरोध किया था, उन्होंने ही 'टाइम्स ऑफ इंडिया' में यह रिपोर्ट छपवाई थी।

राष्ट्रीय समिति को दूसरा धक्का तब पहुंचा जब उन्होंने श्री खोसला को ताइपेई के दो-एक संवाददाताओं के साथ प्रिंस होटल के अपने कमरे में घनिष्ठ संभाषण करते पाया। संयोजक के आपत्ति करने पर श्री खोसला ने अपनी बात-चीत एकदम बंद कर दी। लेकिन जो होना था वह तो हो ही चुका था। ताइपेई के समाचारपत्रों ने उस बातचीत को छापा, ताइपेई की जनता को यह बताने के लिए कि श्री खोसला के सभी जापानी गवाहों ने भी बोस की मृत्यु के समाचार की पुष्टि की। श्री खोसला का आचरण भी शाहनवाज़ खां के जैसा ही था जिन्होंने टोकियो पहुंचते ही यह कहा था कि वे केवल उन्हीं लोगों से मिलना चाहते हैं जो नेताजी की मृत्यु की रिपोर्ट की पुष्टि कर सकें।

तीसरा धक्का तब पहुंचा जब श्री खोसला ने ताइवान सरकार को ही नहीं, दक्षिण-पूर्व एशिया ब्यूरो के प्रधान को भी सहयोग के लिए लिखने से इंकार कर दिया। यह केवल एक अंतर्राष्ट्रीय शिष्टाचार की बात थी। आयोग के सचिव ने हमें बताया कि भारत सरकार का आयोग को गुप्त आदेश था कि ताइवान की सरकार या वहां की किसी गैरसरकारी एजेंसी के साथ सम्पर्क स्थापित करने की कोशिश न करे। जब संयोजक ने अप्रसन्न होकर श्री खोसला से पूछा कि इस मर्म की बात को गुप्त क्यों रखा गया, तो वह चुप्पी साध गए।

किसी तरह से ताइवान की सरकार को आयोग के रवैये का आभास मिल गया और उसने बिना सरकारी अनुमति के अपने देश में भारतीय न्यायालय द्वारा किसी भी कार्रवाई को वर्जित करने का फैसला कर लिया। लेकिन राष्ट्रीय समिति के बहुत आग्रह पर ताइवान की सरकार ने बड़ी अनिच्छा से निर्णय किया कि आयोग को अपना काम करने से मना नहीं करेंगे। लेकिन आयोग के प्रति उसका रवैया सख्त हो गया।

भाग्य से ताइवान की सत्ताधारी पार्टी के तीसरे प्रमुख नेता डॉ० कु चेंग कांग ने राष्ट्रीय समिति के सदस्यों को भोज में आमंत्रित किया था। उसमें ताइपेई के समाचारपत्रों के प्रमुख निदेशक, ताइवान की संसद् के कुछ प्रमुख सदस्य और भारत-चीनी इतिहास के दो विद्वान भी उपस्थित थे। आयोग के रवैये से वे बहुत अप्रसन्न थे, लेकिन हमारे बहुत कहने पर अनौपचारिक रूप से सहायता देने पर वह राज़ी हो गए, यद्यपि उन्होंने यह स्पष्ट कह दिया कि आयोग से वह कोई सरोकार नहीं रखेंगे। राष्ट्रीय समिति जल्दी ही समझ गई कि श्री खोसला ताइवान की जांच का गला घोंट देना चाहते हैं और इस कारण उनका उत्तरदायित्व और बढ़ गया। वे तुरन्त ही ताइवान के गवर्नर डॉ० कू से मिले, पुलिस के प्रधान, गुप्तचर विभाग के प्रधान, म्युनिसिपल ब्यूरो के प्रधान, ताइपेई के राष्ट्रीय पुस्तकालय के अध्यक्ष, कई समाचारपत्रों के संपादकों और कई अन्य विशिष्ट व्यक्तियों से मिले। हमने उन्हें उन लोगों के नामों की सूची दी जिनसे हम भेंट करना चाहते थे। सूची में दिए गए कई जापानी ताइवान छोड़ चुके थे। लेकिन कइयों से हम ताइवान के दक्षिण-पूर्व ब्यूरो के सहयोग से सम्पर्क स्थापित कर सके।

राष्ट्रीय समिति ने आयोग के लिए अपनी ओर से एक कार्यक्रम तैयार किया और श्री खोसला को कई ताइवानी गवाहों के बयान लेने पर और कथित दुर्घटना-स्थल में कुछ स्थानों को देखने पर बाध्य किया। अपनी ओर से ताइवान में जांच करने के लिए श्री खोसला ने कोई पहल नहीं की।

तैहोकू हवाई अड्डे का निरीक्षण

श्री खोसला ने अपनी रिपोर्ट में लिखा, "आयोग ने तैहोकू हवाई अड्डे का निरीक्षण किया और दाहगृह भी देखा।" लेकिन उन्होंने यह नहीं बताया कि राष्ट्रीय समिति द्वारा बनाए गए कार्यक्रम को पूरा करने के लिए उन्हें उनके होटल के कमरे से लगभग खींचकर ही ले जाना पड़ता था।

पुराना तैहोकू हवाई अड्डा, जो अब इस्तेमाल में नहीं आता, ताइपेई हवाई-अड्डे के क्षेत्र में ही है। सुरक्षा की दृष्टि से यह वर्जित इलाका था, लेकिन हमें उसे देखने की अनुमति मिल गई। हवाई अड्डे पहुंचने पर श्री खोसला ने कार से उतरने और ताइवान हवाई पट्टी का खुद निरीक्षण करने से इंकार कर दिया। हमें उन्हें तैहोकू हवाई पट्टी का दो बार निरीक्षण करने के लिए जीप में ज़बर्दस्ती बिठाना पड़ा। तीन ध्वस्त हवाई जहाज़ों के वे चित्र हमारे पास थे जो हमें जापानी सरकार से प्राप्त हुए थे। हमने हवाई अड्डे के पहाड़ी क्षेत्र को चित्रों के साथ बड़ी बारीकी से मिलाकर देखा; लेकिन इसकी कोई संभावना नहीं दिखाई दी कि तीनों ही फोटो एक ही दुर्घटनाग्रस्त विमान के विभिन्न चित्र हैं। वे तीनों अलग-अलग

दुर्घटनाओं के फोटो लगते थे।

ताइपेई पहुंचने के बाद वहां के लोगों से हमें पता चला कि 1945 में वहां तीन विमान-दुर्घटनाएं हुई थीं—एक अमेरिकी बी52 बॉम्बर था, और दो जापानी लड़ाकू बमवर्षक। पहाड़ी क्षेत्र का निरीक्षण करने के बाद, तीनों फोटो उनकी बात की पुष्टि करते जान पड़े। हमने श्री खोसला से आग्रह किया, "कृपा करके तीनों फोटो को देखिए और उनको हवाई अड्डे के इर्द-गिर्द की पहाड़ियों से मिलाइए। ये बिलकुल नहीं मिलते। ये तीनों फोटो एक ही ध्वस्त विमान के नहीं हो सकते—चाहे यह भी मान लिया जाए कि फोटो अलग-अलग कोण से लिए गए थे।"

हम आश्चर्यचकित रह गए जब श्री खोसला ने कुछ क्रोध में आकर कहा, "इन तस्वीरों का मैं क्या करूं? मुझको इनसे कुछ नहीं लेना-देना।" यह कहकर वह जीप में कूदकर बैठ गए।

उनके क्रोध के इस प्रदर्शन से हम तो स्तब्ध रह गए। यह एक पक्का प्रमाण था इस बात का कि जापानी सरकार से जानबूझकर वे तीनों फोटो हमारे रिकार्ड के लिए दिए थे। शायद यह इशारा करने के लिए कि वह दुर्घटना वास्तव में घटी नहीं थी। लेकिन हमारे एक सदस्यीय आयोग के अध्यक्ष ने उस साक्ष्य को पहचानने से इन्कार कर दिया—बल्कि वह उसे अकाट्य प्रमाण कहते रहे।

मौसम की रिपोर्ट द्वारा दुर्घटना का खंडन

अभी तो आयोग के सामने और भी आश्चर्य आने थे। एयरपोर्ट के कार्यालय में पहुंचने पर हमने प्रधान मौसम-विशेषज्ञ से अनुरोध किया कि हमें बताएं कि अगस्त में मौसम कैसा था। उन्होंने एक चार्ट दिखाकर हमें समझाया कि प्रतिवर्ष जुलाई, अगस्त और सितम्बर के महीनों में उत्तर से दक्षिण की ओर हवा चलती है। उन्होंने यह भी बताया कि प्रायः विमान हवा की दिशा के विरुद्ध उड़ान भरते हैं। इसका अर्थ यह हुआ कि अगस्त 1945 में विमान उड़ान भरने से पहले रनवे के दक्षिणी छोर से उत्तर की ओर चला होगा।

वर्तमान ताइपेई हवाई पट्टी उत्तर से दक्षिण की ओर जाती है। उसीके समानांतर पुरानी तैहोकू हवाई पट्टी है जो अब काम में नहीं आती। हवाई पट्टी के तीन ओर पहाड़ियां हैं।

सभी जापानी गवाहों और हबीबुर्रहमान के अनुसार विमान 18 अगस्त, 1945 को उड़ान भरने के एक मिनट के अंदर ही एक जापानी मंदिर के निकट गिर गया।

यह जापानी मंदिर, जो अब भी मौजूद है, रनवे के दक्षिणी छोर से एक मील

की दूरी पर है। अगस्त के महीने में विमान, दक्षिणी छोर से, मौसमी वायु-प्रवाह के विरुद्ध, उत्तरी छोर की ओर दौड़ा होगा। इसका मतलब यह हुआ कि यदि विमान की दुर्घटना हुई तो वह उत्तरी छोर के निकट हुई होगी। लेकिन सभी जापानी और अन्य गवाहों ने कहा, अगस्त की मौसम की रिपोर्ट के अनुसार ऐसा नहीं हो सकता। इस प्रकार, मौसम की रिपोर्ट दुर्घटना की सारी रिपोर्ट को झुठला देती है। लेकिन श्री खोसला ने मौसम-विशेषज्ञ की रिपोर्ट को स्वीकार करने से इन्कार कर दिया।

कथित दुर्घटना-स्थल का निरीक्षण

जापानी गवाहों ने खोसला आयोग और शाहनवाज़ समिति को बताया था कि दुर्घटना एक पुराने जापानी मंदिर के निकट हुई थी। पहले उस मन्दिर के पास रेलवे की पटरियां थीं जो अब तक एक मील दूर, दक्षिण की ओर हटा दी गईं। हमने फिर श्री खोसला से उस स्थान को देखने का आग्रह किया। वह हवाई अड्डे से ज्यादा ऊंचाई पर था। इस स्थान से उत्तर की ओर 'कीलुंग' नामक नदी थी जो हवाई अड्डे को दुर्घटना-स्थल से अलग करती थी। हबीबुर्रहमान और उन जापानियों के अनुसार, जो नेताजी के हमसफर होने का दावा करते हैं, दुर्घटना के शीघ्र बाद ही नेताजी और हबीबुर्रहमान को आहत अवस्था में, एयरपोर्ट के ट्रक में, एक सैनिक अस्पताल में ले जाया गया था। इस प्रश्न का उठना स्वाभाविक ही था कि नेताजी को ले जाने के लिए एयरपोर्ट से ट्रक आया कैसे? दुर्घटना-स्थल को एयरपोर्ट से जोड़ने वाला कोई पुल नहीं था, न ही किसी पुराने पुल के वहां होने के कोई चिह्न दिखाई दिए। किसी गवाह ने भी यह नहीं कहा कि पहले वहां पुल था। लेकिन प्रत्येक जापानी ने यह कहा कि दुर्घटना के बाद कुछ मिनटों के अंदर ही नेताजी को जापानी सैनिक अस्पताल में पहुंचा दिया गया।

अगर यह सच है तो ट्रक कैसे और कहां से आया? ट्रक अगर शहर से आया तो उसे काफी लम्बा रास्ता तय करना पड़ा होगा। नेताजी को अस्पताल ले जाने में एक घंटा तो लगा ही होगा। लेकिन नेताजी का हमसफर होने का दावा करने वाले प्रत्येक जापानी गवाह ने यह कहा कि बहुत ही जल्दी सारे घायलों को अस्पताल पहुंचा दिया गया था। मौके की जांच के बाद तो यह बात असत्य जान पड़ी।

विचित्र ताबूत और विचित्र दाहकर्म

चांग चुएन नामक एक जापानी गवाह आयोग के सामने पेश हुआ जिसके

पास जापानियों के ज़माने का सर्विस-टोकन और शिनाख्त-पत्र था। उसने बताया कि 18 अगस्त, 1945 के दो-एक दिन बाद उसे सैनिक अस्पताल के एक कमरे के बीचोंबीच रखे एक बड़े ताबूत, जिसपर बड़े-बड़े अक्षरों में 'चंद्र बोस' लिखा हुआ था, की रखवाली करने पर तैनात किया गया। दो-तीन दिन बाद एक अफसर के साथ कुछ जापानी सैनिक आए और ताबूत को एक ट्रक पर लादकर ले गए। उनको शव पर लपेटे कम्बल को हटाने या मृतक का मुंह देखने की कोशिश करने की सख्त मनाही थी। उनको आदेश था कि ढके हुए शव को ज्यों का त्यों दाह-भट्ठी में रख दिया जाय। उसके लिए भट्ठी का द्वार भी बड़ा करना पड़ा। उसने बताया कि शव के साथ कोई भारतीय नहीं था, और भट्ठी को जलाने के तुरंत बाद ही वे सब भी वहां से चले गए।

श्री खोसला ने अपनी रिपोर्ट में इस ताइवानी गवाह का प्रतिवेदन दर्ज किया है, लेकिन उसने जो विचित्र कहानी सुनाई उसका विश्लेषण करने की चिंता नहीं की। ताबूत पर इतने बड़े-बड़े अक्षरों में 'चंद्र बोस' क्यों लिखा था?

ताबूत को दो-तीन कमरे के बीचोंबीच दूसरे रोगियों के साथ प्रदर्शित क्यों किया गया? उसे अस्पताल के शवगृह में क्यों नहीं रखा गया? कम्बल को हटाने या मृतक का मुंह देखने की इतनी सख्त मनाही क्यों थी? सुरक्षा के आदमियों से पूरा ताबूत भट्ठी में रखने को क्यों कहा गया? हबीबुर्रहमान को क्या हुआ जो उस समय वहां मौजूद थे? शव पर फूल क्यों नहीं चढ़ाए गए? जापान द्वारा स्वीकृत देश के प्रमुख को उचित सम्मान क्यों नहीं दिया गया? लेकिन इन रहस्य-पूर्ण प्रश्नों का श्री खोसला के लिए कोई महत्त्व नहीं था। उनको उस विचित्र ताबूत की विचित्र कहानी में एक ही महत्त्व की बात लगी कि वह नेताजी की मृत्यु की बात की पुष्टि करती है।

हवाई दुर्घटना 1945 में नहीं, 1944 में

आयोग की बैठक के अंतिम दिन एक ताइवानी गवाह वाई० आर० त्सेंग ने अपना बयान दिया। उसने बताया कि 1944 में वह एक स्कूल का छात्र था जो पुरानी रेलवे लाइन और जापानी मंदिर के निकट था। उसने बताया कि सितम्बर या अक्टूबर, 1944 में पुरानी रेलवे लाइन के निकट एक हवाई जहाज़ उतरते समय दुर्घटनाग्रस्त हो गया था। उसके सारे यात्री मर गए थे। उससे और उसके पंद्रह स्कूली साथियों से सैनिक पुलिस ने ध्वस्त जहाज़ का मलबा साफ करने को हाथ बंटाने को कहा था।

इस गवाह से श्री खोसला नाराज़ हो गए। सारे जापानी गबाहों ने खोसला आयोग और शाहनवाज़ समिति के आगे कहा था कि हवाई जहाज़ 18 अगस्त,

1945 को ठीक उसी जगह गिरा था। लेकिन इस ताइवानी गवाह ने कहा था कि दुर्घटना 1944 में हुई थी न कि 1945 में। यदि उस गवाह की बात मानी जाती तो नेताजी की मृत्यु-संबंधी कहानी का भी ध्वंस हो जाता। इस कारण श्री खोसला ने इस गवाह का हर तरह से मज़ाक उड़ाने की कोशिश की। आयोग के अध्यक्ष के इस व्यवहार से चिढ़कर गवाह ने दावा किया कि अगर मुझको एक दिन की मोहलत दी जाए तो मैं आयोग के सामने अपने कम से कम दस सहपाठियों को पेश कर सकूंगा, जिन्होंने मलबा हटाने के काम में हाथ बंटाया था।

राष्ट्रीय समिति ने श्री खोसला से बहुत आग्रह किया कि आयोग की बैठक एक दिन के लिए बढ़ा दी जाए। लिखित अनुरोध भी किया गया। अध्यक्ष को यह भी बताया गया कि डॉ० एस० एन० सिंह और डॉ० शिशिर बोस ने, जो ताइवान हो आए थे, उस गवाह समर्थन किया था। लेकिन श्री खोसला ने हमारी प्रार्थना को अस्वीकार कर दिया।

आश्चर्य तो यह है कि श्री खोसला ताइपेई में और एक दिन ठहरे, लेकिन वह पूरा दिन उन्होंने खरीदारी करने में, विशेषकर श्रीमती गांधी के लिए उपहार खरीदने में लगा दिया।

हरीन शाह की पुस्तक

बम्बई के एक पत्रकार हरीन शाह 1946 में फारमोसा गए थे। लौटने पर उन्होंने पंडित नेहरू को बताया कि मैंने ऐसे कई प्रमाण इकट्ठे किए हैं जिनसे नेताजी की मृत्यु की खबर की पुष्टि होती है। 1956 तक यह पत्रकार अपनी फारमोसा-यात्रा के बारे में मौन रहे। अपनी यात्रा के दस वर्ष बाद अचानक उन्होंने 'गैलेंट एंड आफ नेताजी' शीर्षक से एक पुस्तक प्रकाशित की, और उसे शाहनवाज़ समिति को भेंट किया।

इस पुस्तक में कई ताइवानियों के चित्र हैं जिनमें से, उनके अनुसार, एक ताइवानी नर्स सिस्टर चु-चाउ-त्से ने जापानी अस्पताल में नेताजी की तीमारदारी की थी और उनकी मृत्यु तक उनके पास थीं। खोसला आयोग ताइपेई में था तो सारे समाचारपत्रों ने इस नर्स का चित्र हरीन शाह की पुस्तक से लेकर छापा था और पाठकों से अपील की थी कि उसका अता-पता बताएं। लेकिन बड़ी कोशिशों के बावजूद ऐसी किसी नर्स का पता नहीं लगा। हम ऐसी कई नर्सों से मिले जो 1945 में उस सैनिक अस्पताल में काम करती थीं जहां नेताजी का इलाज हुआ बताया जाता है, लेकिन न तो कोई नेताजी की मृत्यु की पक्की खबर दे सका, न सिस्टर चु-चाउ-त्से को ही पहचान सका।

हरीन शाह ने अपनी पुस्तक में एक और व्यक्ति का फोटो छापा था जिसे

नेताजी के शव का दाह करने वाला बताया गया। कथित दुर्घटना-स्थल को देखने के बाद श्री खोसला तथा राष्ट्रीय समिति में सदस्य दाहगृह गए। पुराना आदमी मर गया था, अब उसका बेटा दाहकर्म कसता था। जब हरीन शाह की पुस्तक में छपा फोटो उसको दिखाया गया तो उसने फौरन कह दिया कि यह मेरे पिता नहीं हैं।

हरीन शाह ने कई अन्य ताइवानियों के बयान छापे और अपनी बात की पुष्टि करने के लिए उनके चित्र भी छापे। उनमें से कइयों से हम मिले भी, लेकिन उन्होंने साफ इन्कार कर दिया कि उन्होंने कभी वैसा बयान दिया था। आश्चर्य है कि पंडित नेहरू और शाहनवाज़ समिति ने उस पुस्तक को बहुत महत्त्व दिया जिसमें इतना झूठ लिखा था।

एक महत्त्वपूर्ण दस्तावेज़ गुम

श्री खोसला ने अपनी रिपोर्ट में एक स्थान पर लिखा, "कमीशन की जानकारी में यह नहीं आया कि ताइवान की सरकार ने अगस्त 1945 में बोस के लापता हो जाने के बारे में कोई जांच की थी।" उनके न्यायिक झूठ का यह एक और उदाहरण है। एच० वी० कामथ, मुल्का गोविंद रेड्डी और प्रकाशवीर शास्त्री—जो सभी संसद्-सदस्य थे—ने खोसला से साफ-साफ कहा था कि ताइवान के सरकारी अधिकारियों ने उनको बताया था कि ताइपेई के मेयर ने इस बात का पता लगाने के लिए जांच की थी कि 18 अगस्त, 1945 को ताइपेई में कोई दुर्घटना हुई थी जिसका संबंध सुभाषचंद्र बोस से था।

अपनी रिपोर्ट में मेयर ने ताइवान सरकार को सूचना दी कि इसका कोई प्रमाण उपलब्ध नहीं है। भूतपूर्व जज ने अपनी रिपोर्ट में लिखा, "दाहगृह के मुख्य कर्मचारी की मृत्यु हो गई है। ताइपेई के मेयर भी, जो 18 अगस्त, 1945 के कुछ समय बाद ही वहां आए थे, मर गए। कहते हैं, उन्होंने कुछ जांच कार्रवाई की थी। लेकिन मेयर की रिपोर्ट उपलब्ध होती तो भी उसे इस रिपोर्ट में नहीं शामिल किया जा सकता था, क्योंकि वह केवल एक व्यक्ति की राय होती।"

नहीं, वह एक व्यक्ति की राय न होती। वह 1946 में ताइपेई के मुख्य प्रशासक की राय होती, जिसने च्यांग-काई-शेक के आदेश से जांच कारवाई थी। ताइवान के कुछ अफसरों का कहना था कि 1946 में नेहरू ने च्यांग-काई-शेक से जांच करवाने का अनुरोध किया था। अगर श्री खोसला श्रीमती गांधी से 'फाइल नं० 12 (226) 56 पी० एम०—सुभाषचन्द्र बोस की मृत्यु की परिस्थितियों की जांच' देने पर ज़ोर डालते तो शायद नेहरू और च्यांग-काई-शेक के बीच हुए पत्राचार की प्रतिलिपियां मिल जातीं, लेकिन खोसला कमीशन को सरकार द्वारा सूचित किया गया कि यह अत्यन्त महत्त्वपूर्ण फाइल नष्ट कर दी गई।

अगर श्री खोसला की ताइपेई के मेयर की रिपोर्ट में कोई दिलचस्पी होती, तो वह उसे ताइवान की सरकार से मंगा सकते थे, यदि वह उनसे औपचारिक रूप से निवेदन करने का हमारा सुझाव मान लेते।

मृत्यु का प्रमाण-पत्र और दाह का अनुमति-पत्र

श्री खोसला ने अपनी रिपोर्ट में लिखा है, "जब आयोग ताइपेई गया तो श्री समर गुह ने यह देखने की बड़ी कोशिश की कि किसी अस्पताल या दाहगृह के रिकार्ड में बोस का नाम लिखा है या नहीं। लेकिन उनको केवल उन्हीं दो दस्तावेज़ों की फोटोस्टेट प्रतिलिपि मिली जो शहनवाज़ समिति के सामने पेश की गई थी। श्री गुह ने दस्तावेज़ की प्रामाणिकता में कोई और साक्ष्य प्रस्तुत नहीं किया।" जब इन दोनों दस्तावेज़ों की प्रतिलिपियां आयोग के सामने प्रस्तुत की गईं तो श्री खोसला कमीशन के वकील श्री टी० आर० भसीन ने राष्ट्रीय समिति के संयोजक को औपचारिक रूप से बताया कि इन दस्तावेज़ों को कमीशन के सामने सार्वजनिक रूप से पेश किया जाएगा, फिर उनके महत्व को कम करने के लिए कुछ और आपत्तियां उठा दी गईं। ये दोनों दस्तावेज़ें थीं चन्द्र बोस नामक व्यक्ति की मृत्यु का प्रमाण-पत्र और उसके दाह के लिए अनुमति-पत्र। 1945 में स्वास्थ्य और स्वच्छता विभाग किसी डाक्टर द्वारा दिया मृत्यु का प्रमाण-पत्र प्रस्तुत करने पर ही दाह का अनुमति-पत्र दिया करता था, वह भी शव की जांच करने के बाद।

ताइवान के प्रमुख पुलिस अधिकारी और म्यूनिसिपल ब्यूरो के प्रधान ने डॉ० कू की सलाह से राष्ट्रीय समिति के सदस्यों को ली चिन क्वी नामक एक 85 वर्ष के बूढ़े से मिलवाया जो 1945 में ताइपेई म्यूनिसिपैलिटी के दाह विभाग का इन्चार्ज था। इस बूढ़े ने स्वीकार किया कि उसने दाह-अनुमति-पत्र और मृत्यु के प्रमाण-पत्र की प्रतिलिपियां हरीन शाह को 1946 में दी थीं। उसने बताया कि अगस्त 1945 के अंतिम दिनों में एक जापानी सैनिक अधिकारी एक ट्रंक में एक ताबूत लेकर उनके कार्यालय में दाह का अनुमति-पत्र लेने आया। आम तौर से मृत्यु का प्रमाण-पत्र पेश करने पर शव की जांच करने का नियम था। लेकिन इस मामले में सैनिक अधिकारी ने ताबूत न खोलने का आदेश दिया और कहा कि मृत्यु के प्रमाण-पत्र के आधार पर ही दाह की अनुमति दे दी जाए। फारमोसा की जापानी सरकार का एक अधीनस्थ कर्मचारी होने के नाते सैनिक अफसर के आदेश को मानने के अलावा उसके पास और कोई चारा न था।

हमने बूढ़े से बहुत अनुनय-विनय की कि वह चलकर कमीशन को यह सब कुछ बताए, लेकिन उसने हमारा अनुरोध स्वीकार नहीं किया और कहा कि वह पेंशन पाता है और बुढ़ापे में किसी मामले में फंसना नहीं चाहता। हां, अलबत्ता

अगर ताइवान की सरकार उसको बुला भेजे तो दूसरी बात है। लेकिन क्योंकि श्री खोसला ताइवान की सरकार से कोई सरोकार नहीं रखना चाहते थे, उस बूढ़े का बयान भी उनके रिकार्ड में दर्ज नहीं हुआ। इस पुस्तक के अंतिम अध्याय में आप पढ़ेंगे कि 'विचित्र ताबूत का विचित्र दाह' की कहानी के पर्दे में क्या कुछ हुआ था। उसका रहस्योद्घाटन इन दोनों दस्तावेज़ों द्वारा कैसे हुआ।

ताइवान की जांच से क्या पता चला

कथित दुर्घटना-स्थल की जांच के प्रस्ताव को टालने में श्री खोसला लगभग सफल हो गए, लेकिन ताइवान के कई विशिष्ट व्यक्तियों के महत्त्वपूर्ण सहयोग से अब तक अज्ञात कई मूल्यवान तथ्यों का पता लगा। पहली बात यह कि तैहोकू (ताइपेई) एयरपोर्ट के चारों ओर के पहाड़ी इलाके से दुर्घटनाग्रस्त हवाई जहाज़ के तीनों फोटो को मिलाकर देखने के बाद यह स्पष्ट हो गया कि वे तीनों फोटो तीन अलग-अलग विमानों के हैं, एक ही विमान के तीन विभिन्न चित्र नहीं। इससे यह साबित हो गया कि जापान ने दुर्घटना की कहानी गढ़ने की कोशिश की थी।

दूसरे, ताइपेई के एयरपोर्ट के अधिकारियों द्वारा प्रस्तुत मौसम की रिपोर्ट से यह साबित हो गया कि अगस्त के महीने में कोई भी विमान उड़ान भरते ही हवाई पट्टी के दक्षिण छोर पर दुर्घटनाग्रस्त नहीं हो सकता था, यद्यपि सारे जापानी गवाहों ने यही कहा कि दुर्घटना दक्षिणी छोर पर हुई थी। मौसम की इस रिपोर्ट से एक प्रमाण मिला कि नेताजी के विमान की दुर्घटना वाली कहानी मनगढ़ंत थी।

तीसरे, नदी पर कोई पुल नहीं था, इस कारण नेताजी और हबीबुर्रहमान को इतनी फुर्ती से सैनिक अस्पताल नहीं ले जाया जा सकता था।

चौथे, विचित्र ताबूत, विचित्र दाह-संस्कार, मृत्यु का प्रमाण-पत्र और दाह का अनुमति-पत्र—इनसे इसका पक्का संकेत मिल गया कि वास्तव में ताइपेई में क्या हुआ था।

पांचवें, यह साबित हुआ कि हरीन शाह की पुस्तक 'दि गैलैंट एंड' मिथ्या थी और किसी खास उद्देश्य से लिखी गई थी।

यदि श्री खोसला ताइपेई में गंभीरता से जांच करते तो सत्य का पता चलता। लेकिन उन्होंने जान-बूझकर ठीक से जांच नहीं की। फिर भी, ताइवान की अधूरी कहानी के बाद भी, हमने दुर्घटना के बारे में जो कहानी सुनी वह भिन्न थी, जिसमें निहित आशय के बारे में अंतिम अध्याय में बताया जाएगा।

5
जापानी साक्ष्य : कितनी असंगतियां!

चार वर्ष की जांच के बाद श्री खोसला ने अपने निष्कर्ष आयोग की 'फाइंडिंग्स' शीर्षक से अपनी रिपोर्ट में लिखे। ये निष्कर्ष केवल 18 जापानियों के बयानों पर ही आधारित हैं। उन्होंने 204 भारतीय और ताइवानी गवाहों के बयानों को सुनी-सुनाई बातें कहकर टाल दिया। जापानी गवाहों में से उन्होंने उन चारों को सबसे महत्त्वपूर्ण बताया जिन्होंने दावा किया था कि उन्होंने उसी विमान में नेताजी के साथ यात्रा की थी। एक और गवाह एक जापानी डॉक्टर ने दावा किया कि उसने तैहोकू सैनिक अस्पताल में नेताजी का इलाज किया था। यह गवाह भी श्री खोसला को सत्यवादी जान पड़ा। दो अन्य गवाह, जिनमें से एक को श्री खोसला ने नेताजी का हमसफर और दूसरे को डॉक्टर बताया, उनका ध्यान ज्यादा आकर्षित नहीं कर सके, क्योंकि उनके बयान दूसरों के बयानों के अनुकूल नहीं थे। वास्तव में श्री खोसला ने पांच जापानी गवाहों का ही आश्रय लिया, बाकियों का उन चुने हुए गवाहों के समर्थकों के रूप में ही उपयोग किया। क्या जापानी गवाहों ने अपने बयानों के समर्थन में कोई प्रामाणिक दस्तावेज़ प्रस्तुत की? नहीं। किसीने भी कोई दस्तावेज़ पेश नहीं की। फिर भी इन पांच जापानी गवाहों पर श्री खोसला ने पूरा विश्वास किया, जब कि नेताजी के निजी सचिव, उनके सुरक्षा-प्रधान, आज़ाद हिंद सरकार के मंत्रियों, आज़ाद हिंद फौज के जनरलों को उन्होंने अविश्वसनीय कहकर टाल दिया।

नेताजी की मृत्यु की संक्षिप्त कहानी

जापानियों द्वारा आत्मसमर्पण के चार दिन पहले, एक विशेष जापानी दूत श्री नेगीशी 12 अगस्त, 1945 को राजकीय मुख्य कार्यालय से एक गुप्त संदेश लेकर सेरंबान (मलाया) गए। उनको नेताजी से मिलकर उन्हें जापानियों के आत्मसमर्पण की गुप्त शर्तें बतानी थीं। उनको यह भी आदेश था कि वह

नेताजी से अनुरोध करें कि दक्षिण-पूर्व एशिया का क्षेत्र छोड़ने के लिए वह तुरंत साइगोन चले जाएं। जापानियों के अनुरोध की अवहेलना कर नेताजी सेरंबान से सिंगापुर चले गए। नेगीशी भी उनके साथ थे। सिंगापुर में नेताजी ने अपने मंत्रिमंडल की कई सभाएं कीं और इसपर विचार किया कि जापानियों के आत्म-समर्पण के बाद उनकी सरकार को क्या करना चाहिए। उन्होंने आज़ाद हिंद फौज को तीन महीने का पेशगी वेतन देने के लिए आज़ाद हिंद बैंक से सारे सरकारी पैसे निकाल लिए।

बिना जताए कि दूसरे दिन क्या होने वाला है, उन्होंने 14 अगस्त की शाम को झांसी रेजिमेण्ट द्वारा आयोजित एक सांस्कृतिक कार्यक्रम बड़ी शांति से देखा।

दूसरे दिन, नेताजी साइगोन नहीं पहुंचे तो हिकारी किकान के प्रधान, जनरल इसोडा और नेताजी की सरकार में जापानी राजदूत श्री हाचिया उन्हें तुरंत वहां से रवाना करने के लिए चिंतातुर होकर सिंगापुर पहुंचे लेकिन नेताजी ने सिंगापुर छोड़ने से इन्कार कर दिया। मालूम होता था कि आरम्भ में नेताजी ने अपने मंत्रियों और आज़ाद हिंद फौज के अफसरों के साथ ब्रिटिश अधिकारियों को आत्मसमर्पण करने का निश्चय कर लिया था।

15 अगस्त को राजकीय मुख्य कार्यालय से एक और विशेष दूत नेताजी के लिए विशेष संदेश लेकर पहुंचा। उसके साथ बातचीत करने के बाद नेताजी ने दूसरे दिन सिंगापुर छोड़ने का निश्चय कर लिया। यह कोई नहीं जानता कि उन दोनों में क्या बातचीत हुई। हबीबुर्रहमान को भी एक बार बातचीत में उन्होंने शरीक होने को कहा और उनको आदेश दिया कि वह अपने कार्यालय का भार मेजर जनरल एम० ज़ेड० किआनी को सौप दें।

दूसरे दिन, यानी 16 अगस्त को जनरल इसोडा, नेगीशी, साकाई, कर्नल हबीबुर्रहमान एस० ए० ऐयर, देवनाथ दास, प्रीतमसिंह, मेजर हसन, गुलज़ारा-सिंह और कुछ अन्य लोगों के साथ नेताजी सिंगापुर से बैंगकाक के लिए रवाना हो गए। यहां नेताजी के साइगोन क्षेत्र निकलने की योजना बनाई गई। लेकिन उन्होंने किसीको कुछ नहीं बताया।

17 अगस्त की सुबह इसोडा, हाचिया, नेगीशी, ऐयर, देवनाथ दास, प्रीतम-सिंह, गुलज़ारासिंह, आबिद हसन और हबीबुर्रहमान के साथ दो विमानों में, जिनमें एक उनका अपना था, वह साइगोन के लिए रवाना हुए। वहां जाकर नेताजी के साथियों को अनुमान था कि उनके नेता टोकियो जा रहे हैं। लेकिन उन्हें यह नहीं मालूम नहीं था कि वे भी उनके साथ जाएंगे या नहीं। अंतिम उड़ान के कुछ घंटे पहले जनरल इसोडा ने नेताजी को बताया कि टोकियो जाने वाले विमान में केवल एक सीट मिल सकती है। लेकिन कुछ देर के बाद एक और सीट भी दिला दी गई। अपने साथियों से सलाह करने के बाद नेताजी, केवल कर्नल हबीबुर्रहमान

के साथ, शाम को विमान में बैठे। सोने की छड़ों और ज़ेवरों से भरे हुए कुछ थैले भी विमान में रखे गए।

विमान साइगोन से पांच बजे उड़ा। नेताजी ने अपने साथियों से यह स्पष्ट नहीं बताया कि वह कहां जा रहे हैं, लेकिन उन्होंने यही समझा कि वह रूस जा रहे हैं। सूर्यास्त के बाद, विमान उत्तरी वियतनाम के एक नगर तूरेन में पहुंचा।

दूसरे दिन, यानी 18 अगस्त की सुबह विमान फारमोसा में तैहोकू के लिए रवाना हुआ और दोपहर में दो बजे वहां पहुंचा। पेट्रोल भरवाने के बाद तैहोकू से उड़ान भरते ही दुर्घटना हो गई। ले० जनरल शिडेई और कुछ लोग तुरंत मर गए। नेताजी, कर्नल हबीबुर्रहमान और पांच अन्य जापानी यात्री घायल हो हुए। घायलों को तैहोकू के सैनिक अस्पताल में ले जाया गया। नेताजी बहुत ज्यादा जल गए थे और उसी दिन आधी रात को उनका देहांत हो गया। जापानियों ने तैहोकू के दाहगृह में उनके शव का दाह किया और, सितम्बर 1945 के पहले सप्ताह में उनकी भस्म को टोकियो ले जाया गया। वहां भस्म को गुप्त रूप से रेंकोजी मंदिर में रखा गया और कहते हैं कि वह अभी तक वहां सुरक्षित है।

यह संक्षेप में नेताजी के साइगोन से उड़ने, तैहोकू की दुर्घटना, उनके कथित शव के दाह और उनकी भस्म को सुरक्षित रखने की वह कहानी है जो कि जापानी गवाहों ने शाहनवाज़ समिति और खोसला आयोग को सुनाई।

अब प्रश्न यह है कि श्री खोसला के इन "सबसे महत्त्वपूर्ण" गवाहों का बयान कहां तक सच है। यह पता लगाने के लिए कि उनके बयानों पर कहां तक भरोसा किया जा सकता है, नेताजी के साइगोन से उड़ने और तैहोकू में उनकी कथित मृत्यु से संबंधित 45 प्रश्न बनाए गए और दोनों जांच आयोगों से प्राप्त दस्तावेज़ों और अन्य प्रमाणों में उनके उत्तर ढूंढ़े गए। इन प्रश्नों और उनके उत्तरों को सरसरी तौर पर पढ़ने पर भी, यह पता चल जाएगा कि जापानी गवाहों ने अपने बयानों में अपनी ही बात को किस प्रकार से काटा और कुछ घटनाओं का, जो उनके अनुसार नेताजी के हमसफर होने के नाते उनपर घटी थीं, वर्णन करते हुए कितनी विरोधी बातें कहीं।

यह प्रश्न और उनके उत्तर निम्नलिखित हैं :

1. किस प्रकार का विमान नेताजी को साइगोन से तैहोकू ले गया था?

दुर्घटना का कारण समझने के लिए यह प्रश्न बहुत महत्त्वपूर्ण है। हिकारी किकान के प्रधान ले० जन० इसोडा, जिनका नेताजी के साइगोन से निकलने की योजना बनाने में बड़ा हाथ था, ने शाहनवाज़ समिति और खोसला आयोग को बताया था कि विमान एक "बिलकुल नया बमवर्षक" था।

ले० कर्नल नोनोगाकी, ले० कर्नल साकाई, मेजर तारा कुनो, मेजर ताकाहाशी,

और कैप्टन आराई जो कथित दुर्घटना में बच गए थे, सबने शाहनवाज़ समिति को बताया कि विमान नवीनतम प्रकार का था। लेकिन जिरह के समय ले० कर्नल नोनोगाकी ने कह दिया कि वह पुराना विमान था। जनरल ईसामाया ने कहा कि विमान का इंजन घिसा हुआ था। ग्राउंड इंजीनियर कैप्टन नाकामुरा ने एक नई ही कहानी जोड़ी। उसने कहा कि उड़ान से पहले विमान के इंजन का परीक्षण करते समय मुख्य पायलट ताकीज़ावा ने उनको बताया था कि पोर्ट इंजन की जगह साइगोन में बिलकुल नया इंजन लगाया गया था।

विमान के वर्णन में इतनी परस्पर-विरोधी बातें सुनकर शाहनवाज़ समिति ने नोट किया था, "विमान नया था या पुराना इस विषय पर मतभेद है।"

ले० कर्नल नोनोगाकी ने एक जापानी पत्र 'एमुरी शिम्बुन' में एक लेख प्रकाशित किया था, जिसमें उन्होंने लिखा था, "1945 से सातवीं सेना का वायु विभाग समाप्त कर दिया गया। हमारे पास सिर्फ एक 97 मॉडल भारी बमवर्षक था। सातवीं सेना के प्रधान जनरल सिरागासी ने हमसे विमान को उड़ाकर जापान ले जाने को कहा। ऐसे विमान को जापान उड़ाकर ले जाना आसान नहीं था, इस कारण हमने उसे चीन के रास्ते उड़ाकर जापान ले जाने का निश्चय किया। मलान से चलकर पहले हम सिंगापुर पहुंचे फिर साइगोन। हम दक्षिणी सेना के मुख्य कार्यालय में ठहरे।"

[खोसला आयोग प्रदर्श (के० सी० ई०)]

इसी नोनोगाकी ने बाद में खोसला आयोग को बताया, "मेजर ली ने मुझको बताया था कि दुर्घटना के तीन महीने पहले यही विमान साइगोन पर उतरने के रनवे से अलग हटकर एक खाई में गिर पड़ा था और उसके पंखे (चालक यंत्र) टूट गए थे। उस समय चालक यंत्र मुड़ गए थे, लेकिन साइगोन में उनकी जगह नये पंखे नहीं लगाए गए थे, न ही उनकी मरम्मत की गई थी। फिर वही विमान हमें दिया गया था।"

इन अलग-अलग बयानों से पता चलता है कि निश्चित रूप से कोई नहीं बता सका कि विमान कैसा था—नया या पुराना या मरम्मत किया हुआ। यह भी ध्यान देने की बात है कि श्री खोसला के एक "सबसे महत्त्वपूर्ण गवाह" श्री नोनोगाकी ने तीन मौकों पर तीन अलग-अलग बयान दिए। अपनी रिपोर्ट में विमान के प्रकार या उसकी दशा के बारे में श्री खोसला मौन रहे।

2. विमान कहां से आया ?

नेताजी की योजना के मुख्य शिल्पी ले० जनरल इसोडा ने शाहनवाज़ समिति और खोसला आयोग दोनों को बताया कि जो विमान नेताजी को साइगोन से ले गया था वह पहले से ही साइगोन के हवाई अड्डे पर मौजूद था और वह बिलकुल नया बमवर्षक था।

नोनोगाकी ने अपने लेख में कहा था कि विमान मलान से सिंगापुर आया, और वहां से साइगोन गया। बाद में उन्होंने खोसला आयोग को बताया कि विमान मनीला से आया था। लेकिन जिरह के दौरान उन्होंने स्वीकार किया कि वह साइगोन से टोकियो तबादले पर जा रहे थे। और किसी भी जापानी गवाह ने यह नहीं कहा कि विमान मनीला से आया था। लेकिन श्री खोसला ने अपने निष्कर्षों में लिखा कि विमान मनीला से साइगोन गया था – उन्होंने यह नोनोगाकी के परस्पर-विरोधी वक्तव्यों के आधार पर कहा।

3. विमान के मुख्य चालक और नेविगेटर कौन थे?

1956 में शाहनवाज़ समिति ने अपनी रिपोर्ट में लिखा था, "चालक दल में पांच-छ: व्यक्ति थे—मुख्य चालक मेजर ताकीज़ावा, सह-चालक आयोआगी, नेविगेटर सार्जेण्ट ओकिस्ता, रेडियो ऑपरेटर तोमिनागा।" शाहनवाज़ समिति के सामने नोनोगाकी ने दावा किया कि वह नेविगेटर थे। अपने दावे के समर्थन में नोनोगाकी ने 'एमुरी शिम्बुन' में लिखा था, "सैनिक अकादमी में लेफ्टिनैंट जनरल शिडेई मेरे शिक्षक थे। उन्होंने मुझसे विमान चलाने को कहा, और मैं उसका मुख्य चालक बन गया।"

हिकारी किकान के टी० हायाशीडा ने अपनी पुस्तक में, जिसका श्री खोसला ने अपनी रिपोर्ट में हवाला दिया है, लिखा था कि आयोआगी मुख्य चालक थे और सार्जेण्ट ओकिस्ता नेविगेटर थे। श्री खोसला ने इसको अपनी रिपोर्ट में उद्धृत किया है।

इस प्रकार यह बताना कठिन है कि वास्तव में विमान का कौन चालक था और कौन नेविगेटर। लेकिन इस बात पर श्री खोसला ने अपने "सबसे महत्त्वपूर्ण" गवाह नोनोगाकी के दावे को अस्वीकार कर दिया और तारा कुनो का बयान स्वीकार किया। यद्यपि और किसीने यह नहीं कहा कि तारा कुनो नेविगेटर थे। यह हम बाद में देखेंगे कि नेविगेटर होने के अपने दावे को तारा कुनो ने किस प्रकार झूठ सिद्ध कर दिया।

4. विमान में यात्री कौन थे?

शाहनवाज़ समिति ने यात्रियों की यह सूची बनाई थी—मेजर ताकीज़ावा, आयोआगी, सार्जेण्ट ओकिस्ता, एन० ओ० तोमिनागा,—सब चालक दल के; पांच जापानी सैनिक अफसर—ले० कर्नल साकाई, ले० कर्नल एस० नोनोगाकी, मेजर तारा कुनो, मेजर ताकाहाशी और कैप्टन आराई तथा ले० जनरल शिडेई, नेताजी सुभाषचन्द्र बोस और हबीबुर्रहमान—कुल मिलाकर बारह। जापानी गवाहों ने कहा कि यात्रियों की कुल संख्या 13 या 14 थी। शाहनवाज़ समिति ने स्वीकार किया कि "एक या दो इंजीनियर भी थे जिनके नाम नहीं लिए गए।"

सार्जेण्ट ओकिस्ता और दो अन्य बचे हुए लोगों को न तो शाहनवाज़ समिति

के सामने प्रस्तुत किया जा सका, न खोसला कमीशन के आगे। न ही कोई यह बता सका कि अन्य व्यक्ति जो बच गए थे वे कौन थे और उनका क्या हुआ?

श्री खोसला ने अपनी रिपोर्ट में इन 13-14 यात्रियों की शिनाख्त के महत्त्वपूर्ण प्रश्न को टाल दिया और सिर्फ यह लिख दिया कि "बोस, हबीब, ले० कर्नल साकाई, एस० नोनोगाकी, तारा कुनो और ताकाहाशी, ताकीज़ावा, जनरल शिडेई और आयोआगी—जिनमें तीन मारे गए—और कुछ अन्य व्यक्ति भी थे जिनके नामों का उल्लेख करना आवश्यक नहीं है।" वैसे उनको बाकी यात्रियों के नाम मालूम थे और अगर चाहते तो बता सकते थे।

आप बाद में देखेंगे कि श्री खोसला ने कितने परिश्रम से जिरह की कि ये यात्री इतने महत्त्वपूर्ण थे कि हबीबुर्रहमान को छोड़कर नेताजी के अन्य किसी सहयात्री को जगह देने के लिए उनमें से किसीको भी छोड़ा नहीं जा सकता था। स्पष्ट था कि शाहनवाज़ समिति, खोसला आयोग या जापानी गवाह, कोई भी यह सही-सही नहीं बता सकता था कि वे 13-14 यात्री कौन थे।

5. विमान में सैनिक अधिकारी कौन थे?

नोनोगाकी के बयान के आधार पर श्री खोसला ने यह मान लिया था कि विमान मनीला से उन सैनिक यात्रियों से भरा हुआ आया था, जो आवश्यक काम पर या तो दैरेन जा रहे थे या टोकियो। विमान केवल ले० जनरल शिडेई को लेने साइगोन आया था, जिन्हें जापान की सबसे प्रतिष्ठित सेना—मंचरिया-स्थित क्वानतांग सेना—का चार्ज लेने तुरंत जाना था। विमान इतना भरा हुआ था कि कठिनाई से दो सीटें निकल सकीं—एक नेताजी के लिए और दूसरी हबीबुर्रहमान के लिए।

शाहनवाज़ समिति की रिपोर्ट द्वारा श्री खोसला की इस धारणा को पूरा खंडन होता है। उसमें कहा गया है कि तारा कुनो टोकियो जाने के लिए विमान में सीट के लिए कुछ दिनों से साइगोन में प्रतीक्षा कर रहे थे। उसमें यह सूचना भी थी कि ले० कर्नल साकाई बर्मी सेना से संबंधित थे। नोनोगाकी के अनुसार सातवें एयर डिविजन को जुलाई 1945 में भंग कर दिया गया था इसलिए तारा कुनो, जो इस वायुसेना में थे, मनीला से नहीं आ सके। विचित्र बात तो यह है कि इसोडा जैसे महत्त्वपूर्ण व्यक्ति ने खोसला आयोग को बताया कि उनको नहीं मालूम कि नेताजी, हबीबुर्रहमान और जनरल शिडेई के अलावा विमान में और कौन था।

शाहनवाज़ समिति ने यह नहीं कहा कि विमान मनीला से आया था और उसमें 6-7 सैनिक अफसर थे। लेकिन श्री खोसला ने नोनोगाकी के अपना ही खंडन करनेवाले वक्तव्य के आधार पर यह मान लिया कि विमान बहुत-से सैनिक अफसरों से भरा हुआ मनीला से आया था, जिन्हें शीघ्र ही दैरेन या टोकियो चले जाना था। ऐसा मान लेने में श्री खोसला का क्या अभिप्राय था, वह बाद में समझ

में आएगा।

6. उड़ान-चार्ट या यात्रियों की सूची?

कैप्टेन आराई ने शाहनवाज़ समिति को बताया कि बमवर्षक विमान यात्रियों की सूची नहीं रखता था। श्री खोसला ने इस बात को स्वीकार नहीं किया और अपनी रिपोर्ट में लिखा, "उड़ान-चार्ट तैहोकू में जल गया होगा।"

शाहनवाज़ समिति ने कहा है कि भारत सरकार के एक गुप्तचर सूचना अधिकारी एच० के० राय को उड़ान-चार्ट मिला। लिखा था, "लड़ाई खत्म होने के बाद ही भारत सरकार ने श्री फिने और श्री डेविस के नेतृत्व में दो गुप्तचर अधिकारियों (पुलिस) के दल को पूर्व में नेताजी सुभाषचंद्र बोस का पता लगाने, और यदि संभव हो तो उन्हें गिरफ्तार कर लाने के लिए भेजा। उस दल के पुलिस अफसर श्री एच० के० राय और श्री पी० के० डे ने हमारे समक्ष बयान दिए। श्री एच० के० राय, श्री डेविस की पार्टी में काम कर रहे थे। वह सितम्बर 1945 में पहले साइगोन, फिर तैहोकू गए। उन्होंने बताया कि उन्होंने उन जापानी सैनिक अधिकारियों से बातचीत की जो साइगोन एयरपोर्ट के इंचार्ज थे, और उनसे यात्रियों की सूची प्राप्त की।" 17 अगस्त, 1945 को साइगोन से रवाना होने वाला वह अकेला विमान था। सूची में अंतिम दो नाम थे चंद्र बोस और एच० रहमान।"

एच० के० राय, और पी० के० डे शाहनवाज़ समिति के सामने पेश हुए। पी० के० डे ने खोसला आयोग के सामने भी बयान दिया। फिने की रिपोर्ट का एक अंश शाहनवाज़ समिति और खोसला कमीशन दोनों को पेश किया गया। इस संबंध में कुछ महत्त्वपूर्ण प्रश्न उठते हैं। पी० के० डे ने केवल नेताजी और रहमान के नाम क्यों लिए, शेष यात्रियों के क्यों नहीं? नेताजी का नाम 'चंद्र बोस' लिखा गया था या 'टी'? जापानी संकेतों और दूसरे जापानी दस्तावेज़ों से, जो आयोग के सामने पेश किए गए, यह पता लगा कि नेताजी के लिए सांकेतिक शब्द 'टी' का प्रयोग किया जाता था। भारत सरकार द्वारा भेजे गए दोनों दलों ने टोकियो जाकर साकाई, नोनोगाकी आदि से पूछताछ क्यों नहीं की, जिनके नाम यात्रियों की सूची में थे? श्री खोसला ने पी० के० डे से यात्रियों की सूची देने को क्यों नहीं कहा? हिकारी किकान के प्रधान ने, जो इनके साइगोन छोड़ने तक बराबर नेताजी के साथ थे, यात्रियों के नामों के बारे में अपनी अनभिज्ञता क्यों प्रकट की? फिर, यदि सूची पी० के० डे को मिली थी तो इतनी महत्त्वपूर्ण दस्तावेज़ अवश्य ही फिने की रिपोर्ट में शामिल की गई होगी। और यदि ऐसा हुआ था तो शाहनवाज़ समिति या खोसला कमीशन ने भारत सरकार से फिने की पूरी रिपोर्ट क्यों नहीं मांगी? अंत में, ओकिस्ता, तोमिनागा और उन अन्य कथित यात्रियों का क्या हुआ जो समिति और आयोग की दृष्टि से एकदम ओझल हो गए?

इन प्रश्नों के कोई संतोषजनक उत्तर न मिलने के कारण, यात्रियों की सूची का जारी होना संदेहात्मक ही रहा। कथित दुर्घटना से बच जाने वाले लोग सचमुच नेताजी के सहयात्री थे या उनके नाम बाद में जोड़ दिए गए थे? यह बड़ा महत्त्वपूर्ण प्रश्न है जैसा कि कहानी के अंत में पता चलेगा। यानी, साइगोन से उड़ने से लेकर तैहोकू में कथित दुर्घटना तक के बारे में किन्हीं दो जापानियों के बयान मिलते-जुलते नहीं थे, बल्कि वे एक-दूसरे का खंडन करते थे।

7. कब और कैसे नेताजी साइगोन में विमान में बैठे?

जनरल इसोडा, एस० ए० ऐयर और आज़ाद हिन्द फौज के अन्य अफसर जिनका दावा है कि वे साइगोन के हवाई अड्डे पर मौजूद थे, ने कहा कि नेताजी और हबीबुर्रहमान एक कार में शहर से आए और जल्दी से विमान पर चढ़ गए। तब विमान का पंखा चालू हो चुका था। लेकिन श्री खोसला के 'महत्त्वपूर्ण गवाह' मेजर तारा कुनो ने कहा, "नहीं, चंद्र बोस और शिडेई ने जर्मन में बातचीत की, और शिडेई नेताजी के पीछे-पीछे विमान में चढ़े।" नोनोगाकी ने तारा कुनो का समर्थन करते हुए यह भी कहा कि तेराउची के मुख्य कार्यालय के एक बड़े महत्त्वपूर्ण अधिकारी कर्नल टाडा ने उन्हें नेताजी को इशारे से दिखाया, लेकिन साथ ही सावधान किया कि वह उनको उनके असली नाम से न पुकारें, केवल सांकेतिक नाम लें। अन्य भारतीय और जापानी गवाहों ने खोसला आयोग को बताया कि कर्नल टाडा हवाई अड्डे पर थे ही नहीं।

नोनोगाकी ने एक और दिलचस्प सूचना दी। उन्होंने कहा कि नेताजी और शिर्डई कार से नहीं आए, बल्कि हवाई अड्डे पर उस विमान के उड़ने के एक घंटे पहले एक दूसरे विमान से उतरे। लेकिन हर दूसरे गवाह ने यही कहा कि नेताजी साइगोन शहर से कार से आए।

नेताजी और कथित हमसफरों में से ताकाहाशी को छोड़कर और किसीने पहले उन्हें नहीं देखा था। लेकिन श्री खोसला के चतुर गवाहों, नोनोगाकी और तारा कुनो ने उन्हें बताया कि साइगोन के एयरफील्ड आफीसर ने दिखा दिया था कि चंद्र बोस कौन हैं?

8. विमान के अन्दर कैसी व्यवस्था थी?

विमान के अन्दर बैठने की व्यवस्था के बारे में हर जापानी गवाह ने अलग-अलग बात कही। विमान बमवर्षक था, इसलिए उसमें न सीटें थीं, न सीट की पट्टी, और हर यात्री को विमान के फर्श पर बैठना था। कम से कम शाहनवाज़ समिति ने यह मानने की ईमानदारी की कि जापानी गवाहों के बयानों में गंभीर असंगतियां थीं। उनकी रिपोर्ट में कहा गया, "नेताजी, जनरल शिडेई और कर्नल हबीबुर्रहमान की स्थिति के बारे में तो वह एक ही बात कहते हैं, लेकिन कोई कहता है चालक दल में चार व्यक्ति थे तो कोई पांच बताता है। मेजर तारा कुनो के बारे में

विरोधी बातें कही गईं।" कर्नल रहमान और कैप्टन आराई के अनुसार मेजर कुनो कहते हैं कि वह नेताजी के सामने बैठे थे और उड़ान के दौरान उनसे बातें करते रहे थे।

तारा कुनो ने श्री खोसला से कहा कि वह विमान के नेविगेटर थे और उन्होंने इसपर विश्वास कर लिया। अगर कुनो नेविगेटर होते तो कॉकपिट में बैठते। दूसरे, क्या इसपर विश्वास किया जा सकता है कि एक छोटी श्रेणी का अफसर, मेजर, एक राज्य के प्रधान और मंचूरियाई सेना के कमांडर-इन-चीफ जनरल शिडेई के सामने बैठा होगा? और फिर नेताजी के गंभीर स्वभाव से सब परिचित थे। क्या तारा कुनो के लिए यह संभव था कि वह बिना नेताजी से पूर्वपरिचय के, और सैनिक अनुशासन के विरुद्ध वरिष्ठ अफसर जनरल शिडेई के सामने उनसे सारे समय बातचीत करते रहते?

शाहनवाज़ समिति की राय में बैठने की व्यवस्था महत्त्वपूर्ण है, क्योंकि उससे यह अनुमान किया जा सकेगा कि यात्रियों में से किसको घायल हुए बिना बच निकलने का मौका था, और कौन ज्यादा घायल हुए होंगे।

लेकिन श्री खोसला के दिमाग पर तारा कुनो और नोनोगाकी के बयान इस तरह छाए थे कि उन्होंने बैठने की व्यवस्था के बारे में कही गई असंगत बातों की ओर ध्यान देना ज़रूरी नहीं समझा। (विमान-यात्रियों के विमान में बैठने की स्थिति के चित्र अगले पृष्ठों में देखें।)

9. विमान साइगोन से कब चला, तुरेन कब पहुंचा, और उसके बाद उसने कौन-सा मार्ग अपनाया?

शाहनवाज़ समिति ने लिखा था, "ठीक समय के बारे में मतभेद हैं, लेकिन अधिकतर गवाहों ने कहा कि विमान शाम को 5 और 5-30 बजे के बीच में रवाना हुआ था।" लेकिन नोनोगाकी ने खोसला कमीशन को बताया कि विमान चंद्र बोस और जनरल शिडेई को लेकर तीसरे पहर चार बजे साइगोन पहुंचा और तुरन्त बाद ही तैहोकू जाने वाला विमान उड़ा।

लेकिन श्री खोसला को साइगोन से प्रस्थान के समय में कोई असंगतियां नज़र नहीं आईं? अपनी रिपोर्ट में उन्होंने लिखा कि विमान शाम को ठीक पांच बजे साइगोन से उड़ा।

हबीबुर्रहमान के अनुसार विमान वियतनाम, तूरेन, सूर्यास्त के पहले पहुंचा, लेकिन अन्य जापानी गवाहों ने कहा कि वह सूर्यास्त के बाद पहुंचा।

शाहनवाज़ समिति ने अपनी रिपोर्ट में नोट किया : विमान को इस रास्ते जाना था : साइगोन—तूरेन—हेइतो (फारमोसा)—तैहोकू (फारमोसा)—दैरेन (मंचूरिया)—टोकियो।

हबीबुर्रहमान ने कहा कि विमान को सीधे टोकियो जाना था, दैरेन होकर नहीं। लेकिन हेइतो हवाई अड्डे को क्यों छोड़ दिया गया? नोनोगाकी ने बताया

जापानी बमवर्षक के विभिन्न चित्र, जिससे नेताजी ने साइगोन से तैहोकू (फारमोसा) तक की यात्रा की थी

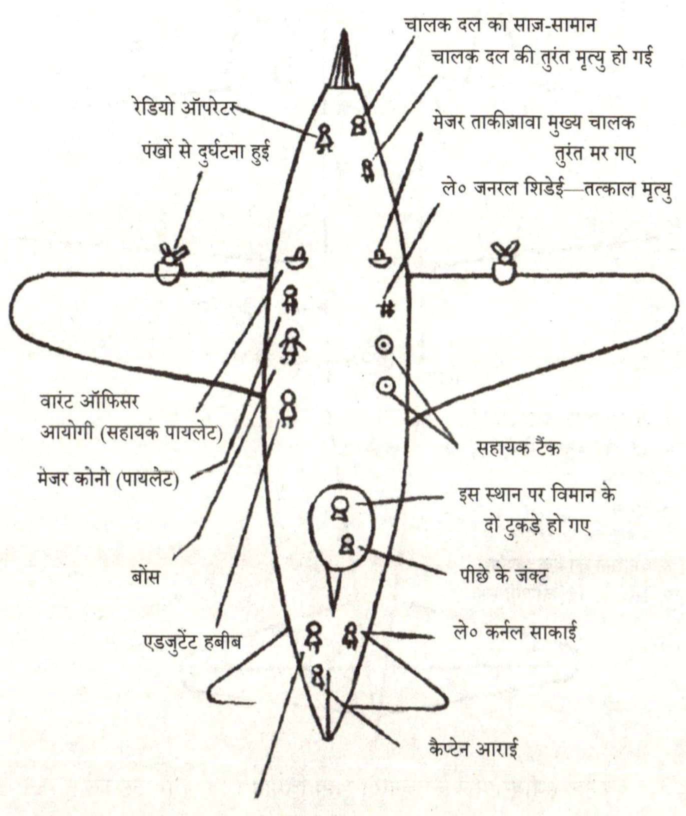

विमान का चित्र, जापान के सरकारी ब्यौरे के साथ। (पृ० 66 देखें)

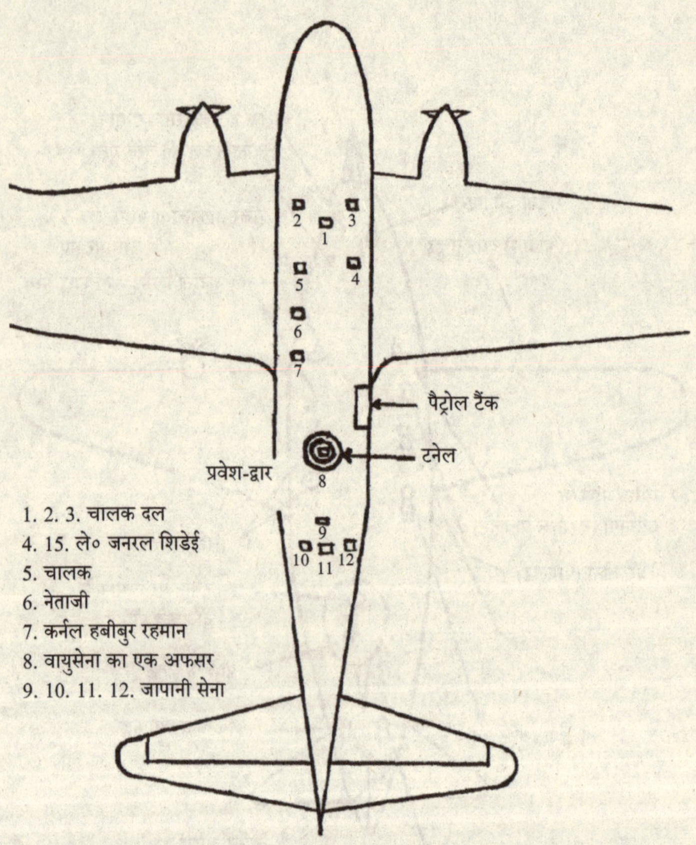

कर्नल हबीबुर्रहमान का बनाया हुआ विमान-चित्र। (पृ० 66 देखें)

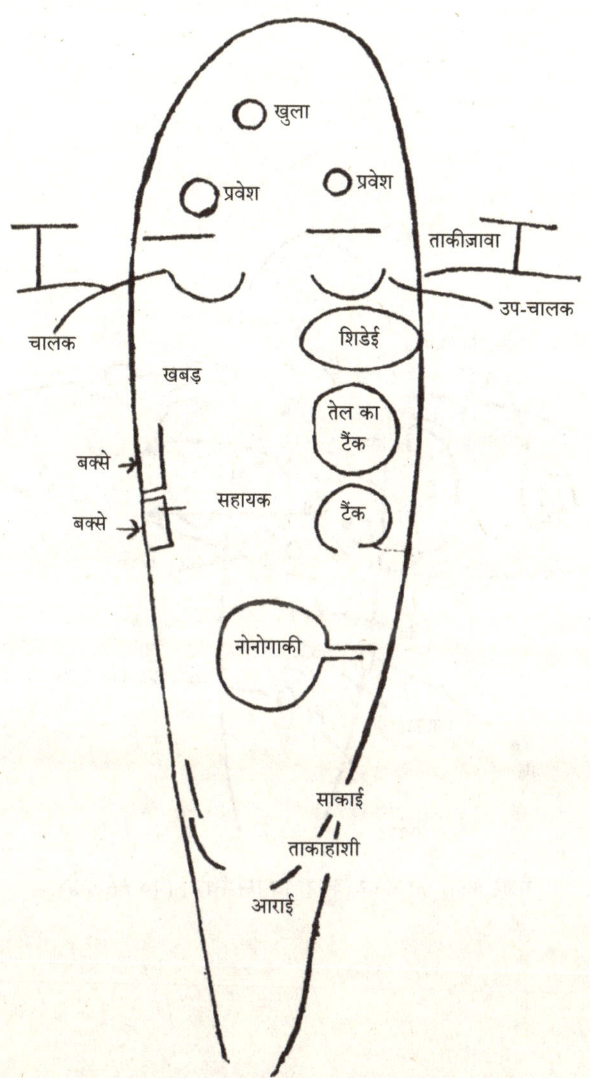

कर्नल नोनोगाकी का बनाया हुआ विमान-चित्र। (पृ॰ 66 देखें)

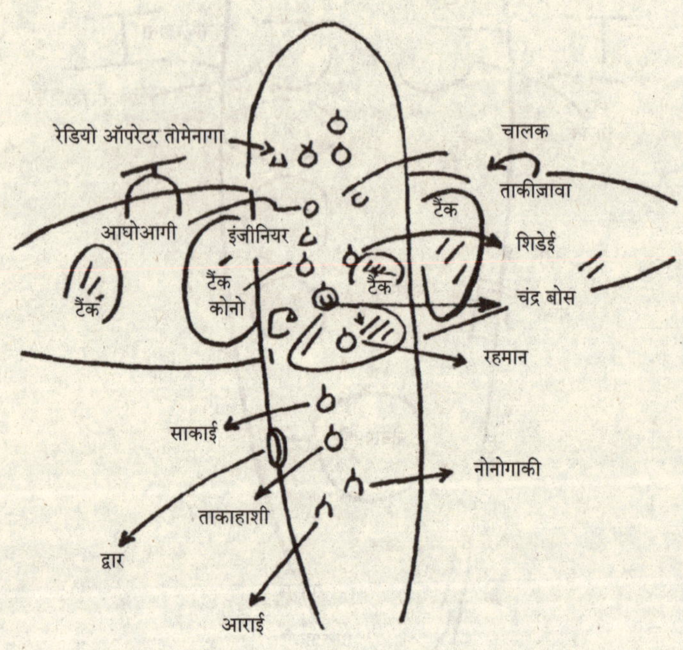

मेजर कोनो का बनाया हुआ विमान-चित्र। (पृ० 66 देखें)

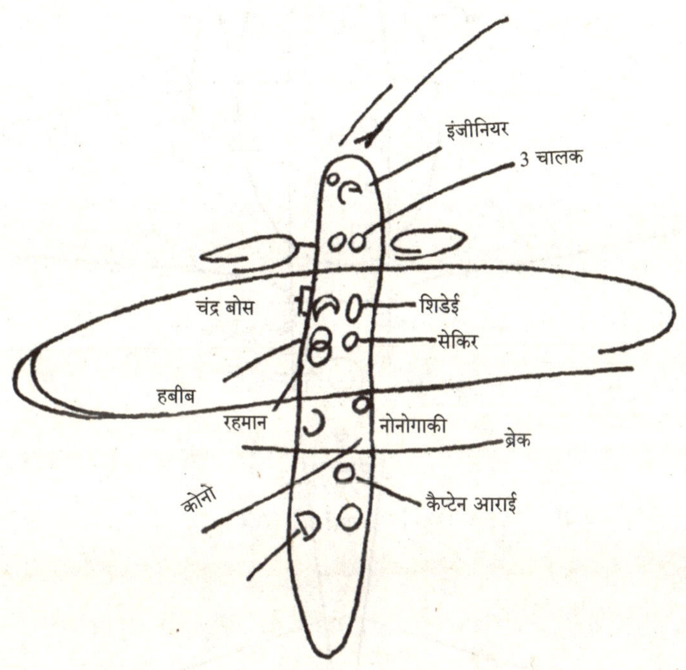

कैप्टन आराई का बनाया हुआ विमान-चित्र। (पृ० 66 देखें)

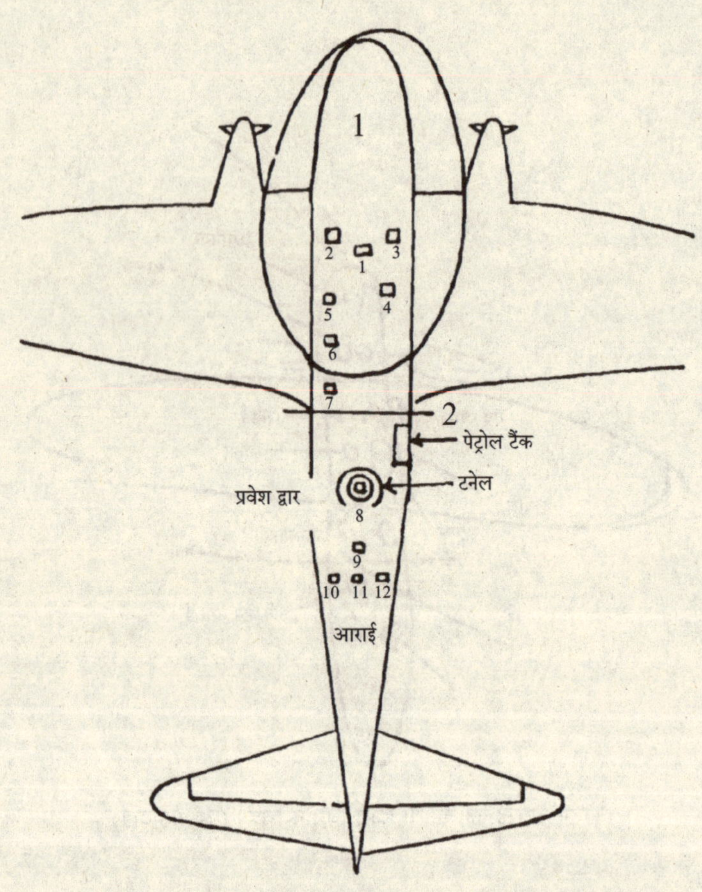

मेजर के० साकाई का बनाया हुआ विमान-चित्र। (पृ० 66 देखें)

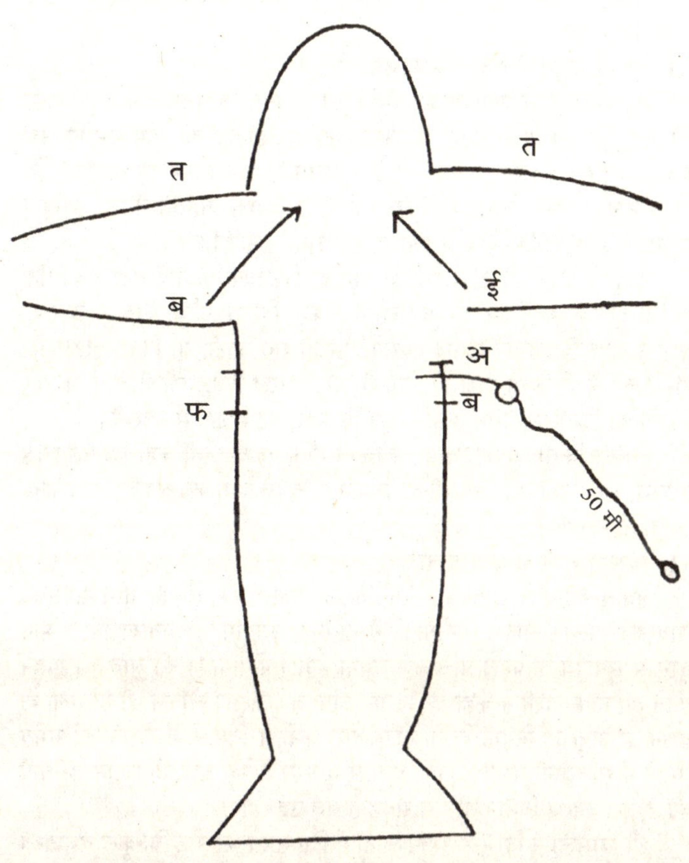

कैप्टन नाकामुरा का बनाया हुआ विमान-चित्र। (पृ० 66 देखें)

कि उनको रेडियो से संदेश मिला था कि रूसी सेना पोर्ट आर्थर पहुंच चुकी है, और जल्दी से जल्दी दैरेन पहुंचने के लिए हेइतो पर नहीं उतरा गया। लेकिन युद्ध की दस्तावेज़ों के अनुसार रूसी सेना पांच दिन बाद पोर्ट आर्थर पहुंची थी। इस प्रकार इसका कोई सन्तोषजनक कारण नहीं दिया गया कि हेइतो एयरपोर्ट को क्यों छोड़ दिया गया।

10. नेताजी तूरेन में रात में कहां ठहरे थे?

हबीबुर्रहमान ने शाहनवाज़ समिति को बताया कि नेताजी ने 17 अगस्त की रात तूरेन के एक होटल में काटी। लेकिन होटल का नाम उन्होंने नहीं बताया। शाहनवाज़ समिति की रिपोर्ट के अनुसार, "यह मानने का कारण है कि वह होटल 'मोरिन होटल' था जिसे समिति ने देखा।" समिति ने यह स्वीकार किया कि होटल के मालिक ने इस बात का समर्थन नहीं किया।

जापानी गवाहों ने तो कह दिया कि वह निश्चयपूर्वक नहीं बता सकते कि नेताजी तूरेन में कहां ठहरे थे। कुछ लोगों ने कहा कि वह फौजी बैरक में ठहरे थे, कुछ ने कहा कि उन्होंने शायद एयरपोर्ट पर ही रात काटी, या किसी होटल में। नोनोगाकी ने पहले तो कहा कि नेताजी और जनरल शिडेई फौजी बैरक में ठहरे थे, लेकिन जिरह के दौरान उन्होंने कहा कि नहीं, वह होटल में ठहरे थे।

लेकिन किसी जापानी गवाह ने किसी मौके पर यह नहीं कहा कि उसने 18 अगस्त, 1945 की सुबह नेताजी को विमान पर चढ़ते देखा जब वह तैहोकू के लिए रवाना हो रहा था।

11. विमान तूरेन से कब चला?

हबीबुर्रहमान ने शाहनवाज़ समिति को बताया कि विमान तूरेन से सुबह सात बजे चला। लेकिन नोनोगाकी ने खोसला आयोग को बताया कि विमान तूरेन से सूर्योदय के पहले पांच बजे रवाना हुआ। नोनोगाकी की बात का खंडन करते हुए ताकाहाशी ने कहा कि विमान आठ बजे चला। लेकिन श्री खोसला के वर्णन के अनुसार विमान के नेविगेटर तारा कुनो ने विमान के चलने का समय बताने में सावधानी बरती। उनके अनुसार तूरेन से तैहोकू तक की उड़ान छः घंटों की है, इस कारण विमान तूरेन से सुबह 6 बजे उड़ा होगा।

श्री खोसला ने विभिन्न उड़ान-चार्टों में दिए समय का नोट बिल्कुल यथातथ्य किया, "विमान साइगोन से प्रातः 5 बजे चला, 7-45 बजे तूरेन पहुंचा और दोपहर में दो बजे तैहोकू पर उतरा।" लेकिन उन्होंने तूरेन से विमान के उड़ने का समय नहीं बताया। उन्होंने केवल लिखा कि "18 अगस्त की सुबह बमवर्षक ने तूरेन छोड़ा।" तूरेन से चलने के समय-संबंधी असंगतियों को नज़र अंदाज़ करना उनके लिए आवश्यक था, क्योंकि वह यह साबित करना चाहते थे कि विमान दोपहर में ठीक दो बजे तैहोकू पहुंचा था।

12. विमान तैहोकू कब पहुंचा और कब वहां से चला?

शाहनवाज़ समिति ने विमान के तैहोकू पहुंचने के समय को इस प्रकार रिकार्ड किया था, "विभिन्न गवाहों ने विमान के उतरने का समय सबेरे 11 बजे से लेकर दोपहर दो बजे तक बताया।" नोनोगाकी और तारा कुनो ने खोसला आयोग को बताया था कि विमान 12 बजे मध्याह्न तैहोकू पहुंचा, लेकिन साकाई के अनुसार समय सवेरे 11 बजे का था और ताकाहाशी के अनुसार 11:30 बजे। हबीबुर्रहमान का कहना था कि विमान दोपहर में दो बजे पहुंचा था।

तैहोकू से विमान कितने बजे चला और वहां कितनी देर रुका, इस विषय में भी गवाहों के बयानों में इतना अंतर था कि शाहनवाज़ समिति ने टिप्पणी की : "विभिन्न गवाहों ने तैहोकू में विमान के ठहरने का समय आध घंटे से लेकर 2 घंटे तक बताया।" नोनोगाकी ने पहले तो खोसला आयोग को बताया कि विमान वहां आध घंटा ठहरा, फिर जिरह के दौरान डेढ़ घंटा बताया, और अन्त में उन्होंने कहा कि नहीं, विमान तैहोकू में ढाई घंटे ठहरा था। अन्य जापानी गवाह भी इस विषय में अपनी बात बदलते रहे।

शाहनवाज़ समिति ने तैहोकू पहुंचने और वहां ठहरने के समय के बारे में विरोधी बातों पर कम से कम ध्यान तो दिया, लेकिन श्री खोसला ने तो उसकी बिलकुल अवहेलना कर दी। उन्होंने अपनी रिपोर्ट में लिखा, किसी जापानी गवाह ने नहीं, बल्कि सिर्फ हबीबुर्रहमान ने कहा कि विमान दो बजे दोपहर में पहुंचा और ढाई बजे फिर उड़ा। यद्यपि खोसला ने रहमान के लिखित बयान को विचारार्थ नहीं स्वीकार किया, यह कहकर कि वह आयोग के सामने पेश नहीं हुए थे।

13. क्या विशिष्ट सैनिक अधिकारी और नागरिक नेताजी और जनरल शिडेई का स्वागत करने तैहोकू हवाई अड्डे पर आए थे?

सभी जापानी गवाहों ने, और हबीबुर्रहमान ने भी यह कहा कि कोई भी, यहां तक कि एयरपोर्ट का कोई भी अधिकारी नेताजी का, जिन्हें जापान ने एक सरकार के प्रधान के रूप में स्वीकार किया था, स्वागत करने नहीं आया। जनरल शिडेई का भी नहीं, जो 1945 में बर्मी सेना के 'चीफ ऑफ दि जनरल स्टाफ' थे और जापान की सबसे प्रतिष्ठित सेना, क्वानतांग सेना, के सेनाध्यक्ष नियुक्त होकर जा रहे थे। नोनोगाकी के अनुसार केवल कुछ एयरपोर्ट गार्ड वहां पर उपस्थित थे। सरकारी शिष्टाचार का ऐसे असाधारण रूप से उल्लंघन क्यों किया गया? क्या एयरपोर्ट के अधिकारियों को विमान के पहुंचने की पूर्वसूचना नहीं थी? नोनोगाकी ने खोसला आयोग को बताया कि एयरपोर्ट के अधिकारियों को कोई सूचना नहीं मिली थी, लेकिन उनके निकट के मित्र तारा कुनो ने जिरह के दौरान उनके बयान को बदलते हुए कहा, "हां, हमने पूर्वसूचना भेजी थी। हमने विमान की संख्या और पहुंचने का समय मध्याह्न बारह बजे बताया था।"

श्री खोसला ने अपनी रिपोर्ट में लिखा, "ताइपेई स्थित एक गुप्त सूचना अधिकारी शिगेताका सुरिउरे ने बताया कि 18 अगस्त, 1945 को उन्हें उस बमवर्षक के आने की सूचना मिली थी जिसमें बोस यात्रा कर रहे थे। लेकिन यद्यपि उन्होंने दुर्घटना के बारे में सुना था, उन्होंने उसे नहीं देखा, न ही वह घायलों के देखने अस्पताल गए। इस गवाह के बयान का महत्त्व यह है कि उसे बोस के ताइपेई पहुंचने की पूर्वसूचना थी और उसने आयोग को बताया कि उसी दोपहर को विमान की दुर्घटना हुई थी।"

शिगेताका ने यह नहीं कहा कि बोस उस विमान में यात्रा कर रहे थे, लेकिन फिर भी श्री खोसला ने यही निष्कर्ष निकाला। आगे, गवाह ने स्वयं दुर्घटना नहीं देखी, न ही वह समाचार सुनने के बाद एयरपोर्ट गए, फिर भी उनको 'महत्त्वपूर्ण' गवाह माना गया।

नेताजी का हवाई अड्डे पर स्वागत करने का शिष्टाचार क्यों नहीं बरता गया, इस विषय में श्री खोसला ने लिखा, "युद्ध समाप्त हो गया था, इस कारण जापानियों के लिए बोस की उपयोगिता भी खत्म हो गई थी। वे उन्हें भाग निकलने से मदद देने को तैयार थे, इससे ज्यादा कुछ नहीं।" आगे उन्होंने कहा, "जापान के आत्मसमर्पण के बाद जापान की स्थिति अस्त-व्यस्त थी।" इस कारण श्री खोसला का यह निष्कर्ष था कि "जापानी कमान का आचरण असाधारण नहीं था।"

सितम्बर 1945 के दूसरे सप्ताह तक जापान और फारमोसा में जापान की सेना कायम थी। जनरल शिडेई, फारमोसा के सेनाध्यक्ष जनरल इसामाया से ज्यादा वरिष्ठ अफसर थे। वह, अगर श्री खोसला की दलील को मान लें तो, नेताजी की अगवानी न करते यह माना जा सकता है, लेकिन वह जनरल शिडेई की उपेक्षा कैसे कर सकते थे?

शाहनवाज़ समिति ने दो स्थानों पर आलोचनात्मक ढंग से लिखा है, "बर्मी सेना के चीफ ऑफ जनरल स्टाफ, जनरल तनाका, बर्मा के डॉ० बा माव के साथ, एक सप्ताह बाद, टोकियो जाते हुए तैहोकू से गुज़रे। जनरल इसामाया, जनरल आंडो और अन्य व्यक्ति बर्मा के राष्ट्रपति डॉ० बा माव की अगवानी करने तैहोकू गए।"

आश्चर्य प्रकट करते हुए शाहनवाज़ समिति ने आगे कहा, "यह सफाई संतोषजनक नहीं है, क्योंकि विमान में नेताजी सुभाषचंद्र बोस और जनरल शिडेई जैसे विशिष्ट लोग थे।"

क्या डॉ० बा माव का पद नेताजी से ऊंचा था? क्या जनरल तनाका का दर्जा जनरल शिडेई से ज्यादा बड़ा था? श्री खोसला के अतिरिक्त और कोई ऐसा नहीं सोच सकता था। श्री खोसला की जापान की 'अस्त-व्यस्त स्थिति' वाली दलील

शाहनवाज़ समिति को मान्य नहीं थी। यदि एक हफ्ते बाद डॉ० बा माव का स्वागत करने जा सकते थे तो निश्चय ही उसके पहले स्थिति इतनी खराब नहीं हो सकती थी कि वे नेताजी का स्वागत करने न पहुंच सकते।

यह संभव नहीं है कि यदि नेताजी और जनरल शिडेई सचमुच तैहोकू पहुंचे होते, तो उनका स्वागत करने कोई भी नहीं जाता। इस कारण यह संदेहजनक है कि वह तैहोकू गए थे। शाहनवाज़ समिति इस बात पर परेशान थी, लेकिन श्री खोसला को शिष्टाचार के उल्लंघन की यह बात बहुत तुच्छ और अप्रासंगिक जान पड़ी।

14. उड़ने के बाद विमान का क्या हुआ?

नोनोगाकी ने खोसला आयोग को बताया, "जब हम विमान का परीक्षण कर रहे थे, तो 2000 बार घूमने के बाद बायें इंजन में कुछ कम्पन होता था। हमने इंजन को रोककर फिर जांच की, लेकिन कोई खराबी नज़र नहीं आई।" तारा कुनो के अतिरिक्त और किसीने नोनोगाकी का समर्थन नहीं किया।

यह कहा गया है कि रनवे का तीन-चौथाई भाग तय करने के बाद विमान ने एकदम ऊपर सिधाई में ऊंची उड़ान भरी। फिर क्या हुआ? हबीबुर्रहमान ने शाहनवाज़ समिति को बताया, "500 फुट ऊंचा उड़ने के बाद विमान ने हवाई अड्डे की परिक्रमा की, और 5-6 मिनट बाद विस्फोट का भयंकर धमाका सुनाई दिया, मानो शत्रु के किसी विमान ने गोलाबारी कर दी हो। कुछ सेकंडों में ही विमान झटके के साथ नीचे उतरा और जमीन पर गिरकर ध्वस्त हो गया।"

हबीबुर्रहमान से कोई भी सहमत नहीं था। उन्होंने निश्चयपूर्वक कहा कि विस्फोट का धमाका नहीं हुआ था। दो ने तो यह भी कहा कि एक इंजन और एक पंखा गिर गया था।

कैप्टन नाकामुरा, जो 1945 में तैहोकू में ग्राउंड इंजीनियर होने का दावा करते थे, ने शाहनवाज़ समिति को बताया, "उड़ान भरने के तुरंत बाद ही विमान बायीं ओर को झुक गया, और मैंने उसमें से कुछ गिरता हुआ देखा। बाद में पता चला कि वह पंखा था।"

शाहनवाज़ समिति के अनुसार, "कैप्टेन नाकामुरा ने, जो सबसे अच्छी तरह देखने की स्थिति में थे, बताया कि ऊंचाई 30 से 40 मीटर तक थी।"

ले० कर्नल साकाई ने खोसला आयोग को बताया, "कोई विस्फोट नहीं हुआ। पिछले पहिये को निकलते मैंने देखा।" खोसला कमीशन के समक्ष जिरह के दौरान नोनोगाकी ने कहा, "उड़ने के तुरंत बाद ही बायें इंजन का पंखा गिर गया, फिर इंजन भी टूटकर अलग हो गया और विमान गिर गया।"

कितने विभिन्न बयान थे! पहले तो हबीबुर्रहमान के अतिरिक्त और किसीने यह नहीं कहा कि विमान 500 फुट की ऊंचाई तक उड़ा, फिर हवाई अड्डे की 5-6 मिनट तक परिक्रमा की। बाकी लोगों ने कहा कि विमान 30-40 मीटर

की ऊंचाई तक सीधा उड़ गया और कुछ सेकंडों में ही नीचे गिर गया। दूसरे, किसीने हबीबुर्रहमान के इस कथन का समर्थन नहीं किया कि विस्फोट का धमाका हुआ था। तीसरे, साकाई ने बिल्कुल भिन्न कहानी सुनाई। उन्होंने कहा कि उन्होंने पिछले पहिये को टूटकर गिरते देखा था। चौथे, अगर बायां पंखा और बायां इंजन गिरा होता तो गतिविज्ञान के सिद्धांत के अनुसार विमान दायीं ओर झुक गया होता।

इस प्रकार के परस्पर-विरोधी बयानों में किसपर विश्वास किया जाए और किसपर नहीं? इस प्रश्न का उठना स्वाभाविक है कि दुर्घटना हुई भी थी या नहीं। लेकिन इन विरोधी बयानों ने श्री खोसला के मन में कोई कौतूहल पैदा नहीं किया। सारे गवाहों के बयानों की उपेक्षा करते हुए उन्होंने अपनी रिपोर्ट का यह कहते हुए समापन किया, "विमान 2-15 बजे दोपहर में उड़ा। उड़ने के तुरंत बाद ही उसका एक इंजन निकल गया और विमान गिर गया।"

15. विमान कैसे गिरा और जापानी गवाह बाहर कैसे निकले?

ले० कर्नल साकाई ने खोसला आयोग को बताया, "विमान ज़मीन की ओर झुका। मैं नौविद्या का विशेषज्ञ नहीं हूं लेकिन मैंने बाहर देखा तो पहले तो यही समझा कि कुछ परिस्थितियों के कारण विमान को अनिवार्यतः उतरना पड़ रहा है। फिर विमान का पिछला पहिया ज़मीन से टकराया और मैंने उसे बायीं ओर जाते देखा। जैसे ही मैंने कॉकपिट की खिड़की से पिछले पहिये को टूटकर अलग होते देखा, मेरा सिर कॉकपिट की छत से टकराया और मैं बेहोश हो गया। मुझको बड़ी गर्मी लगी और जब मुझको होश आया तो मैं जमीन पर पड़ा हुआ था।"

नोनोगाकी ने खोसला कमीशन को बताया था कि बायां पंखा ज़मीन पर गिर पड़ा था, और विमान सिधाई में नहीं बल्कि दायीं ओर को झुका हुआ गिरा। वह भी बेहोश हो गए थे, लेकिन होश आने पर विमान में से कूदकर बाहर निकल आए।

सबने अलग-अलग बयान दिए। किसीने कहा, विमान बायीं ओर को झुका था, तो किसीने कहा, दायीं ओर को। साकाई चालक दल में नहीं थे, फिर वह कॉकपिट में कैसे पहुंच गए? और उनका कौन-सा बयान ठीक था? नोनोगाकी ने पहले कहा कि विमान बायीं ओर को झुका और उसी प्रकार नीचे गिरा, लेकिन फिर अपने पहले बयान का खंडन करते हुए उन्होने खोसला आयोग को बताया कि नहीं, विमान पहले दायीं ओर झुका और उसी स्थिति में ज़मीन पर गिर पड़ा। तारा कुनो ने भी इसी प्रकार अपना बयान बदल दिया, और यह बेसिर-पैर की बात कही कि वह जलते हुए विमान के कॉकपिट की खिड़की तोड़कर बाहर निकल आए और बायें पंख पर खड़े हो गए। उस समय पंख की स्थिति बिल्कुल सीधे

ऊपर की ओर रही होगी। इससे उनका दावा बिलकुल हास्यास्पद हो जाता है। नोनोगाकी, तारा कुनो और साकाई के बयानों का खंडन करते हुए ताकाहाशी ने कहा कि विमान न तो बायीं ओर झुका था न दायीं ओर, बल्कि वह पेट के बल ज़मीन पर उतरा और स्वाभाविक स्थिति में खड़ा रहा। अधिकांश लोगों ने कहा कि वे अचेत अवस्था में विमान के बाहर फेंक दिए गए थे, लेकिन बाद में ताकाहाशी ने बताया कि वे रेंगकर विमान के बाहर निकले। तारा कुनो, जिन्होंने पहले यह दावा किया था कि वे नेताजी के सामने बैठे थे, इतने फुर्तीले निकले कि—यद्यपि विमान, पंखा और इंजन के टूटकर गिर जाने के बाद 2-3 मिनट के अंदर ही गिर पड़ा—उन्होंने न केवल ध्वस्त विमान के यात्रियों की स्थिति को ही देख लिया, बल्कि जल्दी से कॉकपिट में घुसकर इंजन भी बंद कर दिया। कितना विलक्षण दावा है!

लेकिन सबसे महत्त्वपूर्ण मसला तो यह है कि दुर्घटना किस प्रकार की थी? जिरह के दौरान लगभग सभी गवाहों ने कहा कि विमान नाक के बल सिधाई में नीचे गिरा। अगर ऐसा हुआ तो विमान बड़ी ही तेज़ी से गिरा होगा—उसका सबसे भारी भाग, कॉकपिट-इंजन आदि, नीचे की ओर रहे होंगे। इस हालत में विमान में कुर्सियां या पेटियां ने होने के कारण सामान सहित सारे यात्री अस्त-व्यस्त होकर कॉकपिट के सामने गडमड हो गए होंगे। यदि सहजबुद्धि के अनुसार यह बात मानी जाए तो सारे गवाहों के बयान बकवास लगते हैं। इस हालत में विमान, तुरंत टुकड़े-टुकड़े हो जाता और चौदह यात्रियों में से कोई न बचता।

विमान-दुर्घटना की रिपोर्ट का विश्लेषण करने में श्री खोसला ने अपनी सहजबुद्धि, कानूनी बुद्धि या किसी भी प्रकार की बुद्धि से काम नहीं लिया। यदि वह ऐसा करते तो अपने चारों 'महत्त्वपूर्ण गवाहों' के बयानों को अस्वीकार करने के अलावा उनके पास दूसरा कोई उपाय न रह जाता। इसलिए श्री खोसला ने दुर्घटना किस प्रकार की थी, इसपर चर्चा ही न करना ठीक समझा। उन्होंने यही मान लेना सुविधाजनक समझा कि तैहोकू में दुर्घटना हुई थी।

16. विमान-दुर्घटना कहां हुई थी?

शाहनवाज़ समिति के सामने हबीबुर्रहमान ने कहा था, "दुर्घटना एयरपोर्ट से दो-एक मील की दूरी पर हुई। नोनोगाकी ने कहा कि दुर्घटना कंक्रीट के रनवे पर हुई थी। कथित ग्राउंड इंजीनियर नाकामुरा ने कहा कि रनवे से 100 मीटर दूर पर विमान गिरा। ताकाहाशी ने सूचित किया, "दुर्घटना कंक्रीट रनवे के बाहर लेकिन ऐरोड्रोम की सीमा के अंदर हुई।" लेकिन सबसे अधिक मुखर गवाह तारा कुनो, जिन्हें शाहनवाज़ समिति ने सबसे 'चौकस गवाह' कहा था, इस विषय पर मौन रहे। हबीबुर्रहमान और कुछ जापानी गवाहों ने भी कहा कि दुर्घटना जापानी मंदिर के निकट हुई थी।

केवल इस बात को छोड़कर कि दुर्घटना एयरपोर्ट के दक्षिणी छोर पर या उसके परे हुई, और किसी भी बात पर दो गवाहों का बयान एक-सा नहीं था। कथित दुर्घटना में जीवित बचे सात व्यक्ति ध्वस्त विमान के पास रक्षक दल की प्रतीक्षा काफी समय तक करते रहे। फिर भी दुर्घटना-स्थल को पहचानने में वे एक-दूसरे से इस कदर असहमत थे।

तारा कुनो ने, जिन्होंने शाहनवाज़ समिति के सामने कुछ नहीं कहा, खोसला आयोग को बताया, "विमान का दायां पंख एयरपोर्ट के अहाते के अंदर पुलिया से टकराया।" एक और नयी बात ताकाहाशी ने जोड़ी कि उन्होंने दायीं ओर बड़े-बड़े पेड़ देखे। संकेत यह था कि विमान जापानी मंदिर के निकट गिरा, क्योंकि हवाई अड्डे के दूसरी ओर कोई पेड़ नहीं थे।

एक ताइवानी लाइ मिन यी ने खोसला आयोग को बताया कि विमान एक कच्ची रेल-पटरी की दीवार से टकराया और बिलकुल नष्ट हो गया और उसके पुर्ज़े की लुंग नदी की ओर फैले हुए थे।

अन्य ताइवानी गवाहों ने भी उसका समर्थन किया। श्री खोसला ने उस स्थल को देखा।

पहले के अध्याय में हम बता चुके हैं कि एक ताइवानी गवाह ने बताया कि रेलवे लाइन के पास एक विमान गिरा था, लेकिन उड़ते हुए नहीं, बल्कि उतरते समय। और उसके अनुसार यह दुर्घटना अगस्त 1945 में नहीं बल्कि सितम्बर-अक्तूबर 1944 में हुई थी। लगभग दस और गवाहों ने इस बात का समर्थन किया, लेकिन श्री खोसला ने उनके बयान को रिकार्ड नहीं किया। उस अध्याय में हम ताइ-पेई एयरपोर्ट के मौसम-विशेषज्ञ की रिपोर्ट की भी विस्तार से चर्चा कर चुके हैं। यद्यपि श्री खोसला ने मौसम-संबंधी उस रिपोर्ट को स्वीकार करने से इन्कार कर दिया, लेकिन उन्होंने स्वयं अपनी रिपोर्ट में दूसरे दिन एयरपोर्ट का निरीक्षण करने की बात दर्ज की है। लेकिन जिस न्यायिक विवेक की उनसे अपेक्षा थी उसकी अवहेलना करके श्री खोसला ने उन ताइवानी गवाहों के सारे बयानों की उपेक्षा कर देने का निर्णय किया, जिन्होंने यह कहा था कि विमान पुरानी रेलवे लाइन के निकट गिरा था और वह भी 1944 में, न कि 1945 में। आश्चर्य तो यह है कि उन्होंने ताइपेई एयरपोर्ट के मौसम-विशेषज्ञ की रिपोर्ट और अपनी निरीक्षण की रिपोर्ट को ही पूरी तौर से नज़र अंदाज़ कर दिया। ऐसा उन्होंने क्यों किया? क्योंकि यदि वह निष्पक्ष न्यायिक दृष्टि से उनका विश्लेषण करते तो 1945 में हुई हवाई-दुर्घटना की सारी कहानी ही ध्वस्त हो जाती।

17. दुर्घटना के बाद विमान को क्या दशा थी?

शाहनवाज़ समिति को अपने लिखित बयान में हबीबुर्रहमान ने बताया, "विमान तुरंत ज़मीन पर गिर पड़ा और उसके आगे और पीछे के हिस्सों में आग

लग गई।" जिरह के दौरान उन्होंने कहा, "विमान आगे से टूट गया," और फिर जोड़ा, "दो टुकड़े हो गया।" नोनोगाकी और तारा कुनो ने कहा, "धरती पर गिरने पर विमान के दो टुकड़े हो गए जो विपरीत दिशा में गिरे।"

लेकिन नाकामुरा, जिन्होंने शाहनवाज़ समिति के अनुसार "सबसे अच्छी तरह दुर्घटना को देखा था," ने आयोग को बताया कि यह बात पक्की है कि विमान टूटा नहीं था। ताकाहाशी ने कहा कि विमान गिर पड़ा और अपनी स्वाभाविक स्थिति में खड़ा रहा।

खोसला आयोग के समक्ष साकाई ने कहा, "विमान का पिछला पहिया ज़मीन से बुरी तरह टकराया।

तारा कुनो ने श्री खोसला को बताया कि विमान के तीन टुकड़े हो गए थे।

ताकाहाशी ने आयोग को बताया कि विमान टूट गया था और उसके दरवाज़े खुले थे। लेकिन जिरह के दौरान उन्होंने अपना पहला बयान बदलकर कहा कि विमान के दो टुकड़े हो गए थे।

फिर वही बात उठती है कि किसपर विश्वास किया जाए? यदि विमान सचमुच गिर गया होता, तो क्या उसके वर्णन में इतने मतभेद होते? क्या यह नहीं लगता कि प्रत्येक गवाह ने अपनी कल्पना में दुर्घटना को देखा और उसीके अनुसार उसका विवरण दिया?

इससे क्या यह धारणा नहीं बनती कि गवाह जिस विमान-दुर्घटना का विवरण देने का कठिन प्रयास कर रहे थे वह वास्तविक नहीं बल्कि काल्पनिक थी? लेकिन श्री खोसला के लिए इन विरोधी बयानों का कोई महत्त्व नहीं था। उन सबकी अवहेलना करके वह इस विश्वास पर अड़े रहे कि दुर्घटना वास्तव में घटी थी।

18. ध्वस्त विमान से जीवित बचे लोग किस प्रकार बाहर आए?

यह समझने के लिए कि जीवित बचे लोग ध्वस्त विमान से बाहर कैसे निकले, विमान के भीतर की स्थिति को ध्यान में रखना आवश्यक है। बमवर्षक में कुर्सियां या कुर्सी की पेटियां नहीं थीं, और जैसे कि अधिकतर गवाहों ने कहा, विमान बहुत ही तेज़ गति से सीधा गिरा, इस कारण सारे यात्री और असबाब चालक-कक्ष के सामने हो गए होंगे। इस तस्वीर को ध्यान में रखते हुए आइए देखें गवाहों ने शाहनवाज़ समिति और खोसला आयोग को क्या बताया।

नोनोगाकी का दावा था कि वह पायलट थे, और उनकी जगह कॉकपिट में होना स्वाभाविक है, लेकिन जैसा कि उन्होंने शाहनवाज़ समिति को बताया, दुर्घटना के समय वह कॉकपिट में नहीं थे, बल्कि उसके 'टूरेट' में थे, जिससे वह आहत हुए बिना ही बाहर फेंक दिए गए, क्योंकि उनके भाग्य से 'टूरेट' के पास से ही विमान के दो टुकड़े हो गए थे। क्या किसी भी प्रकार के विमान में 'टूरेट'

बीचोंबीच होता है? पहले तो उन्होंने बड़े आत्मविश्वास से शाहनवाज़ समिति को बताया कि वह विमान से बाहर फेंक दिए गए, फिर जिरह के दौरान बोले कि वह उठकर जलते हुए विमान से दूर भागे और पत्थरों के उस ढेर के पीछे आश्रय लिया जिससे टकराकर ध्वस्त जहाज़ खड़ा हो गया था।

नोनोगाकी ने खोसला आयोग को बताया कि "मैं नीचे चलकर आया, क्योंकि मैं जहां बैठा था वहीं से विमान के दो टुकड़े हो गए थे।" आगे उन्होंने कहा, "मैंने चालक को बाहर निकलते देखा लेकिन ताकीज़ावा और चालक दल के अन्य लोगों को नहीं देखा।"

तारा कुनो ने अपने बयान में कहा था कि ताकीज़ावा के चेहरे और माथे पर चोट आई थी और वह कॉकपिट में ही मर गए थे।

शाहनवाज़ समिति ने अपनी रिपोर्ट में लिखा था, "मेजर कुनो सतर्क व्यक्ति हैं। दुर्घटना के समय वह एकदम हतबुद्धि नहीं हो गए, बल्कि अपने को काबू में रखकर उन्होंने देखा कि और लोग क्या कर रहे हैं। उन्होंने देखा कि इंजन के चक्के से, जिसे वह चला रहे थे, उनके चेहरे और माथे पर चोट आ गई थी। एन० सी० ओ० आयोआगी को छाती में चोट लगी थी, जिसमें से खून बह रहा था।" उन्होंने शाहनवाज़ समिति को यह भी बताया कि उन्होंने इंजन बंद कर दिया था। उन्होंने यह भी कहा कि एक इंजीनियर भी था, लेकिन मालूम नहीं उसका क्या हुआ।

उन्होंने शाहनवाज़ समिति और खोसला आयोग दोनों को बताया, "तब तक आग फैल चुकी थी और गर्मी असहनीय हो गई थी। मैं विमान की प्लास्टिक की छत तोड़कर बाहर निकल गया। मेरे हाथ, पांव और चेहरा जल गए थे। पेट्रोल टैंक को गिरे हुए इंजन से जोड़ने वाले पाइप से जो पेट्रोल निकल रहा था वह मेरे ऊपर गिर गया।"

अब आइए देखें इस 'चौकस' व्यक्ति ने श्री खोसला को क्या बताया, "मेरा सामान विमान के पीछे से मेरे ऊपर गिर रहा था। ले० जनरल शिडेई मेरे साथ बैठे थे। उनके पीछे पेट्रोल टैंक था जो टूटकर उनके सर से टकराया और वह मर गए। पायलट ताकीज़ावा के चेहरे पर चक्के से चोट लगी थी, और वह भी मर गए थे। मेरे बायीं ओर पायलट आयोआगी थे जिनकी दोनों टांगें विमान के टूटे हिस्से में फंस गई थीं और वह हिल भी नहीं पा रहे थे। मैं अपने चारों ओर लोगों को दो-तीन मिनट देखता रहा कि विमान में आग लग गई और मेरी ओर बढ़ने लगी। मैं खिड़की तोड़कर बाहर कूद पड़ा।"

सारे गवाहों ने यह कहा था कि मेजर कुनो साकाई, ताकाहाशी और आराई के साथ पीछे बैठे थे। एक चमत्कार ही था कि विमान नाक के बल सीधे गिरा था, फिर भी कॉकपिट में पहुंचकर उन्होंने वीरतापूर्ण करतब किए। उनके अपने कथन

के अनुसार वह शिडेई के साथ बैठे थे, जिनके ऊपर पेट्रोल टैंक गिरा था, लेकिन फिर भी उनके ऊपर पेट्रोल के छींटे नहीं पड़े। वह पेट्रोल में तभी भीगे जब वह विमान की छत तोड़कर बाहर कूद रहे थे। उनके अनुसार वह विमान के अंदर दो-तीन मिनट रहे, शिडेई के सर पर चोट लगते देखा, इंजन बंद किया, पायलट ताकीज़ावा को चक्के की चोट से मरते देखा, कॉकपिट के टूटे हिस्से में फंसे आयोआगी को भी बाहर निकालने की कोशिश की। और यह सारे वीरता के काम करने के बाद, विमान की सख्त प्लास्टिक की छत को तोड़कर बाहर भी निकल आए। क्या कोई इन्सान 2-3 मिनट में इतने सारे काम विमान के अंदर, जब वह बेहद तेज़ी से नाक के बल नीचे गिर रहा हो, कर सकता है?

किसी भी विमान के कॉकपिट की छत इतनी हल्की नहीं होती कि एक बार में तोड़ी जा सके। अगर उनकी कहानी में सचाई का कुछ भी अंश है तो छत को कई बार कुछ मार-मारकर तोड़ना पड़ा होगा। फिर, उन्होंने शाहनवाज़ को शिडेई के मर जाने की बात नहीं बताई, सिर्फ श्री खोसला को बताई। शाहनवाज़ समिति को उन्होंने बताया कि उनके विमान से बाहर कूदने के बाद आग लगी, और श्री खोसला से कहा कि वह विमान के अंदर थे तभी आग लग गई थी।

तारा कुनो के बयान में इतनी असंगतियां और परस्पर-विरोधी बातें हैं कि उसपर कोई मूर्ख ही विश्वास करेगा।

लेकिन तारा कुनो के बेसिर-पैर के बयान से शाहनवाज़ खां या खोसला को संदेह नहीं हुआ। बल्कि शाहनवाज़ ने उनकी प्रशंसा ही नहीं की उनकी उंगलियों के जले हुए नाखूनों से इतने प्रभावित हुए कि उसकी तस्वीर भी ले ली और हवाई दुर्घटना के प्रमाण के रूप में उसे प्रस्तुत किया। न शाहनवाज़ खां को यह सूझा और न खोसला को कि उनसे या जापान की युद्ध-संबंधी दस्तावेज़ों से यह पता लगाते कि सेना में उनकी पांच साल की सक्रिय सेवा में उनके साथ कभी और कोई दुर्घटना हुई थी या नहीं।

अन्य जापानी गवाहों के बयानों में भी इस प्रकार की अनेक असंगतियां थीं। लेकिन श्री खोसला के लिए उनका कोई महत्त्व नहीं था। इन गवाहों ने कहा कि विमान की दुर्घटना हुई और वह उसमें थे। श्री खोसला के लिए बस इतना ही काफी था यह प्रमाणित करने के लिए कि तैहोकू में विमान दुर्घटना हुई थी।

19. नेताजी विमान से बाहर कैसे निकले?

हबीबुर्रहमान ने शाहनवाज़ समिति से कहा था, "कुछ सेकंड में विमान ज़मीन पर गिर पड़ा। उसका अगला हिस्सा टूट गया और उसमें आग लग गई। नेताजी ने मेरी ओर घूमकर कहा, 'आगे से निकलिए, पीछे से रास्ता नहीं है।' हम प्रवेश-द्वार से नहीं निकल सके, क्योंकि उसके सामने बंडलों और अन्य वस्तुओं का ढेर था। इसलिए नेताजी आग के बीच में से निकले।"

ताकाहाशी ने बताया कि प्रवेश-द्वार खुला था, और तारा कुनो ने कहा सामने का द्वार बंद था। सवाल यह उठता है कि नेताजी सामने से बाहर कैसे निकले? किस दरवाज़े से निकले? हबीबुर्रहमान ने यह नहीं बताया कि नेताजी चलकर उतरे या विमान से कूद पड़े थे। सीढ़ियां तो थीं नहीं, फिर उतरे कैसे? इन प्रश्नों पर हबीबुर्रहमान मौन ही रहे।

तारा कुनो ने कहा कि वह नेताजी को नहीं देख सके, क्योंकि उनके सामने पेट्रोल का टैंक गिर गया था। लेकिन पहले उन्होंने यह कहा था कि शिडेई नेताजी के पीछे बैठे थे, और कुनो शिडेई के साथ बैठे थे। अगर कुनो के पहले के बयान मान लिए जाएं तो नेताजी ठीक उनके सामने बैठे थे। उन्होंने शाहनवाज़ समिति को बताया कि वह चंद्र बोस को नहीं देख सकते थे, लेकिन साथ ही यह भी दावा किया कि दुर्घटना के बाद विमान के अंदर जो कुछ हो रहा था वह सब कुछ ध्यान से देख रहे थे।

नोनोगाकी और ताकाहाशी ने कहा कि वे खुद नहीं बता सकते कि विमान के अंदर नेताजी को क्या हुआ। पहले ताकाहाशी ने यह कहा था कि वह बेहोशी की हालत में बाहर फेंक दिए गए थे। फिर भी श्री खोसला से उन्होंने कहा कि "मेरे बायें पांव की हड्डी टूट गई थी और मैं रेंगकर विमान से बाहर निकला। मैंने दूसरे दरवाज़े से बोस को निकलते देखा। उनके कपड़ों में आग लग गई थी।" विमान जब नाक के बल गिरा था तो वह चलकर नीचे कैसे आ सकते थे?

इस सवाल का जवाब किसीने नहीं दिया।

20. विमान से बाहर निकलने के बाद नेताजी को क्या हुआ?

हबीबुर्रहमान ने शाहनवाज़ समिति को बताया था, "नेताजी आग के बीच में से निकले। मैं उनके पीछे था। वह स्वेटर नहीं पहने थे, खाकी ड्रिल पहने थे। उनके कपड़ों में आग लगी थी। मैंने आगे बढ़कर बड़ी मुश्किल से उनकी बुशशर्ट की बेल्ट खोली। उनकी पतलून में उतनी आग नहीं लगी थी, इसलिए उसको नहीं उतारना पड़ा। मैंने ज़मीन पर उनको लिटाया तो देखा कि उनके माथे पर गहरी चोट लगी है। उनका चेहरा आग से झुलस गया था। घाव करीब चार इंच लंबा था। मैंने अपने रूमाल से खून रोकने की कोशिश की।"

नोनोगाकी, तारा कुनो, ताकाहाशी और नाकामुरा ने शाहनवाज़ समिति और खोसला आयोग के सामने बिलकुल विरोधी बयान दिए। नोनोगाकी ने कहा, "मैंने नेताजी के शरीर पर आग नहीं देखी।" तारा कुनो ने कहा कि नेताजी से लगभग तीस मीटर की दूरी पर खड़े उन्होंने देखा कि नेताजी लपटों से कुछ ही दूर बिल्कुल सीधे और स्थिर खड़े हैं—बौद्ध मंदिर के रक्षक देवता के समान। बल्कि उन्होंने तो हबीबुर्रहमान के बयान को काटते हुए यहां तक कहा कि "नहीं हबीबुर्रहमान ने नहीं, मैंने नेताजी के कपड़े उतारे थे।"

ताकाहाशी ने उन दोनों के ही बयान का खंडन करते हुए कहा कि यद्यपि मेरे पैर टूट गए थे, मैं नेताजी के पास गया और उनसे ज़मीन पर लेटने को कहा जिससे कपड़ों में लगी आग बुझ गई।

लेकिन भला शाहनवाज़ खां के "सबसे अच्छे" गवाह नाकामुरा शौर्य दिखाने के अवसर को क्यों चूकते? उन्होंने तीनों की ही बात काटते हुए कहा कि केवल उन्होंने ही जलते हुए विमान से नेताजी को तथा अन्य यात्रियों को बचाने में मदद की थी। और उन्होंने ही नेताजी के शरीर से उनके कपड़े उतारे थे।

फिर नोनोगाकी, तारा कुनो, ताकाहाशी और डा० योशीमो, जिन्होंने अस्पताल में नेताजी का इलाज करने का दावा किया था, ने हबीबुर्रहमान के कथन को गलत बताते हुए कहा कि नेताजी के शरीर पर कोई कपड़े नहीं थे, पतलून भी नहीं। वह केवल जूते पहने थे।

हम अलग अध्याय में इसकी चर्चा करेंगे कि हबीबुर्रहमान किस प्रकार अपने पूर्वनिश्चित बयान पर अड़े रहे। और नेताजी की मृत्यु को सिद्ध करने के लिए बार-बार उसे ही दोहराते रहे ताकि उन्हें भूमिगत हो जाने के लिए काफी समय मिल जाए।

हमारा केवल एक ही प्रश्न है। यदि विमान-दुर्घटना और नेताजी की बात सच है तो हर एक गवाह के बयानों में इतना अंतर क्यों था? नेताजी के शरीर पर पतलून थी, या वह बिलकुल नग्न थे, ऐसे प्रश्नों पर उन लोगों में इतना मतभेद कैसे हो सकता है जो स्वयं इस दुर्घटना के शिकार हुए थे और उस स्थल पर मौजूद थे। क्या इससे यह संदेह नहीं होता कि दुर्घटना हुई ही नहीं थी? नेताजी के उसमें होने की बात को तो छोड़िए।

लेकिन इन असंगतियों और परस्पर-विरोधी बयानों से शाहनवाज़ खां के मन में कोई संदेह नहीं पैदा हुआ? और श्री खोसला? उन्होंने महत्त्वपूर्ण प्रश्नों पर चुप्पी साध लेना ही उचित समझा।

21. विमान-दुर्घटना में कौन मरा था?

शाहनवाज़ समिति द्वारा प्रस्तुत सूची के अनुसार, "(1) ले० कर्नल टी० साकाई, (2) ले० कर्नल एस० नोनोगाकी, (3) मेजर टी० कुनो, (4) मेजर ताकाहाशी, (5) कैप्टन के आराई, (6) सार्जेण्ट ओकिस्ता और (7) कर्नल हबीबुर्रहमान"—ये दुर्घटना से बचे लोग थे। उनके अनुसार पांचवां व्यक्ति और नेविगेटर ओकिस्ता का पता ही नहीं चला। कोई जापानी गवाह भी नहीं बता सका कि उनका क्या हुआ। जापान की सरकार भी उनका कोई अता-पता नहीं बता सकी।

दुर्घटना में कौन मरा था? शाहनवाज़ समिति के अनुसार, "(1) पायलट ताकीज़ावा, (2) को-पायलट आयोआगी, (3) नेविगेटर ओकिस्ता (4) चालक

दल का एक और सदस्य तोमीनागा, (5) जनरल शिडेई और (6) नेताजी या तो दुर्घटना में ही मर गए या उसके बाद ही।"

इस प्रकार की दुर्घटना में विशेषकर जब विमान में न कुर्सियां थीं न कुर्सी-पेटियां, मरने या बचने की संभावना सबके लिए एक-सी ही थी। लेकिन मरा कौन? चालक दल के चारों सदस्य, शिडेई और नेताजी। विमान को दैरेन ले जाने के लिए चारों चालकों का होना तो आवश्यक ही था, जनरल शिडेई का होना भी आवश्यक था, क्योंकि उन्हें राजकीय मुख्य कार्यालय द्वारा नेताजी को मंचूरिया तक पहुंचाने का दायित्व सौंपा गया था। अंत में मृतकों की सूची को पूरा करने के लिए, कहानी के नायक नेताजी सुभाषचन्द्र बोस को भी मृत बता दिया गया। जो लोग गैरज़रूरी थे, जिनका कोई खास काम नहीं था, वे बच गए, और उनके साथ बचे नेताजी के सहयोगी हबीबुर्रहमान—इस दुर्घटना और नेताजी की मृत्यु की कहानी की पुष्टि करने के लिए।

लेकिन जीवितों या मृतकों की इस असाधारण सूची में शाहनवाज़ खां या श्री खोसला को कोई विचित्रता नहीं दिखाई दी। उन्होंने सूची के बिना कुछ पूछ-ताछ के ही स्वीकार कर दिया।

22. तैहोकू एयरपोर्ट का पहाड़ी इलाका और चित्रों में दिखाया गया पहाड़ी क्षेत्र क्या एक ही थे?

जापान की सरकार ने ध्वस्त विमान के तीन फोटो प्रस्तुत किए जो उनके अनुसार 18 अगस्त, 1945 को तैहोकू एयरपोर्ट पर ध्वस्त हुए विमान के ही फोटे थे।

शाहनवाज़ समिति को भारत सरकार ने ताइपेई जाने की अनुमति नहीं दी थी। इस कारण उनको उसकी जांच करने का मौका ही नहीं मिला कि वे तीनों फोटो वास्तव में एक ही ध्वस्त विमान के थे या नहीं। लेकिन मौके का निरीक्षण करने के बाद जब यह बिलकुल स्पष्ट हो गया कि वे एक ही ध्वस्त विमान के चित्र नहीं हो सकते तो भी श्री खोसला ने उस रिपोर्ट को लिखने से साफ इन्कार दिया जिसके बारे में हम पहले विस्तार से चर्चा कर चुके हैं।

इस प्रकार श्री खोसला ने जानबूझकर एक अत्यंत महत्त्वपूर्ण साक्ष्य, जो विमान-दुर्घटना की कहानी का खंडन करता था, अपनी रिपोर्ट में लिखने से इंकार कर दिया।

23. विमान-दुर्घटना की रिपोर्ट पर विमानशास्त्र-विशेषज्ञों का क्या मत है?

भारत सरकार के दुर्घटना जांच विभाग के विमान इंस्पेक्टर श्री ए० एम० एन० शास्त्री से शाहनवाज़ समिति ने जापानी गवाहों और हबीबुर्रहमान के बयानों के आधार पर दुर्घटना की 'पुनर्रचना' करने को कहा, उसका विश्लेषण

करने को नहीं। श्री शास्त्री ने कहीं, "प्राप्त सूचना के आधार पर इंजन से पंखे के निकल जाने का सही-सही कारण बता सकना संभव नहीं है। इंजन की बनावट और कंट्रोल सिस्टम आदि के बारे में पूरी जानकारी न होने के कारण, और विमान के ध्वंसावशेष की जांच किए बगैर यह पता लगा पाना कठिन है कि किस नुक्स के कारण दुर्घटना हुई थी।"

यद्यपि शाहनवाज़ समिति ने श्री शास्त्री से दुर्घटना की 'पुनर्रचना' करने को कहा था, लेकिन उन्होंने एक विशेषज्ञ की हैसियत से जो रिपोर्ट दी, उसने तो दुर्घटना के कथित कारण को ही अस्वीकार कर दिया, और किसी यात्री के जीवित बचने की संभावना को संदेहजनक बताया। लेकिन शाहनवाज़ समिति ने इस विशेषज्ञ की राय को कोई महत्त्व नहीं दिया। खोसला आयोग ने एयर वाइस-मार्शल डी० ए० आर० नंदा से भी पेश होने को कहा, लेकिन वह भी कथित दुर्घटना का कोई स्पष्ट कारण बताने में असमर्थ थे, क्योंकि दुर्घटना के बारे में जो विभिन्न बयान दिए गए थे उनसे कोई साफ तस्वीर नहीं बन सकी।

'ए बीकन एक्रॉस एशिया' नामक पुस्तक के सहलेखक श्री हायाशीडा और फ्राड सैटो ने जापान के कई विमान वैज्ञानिकों से विभिन्न बयानों के आधार पर दुर्घटना की 'पुनर्रचना' करने को कहा।

इस गैरसरकारी जांच समिति के अनुसार, "भारी बमवर्षक में प्रायः आधे रनवे पर पहुंचकर, दुम ऊपर उठ जाती है, लेकिन इस मामले में, नाकामुरा के अनुसार, विमान की दुम तब ऊपर उठी जब वह रनवे का तीन-चौथाई भाग तय कर चुका था। विमान ने उड़ान भरी, तेज़ी से सीधे ऊपर पहुंचा और फिर विस्फोट सुनाई दिया और विमान बाईं ओर झुक गया। पंखा ओर 'पोर्ट' इंजन निकल गए, और विमान नीचे गिरने लगा। विशेषज्ञों के दल ने इस रिपोर्ट को तर्कहीन बताया।" विशेषज्ञ दल ने आगे कहा, "टाइप 97-2 बमवर्षक, पूरी तरह से भरे हुए प्रायः रनवे की तीन-चौथाई दूरी तक दौड़ने के बाद उड़ान भरते हैं। दो इंजन वाले बमवर्षक के लिए उड़ान भरते ही इतनी ऊंचाई तक उड़ जाना असंभव है। तूरेन से ताइपेई तक की सात घंटे की उड़ान से यह साबित हो जाता है कि विमान में बोझ निर्धारित सीमा से अधिक नहीं था। रूस की वायुसेना 22 अगस्त को पोर्ट आर्थर में उतरने लगी थी, यानी दुर्घटना के चार दिन बाद और आयोआगी अनुभवी पायलट थे और कई बार ताइपेई से उड़ चुके थे।"

अंत में विशेषज्ञ दल ने कहा, "प्रशांत युद्ध के दौरान जापानियों को सारी हवाई कार्रवाइयों में कभी ऐसा नहीं हुआ कि उड़ान भरते समय विमान का पंखा गिर गया हो। यदि विमान सचमुच नाक के बल गिरा होता तो टुकड़े-टुकड़े हो गया होता और उसमें बैठे सभी लोग तुरंत मर जाते।"

विमान-दुर्घटना को कोरी कल्पना सिद्ध करने के लिए और क्या प्रमाण चाहिए? लेकिन श्री खोसला ने इन जापानी विशेषज्ञों की राय पर ध्यान नहीं दिया।

24. ले० जनरल शिडेई का क्या हुआ?

श्री खोसला ने हमें यह विश्वास दिलाने की कोशिश की कि आत्मसमर्पण के बाद जापानी नेताजी को इतना आवश्यक मित्र नहीं मानते थे, इस कारण उन्होंने उनकी चिंता नहीं की। लेकिन क्या वह जनरल शिडेई की भी उपेक्षा कर सकते थे?

जनरल शिडेई का पद राजकीय मुख्य कार्यालय के जनरल सुगीआमा या साइगोन के मुख्य कार्यालय के फील्ड मार्शल तेराउची के अलावा और किसीसे नीचा नहीं था। जापान के इतने बड़े जनरल का क्या हुआ?

केवल तारा कुनो ने यह अविश्वसनीय कहानी बताई कि पेट्रोल का टैंक गिर जाने से शिडेई मर गए। लेकिन शाहनवाज़ समिति या खोसला आयोग ने यह जानने की चिंता नहीं की कि कुनो ने यह कैसे सोच लिया कि एक बमवर्षक का पेट्रोल टैंक इतनी अजीब जगह लगा होगा, और वह भी खुला?

नाकामुरा के अतिरिक्त और किसी जापानी गवाह ने जनरल शिडेई के बारे में कुछ भी नहीं कहा। शाहनवाज़ समिति के अनुसार—नाकामुरा ने पक्की तौर पर यह कहा कि पायलट ताकीज़ावा और को-पायलट आयोआगी के साथ-साथ जनरल शिडेई भी खत्म हो गए और उन्होने उनको दफनाने में मदद की।

फारमोसा के सेनाध्यक्ष जनरल इसामाया और उसी सेना के जनरल आंडो ने शाहनवाज़ समिति को बताया, "हमें तो दुर्घटना का समाचार दूसरे दिन मिला।" क्या इसपर विश्वास किया जा सकता है कि जनरल के उच्च पद के सैनिक अधिकारी को सेना के इंजीनियरिंग विभाग का एक कैप्टन दफनाएगा? 22 अगस्त, 1945 को आंडो जनरल तनाका की अगवानी करने पहुंचे थे, जो शिडेई के बाद बर्मी सेना के इंचार्ज नियुक्त हुए थे। लेकिन उन्होंने न तो इसकी चिंता की कि उनके शरीर का अंतिम संस्कार कैसे किया गया, न ही उनके प्रति कोई सम्मान दिखाया।

जापान की सरकार ने तैहोकू में जनरल शिडेई की मृत्यु का प्रमाण-पत्र जारी कर दिया था ताकि किसीको संदेह न रह जाए। यह प्रमाण-पत्र इतना विवादास्पद था कि स्वयं श्री खोसला ने स्वीकार किया कि वह जाली प्रमाण-पत्र लगता है।

नेताजी की मृत्यु की कहानी जनरल शिडेई की मृत्यु और उनके अंतिम संस्कार से जुड़ी है। यदि शिडेई की मृत्यु ही संदेहात्मक है, तो नेताजी की मृत्यु की बात भी संदेहात्मक है। शाहनवाज़ समिति ने कम से कम मोटे तौर पर उसका जिक्र किया, लेकिन श्री खोसला ने शिडेई की मृत्यु के प्रमाण-पत्र को तो जाली बताया,

लेकिन बारीकी से उसकी छान-बीन नहीं की। पर अपनी रिपोर्ट में उन्होंने उस प्रमाण-पत्र को वायुयान-दुर्घटना के प्रमाण के रूप में शामिल किया।

25. क्या नेताजी के जापानी सहयात्री उन्हें पहले से जानते थे?

जापानी अधिकारी नेताजी के लिए हमेशा सांकेतिक शब्द 'टी' का प्रयोग करते थे। साइगोन से नेताजी की यात्रा अत्यंत गोपनीय थी। केवल कुछ खास-खास व्यक्ति ही उसके बारे में जानते थे। नेताजी के मंत्रियों को भी नहीं मालूम था कि वह कहां जा रहे हैं। यह सारी सूचना खोसला आयोग की रिपोर्ट में उपलब्ध है।

ताकाहाशी को छोड़कर, शेष सभी जापानी गवाहों ने कहा कि उन्होंने नेताजी को पहले नहीं देखा था। लेकिन नोनोगाकी ने श्री खोसला को बताया कि कर्नल टाडा ने नेताजी की ओर इशारा करके बताया था कि वह कौन हैं। साथ ही उन्हें यह चेतावनी भी दी कि वह नेताजी का केवल सांकेतिक नाम ही लें जोकि उनको याद नहीं था। लेकिन कर्नल टाडा तो साइगोन हवाई अड्डे पर मौजूद ही नहीं थे। नोनोगाकी ने यह भी झूठा दावा किया कि वह विमान के मुख्य चालक थे, लेकिन और किसीने भी इस विषय में कुछ नहीं कहा। इसका अर्थ यह हुआ कि नोनोगाकी ने श्री खोसला से बिलकुल झूठ बोला।

मेजर तारा कुनो ने विमान का नेविगेटर होने का दावा किया था। लेकिन जापानियों के बयानों के आधार पर शाहनवाज़ समिति ने निश्चित रूप से कहा कि विमान के नेविगेटर ओकिस्ता थे। तारा कुनो का परिचय नेताजी से कभी नहीं कराया गया था। फिर भी उनके जैसे छोटे अफसर ने यह कहा कि वह नेताजी और शिडेई के साथ बैठे थे और उनसे बातें करते रहे थे।

प्रामाणिक रिपोर्ट के अनुसार नेताजी और हबीबुर्रहमान विमान में उस समय घुसे जब उसका पंखा चालू हो गया था और सारे यात्री बैठ चुके थे। फिर भी सब जापानी गवाहों ने कहा कि वे नेताजी को जानते थे।

श्री खोसला ने जापनी गवाहों की इस बात पर विश्वास कर लिया कि वे नेताजी को जानते थे। यद्यपि नेताजी की गतिविधि को जापानी अधिकारियों ने अत्यंत गोपनीय रखा था।

26. नेताजी और जनरल शिडेई के विमान के तैहोकू पहुंचने या वहां से रवाना होने के संबंध में कोई दस्तावेज़ जांच समिति को प्रस्तुत की गई थी?

नेताजी और जनरल शिडेई जिस विमान में यात्रा कर रहे थे, उसके तैहोकू पहुंचने या वहां से उड़ने या 18 अगस्त, 1945 को किसी विमान-दुर्घटना के बारे में, कोई भी दस्तावेज़ न तो शाहनवाज़ समिति को दिखाई गई न खोसला आयोग को। केवल एक समाचार एजेंसी, दोमेई एजेंसी ने पांच दिन बाद दुर्घटना की खबर दी और फारमोसा के गुप्त सूचना ब्यूरो ने सात दिन बाद प्रेस नोट जारी किया।

लेकिन श्री खोसला ने नोनोगाकी, तारा कुनो, साकाई और ताकाहाशी के मौखिक बयानों को बिना किसी लिखित प्रमाण के सच मान लिया।

27. नेताजी कितने घायल हुए थे?

शाहनवाज़ समिति ने भी टिप्पणी की थी, "नेताजी कार में ले जाए गए थे, या जीप में या ट्रक में, किस गाड़ी में उनके साथ कौन गया था, और कौन पहले पहुंचा?" इस विषय में कोई निश्चित सूचना उपलब्ध नहीं है। लेकिन श्री खोसला ने उसकी कोई चिन्ता नहीं की।

28. नोनमोन अस्पताल (साउथ गेट सैनिक अस्पताल) के किस कमरे में नेताजी को रखा गया था?

हबीबुर्रहमान ने कहा था कि कमरे में केवल वही नेताजी के साथ थे। लेकिन औरों ने कहा कि अन्य रोगी भी थे। रहमान ने बताया था कि अस्पताल पहुंचते ही नेताजी को ऑपरेशन थियेटर में ले जाया गया। लेकिन डॉ० योशीमी, जिनका कहना था कि उन्होंने नेताजी का इलाज किया था, ने बताया कि नेताजी को आपरेशन थियेटर में बिल्कुल नहीं ले जाया गया।

नोनोगाकी ने कहा था कि वह बराबर बोस के साथ थे लेकिन ताकाहाशी ने खोसला आयोग को बताया कि "साकाई, नोनोगाकी और मैं साथ वाले कमरे में थे।" इसके विपरीत तारा कुनो ने कहा, "उसी रात मुझको और नोनोगाकी को होकातू सैनिक अस्पताल में ले जाया गया।"

लेकिन श्री खोसला ने इसीपर विश्वास किया कि नोनोगाकी नेताजी के साथ अंतिम क्षण तक थे।

29. डॉक्टरों ने नेताजी का इलाज किस प्रकार किया?

डॉ० योशीमी ने दावा किया था कि डॉ० त्सुरुत की सहायता से नेताजी की सब प्रकार से चिकित्सा की गई थी। आगे उन्होंने यह भी कहा कि नेताजी बिलकुल नग्न अवस्था में अस्पताल लाए गए थे, जब कि हबीबुर्रहमान ने अपने सारे बयानों में यही कहा कि नेताजी की केवल बुशशर्ट उतारी गई थी, पतलून नहीं।

डॉ० योशीमी ने कहा कि बहुत अधिक जल जाने के कारण नेताजी का शरीर बिलकुल काला-सा पड़ गया था, लेकिन उनके माथे पर कोई चोट नहीं थी। उन्होंने, उनके चेहरे को छोड़कर, सारे शरीर पर पट्टियां बांधीं और उनका तापमान लिया जो 39° सेंटिग्रेड था। नेताजी को अस्पताल में लाने का समय उन्होंने विभिन्न जांच समितियों को अलग-अलग बताया। इसकी चर्चा हम आगे के अध्याय में करेंगे कि श्री खोसला के सबसे 'सत्यवादी गवाह' डॉ० योशीमी ने कैसे हास्यास्पद और विरोधी बयान दिए।

30. नेताजी कितनी देर होश में थे?

डॉ० योशीमी ने शाहनवाज़ समिति और खोसला आयोग को बताया कि

जब नेताजी अस्पताल में लाए गए तो पूरे होश में थे। एक और स्थान पर उन्होंने कहा कि नेताजी अपने साथियों के बारे में पूछताछ करते रहे और सात बजे शाम को बेहोश हो गए। लेकिन एक अन्य जापानी गवाह ताकामाया ने एक प्रकाशित लेख में लिखा था कि उन्होंने रात को आठ-नौ बजे के बीच नेताजी से बातचीत की थी। डॉ० योशीमी ने भी उस पत्र में यही लिखा था।

नेताजी ने डॉ० योशीमी और अन्य लोगों से बात कैसे की? नाकामुरा (कैप्टन नाकामुरा नहीं) नामक एक दुभाषिये को नेताजी की अंग्रेज़ी का जापानी में अनुवाद करने के लिए बुलाया गया था। उसने यह बताया कि नेताजी केवल तीन बार बोले—पहली बार आज़ाद हिन्द फौज के अन्य अफसरों के तैहोकू पहुंचने के बारे में पूछा; दूसरी बार जब उनके सिर में भयंकर दर्द हो रहा था; तीसरी बार नेताजी ने क्या कहा, यह उन्होंने नहीं बतलाया।

हबीबुर्रहमान ने कहा कि नेताजी ने दो-एक बार पानी मांगा। उन्होंने शाहनवाज़ समिति को यह भी बताया कि मृत्यु के पहले नेताजी ने भारत के लोगों के नाम एक संदेश कहा। जिरह के समय उन्होंने कहा कि वह साथ वाले पलंग पर लेटे थे जब नर्स ने आकर उन्हें बताया कि नेताजी की रात को नौ बजे मृत्यु हो गई।

31. नेताजी की कथित मृत्यु कब हुई?

शाहनवाज़ समिति ने अपनी रिपोर्ट में लिखा था, "डॉ० योशीमी का कहना है कि नेताजी की मृत्यु रात को आठ बजे हुई। डॉ० योशीमी, डॉ० त्सुरुता, दो नर्सें, कर्नल हबीबुर्रहमान, नाकामुरा और सैनिक पुलिस का एक आदमी उनके पास थे। लेकिन हर एक ने मृत्यु का समय अलग-अलग बताया। नोनोगाकी और तारा कुनो ने तो कहा कि उसी रात को उन्हें दूसरे अस्पताल को भेज दिया गया था। ताकाहाशी केवल इतना ही बता सके कि नेताजी की मृत्यु उसी रात हो गई थी।

"हबीबुर्रहमान ने अपने लिखित वक्तव्य में, जो बराबर नेताजी की भस्म की पेटी के साथ ही रखा गया था, मृत्यु का समय रात नौ बजे लिखा था। जब फारमोसा के गुप्त सूचना ब्यूरो ने अपनी प्रेस विज्ञप्ति में मृत्यु का समय आधी रात बताया तो हबीबुर्रहमान ने भी अपना बयान बदल दिया। लालकिले में प्रश्न के समय उन्होंने कहा कि मृत्यु के समय वह नेताजी के पास नहीं थे; उन्हें एक नर्स ने सूचना दी।"

इस प्रकार की परस्पर-विरोधी बातों से चकराकर शाहनवाज़ समिति ने लिखा, "नेताजी के साथ घायल हुए व्यक्तियों के बयानों से उनकी मृत्यु का ठीक समय निर्धारित नहीं किया जा सकता। 18 अगस्त, 1945 को रात में आठ बजे और बारह बजे के बीच किसी समय मृत्यु हुई होगी।"

नोनोगाकी ने शाहनवाज़ समिति से तो यह कहा कि उसी रात उनको दूसरे अस्पताल में भेज दिया गया था, लेकिन खोसला आयोग को बताया कि नेताजी की मृत्यु के समय वह उनके साथ ही थे। यही नहीं, उन्होंने यह भी दावा किया कि उन्होंने ही साइगोन में दक्षिण-पूर्व एशिया के मुख्य कार्यालय को सूचना दी मानो वही तैहोकू में सैनिक मुख्य कार्यालय के कर्ता-धर्ता थे।

ताकाहाशी ने आयोग को बताया कि वह और नोनोगाकी नोनमोन अस्पताल में थे जहां 27 अगस्त, 1945 तक नेताजी थे। लेकिन तारा कुनो ने शाहनवाज़ समिति को बताया कि नोनोगाकी और अन्य व्यक्तियों के साथ उन्हें भी होकातू अस्पताल में उसी रात को भेज दिया गया था। तारा कुनो ने श्री खोसला से तो तुरन्त कह दिया कि नेताजी की मृत्यु सायं 7 बजे हुई, लेकिन शाहनवाज़ समिति से कहा कि उन्होंने मृत्यु की खबर दूसरे दिन सुनी।

नेताजी की मृत्यु के समय के बारे में इतनी विरोधी और चकमा देने वाली असंगत बातें कही गईं कि शाहनवाज़ समिति उसकी आलोचना करने पर बाध्य हो गई। लेकिन श्री खोसला को इसकी कोई चिंता नहीं थी। उन्होंने अपनी रिपोर्ट में लिखा, "विमान साइगोन से सायं ठीक पांच बजे उड़ा, 7-45 बजे तूरेन पहुंचा, दोपहर में दो बजे तैहोकू पहुंचा, और ढाई बजे वहां से उड़ा।" लेकिन नेताजी की मृत्यु के बारे में उन्होंने अस्पष्ट रूप से लिख दिया, "बोस की मृत्यु आधी रात को हुई।"

32. फारमोसा के सैनिक मुख्य कार्यालय को नेताजी की मृत्यु का समाचार कैसे मिला?

नेताजी की मृत्यु की खबर के बाद क्या हुआ? शाहनवाज़ समिति के अनुसार, "डॉ० योशीमी ने यही दुःखपूर्ण समाचार सैनिक मुख्य कार्यालय को दिया।" लेकिन उसी रिपोर्ट के अनुसार, "मुख्य कार्यालय से कोई जनरल या उच्च पदस्थ अफसर नहीं, बल्कि नागातोमो नाम का एक मेजर अस्पताल को भेजा गया। उसने आकर अस्पताल के पलंग पर पड़े नेताजी के शरीर को देखा। मेजर नागातोमो ने शरीर की रखवाली के लिए सिपाहियों को तैनात कर दिया।"

रिपोर्ट में आगे लिखा है, "फारमोसा के सेनाध्यक्ष जनरल इसामाया ने साफ-साफ कहा कि उन्होंने दूसरे दिन आफिस जाने पर ही दुर्घटना की खबर सुनी। ले० कर्नल नोनोगाकी का तो कहना यही था कि सूचना पाकर नेताजी को जीवित रहते ही दो सैनिक अफसर आए थे। लेकिन स्वयं उन अफसरों, कर्नल मियाता, और मेजर नागातोमो ने कहा कि वे नेताजी की मृत्यु के बाद ही पहुंचे। मेजर नागातोमो ने कहा कि खबर मिलते ही फारमोसा की सेना के कमांडर जनरल आंडो नेताजी को देखने गए। उन्होंने यह भी बताया कि जनरल आंडो अंतिम संस्कार के समय भी उपस्थित थे।"

लेकिन ज़रा सुनिए जनरल इसामाया ने इसके बारे में क्या कहा। उसी शाहनवाज़ समिति की रिपोर्ट के अनुसार, "जनरल इसामाया बिलकुल ही भिन्न कहानी सुनाते हैं। वह कहते हैं कि वह या जनरल आंडो न अस्पताल गए और न ही अंतिम संस्कार में।" उन्होंने आगे यह भी बताया कि जापान के आत्मसमर्पण के दिन के बाद से ही सेनाध्यक्ष अपने घर से बाहर नहीं निकले।

जनरल इसामाया ने समिति को बताया कि उनको दुर्घटना की खबर दूसरे दिन मिली जब वह दफ्तर जा रहे थे। गोया उन्होंने अपने-आपको केवल 18 अगस्त तक ही घर में बंद रखा था। इस असंतोषजनक कारण के बताएं जाने पर शाहनवाज़ समिति ने अप्रसन्न होकर लिखा, "यह सफाई विश्वसनीय नहीं लगती, जब कि उन्होंने स्वयं बताया कि दुर्घटना के एक दिन बाद ही वह बर्मी सेना के अध्यक्ष जनरल तनाका और बर्मा के राष्ट्रपति का स्वागत करने गए थे। स्पष्ट है कि स्थानीय सैनिक कमान ने इसमें कोई विशेष दिलचस्पी नहीं ली कि नेताजी के शव का क्या किया गया। एक निम्न श्रेणी के अफसर को इस काम के लिए भेजा गया, और उसके बाद कोई दिलचस्पी नहीं दिखाई गई।"

शाहनवाज़ समिति के अनुसार डॉ० योशीमी ने यह भी कहा था कि डॉक्टर, नर्स, हबीबुर्रहमान रोए, शव पर फूल चढ़ाए और सैल्यूट किया। लेकिन उसी रिपोर्ट में यह भी कहा गया है कि हबीबुर्रहमान ने इस प्रकार के कोई विवरण नहीं दिए।

शाहनवाज़ समिति की रिपोर्ट से स्पष्ट है कि जनरल इसामाया, डॉ० योशीमी, मेजर नागातोमो, सब जान-बूझकर झूठ बोले।

यदि यह मान भी लें कि आत्मसमर्पण के बाद जापानियों को नेताजी में दिलचस्पी नहीं रह गई थी, तो शिडेई की उपेक्षा क्यों की गई? यदि दुर्घटना सचमुच हुई और नेताजी तथा शिडेई उसमें मारे गए, तो क्या हेडक्वार्टर्स को इसकी सूचना न दी जाती? और सूचना मिलने के बाद क्या वे जरनल शिडेई की उपेक्षा कर सकते थे? यह प्रश्न साधारण लेकिन संगत है।

33. नेताजी के कथित शव को कहां रखा गया था?

डॉ० योशीमी ने शाहनवाज़ समिति को बताया था कि नेताजी के शव को एक ओर करके, उसके चारों ओर पर्दा लगा दिया गया था, और जापानी प्रथा के अनुसार उसके निकट फूल रखे गए और मोमबत्तियां जला दी गई थीं। मेजर नागातोमो ने शव की रखवाली के लिए सैनिक को तैनात कर दिया था।" लेकिन समिति ने यह भी लिखा कि इन विवरणों के विषय में हबीबुर्रहमान बिलकुल मौन थे।

क्या यह बात विचित्र नहीं लगती कि एक मेजर को तो "नेताजी के पहुंचने और उनकी मृत्यु की खबर थी, लेकिन फारमोसा के मुख्य कार्यालय को नहीं?

श्री खोसला ने ताइवान के चांग चुएन के बयान को नेताजी की मृत्यु के प्रमाण के रूप में उद्धृत किया है। उन्होंने लिखा है, "चांग चुएन को अस्पताल जाने और शव की रखवाली करने के लिए भेजा गया। ताबूत पर बड़े-बड़े अक्षरों में 'चंद्र बोस' लिखा हुआ था। दूसरे दिन एक ट्रक आया और शव को दाहगृह ले गया।"

यह कहानी डा० योशीमी के बयान का खंडन करती है। श्री खोसला ने अपनी सुविधा के अनुसार चांग चुएन के बयान के कुछ अंश रिपोर्ट में दिए और कुछ छोड़ दिए। चांग चुएन ने यह भी कहा था कि वह 19 अगस्त को प्रहरी की ड्यूटी पर था। दूसरे, ताबूत कमरे के बीचोंबीच रखा था; तीसरे, ताबूत के पास फूल या मोमबत्तियां नहीं थीं, और चौथे, ताबूत को दूसरे दिन ही ले गए थे। यह सब कुछ छोड़ दिया गया।

श्री खोसला ने चांग चुएन के बयान के कुछ अंशों को दबा ही नहीं दिया, उन्हें यह भी नहीं सूझा कि शव को शवगृह में, या कमरे के एक कोने में पर्दे की ओट न रखकर, कमरे के बीचोंबीच क्यों रखा गया? ताबूत पर बड़े-बड़े जापानी अक्षरों में 'चंद्र बोस' क्यों लिखा गया था? ताकि लोग विश्वास कर लें?

34. कथित शव के दाह की क्या तारीख थी?

शाहनवाज़ समिति ने नोट किया है, "हबीबुर्रहमान ने दाह की तारीख 20 अगस्त बताई थी, लेकिन 24 अगस्त, 1945 के लिखित बयान में उन्होंने तारीख 22 अगस्त बताई है।"

क्या अनजाने में उनसे यह भूल हुई? तथ्य तो ऐसा नहीं कहते। फारमोसा और साइगोन को भेजे गए अपने तारों में जापान के राजकीय मुख्य कार्यालय ने दाह की तारीख 20 अगस्त लिखी थी। यह माना जा सकता है कि उच्चतम अधिकारियों के कथन का खंडन न हो, इसलिए हबीबुर्रहमान ने बाद में तारीख बदलकर 20 अगस्त कर दी होगी। यदि नेताजी की सचमुच मृत्यु हुई होती तो, क्या उनके सबसे विश्वस्त सहयोगी द्वारा मर्यादा को भंग किया जाता? सिर्फ यही नहीं, हबीबुर्रहमान ने टोकियो में फिगेस के प्रति-गुप्तचर सूचना ब्यूरो को बताया कि दाह 21 अगस्त को किया गया। लेकिन लालकिले में ब्रिटिश गुप्त सूचना अधिकारियों द्वारा पूछताछ के दौरान उन्होंने कहा कि दाह 23 अगस्त को हुआ।

डॉ० योशीमी और डॉ० योशिओ ने राजकीय कार्यालय के समर्थन में तारीख 20 अगस्त बताई। नाकामुरा ने भी यही कहा। मेजर नागातोमो, जिनके लिए कहा गया था कि उन्हें शव की रखवाली करने और दाह की व्यवस्था का काम सौंपा गया था, ने दाह की तारीख 19 अगस्त बताई। ताइवानी गवाह चांग चुएन ने तारीख 21 अगस्त, 1945 बताई।

एस० ए० ऐयर को कर्नल टाडा के साथ फारमोसा इस आश्वासन पर भेजा गया था कि उन्हें नेताजी का शव दिखाया जाएगा। वह 20 अगस्त को फारमोसा पहुंच गए थे, लेकिन उन्हें शव नहीं दिखाया गया। इसका अर्थ यह हुआ कि यदि कथित शव सचमुच 20 अगस्त तक वहां था, तो उसका दाह नहीं हुआ था।

फिर, 23 अगस्त, 1945 को टोकियो से किए गए प्रसारण में कहा गया था कि नेताजी के शव को टोकियो ले जाया जा रहा था। आश्चर्य तो यह है कि प्रसारण में दाह की तारीख क्यों नहीं बताई गई?

इन प्रत्यक्ष असंगतियों के होते हुए शाहनवाज़ समिति ने केवल एक संकोच-पूर्ण अस्पष्ट-सी टिप्पणी की, "संभव है दाह कुछ समय बाद हुआ हो, यानी 16 अगस्त, 1945 को राजकीय मुख्य कार्यालय से दूसरा तार प्राप्त होने के बाद।"

विभिन्न शहादतों के अनुसार दाह की तारीख 19, 20, 21, 22, या 23 अगस्त, 1945 हो सकती थी। इतने महत्त्वपूर्ण प्रश्न को सुलझाने की श्री खोसला ने कोई आवश्यकता नहीं समझी। इन विरोधी बयानों से उनके मन में कोई संशय उत्पन्न नहीं हुआ। उन्होंने राजकीय मुख्य कार्यालय द्वारा दी गई अविश्वसनीय तारीख को स्वीकार कर लिया और अपनी रिपोर्ट में लिखा, "बोस की मृत्यु उसी रात को हो गई," और "दो दिन बाद उनके शव का दाह किया गया।"

35. कथित दाह-संस्कार में कौन शामिल हुआ था?

शाहनवाज़ समिति की लिखित रिपोर्ट के अनुसार, एक या दो ट्रकों में शव को दाहगृह ले जाया गया। कर्नल हबीबुर्रहमान, मेजर नागातोमो, जे० नाकामुरा (दुभाषिया), एक बौद्ध भिक्षु और दाहगृह का कर्मचारी चू त्सान उप-स्थित थे। चू त्सान का नाम हरीन शाह के बयान से लिया गया था जिन्होंने उसका फोटो भी दिखाया। लेकिन जब वह फोटो चू त्सान के बेटे को दिखाया तो उसने कहा, "यह मेरे पिता नहीं हैं।" दाहगृह के निरीक्षण की रिपोर्ट में श्री खोसला ने यह दर्ज किया है। खोसला आयोग के ताइवानी गवाह चांग चुएन के अनुसार तो कोई भी वरिष्ठ अधिकारी दाह-संस्कार के साथ उपस्थित नहीं था। कोई पुजारी नहीं था। किसी प्रकार का कोई सम्मान नहीं किया गया और जब कम्बल में लपेटे शव को ताबूत सहित भट्टी में रखा गया तो न उसपर फूल चढ़ाए गए और न कोई भारतीय वहां उपस्थित था। खोसला आयोग के सामने दिए गए बी०सी० चक्रवर्ती के बयान के अनुसार भी हबीबुर्रहमान ने ब्रिटिश गुप्त सूचना विभाग को बताया था कि वे दाह के समय नहीं थे।

और श्री खोसला के चारों प्रमुख गवाह? यद्यपि उनका दावा था कि वह कहानी के हर दृश्य में उपस्थित थे, दाह के दृश्य से उन्होंने अपने को अलग रखा!

जनरल शिडेई का अंतिम संस्कार भी इसी प्रकार के रहस्य से घिरा है। केवल कैप्टन नाकामुरा ने कहा कि उन्होंने शिडेई को दफनाया। इसी प्रकार नागातोमो का कहना था कि उन्होंने अकेले ही 'चंद्र बोस' का अंतिम संस्कार किया।

इस असाधारण कहानी से श्री खोसला की न्यायिक बुद्धि में कोई संशय नहीं उठा। इसे महत्त्वहीन समझकर उन्होंने उसकी उपेक्षा कर दी।

36. नेताजी के कथित शव को किसने देखा?

अक्तूबर 1945 में हबीबुर्रहमान ने लालकिले में बताया कि उन्हें न तो शव को देखने की अनुमति दी गई, न अंतिम संस्कार में जाने की। श्री खोसला ने ताइवानी गवाह के बयान के एक अंश को तो नोट किया, लेकिन दूसरे अंश को बिलकुल ही उड़ा दिया जिसमें उसने कहा था कि शव को देखने या उसका आवरण हटाने की उनको सख्त मनाही थी। उसके अनुसार सारे शरीर को सफेद कपड़ों में लपेटकर उसके ऊपर कम्बल लपेट दिया गया था। और इसी प्रकार ढके-ढके ही उसे भट्ठी में रख दिया गया। नागातोमो, जिसका कहना था कि उसने अंतिम संस्कार कराया था, ने भी कहा था कि शरीर को उघाड़ा नहीं गया और पूरे का पूरा ताबूत भट्टी में रख दिया गया था।

ढके हुए शरीर का फोटो, जो नेताजी का बताया गया था, इस बयान का प्रमाण बताया गया। जापान सरकार द्वारा पेश किया गया यह फोटो बिलकुल ढकी हुई किसी वस्तु का फोटो लग रहा था जिसे पहचाना नहीं जा सकता था।

शव को किसीको दिखाया क्यों नहीं गया? पुलिस के प्रहरियों को शव देखने को मना क्यों कर दिया गया था? बात बड़ी विचित्र है, लेकिन इसपर शाहनवाज़ समिति को या श्री खोसला को कोई कौतूहल नहीं हुआ।

37. नेताजी के कथित मृत शरीर का फोटो क्यों नहीं लिया गया?

तैहोकू में हवाई दुर्घटना और नेताजी की मृत्यु के प्रमाणस्वरूप जापान की सरकार ने पांच फोटो पेश किए—तीन ध्वस्त विमान के, एक हबीबुर्रहमान का जिसमें वह एक पेटी के पास बैठे हैं (पेटी में नेताजी की भस्म रखी बताई गई), और तीसरा एक ढकी हुई वस्तु का जो नेताजी का शव बताया गया।

पेटी के साथ हबीबुर्रहमान के चित्र से यह साबित नहीं होता कि उस पेटी में सचमुच नेताजी की भस्म थी।

दूसरी तस्वीर में केवल एक ढकी हुई चीज़ दिखाई गई थी जो कुछ भी हो सकती थी। अनिवार्य प्रश्न यह उठता है कि यदि नेताजी की सचमुच मृत्यु हो गई थी तो उनका फोटो क्यों नहीं लिया गया? डॉ० योशीमी की दलील थी कि मृत शरीर का चित्र लेना जापानी प्रथा के विरुद्ध है। लेकिन उन्होंने तो अपनी बात स्वयं ही गलत सिद्ध कर दी, क्योंकि जिस ढकी हुई वस्तु का चित्र प्रस्तुत किया

गया था उसे नेताजी का शव बताया गया था।

हबीबुर्रहमान ने कहा कि उन्हें शव का फोटो नहीं लेने दिया गया, क्योंकि चेहरा फूलकर विकृत हो गया था। लेकिन डॉ० योशीमी ने तो कहा था कि नेताजी के चेहरे को छोड़कर उनके सारे शरीर पर पट्टियां बांधी गई थीं। यदि चेहरा झुलस गया होता तो उसपर भी पट्टियां बंधी होतीं। फिर हबीबुर्रहमान ने शाहनवाज़ समिति को बताया था कि नेताजी के चेहरे पर कोई चोट नहीं थी, वह केवल आंच में झुलस गया था। बाद में ब्रिटिश सूचना ने कहा कि नेताजी के शव के दो फोटो लिए गए थे। ये दोनों ही जाली थे वरना जापान की सरकार उन्हें प्रमाणस्वरूप पेश करती।

नेताजी की यदि वास्तव में तैहोकू में मृत्यु हुई थी, तो उनका बस एक चित्र सारे विवादों, सारे संशयों का अंत कर देता। चेहरा चाहे विकृत ही हो गया था, लेकिन उसके एक चित्र से शरीर की पक्की शिनाख्त हो सकती थी। हां, यदि वह सचमुच नेताजी के शव का चित्र होता, लेकिन जो प्रस्तुत किया गया था वह तो न जाने किस बंडल का चित्र था। जापानियों ने पांच चित्र लेने की सावधानी बरती, लेकिन मुख्य वस्तु, यानी नेताजी के कथित शव का फोटो नहीं लिया, जिससे यह संदेह और भी बढ़ गया था कि उन्होंने नेताजी की मृत्यु की कहानी से संबंधित तथ्यों को छिपाया।

इन पांचों फोटो को शाहनवाज़ समिति ने पक्की दस्तावेज़ों के रूप में स्वीकार किया और भारत सरकार द्वारा वे खोसला आयोग के सामने भी पेश की गईं। श्री खोसला ने अपनी रिपोर्ट में कहा :

"17 नवम्बर, 1945 के फिगेस (सी० एस० डी० आई० सी०) के पत्र के साथ प्रस्तुत पांच फोटो शाहनवाज़ समिति के सामने रखे गए और उसकी कार्रवाई की रिपोर्ट का अंश बने। इस आयोग के सामने भी वे फोटो रखे गए, लेकिन वे वायुयान-दुर्घटना या बोस की मृत्यु का कोई सीधा प्रमाण नहीं हैं।"

ये फोटो वायुयान-दुर्घटना या नेताजी की मृत्यु की सारी कहानी का खंडन कर कर देते, इस कारण श्री खोसला ने कानूनी बहाने से उन्हें साक्ष्य के रूप में स्वीकार ही नहीं किया।

38. राजकीय कार्यालय ने नेताजी के शव को टोकियो ले जाने के बारे में गलत खबर क्यों फैलाई, और टोकियो रेडियो ने उसको प्रसारित क्यों किया?

23 अगस्त, 1945 में टोकियो से स्पष्ट रूप से यह प्रसारित किया गया कि घायल अवस्था में नेताजी को टोकियो ले जाया गया और जापान में उनकी मृत्यु हो गई। लेकिन जनरल इसामाया या जनरल आंडो ने नहीं, बल्कि निम्न श्रेणी के एक अफसर कैप्टन नाकामुरा ने शाहनवाज़ समिति को बताया कि टोकियो से दूसरा

तार पाने के बाद, तैहोकू में शव का दाह-संस्कार किया गया। शव को टोकियो न भेजने के बारे में एक बचकाना-सा बहाना यह बनाया गया कि इतने बड़े ताबूत को ले जाने के योग्य कोई विमान उपलब्ध नहीं था।

राजकीय मुख्य कार्यालय की रिपोर्ट के अनुसार भी शव का दाह-संस्कार 20 अगस्त, 1945 को तैहोकू में किया गया। फिर टोकियो रेडियो ने यह क्यों प्रसारित किया कि नेताजी के शव को टोकियो ले जाया गया?

इस कहानी से तुरंत यही धारणा बनती है कि जनरल इसोडा, जो नेताजी की पलायन-योजना में भागीदार थे, सितम्बर 1945 के मध्य तक बराबर यही कहते रहे कि नेताजी के शरीर को टोकियो भेज दिया गया था, क्योंकि मौलिक योजना इसी समाचार की घोषणा करने की थी। लेकिन श्री खोसला ने टोकियो की इस रहस्यपूर्ण रिपोर्ट की ओर ध्यान ही नहीं दिया।

39. एस० ए० ऐयर तैहोकू क्यों गए?

कर्नल टाडा और हिकारी कीकान के प्रधान ले० जनरल इसोडा साइगोन से नेताजी के पलायन की योजना के मुख्य शिल्पी थे। श्री खोसला ने भी इस बात का खंडन नहीं किया कि इसोडा और टाडा ने नेताजी से, साइगोन से उनके निकलने के पहले, गुप्त मंत्रणा की थी।

19 अगस्त को कर्नल टाडा ने एस० ए० ऐयर से कहा कि नेताजी से मिलने के लिए उनके साथ टोकियो चलें। पांच बजे शाम को जब विमान कैण्टोन पहुंचा तो टाडा ने ऐयर से कहा कि नेताजी 18 अगस्त को वायुयान-दुर्घटना में मारे गए। ऐयर अचानक इस समाचार को सुनकर एकदम विचलित हो गए और उन्होंने कहा कि यदि उन्हें नेताजी का शव नहीं दिखाया गया तो कोई भी भारतीय इस समाचार पर विश्वास नहीं करेगा। टाडा उनको तैहोकू ले जाकर नेताजी का शव दिखाने पर राज़ी हो गए।

जब विमान 20 अगस्त को फारमोसा पहुंचा तो ऐयर को यह देखकर आश्चर्य हुआ कि वह तैहोकू नहीं, बल्कि ताईचू था—फारमोसा का एक और हवाई अड्डा। क्रुद्ध ऐयर आवेश में आ गए, लेकिन टाडा ने यह कहकर उनको शांत किया कि सूर्यास्त के बाद तैहोकू पर उतरना खतरे से खाली नहीं, इस कारण विमान को ताईचू में उतारा गया और अगले दिन वे तैहोकू जाएंगे। लेकिन दूसरे दिन ऐयर को तैहोकू नहीं, बल्कि सीधे टोकियो ले जाया गया।

ऐयर को तैहोकू क्यों नहीं ले गए? अगर वे तैहोकू जाते तो नेताजी के शव को भी देख लेते और ध्वस्त विमान को भी।

यदि नेताजी की मृत्यु वास्तव में तैहोकू में हुई होती तो कर्नल टाडा को ऐयर के साथ यह चाल चलने की आवश्यकता नहीं पड़ती। ऐयर के साथ जापानियों के इस व्यवहार से साधारण व्यक्ति के मन में भी संशय पैदा हो जाता है कि वायुयान-

दुर्घटना की रिपोर्ट सच थी या नहीं। लेकिन श्री खोसला के मन में कोई संशय नहीं हुआ।

40. नेताजी और जनरल शिडेई की मृत्यु के बारे में राजकीय मुख्य कार्यालय ने सरकारी विज्ञप्ति क्यों नहीं जारी की?

नेताजी की, कम से कम जनरल शिडेई की, मृत्यु के बारे में सरकारी विज्ञप्ति जारी करना राजकीय मुख्य कार्यालय का कर्तव्य था। 23 अगस्त के प्रसारण के बारे में कहा गया था कि उसे दोमेई एजेंसी ने जारी किया था। लेकिन बाद में ऐयर ने यह चकित करने वाली बात बताई कि दोमेई एजेंसी ने नहीं, बल्कि राजकीय मुख्य कार्यालय के अनुरोध पर स्वयं उन्होंने वह समाचार लिखा था। ऐयर को इसका ज्ञान नहीं था कि नेताजी की वास्तव में हवाई दुर्घटना में मृत्यु हुई थी या नहीं। फिर भी उनसे प्रसारण के लिए समाचार लिखने को कहा गया। फिर टोकियो के अधिकारियों के निर्देश के अनुसार, दुर्घटना के पांच दिन बाद नेताजी की मृत्यु का असत्य समाचार प्रसारित किया गया।

41. मृत्यु का समाचार पांच दिन देर से क्यों दिया गया, वह भी झूठ?

नेताजी की मृत्यु 18 अगस्त, 1945 को हुई बताई जाती है। राजकीय मुख्य कार्यालय द्वारा साइगोन के मुख्य कार्यालय को 19 अगस्त को दुर्घटना के बारे में गुप्त संदेश भेजा गया। फिर टोकियो रेडियो ने पांच दिन बाद क्यों समाचार प्रसारित किया? वह भी अंग्रेज़ों और अमेरिकियों से यह झूठ क्यों बोला गया कि उनकी मृत्यु जापान में हुई।

फारमोसा के गुप्त सूचना विभाग ने 22 अगस्त को समाचार का मसौदा तैयार किया था, फिर भी वह प्रेस को सात दिन बाद क्यों जारी किया गया? तैहोकू में दाह-संस्कार की बात को क्यों दबाया गया?

इससे ब्रिटिश अधिकारियों के मन में संदेह हो गया था। वैवेल ने अपनी डायरी 'वाइसरायज़ जर्नल' में लिखा था कि यह सब कुछ जानबूझकर किया गया, ताकि नेताजी को भूमिगत होने के लिए काफी समय मिल जाए।

42. तैहोकू से टोकियो और वहां से रेंकोजी मंदिर को 'भस्म' कौन ले गया था?

शाहनवाज़ समिति ने लिखा है, "जनरल शिडेई की भस्म एक सप्ताह बाद जनरल तनाका द्वारा भेजी गई, जब वह डॉ० बा माव के साथ टोकियो जा रहे थे। शाहनवाज़ ने इसपर कैसे विश्वास किया? उनकी अपनी रिपोर्ट के ही अनुसार एक निम्न श्रेणी के अफसर नाकामुरा ने कहा था कि उन्होंने ही नेताजी का दाह किया और उनकी भस्म को एक पेटी में बंद किया था।

शाहनवाज़ समिति के सामने पेश किए गए साक्ष्यों के अनुसार हबीबुर्रहमान साकाई और हायाशीडा नेताजी की कथित भस्म को 5 सितम्बर, 1945 को टोकियो ले गए थे। यहां भी तीन गवाहों द्वारा दिए गए विवरण अलग-अलग थे।

इंडियन इण्डिपेंडेंस लीग के अध्यक्ष राममूर्त्ति ने शाहनवाज़ समिति को बताया कि सितम्बर 12 या 13, 1945 को कथित भस्म रेंकोजी मंदिर में ले जाई गई थी। लेकिन शाहनवाज़ समिति ने इसपर विश्वास नहीं किया। एक अन्य गवाह आई० मूर्त्ति के बयान के आधार पर समिति ने लिखा, "आज़ाद हिंद फौज के सब टोकियो-स्थित कैडिट, जे० राममूर्त्ति और उनके भाई, श्रीमती सहाय और उनके परिवार के सदस्य, आ० हि० फौज का प्रसार यूनिट और श्री ऐयर जुलूस में नेताजी की भस्म को रेंकोजी मंदिर में ले गए। जुलूस में 10-15 सैनिक अफसर और असैनिक व्यक्ति भी थे।"

रेंकोजी मंदिर के वर्तमान पुजारी ने राष्ट्रीय समिति के संयोजक को बताया कि सितम्बर के पहले सप्ताह में सूर्यास्त के बाद, एक दिन, तीन-चार व्यक्ति एक रिक्शे में आए और उस पेटी को मंदिर में रखने का अनुरोध किया। यह भी कहा कि उसे गुप्त रखा जाए और उसके लिए बाद में पुरस्कार मिलेगा। उन्होंने तीन नाम भी लिए—नारैना, विरिक और होयाशीडा। संयोजक ने अपने बयान में आयोग को यह बताया था।

संयोजक द्वारा पूछे जाने पर हायाशीडा ने जनरल कावाबे, जनरल याकुरू और श्रीमती ईमोरी के सामने इन्कार करते हुए कहा कि उस समय वह स्वयं जेल में थे।

विरिक ने आयोग को बताया कि वह अकेले ही भस्म को लेकर रेंकोजी मंदिर में गए थे। नारैना को नहीं ढूंढ़ा जा सका।

कहानी के अंतिम अध्याय के बारे में भी शाहनवाज़ समिति को लिखना पड़ा, "यह सच है कि भस्म को पक्की शिनाख्त करने के लिए जो कदम लिए जाने चाहिए थे वे नहीं लिए गए। जिस पेटी में भस्म रखी थी उसे कभी मुंहरबंद नहीं किया गया, कोई रसीद नहीं दी गई, न ही पेटी पर बराबर निगरानी रखी गई। बिलकुल निश्चित रूप से तो नहीं, फिर भी यह कहा जा सकता है कि संभवतः जो भस्म रेंकोजी मंदिर में रखी गई थी, वह नेताजी की ही थी।"

कितना विचित्र निष्कर्ष है! नेताजी जैसे व्यक्ति की भस्म की शिनाख्त केवल संभावना पर छोड़ दी गई! पक्के प्रमाण की कोई आवश्यकता नहीं समझी गई!

43. खज़ाना कहां गया?

आज़ाद हिंद फौज के गवाहों ने खोसला आयोग को बताया कि सिंगापुर छोड़ने के पहले नेताजी ने आज़ाद हिंद बैंक में जमा दस करोड़ येन की पूंजी में से नौ करोड़ येन निकाल लिए थे। 15 लाख येन टोकियो इंडिपेंडेंस लीग को भेज दिए गए थे, और उसका काफी बड़ा अंश आज़ाद हिंद फौज के अफसरों तथा आज़ाद हिंद सरकार के कर्मचारियों को पेशगी वेतन के रूप में दे दिया गया था। नेताजी अपने साथ बड़ी राशि में येन, सोने और ज़ेवरों के चार थैले ले गए थे।

यह कहा गया था कि कुछ गहने तैहोकू हवाई अड्डे पर बिखरे पाए गए। इनको इकट्ठा करके टोकियो में जी० राममूर्त्ति के पास जमा कर दिया गया।

इस खज़ाने के विषय में श्री खोसला ने लिखा था, "बोस अपने साथ आज़ाद हिंद फौज का जो खज़ाना ले जा रहे थे, उसके बारे में मैं कुछ नहीं कहना चाहता। इस मामले की जांच नहीं की गई।"

यदि श्री खोसला जाली दुर्घटना की कहानी और नेताजी के पलायन की सचमुच जांच-पड़ताल करना चाहते, तो तैहोकू में मिले खज़ाने की सही राशि से इसका संकेत मिल सकता था कि नेताजी वास्तव में दुर्घटनाग्रस्त हुए थे या नहीं।

44. जापान सरकार द्वारा पेश किए गए दाह के प्रमाण-पत्र को खोसला आयोग ने अस्वीकार क्यों कर दिया?

श्री हरीन शाह ने तैहोकू की नगरपालिका द्वारा दिए गए दाह के अनुमति-पत्र और मृत्यु के प्रमाण-पत्र की प्रतिलिपियां दिखाईं। राष्ट्रीय समिति ने भी ताइपेई में इन दोनों प्रमाण-पत्रों की फोटोस्टेट प्रतिलिपियां खोसला आयोग को पेश कीं।

जापान सरकार ने शाहनवाज़ समिति को दाह के अनुमति-पत्र की प्रतिलिपि दी, और यह लिखकर दिया कि वह सच्ची प्रतिलिपि है।

लेकिन श्री खोसला ने उसे उचित दस्तावेज़ नहीं माना। क्यों? क्योंकि जापानी लिपि का अनुवाद करने पर पाया गया कि यदि उस प्रमाण-पत्र को जापान की सरकार की दस्तावेज़ मानकर स्वीकार किया गया, तो नेताजी की मृत्यु की सारी कहानी कपोल-कल्पित सिद्ध हो जाएगी।

45. राजकीय मुख्य कार्यालय या फारमोसा के मुख्य कार्यालय ने जांच क्यों नहीं करवाई?

शाहनवाज़ समिति ने कुछ अप्रसन्नता से लिखा, "अभाग्यवश उस समय जापानी अधिकारियों द्वारा दुर्घटना की जांच नहीं करवाई गई। विमान-दुर्घटना की जांच एक साधारण नियम है, और कोई भी यही अपेक्षा करता। यह और भी अधिक अपेक्षित था, क्योंकि उस विमान में नेताजी और जनरल शिडेई जैसे महत्त्वपूर्ण व्यक्ति थे।" शाहनवाज़ समिति ने ले० कर्नल शिबूया से भी पूछताछ की, लेकिन उन्होंने कह दिया कि उन्हें किसी भी जांच की जानकारी नहीं, और यह काम वायु विभाग का है।

शाहनवाज़ समिति ने जापान के विदेश विभाग से भी पूछताछ की। इस कार्यालय की ओर से 4 जून, 1956 को समिति को सूचना दी गई कि "ऑपरेशन सेक्शन, रिपेट्रिएशन रिलीफ ब्यूरो, स्वास्थ्य और कल्याण मंत्रालय की ओर से की गई जांच के फलस्वरूप यह मालूम हुआ है कि दुर्घटना के कारण जानने के हेतु अब तक कोई जांच नहीं की गई है।"

यह भी ध्यान देने की बात है कि जनरल इसामाया जैसे व्यक्ति ने दो बार झूठ बोला। पहली बार तो उन्होंने यह झूठ कहा कि ले० कर्नल शिबूया ने जांच की थी, और दूसरी बार उन्होंने राजकीय मुख्य कार्यालय को भी लपेटा यह कहकर कि उन्हींकी मारफत जांच की रिपोर्ट उच्चतम अधिकारियों को भेजी गई थी।

यह कहना कि फारमोसा या जापान की उस समय की अस्त-व्यस्त स्थिति के कारण जांच नहीं की जा सकी, स्वीकार नहीं किया जा सकता। मैकार्थर 5 सितम्बर, 1945 को टोकियो पहुंचे थे। उसके बाद भी सरकारी नियंत्रण उनके हाथ में होने के बावजूद, प्रशासन और सैनिक संगठन काफी समय तक जापानियों के हाथों में ही रहे। फारमोसा पर अमेरिकियों और जापानियों ने बहुत बाद में कब्ज़ा किया। यह स्पष्ट है कि राजकीय मुख्य कार्यालय ने जान-बूझकर ही तैहोकू की विमान-दुर्घटना के बारे में कोई जांच नहीं की।

दोनों जांच केवल दिखावा थीं

शाहनवाज़ समिति और खोसला आयोग द्वारा रिकार्ड किए गए दस्तावेज़ों और साक्ष्यों पर आधारित, ऊपर दिए गए पैंतालीस प्रश्नों और उनके उत्तरों के रूप में नेताजी की मृत्यु से संबंधित घटनाओं के क्रमानुसार विश्लेषण से यह बात निर्विवाद रूप से स्पष्ट हो जाती है कि भारत के स्वतंत्रता-संघर्ष के सबसे महान वीर नायक के भाग्य का पता लगाने के लिए जांच का दिखावा-मात्र किया गया।

जापानी गवाहों के बयानों में असंगतियां, परस्पर-विरोधी बातें, इतनी अधिक थीं, दिए गए बयानों में इतनी बार हेर-फेर किया था तथ्यों को दबाया गया, उनको तोड़-मरोड़कर प्रस्तुत किया गया, नेताजी की कथित मृत्यु की कहानी इतनी अस्पष्ट और काल्पनिक लगने वाली थी कि शाहनवाज़ समिति साक्ष्यों और जापानी गवाहों के विचित्र आचरण पर कई आलोचनात्मक टिप्पणियां करने पर बाध्य हुई, विशेषकर हबीबुर्रहमान के बारे में। यद्यपि शाहनवाज़ समिति ने जापानी गवाहों की सत्यनिष्ठा के संबंध में कई प्रश्न उठाए, लेकिन किस कारण से उन्होंने झूठे बयान दिए, इसका रहस्योद्घाटन करने का प्रयास उन्होंने नहीं किया।

लगता है शाहनवाज़ समिति संसद् में दिए गए पंडित नेहरू के वक्तव्य का विरोध करने का साहस नहीं कर सकती थी।

शाहनवाज़ समिति का विलक्षण निष्कर्ष यह था, "बिल्कुल असंदिग्ध रूप से तो नहीं, फिर भी कहा जा सकता है कि इसकी पूरी संभावना है कि टोकियो में रेंकोजी मंदिर में रखी गई भस्म नेताजी की है। यदि भस्म सचमुच उनकी ही है,

तो उनका अंतिम विश्राम-स्थल रेंकोजी मंदिर नहीं हो सकता।" यद्यपि समिति भस्म के विषय में असंदिग्ध रूप से कुछ नहीं कह सकती थी, और यद्यपि समिति ने स्वयं शंका व्यक्त की थी, फिर भी उसको इस तर्कहीन फैसले पर पहुंचने में कोई बाधा नहीं हुई कि नेताजी की मृत्यु दस वर्ष पहले हो गई थी।

खोसला आयोग की जांच का क्षेत्र केवल नेताजी की मृत्यु की जांच तक ही सीमित नहीं था; बल्कि उनसे कहा गया था यह जांच करने के लिए कि किन परिस्थितियों में नेताजी लापता हो गए। इसके अतिरिक्त वह कोई जांच समिति नहीं थी, अदालती आयोग था—न्यायाधीश के सब अधिकार उन्हें प्राप्त थे। लेकिन इस अदालती आयोग का काम तो जांच समिति के काम से भी गया-गुज़रा निकला!

श्री खोसला को जापानी गवाहों के बयानों में कोई असंगतियां नज़र नहीं आईं। जिस विचित्र ढंग से नेताजी की मृत्यु की खबर प्रसारित की गई थी उसमें भी उन्हें जापानी सरकार के कर्त्तव्यपालन में कोई त्रुटि नज़र नहीं आई। उन्होंने अपने निष्कर्षों को 18 जापानी गवाहों की शहादत पर आधारित किया जिन्होंने सिर्फ इतना कहा था कि उन्होंने नेताजी की मृत्यु की खबर सुनी थी।

उनके निष्कर्ष जिन चार स्तम्भों पर खड़े किए गए थे वे थे चार जापानी गवाह—ले० कर्नल नोनोगाकी, ले० कर्नल साकाई, मेजर तारा कुनो और मेजर ताकाहाशी, जिन्होंने बिना किसी लिखित प्रमाण के यह दावा किया था कि वह नेताजी के साथ उसी विमान में थे। एक पांचवां जापानी गवाह भी था—केइकीची आराई, जिसका कहना था कि वह भी उस विमान में था, लेकिन उसकी गवाही श्री खोसला के लिए असुविधाजनक साबित हुई। इस कारण 'सबसे महत्वपूर्ण' गवाहों की सूची में उसका नाम नहीं था। पांचवें गवाह डॉ० योशीमी थे जिन्हें श्री खोसला ने सत्यनिष्ठ और विश्वसनीय बताया था। यहां भी उन्होंने दो अन्य डॉक्टरों डॉ० त्सुरुता और डॉ० योशिओ इशी के बयानों को छोड़ दिया, जिन्होंने कहा था कि उन्होंने तैहोकू में अस्पताल में नेताजी की चिकित्सा की थी। उनके बयान श्री खोसला को सुविधाजनक नहीं लगे।

इस अध्याय में यह दिखाने की चेष्टा की गई है कि खोसला आयोग के सामने गवाही देनेवाले ये पांच जापानी कितने सत्यवादी थे। उन्होंने बताया क्या। सबने लगभग वही कहानी सुनाई जो जापान के हर समाचारपत्र में छप चुकी थी। समाचारपत्र पढ़नेवाला कोई भी व्यक्ति शाहनवाज़ समिति या खोसला आयोग को यह कहानी सुना सकता था। लेकिन, सिखाए हुए गवाह या कल्पित कहानी के साथ जैसा होता है, वे एक-सा विवरण नहीं दे पाते, जिरह के समय डगमगा जाते हैं, छोटी-छोटी घटनाओं के बारे में एक-दूसरे की बात काट देते हैं। ये पांच जापानी गवाह नेताजी की यात्रा या मृत्यु-संबंधी किसी भी घटना के बारे में एक-सी बयान

नहीं दे सके। उनके बयानों की असंगतियों, विपरीत वक्तव्यों, अपने ही पूर्व बयान से भटकने आदि से ही अनिवार्यतः यह निष्कर्ष निकलना चाहिए था कि गवाहों को नेताजी की मृत्यु की रिपोर्ट की पुष्टि करने के लिए जो गढ़ी हुई कहानी सिखाई गई थी, वे उसे ही दोहरा रहे हैं। जापानी गवाहों से बड़ी कुशलता से 25 दिन तक जिरह करने के बाद राष्ट्रीय समिति के वकील श्री गोविंद मुखोटी इतने क्षुब्ध हो गए कि यह कहे बिना नहीं रह सके, "आपका तो कहना ही क्या श्रीमान् न्यायमूर्त्ति, एक मूर्ख भी इन कहानियों पर विश्वास नहीं करेगा।"

6
चार और एक

अपने निष्कर्षों को न्यायसंगत सिद्ध करने के लिए श्री खोसला ने लिखा, "मैं इस निष्कर्ष पर पहुंचा हूं कि ताइवान में तैहोकू एयरपोर्ट पर विमान-दुर्घटना और उसमें नेताजी की मृत्यु की बात पर विश्वास करना ही चाहिए। समाचार की पुष्टि पूर्णरूप से स्वतंत्र गवाहों के बयानों से होती है जिनमें चार तो दुर्घटनाग्रस्त विमान में बोस के हमसफर थे, और एक डॉक्टर था जिसने बोस की शुश्रूषा की थी और उनकी मृत्यु के प्रमाण-पत्र पर हस्ताक्षर किए थे।...अधिकांश गवाहों ने अपने खरे और सत्यनिष्ठ आचरण से मुझको प्रभावित किया। डॉक्टर भी सत्यवादी, विश्वसनीय गवाह जान पड़े।"

श्री खोसला चार और एक गवाहों के बयानों के आधार पर इन निष्कर्षों पर पहुंचे। ये थे—ले० कर्नल नोनोगाकी, ले० कर्नल साकाई, मेजर तारा कुनो और मेजर ताकाहाशी। पांचवें थे डॉ० योशीमी जिन्होंने श्री खोसला को सबसे ज्यादा प्रभावित किया था। लेकिन दुर्भाग्य से कैप्टन आराई, जिन्होंने भी नेताजी का हमसफर होने का दावा किया था, और डॉ० त्सुरुता और डॉ० इशी, जिनका कहना था कि उन्होंने नेताजी की शुश्रूषा की थी, अपने 'खरे और सच्चे' आचरण से श्री खोसला पर कोई प्रभाव नहीं छोड़ सके। इस कारण उनके बयानों को, जो श्री खोसला के चुने हुए पांचों गवाहों के बयानों के विरुद्ध था, बिलकुल अस्वीकार कर दिया गया।

डॉ० योशीमी को श्री खोसला ने प्रमुख गवाह बताया था, इस कारण उनके बयान की और भी जांच करना आवश्यक है। लेकिन इसके पहले हमें कुछ और बातों को ध्यान में रखना होगा।

पहले, नेताजी के हमसफर कहलाने वाले चारों गवाहों में से किसीने भी कोई लिखित प्रमाण नहीं दिया।

दूसरे, डॉ० योशीमी ने ऐसा कोई दस्तावेज प्रस्तुत नहीं किया जिससे साबित होता कि उन्होंने वास्तव में अस्पताल में नेताजी की शुश्रूषा की थी। डॉ० योशीमी

ने नेताजी को मृत्यु के सर्टिफिकेट पर नहीं, बल्कि इचिरो ओकुरा नामक व्यक्ति के दाह के अनुमति-पत्र पर हस्ताक्षर किए थे।

तीसरे, तीनों अपेक्षाकृत निम्न श्रेणी के सैनिक अफसरों ने अपने इस दावे के प्रमाण में कि वे जनरल शिडेई के साथ आवश्यक काम पर दैरेन या टोकियो जा रहे थे, कोई दस्तावेज़ नहीं पेश की। केवल जनरल शिडेई क्वानतांग सेना का चार्ज लेने मंचूरिया जा रहे थे, और उन्हें ले० कर्नल, मेजर या कैप्टन की श्रेणी के अफसरों को साथ ले जाने की कोई आवश्यकता नहीं थी। इस प्रकार के सैकड़ों अफसर मंचूरिया में थे।

चौथे, ताकाहाशी के अतिरिक्त इनमें से कोई भी अफसर नेताजी को पहले से नहीं जानता था, न ही वे अंग्रेज़ी जानते थे। फिर भी उनका कहना था कि उन्होंने नेताजी को पहचान लिया, और उड़ान के दौरान उनसे बातचीत की।

पांचवें, इन पांचों विशिष्ट गवाहों ने शाहनवाज़ समिति और खोसला आयोग के सामने पहले से ही तैयार कुछ वक्तव्य पढ़े।

छठे, पांचों में से कम से कम दो ने यह स्वीकार किया कि खोसला आयोग के सामने आने से पहले उन्होंने आपस में सलाह-मशविरा किया था।

सातवें, इन पांचों गवाहों ने 1969 में 'एमूरी शिम्बुन' नामक पत्रिका में वक्तव्य प्रकाशित किए थे जिसमें पहले ही विमान-दुर्घटना का विवरण दे दिया गया था।

आठवें, डॉ० योशीमी के अतिरिक्त इन 'महत्त्वपूर्ण गवाहों' में से कोई भी आंग्ल-अमेरिकी जांच दल द्वारा गिरफ्तार नहीं किया गया था, न ही उनसे पूछ-ताछ की गई थी।

नवें, जापानी सरकार ने अपने बयान के समर्थन में कोई दस्तावेज़ प्रस्तुत नहीं की।

दसवें, कैप्टन आराई, डॉ० त्सुरुता और डॉ० ईशी के बयानों को पूर्णरूप से अस्वीकार करने का कोई कारण श्री खोसला ने नहीं दिया।

'एमूरी शिम्बुन' में छपा वक्तव्य

यह विशेषकर ध्यान देने योग्य बात है कि लगभग 25 वर्ष बाद, 1969 के अंत में, ले० कर्नल नोनोगाकी, ले० कर्नल साकाई, मेजर तारा कुनो और डॉ० योशीमी ने एकसाथ और उसी पत्र 'एमूरी शिम्बुन' में वक्तव्य क्यों दिए? भारत की संसद् में नये जांच आयोग की नियुक्ति की बात चल रही थी, और 1969 के मध्य तक यह स्पष्ट हो गया था कि नेताजी-संबंधी रहस्य का पता लगाने के लिए भारत सरकार जांच आयोग की नियुक्ति करेगी। यह स्पष्ट है कि ये जापानी

गवाह या तो जांच कमीशन की नियुक्ति के पहले ही लोगों की धारणा बना देना चाहते थे, और या वे सारे संभावित जापानी गवाहों को संकेत दे देना चाहते थे कि आयोग के सामने उन्हें क्या कहना चाहिए। श्री खोसला थोड़ी भी कोशिश करते तो इन सबके पीछे उन्हें जापान के विदेश विभाग का हाथ साफ नज़र आ जाता।

सत्यवादिता का न्यायिक माप

शपथ ग्रहण करने के बाद कितने झूठ बोलने के बाद कोई गवाह 'विश्वासप्रद सत्यनिष्ठ गवाह' कहला सकता है? श्री खोसला के पांचों गवाहों ने अपनी कहानी गढ़ने में असंख्य झूठ बोले। सच तो यह है कि उनमें से प्रत्येक ने आयोग के सामने अपने को साकार झूठ ही सिद्ध किया।

ले० कर्नल नोनोगाकी के, जिनका कहानी के हर दृश्य में महत्वपूर्ण भूमिका निभाने का दावा था, अंतिम दृश्य, यानी 'चन्द्र बोस' के अंतिम संस्कार के दृश्य को छोड़कर। उन्होंने अपने को विमान का मुख्य चालक बताया, लेकिन शाहनवाज़ समिति और खोसला आयोग दोनों के अनुसार मुख्य चालक मेजर ताकीज़ावा थे। उन्होंने बताया कि विमान मलान से सिंगापुर होते हुए साइगोन आया था, लेकिन बाद में कहा कि मनीला से आया था।

उन्होंने नेताजी और शिडेई को मध्याह्न चार बजे एक छोटे विमान से साइगोन के एयरपोर्ट पर उतरते देखा। इस कथ्य को श्री खोसला ने भी स्वीकार नहीं किया।

उन्होंने कहा था कि कर्नल टाडा ने उनको नेताजी का सांकेतिक नाम बताया था, लेकिन एयरपोर्ट पर कर्नल टाडा तो उपस्थित ही नहीं थे।

उन्होंने पहले कहा कि नेताजी और जनरल शिडेई ने रात फौजी बैरक में काटी, फिर कहा, वे होटल में ठहरे थे।

नोनोगाकी का कहना था कि उन्होंने फारमोसा के सैनिक मुख्य कार्यालय को दुर्घटना की सूचना दी थी, और जनरल आंडो नेताजी को देखने अस्पताल गए थे लेकिन नोनोगाकी की दोनों बातें झूठ साबित हुईं।

नोनोगाकी ने यह भी कहा था कि तारा कुनो और ताकाहाशी के साथ उनको 18 अगस्त को होकोतु अस्पताल में भेज दिया गया था, लेकिन ताकाहाशी ने खोसला आयोग को बताया कि नहीं, उनको और नोनोगाकी को 27 अगस्त, 1945 तक नोनमोन अस्पताल में ही रखा गया था।

ब्रिटिश गुप्त सूचना विभाग को नोनोगाकी की कहानी पर इतना कम विश्वास था कि 1950 में उनसे फिर पूछताछ की गई। लेकिन इस महत्त्वपूर्ण

रिपोर्ट को प्राप्त करने की श्री खोसला ने कोई कोशिश नहीं की। एक गंभीर प्रश्न यह उठता है कि ब्रिटिश इंटेलिजेंस ने पांच वर्ष बाद नोनोगाकी से पूछताछ क्यों की? लेकिन उत्तर एक रहस्य ही बना रहा।

तारा कुनो और अन्य के बयान

शाहनवाज़ समिति ने तारा कुनो को सबसे सतर्क और सजग गवाह बताया था। आइए अब ज़रा उनके भी बयान का विश्लेषण करें और देखें कि वह इन प्रशंसात्मक शब्दों के कहां तक अधिकारी थे। तारा कुनो ने कहा था कि उन्होंने साइगोन हवाई अड्डे पर नेताजी और जनरल शिडेई को बातचीत करते देखा था। नेताजी पहले विमान पर चढ़े। लेकिन इस बात का समर्थन और किसी गवाह ने नहीं किया। अधिकांश गवाहों ने कहा कि विमान के पंखे चालू हो गए थे तब नेताजी और हबीबुर्रहमान दौड़ते हुए आए। कुनो ने कहा था कि वह विमान के नेविगेटर थे, लेकिन शाहनवाज़ समिति के अनुसार सार्जेण्ट ओकिस्ता नेविगेटर थे।

तूरेन में नेताजी के ठहरने के बारे में भी तारा कुनो अपना बयान बदलते रहे। नेविगेटर होने के नाते उन्हें कॉकपिट के अंदर होना चाहिए था, लेकिन उनके अपने बयानों के अनुसार वह अन्य यात्रियों के साथ थे, और यद्यपि वह केवल मेजर थे, पहली पंक्ति में नेताजी और जनरल शिडेई के साथ बैठे थे, और उन लोगों से कई बार बातचीत की।

सबने कहा कि विमान के गिरते ही उसमें आग लग गई थी। लेकिन जब बेहद तेज़ गति से विमान नाक के बल नीचे गिर रहा था तो तारा कुनो को यह देखने का समय मिला कि विमान के अंदर कौन किस स्थिति में है। यही नहीं, उन्होंने बहादुरी के और कारनामे लिए। दुर्घटना के बाद विमान के टूटे भाग में फंसे सहचालक आयोआगी को बाहर निकालने की कोशिश की, फिर विमान की सख्त प्लास्टिक की छत को तोड़कर स्वयं बाहर निकले—यद्यपि अपने पहले के बयान में उन्होंने कहा था कि विमान आगे से दो टुकड़े हो गया था।

कुनो ने आयोग को बताया कि वह बहुत बुरी तरह जल गए थे। साथ ही यह भी कहा कि केवल उन्होंने ही नेताजी के शरीर में लगी आग को बुझाने में सहायता की।

अस्पताल की घटनाओं के बारे में उन्होंने शाहनवाज़ समिति को कुछ बताया और खोसला आयोग को कुछ और।

ले० कर्नल साकाई और मेजर ताकाहाशी ने उड़ान के दौरान किसी महत्त्वपूर्ण भूमिका को निभाने का दावा नहीं किया। लेकिन मुख्य मुद्दों पर उनके बयान भी

एक-दूसरे से भिन्न थे। साकाई ने आयोग को बताया कि उन्होंने पहले विमान के पिछले पहिये को निकलते देखा, फिर अपने पूर्व बयान को सुधारकर कहा, "नहीं, पहले बायें इंजन का पंखा और फिर इंजन गिरे, उसके बाद विमान गिरा।"

ताकाहाशी ने कहा था कि विमान पेट के बल धरती पर उतरा और धरती पर साधारण अवस्था में खड़ा हो गया। विमान के अन्दर क्या कुछ हुआ यह सब बताने की परेशानी से बचने के लिए साकाई और ताकाहाशी दोनों ने कह दिया कि वे बेहोश हो गए थे और विमान के बाहर फेंक दिए गए थे।

ताकाहाशी ने आयोग को बताया कि विमान के दो टुकड़े हो गए थे, दरवाज़े खुल गए थे, जब कि अन्य गवाहों ने कहा कि दरवाज़े जाम हो गए थे।

साकाई ने शाहनवाज़ समिति को यह भी बताया था कि कॉकपिट की खिड़की से बाहर देखते हुए उनका सर उसकी छत से टकराया। वह अचेत हो गए और खिड़की से बाहर फेंक दिए गए। लेकिन पहले बैठने की व्यवस्था का वर्णन करते समय उन्होंने अपने लिए पिछली सीट रखी थी।

हबीबुर्रहमान ने कहा था कि मैंने ही आगे बढ़कर नेताजी की बुशशर्ट में लगी आग को बुझाने की कोशिश की थी। तारा कुनो ने कहा, "नहीं, हबीबुर्रहमान ने नहीं, आग मैंने बुझाई थी।" ताकाहाशी ने उन दोनों के दावों को रद्द करते हुए कहा कि सिर्फ मैंने नेताजी को, आग बुझाने के लिए, धरती पर लेटने में सहायता दी थी।

हबीबुर्रहमान ने कहा था कि नेताजी की पतलून में आग नहीं लगी थी। लेकिन नोनोगाकी, तारा कुनो और ताकाहाशी ने कहा कि नेताजी की पतलून और बुशशर्ट दोनों लगभग पूरे जल गए थे और और उनको पूरी तरह नग्न करना पड़ा था।

दुर्घटना का समय भी इन लोगों ने अलग-अलग बताया।

अब पाठक ही निर्णय करें कि ये चार सबसे महत्त्वपूर्ण गवाह कितने सत्यनिष्ठ और विश्वसनीय थे।

सबसे महत्वपूर्ण गवाह

डॉ० योशीमी ने तीन वक्तव्य दिए। पहला, 1945 में मित्रराष्ट्रों के गुप्त सूचना विभाग को, जब वह हांगकांग में स्टेनली जेल में थे। दूसरा, 1956 में शाहनवाज़ समिति के समक्ष; और तीसरा, 1971 में खोसला आयोग के सामने।

शाहनवाज़ समिति ने कहा था कि डॉ० योशीमी ने मित्रराष्ट्रों के गुप्त सूचना विभाग को बताया था कि 18 अगस्त, 1945 को 11 बजे रात को नेताजी की

मृत्यु हुई थी।

शाहनवाज़ समिति ने लिखा था, "किसी भी जापानी नर्स का पता नहीं लगाया जा सका। फारमोसा की नर्स त्सान पी शान से, जिसने भारतीय पत्रकार हरीन शाह को महत्त्वपूर्ण वक्तव्य दिया था, पूछताछ नहीं की जा सकी, क्योंकि समिति के लिए फारमोसा जाना संभव नहीं था।" खोसला आयोग ने फारमोसा में उसका पता लगाने की कोशिश की थी, लेकिन उस नाम की किसी नर्स का पता नहीं लगा।

शाहनवाज़ समिति के सामने दिए गए डॉ० योशीमी के बयान के अनुसार उनको 18 अगस्त, 1945 को "दोपहर दो बजे तैहोकू एयरपोर्ट से सन्देश मिला, और उसके बाद नेताजी बिलकुल नग्नावस्था में अस्पताल लाए गए। वह बुरी तरह जल गए थे—यहां तक कि उनका दिल भी जल गया था और चेहरा फूला हुआ था। शरीर पर कोई चोट नहीं थी, खून भी नहीं बह रहा था। उनकी आंखें सूजी थीं और वह कठिनाई से उन्हें खोल पा रहे थे। जब वह अस्पताल लाए गए तो होश में थे। दिल कमज़ोर था।"

हबीबुर्रहमान ने शाहनवाज़ समिति को बताया था कि नेताजी की पतलून नहीं जली थी, सिर्फ बुशशर्ट जली थी। उन्होंने कहा था कि नेताजी को ऑपरेशन थियेटर ले जाया गया था, लेकिन डॉ० योशीमी ने इन्कार किया। उन्होंने कहा कि नेताजी ने कई बार बोलने की कोशिश की। उनकी बात का जापानी में अनुवाद करने के लिए आई० नाकामुरा नामक एक दुभाषिये को बुलाया गया था।

डॉ० योशीमी ने आगे बताया कि डॉ० त्सुरुता ने नेताजी के शरीर पर सफेद मलहम लगाकर पट्टियां बांधीं। उन्होंने दिल को स्फूर्ति देने के लिए चार सुइयां लगाईं—दो विटाकैम्फर की और दो डिजिटैमिन की। तीन इंट्रावीनस इंजेक्शन रिंग सोल्यूशन के भी दिए।

डॉ० योशीमी और डॉ० त्सुरुता ने कहा कि कमरे में केवल नेताजी और हबीबुर्रहमान थे। लेकिन रहमान ने कहा कि कोई और भी था। मेजर ताका-हाशी और कुनो ने कहा था कि नेताजी को अलग कमरे में रखा गया था। नोनो-गाकी ने कहा कि सब आहतों को एक ही कमरे में रखा गया था। इस सिलसिले में यह भी स्मरण रहे कि पहले नोनोगाकी कह चुके थे कि वह नेताजी के साथ बराबर थे। दुभाषिये ने कहा कि नेताजी और कर्नल रहमान के अतिरिक्त तीन अन्य जापानी अफसर भी उस कमरे में थे। किसकी बात मानी जाए—डा० योशीमी की या अन्य गवाहों की?

डॉ० योशीमी के अनुसार नेताजी के शरीर से 200 सी० सी० खून निकाला गया था, और 400 सी० सी० चढ़ाया गया था। परंतु डॉ० त्सुरुता ने कहा कि खून नहीं चढ़ाया गया था। हबीबुर्रहमान ने भी कहा कि खून नहीं दिया गया

था। किसकी बात मानी जाए?

डॉ० योशीमी, जिनकी स्मरणशक्ति इतनी तेज़ थी कि वह नेताजी का तापमान, नाड़ी की गति, जो दवाइयां और इंजेक्शन दिए गए थे उनके नाम और मात्रा, सब कुछ बता सके, वह मृत्यु का समय जैसी महत्त्वपूर्ण बात भूल गए!

शाहनवाज़ समिति की रिपोर्ट के अनुसार नेताजी की मृत्यु पर सभी डॉक्टर और नर्स रोए थे, लेकिन अन्तिम संस्कार के समय कोई उपस्थित नहीं था। न ही वे बता सके कि 18 अगस्त, 1945 के बाद नेताजी के शव का क्या हुआ। विचित्र बात तो यह है कि कोई भी नर्स नहीं मिली—न फारमोसा में, न जापान में। शाहनवाज़ समिति की रिपोर्ट के अनुसार हबीबुर्रहमान ने अन्तिम संस्कार के इस विवरण की पुष्टि नहीं की।

डॉ० योशीमी ने तीन अवसरों पर तीन विभिन्न बयान दिए। उनपर दृष्टि डालने से ही पता चल जाएगा कि उनमें कितनी असंगतियां थीं, और उनका अपनी ही बात का खंडन करना कितना हास्यास्पद था।

1. नेताजी को अस्पताल कब ले जाया गया?

डॉ० योशीमी ने मित्रराष्ट्रों के गुप्त सूचना विभाग (एलाइड इंटेलिजेंस) को बताया था कि 18 अगस्त, 1945 की शाम को 5 बजे 6-7 व्यक्ति नेताजी को अस्पताल ले गए थे।

शाहनवाज़ समिति से उन्होंने कहा कि 18 अगस्त, 1945 को दोपहर में दो बजे उनको टेलीफोन पर विमान-दुर्घटना की सूचना दी गई, और उसके बीस मिनट बाद, 13-14 व्यक्तियों के साथ बोस अस्पताल लाए गए।

उसी डॉक्टर ने खोसला आयोग को बताया कि मध्याह्न से पहले ही उनको दुर्घटना की सूचना मिली, और सात व्यक्ति, जिनमें दो भारतीय थे, करीब 12-30 बजे दोपहर में अस्पताल पहुंचे। (लेकिन श्री खोसला ने अपनी रिपोर्ट में दर्ज किया है कि दुर्घटना 2-30 बजे दोपहर में हुई थी।)

2. पट्टियां किसने बांधी थीं?

1946 में एलाइड इंटेलिजेंस को डॉ० योशीमी ने बताया था कि उन्होंने स्वयं नेताजी के घाव तेल से साफ किए थे और उनपर पट्टियां बांधी थीं।

शाहनवाज़ समिति से उन्होंने कहा था कि डॉ० त्सुरुता ने मलहम लगाया और पट्टियां बांधी थीं।

खोसला आयोग के सामने दिए गए उनके वक्तव्य के अनुसार उन्होंने पहले नेताजी के सारे शरीर पर प्लास्टर लगाया, फिर पट्टियां बांधीं।

3. नेताजी किस हद तक जल गए थे?

ए० आई० से : बोस का शरीर बुरी तरह जल गया था—इतना ज्यादा कि शरीर का बहुत ही थोड़ा-सा भाग बचा था जिससे उनको पहचाना जा सकता था।

शाहनवाज़ समिति से : बोस बुरी तरह जल गए थे। उनका रंग राख का-सा हो गया था। यहां तक कि उनका दिल भी जल गया था। उनका चेहरा और आंखें सूजी हुई थीं। उनको तेज़ बुखार था। उनकी नाड़ी की गति 120 प्रति मिनट थी।

खोसला आयोग से : चन्द्र बोस का सारा शरीर जल गया था।

खोसला कमीशन के सामने, जिरह के दौरान उन्होंने कहा था कि शाहनवाज़ समिति को प्रस्तुत किए गए अपने लिखित बयान में उन्होंने लिखा था कि नेताजी का दिल तक जल गया था। यह गलत था। दूसरे, 'थर्ड डिग्री बर्न' के बाद भी क्या कोई सचेत रह सकता है? लेकिन डॉ० योशीमी ने तो कहा था कि नेताजी घण्टों होश में रहे। तीसरे, क्या इतने वर्षों बाद तापमान, नाड़ी की गति आदि को ठीक-ठीक याद रखना सम्भव है?

डॉ० योशीमी ने खोसला आयोग के आगे अपनी 'सत्यनिष्ठा' का एक और प्रदर्शन किया। पहले उन्होंने स्वीकार किया था कि उन्होंने पहले कभी बोस को नहीं देखा था। श्री खोसला से उन्होंने कहा था कि बोस को जब अस्पताल लाया गया तो उनका चेहरा काफी फूल गया था, आंखें काफी सूजी हुई थीं, सारा शरीर राख के रंग का हो गया था। उनके शरीर पर ऐसा बहुत कम बचा था जिससे वह पहचाने जा सकते। लेकिन जब राष्ट्रीय समिति के श्री अमर चक्रवर्ती ने उनको नेताजी की तस्वीर दिखाई तो उन्होंने फौरन कहा, "हां, यही वह व्यक्ति है जिसकी अस्पताल में मैंने शुश्रूषा की थी!"

4. नेताजी कब मरे?

ए० आई० से : योशीमी ने कहा कि नेताजी रात नौ बजे के बाद मरे। बोस अचेतावस्था में थे। रात में 11 बजे उनकी चेतना लौटी और उनकी मृत्यु हो गई। हबीबुर्रहमान ने कहा था कि मृत्यु से पहले नेताजी सचेत थे और उनसे बातचीत की तथा भारतीय जनता के लिए सन्देश लिखवाया।

शाहनवाज़ समिति से : रात 8 बजे के बाद ही बोस की मृत्यु हो गई।

खोसला आयोग से : 7-8 घण्टे तक वह सचेत रहे। बोस अस्पताल में 12 घण्टे जीवित रहे और मेरी उपस्थिति में उनकी मृत्यु हुई।

5. हबीबुर्रहमान ने नोनमोन अस्पताल कब छोड़ा?

ए० आई० से : डॉ० योशीमी ने बताया कि दस दिन बाद, यानी 28 अगस्त

को हबीबुर्रहमान को बोस की भस्म के साथ होकुतू अस्पताल भेजा गया।

शाहनवाज़ समिति से : उन्होंने कहा कि हबीबुर्रहमान ने नोनमोन अस्पताल 19 अगस्त को छोड़ा और फिर वापस नहीं आए।

खोसला आयोग से : उन्होंने कहा कि बोस के शव के साथ ही हबीबुर्रहमान अस्पताल से चले गए थे और फिर वापस नहीं लौटे। जिरह के दौरान उसी आयोग से उन्होंने कहा कि 19 अगस्त की सुबह शव को उठाया गया। जिरह के दौरान वह बोले कि उन्हें स्वयं नहीं मालूम कि उनका कौन-सा वक्तव्य सही है।

6. क्या खून दिया गया था? किसके द्वारा?

ए० आई० से : डॉ० योशीमी ने खून चढ़ाने के बारे में कुछ नहीं कहा।

शाहनवाज़ समिति से : डॉ० योशीमी ने कहा कि उन्होंने नेताजी के शरीर से 200 सी० सी० खुन निकाला और 400 सी० सी० चढ़ाया।

खोसला आयोग से : न ही खून निकाला और न चढ़ाया। डॉ० त्सुरुता, जो उनके अपने कथनानुसार बराबर नेताजी के साथ थे, ने कहा कि उनको खून बिलकुल नहीं चढ़ाया गया था। उसके बाद डॉक्टर योशीमी ने कहा कि जब नर्स को नेताजी की शिरा नहीं मिली तो एक-दूसरे फौजी डॉक्टर ने खून चढ़ाया। लेकिन उन दोनों में से कोई उस फौजी डॉक्टर या नर्स की शिनाख्त नहीं कर पाया।

कितने सत्यनिष्ठ थे डॉ० योशीमी!

अब पाठक ही इसका निर्णय करें कि चारों जापानी गवाह कितने सत्यनिष्ठ थे और जिसे श्री खोसला ने 'सत्यनिष्ठ और विश्वसनीय' गवाह बताया था वह कितना सत्यवादी था! स्पष्ट है कि उन्हें सिखाया गया था कि वे युद्धकालीन जापानी अधिकारियों द्वारा गढ़ी गई कहानी की रूपरेखा बताएं। उनको जो कहानी सिखाई गई थी वह काल्पनिक थी, इसी कारण जिरह के दौरान उनमें से कोई भी टिक नहीं सका और उन्होंने हास्यास्पद ढंग से अस्पष्ट उत्तर दिए। विवरण के बारे में पूछे जाने पर हर एक ने अपनी-अपनी कल्पना से काम लिया। एक झूठ ने दूसरे झूठ को जन्म दिया, और गवाहों के बयान एक-दूसरे से एकदम भिन्न हो गए। लेकिन शाहनवाज़ समिति या खोसला आयोग ने यह जानने का प्रयत्न नहीं किया कि जापानी गवाहों ने झूठे बयान क्यों दिए, और जिरह के समय एक-दूसरे का खंडन क्यों किया। और इन्हींके बयानों के आधार पर श्री खोसला इस निष्कर्ष पर पहुंच गए कि नेताजी की वास्तव में तैहोकू अस्पताल में मृत्यु हुई थी।

7

हबीबुर्रहमान ने क्या बताया

नेताजी को क्या हुआ था, इस विषय में कर्नल हबीबुर्रहमान ही एकमात्र व्यक्ति हैं जो कुछ जानते हैं और बता सकते हैं। कोई भी जांच आयोग उनके विभिन्न वक्तव्यों का विश्लेषण किए बिना अपनी जांच कार्रवाई पूरी नहीं कर सकता था। श्री खोसला ने अपनी रिपोर्ट में यह स्वीकार किया कि "हबीबुर्रहमान महत्त्वपूर्ण गवाह हैं, क्योंकि वही उनके देशवासी, सहयोगी, सलाहकार और विश्वासपात्र थे, जो उनकी अंतिम ज्ञात यात्रा में उनके साथ थे।" लेकिन उन्होंने आगे जोड़ा, "हबीबुर्रहमान भारत आकर वक्तव्य देना नहीं चाहते थे, न ही वह इस उद्देश्य के लिए पाकिस्तान में मिल सके। पहली समिति के सामने उन्होंने जो बयान दिया था उसमें उनको नया कुछ नहीं जोड़ना था। उनका बयान हमें उपलब्ध नहीं है। केवल यही कहा जा सकता है कि एक महत्त्वपूर्ण गवाह का अभाव रह गया है, लेकिन उनकी अनुपस्थिति से उपलब्ध साक्ष्य पर कोई प्रतिकूल प्रभाव नहीं पड़ सकता।"

इस दलील का समर्थन किसी प्रकार नहीं किया जा सकता, विशेषकर जब श्री खोसला के महत्त्वपूर्ण गवाहों के बयान हबीबुर्रहमान के बयान से भिन्न है। उनके पिछले वक्तव्यों को अस्वीकार करते हुए श्री खोसला ने कहा, "हबीबुर्रहमान के पहले के बयान साक्ष्य के रूप में स्वीकार नहीं किए जा सकते। शाहनवाज़ समिति को दिया गया उनका बयान भी स्वीकार्य नहीं है, क्योंकि उनसे जिरह नहीं की जा सकी थी और उनका प्रतिनिधित्व समिति के सामने नहीं किया गया था। इस कारण मैं हबीबुर्रहमान के पिछले किसी भी बयान को विचारार्थ स्वीकार नहीं करूंगा।"

लेकिन श्री खोसला ने अपनी कानूनी दलील को ताक पर रखकर, हबीबुर्रहमान के बयानों के जो अंश उनके उद्देश्य के अनुकूल थे, उन्हें अपनी रिपोर्ट में निःसंकोच उद्धृत किया। उदाहरणार्थ, नेताजी की मृत्यु की सत्यता के प्रमाण के लिए उन्होंने रहमान की 'आयताकार घड़ी' वाली बात का सहारा लिया।

हबीबुर्रहमान के विभिन्न वक्तव्य

वायुयान-दुर्घटना के बारे में हबीबुर्रहमान ने कई वक्तव्य दिए, लेकिन हम केवल उन्हींका उल्लेख करेंगे जो आयोग के प्रदर्श हैं।

(1) नेताजी की भस्म की पेटी के साथ रखने के उद्देश्य से जो लिखा गया था।

(2) शाहनवाज़ समिति के समक्ष दिया गया बयान।

(3) सितम्बर 1946 के दूसरे सप्ताह में टोकियो में श्री एस० ए० ऐयर और राममूर्ति को जो बताया गया था।

(4) कर्नल फिगेस की रिपोर्ट में जो सम्मिलित किया गया था।

(5) सी० एस० डी० आई० सी० (ब्रिटिश काउंटर इंटेलिजेंस ऑर्गनाइज़ेशन) को दिया गया वक्तव्य।

(6) 1966 में हायाशीडा को जो बताया गया था।

भारतीय जनता को कानूनी दांव-पेच में नहीं, यह जानने से दिलचस्पी है कि उनके प्रिय नेता के भाग्य का निपटारा कैसे हुआ। इस कारण हबीबुर्रहमान के प्रमाणित वक्तव्यों पर ध्यान देना अनिवार्य है।

नेताजी के साथ जाने के लिए हबीबुर्रहमान को क्यों चुना गया?

नेताजी ने अपने साथ ले जाने के लिए हबीबुर्रहमान को चुना, क्योंकि वह उनके सबसे निष्ठावान, समर्पित और विश्वस्त अनुयायियों में से थे।

शाहनवाज़ खां ने खोसला आयोग को बताया था, "हबीबुर्रहमान नेताजी के इतने भक्त थे कि वह उनके लिए अपनी जान देने में भी संकोच न करते। नेताजी के आदेश का पालन वह जान देकर भी करते। ऐसे व्यक्ति थे वह।"

आज़ाद हिन्द फौज के कर्नल महबूब, जो बाद में भारत सरकार के विदेश मंत्रालय में संयुक्त सचिव और चीफ आफ प्रोटोकोल के पद पर रहे थे, ने खोसला आयोग को बताया था, "हबीब उन लोगों में से हैं जो नेताजी के लिए कुछ भी कर सकते हैं।" एस० ए० ऐयर ने भी कहा, "नेताजी ने किसीकी राय लिए बिना हबीबुर्रहमान को चुना था।" इंडियन इंडिपेंडेंस लीग के भूतपूर्व महासचिव ए० एम० सहाय ने आयोग से कहा, "हबीबुर्रहमान नेताजी के प्रति इतने निष्ठावान हैं कि उनकी सुरक्षा के लिए वह झूठ बोलने से नहीं हिचकिचाएंगे।"

मेजर आबिद हुसेन, जो नेताजी की जर्मनी से सिंगापुर तक की जोखिम-भरी

पनुडुब्बी-यात्रा में उनके साथ थे, ने खोसला आयोग से कहा था, "एक ही व्यक्ति बता सकता है कि दुर्घटना हुई थी या नहीं, और वह है हबीबुर्रहमान।"

नेताजी उन्हें स्नेह से हबीब बुलाते थे। नवम्बर-दिसम्बर 1945 में जिस ढंग से उनके हबीब ने ब्रिटिश गुप्त सूचना विभाग की कठोर पूछताछ का सामना किया, उससे बिल्कुल स्पष्ट है कि वह किसी महत्त्वपूर्ण सूचना को छिपा रहे थे, ताकि उन्हें कोई ऐसा संकेत न मिल जाए जिससे वे साइगोन से नेताजी के पलायन के रहस्य का पता लगा सकें।

ब्रिटिश इंटेलिजेंस टीम को गुमराह करने वाली सूचना

कर्नल हबीबुर्रहमान 19 सितम्बर, 1945 को अमेरिकी सेना द्वारा गिरफ्तार कर लिए गए थे।

ले० जनरल इसोडा, जनरल फूज़ीवारा और नेताजी की सरकार में जापानी राजदूत हाचिया तथा अन्य मुख्य जापानियों के साथ कर्नल हबीबुर्रहमान को भी ब्रिटिश गुप्त सूचना विभाग द्वारा पूछताछ के लिए लालकिले लाया गया था। सी० एस० डी० आई० सी० (कम्बाइंड सरविसेज़ डीटेल्ट इंटेलिजेंस सेंटर) ने, जो एक विश्व संस्था थी और कर्नल स्टीवेन्सन जिसके स्थानीय कमांडर थे, लगातार कई दिनों तक हबीबुर्रहमान से पूछताछ की।

विभिन्न जांच एजेंसियों द्वारा हबीबुर्रहमान से की गई पूछताछ की सब रिपोर्टें शाहनवाज़ समिति या खोसला आयोग को उपलब्ध नहीं कराई गईं। लेकिन यदि उनका विश्लेषण किया जाए तो यह स्पष्ट हो जाएगा कि शुरू से आखिर तक वे कुछ तथ्यों को दबा रहे थे इन सूचना एजेंसियों को भटकाने के लिए, ताकि वे जापान के आत्मसर्पण के बाद के उन संकटपूर्ण दिनों में नेताजी का पता लगाने में सफल न हों। (हबीबुर्रहमान से की गई पूछताछ की रिपोर्टें आयोग प्रदर्श नं० 28/डी, 28/एफ, 28/वी, 28/एस, 28/आर और 28/जी में मिलेंगी।) यहां दिए गए कुछ उदाहरणों से ही स्पष्ट हो जाएगा कि हबीबुर्रहमान ने जान-बूझकर किस प्रकार जांच दलों को गुमराह करने की कोशिश की।

1. सिंगापुर में भेंट

लालकिले में, नवम्बर 1945 में, ब्रिटिश जांच दल से हबीबुर्रहमान ने कहा था कि "आज़ाद हिंद सरकार में जापान के राजदूत श्री हाचिया 14 अगस्त, 1945 को नेताजी से सिंगापुर में मिले और बताया कि जापान ने आत्मसमर्पण

करने का फैसला कर लिया है, और पूछा कि आज़ाद हिंद सरकार की ओर से इस बारे में बोस को क्या कहना है। बोस ने एक सभा की जिसमें एस० ए० ऐयर, अलगप्पन, नागर, एम० ज़ेड० किआनी और ए०एन० सरकार उपस्थित थे। बोस ने हाचिया का संदेश पढ़कर सुनाया और पूछा कि उन लोगों को क्या करना चाहिए। यह निश्चय किया गया कि आज़ाद हिंद फौज आत्मसमर्पण कर देगी और सब लोग अपने-अपने पद पर कायम रहेंगे। तब बोस ने आदेश दिया कि आज़ाद हिंद फौज के सारे अफसरों और कर्मचारियों को तीन महीने का वेतन दे दिया जाए और उसके सारे शिविरों में तीन महीने की खाने-पीने की व्यवस्था की जाए।"

"15 अगस्त की आधी रात को बोस ने हबीबुर्रहमान को बुलाया। बोस के बंगले पर जाकर उन्होंने देखा कि एस० ए० ऐयर और कैप्टन गुप्ता भी वहां मौजूद हैं। बोस ने हबीबुर्रहमान से आजाद हिंद फौज कार्यालय का चार्ज एम० ज़ेड० किआनी को सौंप देने को और बैंगकाक के लिए रवाना होने की तैयारी करने को कहा। उन्होंने कहा कि वे केवल 2-3 दिनों के लिए बैंगकाक जाएंगे, इस कारण केवल वही चीजें साथ ली जाएं जो नितांत आवश्यक हैं। हबीबुर्रहमान ने आगे कहा कि ऐयर ने उनको बताया कि नेताजी इसोडा और हाचिया से आत्मसमर्पण की प्रक्रिया के बारे में बातचीत करने के उद्देश्य से जा रहे हैं। हबीबुर्रहमान ने इससे साफ इन्कार कर दिया कि बोस ने किसीको कोई गुप्त सूचना दी थी।"

"16 अगस्त, 1945 को हबीबुर्रहमान, एस०ए० ऐयर, एम०ज़ेड० किआनी, अलगप्पन, कैप्टन शमशेरसिंह, ले० कर्नल मेहरोत्रा, हिकारी कीकान का एक युवा अधिकारी और कैप्टन प्रीतम एयरपोर्ट गए। बोस, हबीबुर्रहमान तथा अन्य लोग विमान में बैठे।"

अब देखें कि हबीबुर्रहमान ने शुरू से ही किस प्रकार ब्रिटिश गुप्त सूचना विभाग को गुमराह करने की कोशिश की।

(1) 14 अगस्त की हुई सभा का मुख्य उद्देश्य क्या था यह हबीबुर्रहमान ने उनसे छिपाया। एस० ए० ऐयर, देवनाथ दास, कर्नल प्रीतमसिंह, कर्नल हसन आदि ने खोसला आयोग को बताया था कि उस सभा का मुख्य उद्देश्य था नेताजी के पलायन की योजना बनाना।

(2) उन्होंने इस बात को भी छिपाया कि 11 अगस्त को नेगीशी ने जापान के आत्मसमर्पण की गुप्त सूचना नेताजी को सेरमबान में दी थी, और वहां से सिंगापुर तक वह नेताजी के साथ गए थे। उन्होंने यह बताया कि आत्मसमर्पण की खबर हाचिया ने14 अगस्त को दी थी। नेगीशी का तो उन्होंने नाम भी नहीं लिया—केवल एक युवा जापानी अफसर बताया।

(3) हबीबुर्रहमान ने इससे साफ इन्कार कर दिया कि 14 अगस्त को इसोडा और 15 अगस्त को ले० कर्नल साकाई नेताजी से मिलने सिंगापुर गए थे।

(4) उन्होंने यह भी नहीं बताया कि ले० कर्नल साकाई और नेगीशी 16 अगस्त, 1945 को सिंगापुर से बैंगकाक तक नेताजी के साथ गए थे।

(5) हबीबुर्रहमान ने इसके बारे में एक शब्द भी नहीं बताया कि नेताजी के मंत्रिमंडल ने सर्वसम्मति से उनको राय दी थी कि वह रूस चले जाएं। नेताजी ने इस प्रस्ताव को न स्वीकार किया और न अस्वीकार।

(6) हबीबुर्रहमान ने कहा था कि नेताजी केवल 2-3 दिनों के लिए बैंगकाक जा रहे थे।

(7) हबीबुर्रहमान ने जानबूझकर ब्रिटिश गुप्त सूचना विभाग को बताया कि नेताजी ने सिंगापुर लौटकर आज़ाद हिंद फौज समेत आत्मसर्पण का फैसला कर लिया था।

2. बैंगकाक में क्या हुआ

ब्रिटिश दल द्वारा जिरह के दौरान हबीबुर्रहमान ने कहा था, "जनरल भोसले नेताजी को एयरपोर्ट से एक बंगले में ले गए थे। इसोडा और हाचिया भी वहां थे। उन लोगों ने कुछ देर तक बातचीत की। वे जापान के आत्मसमर्पण के बाद आज़ाद हिंद फौज की स्थिति के बारे में बात कर रहे थे। हाचिया और इसोडा ने नेताजी को राय दी कि वह इसके बारे में तेराउची से साइगोन के जापानी सैनिक कार्यालय में परामर्श करें। उन्होने बोस से कहा कि वे उनके साथ वहां जाने को तैयार हैं।"

हबीबुर्रहमान ने जांच दल को आगे बताया, "उसके बाद बोस अपने बंगले चले गए, जहां मेजर भोसले, ईसरसिंह, कैप्टन गुलज़ारासिंह, हसन, डी० एम० खां, कैप्टन एस० ए० मलिक, देवनाथ दास, परमानंद और ले० रिज़वी उनसे मिले। उन्होंने वहां बातचीत की। यहां हबीबुर्रहमान ने उनमें से दो-एक लोगों को बताया कि बोस शायद 2-3 दिनों में सिंगापुर जाएं।

बैंगकाक की घटनाओं के बारे में रहमान ने कुछ तो छिपाया और कुछ को तोड़-मरोड़कर पेश किया—यहां तक कि कभी-कभी झूठ बोले।

(1) हबीबुर्रहमान ने ब्रिटिश दल को फिर बताया कि नेताजी का बैंगकाक जाने का उद्देश्य आत्मसमर्पण की प्रक्रिया के बारे में परामर्श करना था।

(2) उन्होंने फिर ज़ोर देकर कहा कि नेताजी ने आज़ाद हिंद फौज के आत्मसमर्पण की आवश्यक कार्रवाई करने के लिए सिंगापुर जाने का निर्णय किया था। उन्होंने यह बात छिपाई कि नेताजी का मुख्य उद्देश्य

था दक्षिण पूर्व एशिया से पलायन की योजना बनाना।

(3) जापानी तथा आज़ाद हिन्द फौज के गवाहों ने खोसला आयोग को बताया था कि बैंगकाक में नेताजी, इसोडा और हाचिया की गुप्त बातचीत हुई थी। उसके बाद नेताजी ने हबीबुर्रहमान से भी बातचीत में शरीक होने को कहा। इस बात को हबीबुर्रहमान बिलकुल दबा गए। जापानी गवाहों ने, विशेषकर इसोडा और हाचिया ने खोसला आयोग को बताया था कि बैंगकाक में नेताजी के साइगोन से निकलने की योजना बना ली गई थी। हाचिया ने श्री खोसला से कहा था कि उन्होंने नेताजी को जापान की सरकार का सन्देश देते हुए पूछा था कि वह आपकी क्या सहायता कर सकती है। नेताजी ने कहा कि मैं जापान जाना चाहता हूं, पर वास्तव में वह शायद मंचूरिया जाना चाहते थे। जिरह के दौरान जनरल इसोडा ने कहा कि उन्होंने नेताजी को सूचित किया था कि जापान की सरकार उन्हें किसी सुरक्षित स्थान में पहुंचाने की व्यवस्था करने को तैयार है।

हाचिया और बाद में इसोडा के बयानों से स्पष्ट हो जाएगा कि हबीबुर्रहमान ने जान-बूझकर यह बात छिपाई कि नेताजी ने उन दोनों से गुप्त बातचीत की थी।

(4) हबीबुर्रहमान ने ब्रिटिश दल से कहा था कि उन्होंने अपने साथियों से कह दिया था कि नेताजी केवल 2-3 दिनों के लिए बैंगकाक जा रहे हैं। लेकिन आज़ाद हिन्द फौज के उनके किसी सहयोगी ने इस बात की पुष्टि नहीं की।

3. सूचना दल के लिए और पहेलियां

जब नवम्बर-दिसम्बर, 1945 में लालकिले में हबीबुर्रहमान से पूछताछ चल रही थी, ब्रिटिश सरकार के गुप्त सूचना ब्यूरो के निदेशक, फिने, जो टोकियो में मैकार्थर के मुख्य कार्यालय से सम्बद्ध थे, ने बैंगकाक से भारत में उच्च अधिकारियों को एक सन्देश में एक बात बताई जो उन्हें उलझन में डाले हुए थी। फिने ने बताया कि “12 नवम्बर, 1945 को उन्होंने के० वातानाबे नामक एक गवाह से पूछताछ की थी। यह हिकारी कीकान में दुभाषिया था। वातानाबे ने बताया कि अगस्त 16 या 17 को इसोडा के आवास पर हुई एक बेठक में उन्हें दुभाषिये का काम करने के लिए बुलाया गया था। बातचीत इसोडा, सुभाषचन्द्र बोस, मेजर भोसले और ले० कर्नल हबीबुर्रहमान के बीच हो रही थी। लेकिन वातानाबे के पहुंचने के पहले ही मीटिंग खत्म हो गई। इसोडा ने दुभाषिये के बिना ही बातचीत की। उन्होंने इसपर विचार किया था कि बोस को उनकी मंजिल तक कैसे पहुंचाया

जाए। यह जानी हुई बात थी कि बोस रूस या मंचूरिया जाएंगे।" अपने उस सन्देश में फिने ने अपने उच्च अधिकारियों को बताया था, "दूतावास में और हिकारी कीकान में यह विदित है कि बोस रूस जाकर रूसियों को आत्मसमर्पण करेंगे। वातानाबे को और ज्यादा कुछ नहीं मालूम। बोस का रूसियों से कुछ समझौता हो गया है या नहीं, यह भी नहीं मालूम।" (प्रदर्श नं० 28/वी)

इस सन्देश को पाने के बाद गुप्त सूचना दल ने जनरल भोसले और कर्नल रहमान से नये सिरे से पूछताछ शुरू की। "हमको जिसका डर था वही हुआ। भोसले बैंगकाक की बातचीत के बारे में ज्यादा कुछ कहने को राज़ी नहीं हुए। लेकिन यह स्वीकार किया कि हबीबुर्रहमान, ले० जनरल इसोडा, कर्नल कगावा, और स्वयं उन्होंने बोस से बातचीत की थी।" सम्बद्ध प्रश्नों को टालते हुए उन्होंने सिर्फ इतना कहा, "यदि नेताजी के विश्वासपात्रों में से कोई उनकी योजना के बारे में जानता भी था तो वह बताएगा नहीं।" (प्रदर्श नं० कॉम/28/एस)

हबीबुर्रहमान से भी फिर से पूछताछ की गई। खोसला आयोग के सामने पेश की गई उसकी रिपोर्ट के अनुसार, "हबीबुर्रहमान ने जो कुछ पहले कहा था उससे ज्यादा कहने से इन्कार कर दिया। बैंगकाक की गुप्त बातचीत से उन्होंने साफ इन्कार कर दिया और कहा कि केवल आज़ाद हिन्द फौज के आत्मसमर्पण के बारे में बातचीत हुई थी। उन्होंने सिर्फ इतना कहा कि एक-एक जापानी अफसर जानना चाहता था कि बोस की क्या इच्छा है। एक बार उन्होंने बोस को रूस भेज देने के बारे में बात की थी, लेकिन साथ ही उन्होंने कहा कि रूस के साथ वर्तमान सम्बन्धों को देखते हुए उनकी सरकार के लिए रूसी अधिकारियों से इस सम्बन्ध में बात करना संभव नहीं होगा। बोस ने जापानियों को बता दिया था कि उन्होंने आज़ाद हिन्द फौज समेत सिंगापुर में आत्मसमर्पण कर देने का निर्णय कर लिया है। लगता है हबीबुर्रहमान सच्ची बात नहीं बताना चाहते।" (गोपनीय नं० 1400/23/एस/ई/लालकिला/नई दिल्ली/25 मार्च, 1946; प्रदर्श नं० कॉम/28/आर)

जनरल इसोडा ने खोसला आयोग को जो बताया था वह यह था, "उस बातचीत के बाद (बैंगकाक में) यह निर्णय किया गया कि नेताजी मंचूरिया होकर रूस जाएंगे और जापान की सरकार उनको वित्तीय तथा अन्य प्रकार की सहायता देगी।"

वातानाबे के बयान के बारे में खोसला आयोग की रिपोर्ट के अनुसार, "वातानाबे ने बोस को सन्देश दिया कि जापानी सरकार उनकी सहायता नहीं कर सकेगी। इसपर बोस ने रूस जाने की इच्छा व्यक्त की। वह बैंगकाक से साइगोन, और फिर फारमोसा होते हुए जापान जाने वाले थे। गवाह ने यह भी बताया कि योजना बनाई जा रही थी तो जनरल इसोडा और हाचिया भी उपस्थित थे।

स्पष्ट है कि वातानाबे ने अंग्रेज़ों से झूठ बोला, क्योंकि जब इसोडा, हाचिया और साकाई जैसे अफसरों से नेताजी से सम्पर्क स्थापित करने को कहा गया था तो एक दुभाषिया अपनी सरकार का सन्देशवाहक क्यों बनाया जाता?

फिने को दिए गए अपने पहले के बयान में वातानाबे ने बताया था कि वह जब इसोडा के बंगले पर पहुंचे तो बातचीत खत्म हो चुकी थी। उन्होंने उनसे कर्नल कगावा की उपस्थिति की बात छिपा ली।

आइए अब हबीबुर्रहमान ने जो कुछ बताया उसका विश्लेषण करें और देखें कि इसोडा, हाचिया और वातानाबे के बयानों से वह कितना भिन्न है।

(1) हबीबुर्रहमान ने फिर कहा कि नेताजी जापान से 2-3 दिन में सिंगापुर आकर आत्मसमर्पण कर देना चाहते थे।

(2) ब्रिटिश अधिकारी से उन्होंने कहा था कि बातचीत के समय केवल इसोडा और हाचिया उपस्थित थे। उन्होंने कगावा और वातानाबे की उपस्थिति की बात नहीं बताई।

(3) उन्होंने यह ठीक-ठीक नहीं बताया कि बैंगकाक में मीटिंग कहां हुई थी। इसोडा ने खोसला को बताया था कि बातचीत उनके बंगले पर नहीं, नेताजी के बंगले पर हुई थी।

(4) हबीबुर्रहमान ने ज़ोर देकर कहा कि नेताजी को रूस जाने का सुझाव दिया गया था, पर उन्होंने अस्वीकार कर दिया। उन्होंने दृढ़ता से कहा था कि वह सिंगापुर लौटकर आत्मसमर्पण करेंगे।

4. साइगोन में क्या हुआ?

16 अगस्त, 1945 को साइगोन में हुई घटनाओं के बारे में हबीबुर्रहमान ने इतनी भ्रम में डाल देने वाली कहानी सुनाई कि अंग्रेज अधिकारी उलझन में पड़ गए। उन्होंने कहा, "साइगोन में कई जापानी अधिकारी प्रतीक्षा कर रहे थे, लेकिन भारतीय कोई नहीं था। तेराउची के कार्यालय से आए एक अफसर ने कहा कि बोस को वहां जाना होगा। साइगोन से दालात तक सिर्फ आध घण्टे की उड़ान है। बोस राज़ी हो गए, लेकिन आध घण्टे बाद इसोडा और हाचिया ने लौटकर कहा कि स्थिति इतनी अस्त-व्यस्त है कि तेराउची के कार्यालय को जाना संभव नहीं होगा। तब पार्टी एक ख़ाली मकान में गई जिसमें ले० जनरल चटर्जी रहा करते थे। तीसरे पहर तीन बजे इसोडा और हाचिया ने आकर कहा कि आज़ाद हिन्द फौज के आत्मसमर्पण के बारे में तेराउची के कार्यालय से कोई आदेश नहीं मिले, इस कारण वे इस विषय में सलाह नहीं दे सकेंगे। ऐयर और हबीबुर्रहमान भी वहां थे। बोस ने तब पूछा कि उनको तथा उनकी पार्टी को टोकियो ले जाने के लिए कोई विमान मिल सकेगा? वहां वह आत्मसमर्पण के बारे में अंतिम निर्णय

कर सकेंगे। बोस ने अपने साथियों से बातचीत की। सब इसपर सहमत थे कि टोकियो जाना संभव होगा, क्योंकि साइगोन से टोकियो तक का क्षेत्र तब भी जापानियों के कब्ज़े में था। यह तय हुआ कि यदि विमान मिल जाए तो नेताजी के साथ ऐयर, हबीबुर्रहमान, कैप्टन गुलज़ारासिंह और कर्नल हसन जाएंगे।" (प्रदर्श नं० 28/एच)

अब देखिए हबीबुर्रहमान ने ब्रिटिश अधिकारियों को जो कहानी सुनाई बह कितनी भिन्न थी। इसोडा, हाचिया, नेगीशी, ऐयर, प्रीतमसिंह, गुलज़ारासिंह, हसन और देवनाथ दास ने, जो या तो नेताजी के मंत्रिमंडल के सदस्य रह चुके थे या आज़ाद हिंद फौज और जापान के उच्च अधिकारी थे, सबने शाहनवाज़ समिति और खोसला आयोग को साइगोन की घटनाओं के बारे में एक ही कहानी सुनाई। लेकिन हबीबुर्रहमान की कहानी बिलकुल अलग थी। परन्तु वह ब्रिटिश दल से झूठ क्यों बोले? स्पष्ट है कि वह ब्रिटिश अधिकारियों को भ्रम में डालने के लिए झूठ बोले ताकि ब्रिटिश दल को, जो उस समय साइगोन और तैहोकू में था, नेताजी की योजना का कोई संकेत न मिल जाए।

हबीबुर्रहमान ने ब्रिटिश दल को भ्रम में डालने के लिए किस प्रकार कोशिश की?

(1) वह इस तथ्य को बिल्कुल ही दबा गए कि नेताजी की दक्षिण-पूर्व एशिया से निकलने की कोई योजना थी। इसके विपरीत वह प्रश्नकर्त्ताओं से बार-बार यही कहते रहे कि आज़ाद हिंद फौज के आत्मसमर्पण की प्रक्रिया के बारे में निर्णय करना ही उनका एकमात्र उद्देश्य था। वह जल्दी से जल्दी सिंगापुर लौट आना चाहते थे।

(2) उन्होंने इस बात को गुप्त रखा कि बैंगकाक से इसोडा और हाचिया भी नेताजी के साथ साइगोन गए थे।

(3) उन्होंने यह झूठ बताया कि नेताजी, इसोडा और हाचिया की बातचीत एयरपोर्ट पर हुई थी, उस बंगले में नहीं जिसमें नेताजी ठहरे थे।

(4) एक और काल्पनिक कहानी उन्होंने सुनाई कि आज़ाद हिंद फौज के आत्मसमर्पण का मामला तय करने के लिए नेताजी तेराउची के कार्यालय जाने को राज़ी हो गए थे।

(5) हबीबुर्रहमान ने ब्रिटिश दल के मन में यह धारणा बनाने की कोशिश की कि यदि तेराउची ही उस मामले को तय कर देते तो नेताजी टोकियो न जाते। वह साइगोन से सिंगापुर वापस चले जाते।

(6) उन्होंने बताया कि साइगोन में नेताजी ले० जनरल ए० सी० चटर्जी के बंगले में ठहरे थे। उन्होंने यह छिपाया कि वास्तव में नेताजी नारायण दास के बंगले में ठहरे थे। उन्होंने ऐसा जानबूझकर किया ताकि

नवम्बर-दिसम्बर में अग्रिम ब्रिटिश दल नेताजी के ठहरने के वास्तविक स्थान का पता न लगा सके।

(7) नेताजी, इसोडा और हाचिया की गुप्त मंत्रणा के बारे में उन्होंने एक शब्द भी नहीं कहा।

(8) कर्नल टाडा के नाम को, जिनका नेताजी के पलायन की सारी योजना बनाने में मुख्य भाग था, ब्रिटिश दल से बिल्कुल गुप्त रखा।

(9) हबीबुर्रहमान ने इसका भी कोई आभास नहीं होने दिया कि साइगोन और बैंगकाक में नेताजी ने उनसे बातचीत में शरीक होने को कहा था। उन्होंने यही आभास दिया कि नेताजी ने योंही उनसे साथ चलने को कह दिया था। और लोग भी जाते, लेकिन सीटें न मिलने के कारण केवल वह गए थे। दूसरों को आदेश दिया गया कि वे दूसरे विमान से आ जाएं।

5. साइगोन से उड़ान के बारे में भ्रामक सूचना

साइगोन से उड़ने के पहले क्या हुआ था, इसके बारे में रहमान ने प्रश्नकर्त्ताओं से कहा, "नेताजी और मैं विमान में बैठ गए। विमान उसी किस्म का था जिसमें हम लोग सिंगापुर से साइगोन गए थे। मुझको ठीक-ठीक नहीं मालूम कि उसका नंबर क्या था और वह वायुसेना के किस डिवीज़न का था। नेताजी के और मेरे अलावा उसमें रेडियो ऑपरेटर, पायलट, को-पायलट, जापानी जनरल शिडेई थे। 'टुरेट' के अंदर जापानी सेना के एक कर्नल, एक ले० कर्नल और पीछे दो सैनिक अफसर थे। नेताजी और मैं जब विमान पर चढ़े तो सब लोग बैठ चुके थे। साइगोन से चलने के पहले नेताजी ने अपने सहयोगियों को पीछे आने का आदेश दिया था। जहां तक मैं जानता हूं, नेताजी का इरादा सिंगापुर वापस जाने का था।" (प्रदर्श नं० 28/एच)

यहां भी हबीबुर्रहमान ने ब्रिटिश दल को भुलावे में डालने की कोशिश की :

(1) हबीबुर्रहमान ने ऐसा आभास दिया कि नेताजी को विमान के अंदर देखकर शिडेई को आश्चर्य हुआ। यह सिर्फ यह दिखाने के लिए कहा गया था कि नेताजी और शिडेई साथ-साथ यात्रा नहीं कर रहे थे, और उनकी भेंट आकस्मिक थी। इसोडा, हाचिया और अन्य लोगों ने शाहनवाज़ समिति और खोसला आयोग को बताया था कि तेराउन्नी के कार्यालय में बनाई गई योजना के अनुसार जनरल शिडेई को आदेश मिला था कि वह नेताजी को मंचूरिया तक साथ ले जाएं। हबीबुर्रहमान ने यह बात नहीं बताई।

जब ब्रिटिश सरकार द्वारा और पूछताछ करने की संभावना नहीं रह गई तो

1956 में हबीबुर्रहमान ने शाहनवाज़ समिति को बताया, "विमान के उड़ने से पहले, जनरल शिडेई ने विमान से नीचे उतरकर नेताजी का अभिनंदन किया। पहले शिडेई विमान पर चढ़े, उनके पीछे नेताजी और वह स्वयं।"

(2) विमान के बारे में उन्होंने कोई विवरण नहीं दिया।

(3) जनरल शिडेई के अतिरिक्त और किसी जापानी हमसफर का नाम हबीबुर्रहमान ने नहीं बताया। उन्होंने ब्रिटिश दल को बताया था कि विमान में कुल दस यात्री थे। लेकिन बाद में, 1956 में, उन्होंने शाहनवाज़ समिति को बताया कि 12-13 यात्री थे। उन्होंने ले० कर्नल नोनोगाकी और कैप्टन आराई के नाम भी लिए। यह माना जा सकता है कि उन्होंने ब्रिटिश दल को जानबूझकर किसीका नाम नहीं बताया था ताकि उनसे पूछताछ न की जा सके। छः वर्ष बाद ही ब्रिटिश अधिकारियों को नोनोगाकी, तारा कुनो और अन्य व्यक्तियों के नाम पता लगे।

(4) हबीबुर्रहमान ने पांचवीं बार ब्रिटिश दल से आग्रहपूर्वक कहा कि नेताजी आज़ाद हिंद फौज के आत्मसमर्पण का फैसला करने के उद्देश्य से टोकियो जा रहे थे।

(5) सारे साक्ष्यों के विरुद्ध, हबीबुर्रहमान ने न तो शाहनवाज़ समिति के सामने यह स्वीकार किया और न खोसला आयोग के सामने कि नेताजी की रूस जाने की योजना थी।

आज़ाद हिंद फौज का खज़ाना कहां गया?

आज़ाद हिंद फौज के खज़ाने के बारे में हबीबुर्रहमान से सूचना प्राप्त करने की ब्रिटिश अधिकारियों ने बहुत कोशिश की। इस रिपोर्ट के अनुसार, "जब हबीबुर्रहमान से उस स्वर्णराशि के बारे में पूछा गया जो बोस के पास थी तो उन्होंने अपनी अनभिज्ञता जताई। यह बड़ी विचित्र बात है। आज़ाद हिंद बैंक के अध्यक्ष ने जिरह के दौरान हमें यह बताया था कि स्वतंत्र भारत की अंतःकालीन सरकार के पास 15 करोड़ रुपयों के मूल्य की सम्पत्ति बैंक में थी। इसमें से सात करोड़ तो जापानी मुद्रा में थी, और लगभग साढ़े सात करोड़ जायदाद के रूप में। लगभग सत्तर सेर सोना था। हम जानते हैं कि अप्रैल 1945 में बोस ने सोना बैंक से निकाल लिया था। लेकिन हबीब कहते हैं कि उन्हें इसके बारे में कुछ भी नहीं मालूम। यह सचमुच विचित्र बात है।"

ग्यारह वर्ष बाद हबीबुर्रहमान ने शाहनवाज़ समिति को बताया कि नेताजी अपने साथ चमड़े के दो सूटकेस ले गए थे जो सोने और गहनों से भरे थे। उन्होंने

यह भी कहा कि कुछ जला हुआ सोना और गहने तैहोकू हवाई अड्डे पर पाए गए थे। उन्होंने उनकी सूची बनाई और बाद में टोकियो में राममूर्ति के पास रखवा दिया। लेकिन सूची नहीं मिली।

नेताजी के निजी सचिव ई० भास्करन ने खोसला आयोग को बताया था कि नेताजी चार सूटकेस भर कर सोना और ज़ेवर, जिनका वजन तीस किलोग्राम था, अपने साथ ले गए थे। इनमें सोने के दो हार भी थे। आई० एन० ए० के अन्य गवाहों ने उनका समर्थन किया।

अब प्रश्न यह उठता है कि हबीबुर्रहमान ब्रिटिश अधिकारियों से झूठ क्यों बोले? वह बराबर उनसे यही कहते आ रहे थे कि नेताजी दो-तीन दिन के लिए टोकियो गए थे और सिंगापुर लौटने वाले थे। यदि वह स्वीकार कर लेते कि नेताजी अपने साथ सोना ले जा रहे थे, उनकी सारी कहानी ढह जाती। इसका आशय यही निकलता कि नेताजी का वापस आने का उद्देश्य नहीं था। 24 अगस्त, 1945 को, नेताजी की भस्म की पेटी के साथ रखने के लिए हबीबुर्रहमान ने जो वक्तव्य लिखा था उसमें सोने का कोई उल्लेख नहीं था। क्योंकि वह जानते थे कि वह वक्तव्य अंग्रेजों के हाथ लग जाएगा।

वह बात जो हबीबुर्रहमान ने कभी नहीं बताई

जांच की रिपोर्टों के ऊपर दिए गए अंशों से तो यही पता चलता है कि ब्रिटिश अधिकारियों से हबीबुर्रहमान एक ही कहानी बार-बार दोहराते रहे कि टोकियो जाने का नेताजी का एक ही उद्देश्य था—आज़ाद हिंद फौज के आत्मसमर्पण का मामला तय करना। किसी भी अवस्था में उन्होंने यह स्वीकार नहीं किया कि नेताजी की मंचूरिया होकर रूस जाने की कोई योजना थी। हबीबुर्रहमान किसी भी प्रकार के दबाव में न आकर अपनी बात पर अड़े रहे।

विभिन्न विवरण

श्री खोसला ने अपनी रिपोर्ट में लिखा था, "हबीबुर्रहमान के बयान के अभाव से दूसरों के बयानों पर प्रतिकूल प्रभाव नहीं पड़ा।" यह ठीक नहीं है। नोनोगाकी, तारा कुनो, साकाई, ताकाहाशी और डॉ० योशीमी, जिनके बयानों के आधार पर श्री खोसला ने अपने निष्कर्ष निकाले थे, बराबर एक-दूसरे के कथन का खंडन करते रहे। नेताजी की मृत्यु की कहानी के हर एक पहलू पर उनमें मतभेद था। ये चार 'प्रमुख' गवाह वास्तव में नेताजी के साथ थे या नहीं या उनका इलाज किया गया था या नहीं, यह एक प्रश्न ही बना रहेगा। पर यह निर्विवाद है कि

हबीबुर्रहमान साइगोन से उनकी दुर्भाग्यपूर्ण यात्रा में उनके साथ थे। यदि किसी-के बयान को पूरा महत्त्व देना चाहिए तो हबीबुर्रहमान के बयान को। ऊपर उल्लिखित पांचों गवाहों के बयान उनके बयान से भिन्न थे। यदि पांचों जापानी गवाहों को और रहमान को एक ही अनुभव हुए थे, तो उनके विवरण इतने भिन्न क्यों थे?

यदि नेताजी की तैहोकू में मृत्यु हुई होती, तो क्या यह संभव है कि हबीबुर्रहमान को दाह की तारीख याद न रहती? नेताजी की मृत्यु के चार महीने के अंदर उन्होंने चार जांच एजेंसियों को चार अलग-अलग तारीखें बताईं!

खोसला ने रहमान का कैसे अनुकरण किया

श्री खोसला ने साक्ष्य अधिनियम के अनुसार हबीबुर्रहमान के वक्तव्य को विचारार्थ स्वीकार करने से इन्कार कर दिया। पर उन्होंने सुनाई गई कहानी की विभिन्न घटनाओं को बड़ी सुस्पष्टता से रिकार्ड किया—अपने पांचों सत्यनिष्ठ गवाहों के बयानों के आधार पर नहीं, बल्कि कर्नल हबीबुर्रहमान के वक्तव्यों पर पूरा विश्वास करके। हबीबुर्रहमान के अनुसार, "17 अगस्त, 1945 को विमान साइगोन से शाम को 5-15 बजे उड़ा, 7-45 बजे तूरेन पहुंचा; तूरेन से 18 अगस्त, 1945 को सुबह सात बजे उड़ा और दो बजे दोपहर में तैहोकू पहुंचा। 2-35 बजे वहां से उड़ा, और नेताजी की मृत्यु उसी रात नौ बजे हुई।" श्री खोसला ने अपनी रिपोर्ट में लिखा है, "17 अगस्त, 1945 को 5 बजे शाम को विमान साइगोन से उड़ा; 7-45 बजे तूरेन पहुंचा, और वहां से 18 अगस्त को सुबह रवाना हुआ। 2 बजे दोपहर को तैहोकू पहुंचा और 2-25 पर वहां से फिर उड़ा। बोस की मृत्यु उसी रात को हुई।" विभिन्न घटनाओं के ये समय जापानी गवाहों ने नहीं बताए थे। उन सबने अलग-अलग समय बताए थे। नेताजी की मृत्यु का समय श्री खोसला ने नहीं लिखा। केवल अस्पष्ट रूप से इतना लिख दिया कि "बोस की मृत्यु उसी रात को हुई।"

हबीबुर्रहमान ने क्या बताया?

यह याद रहे कि जिस समय लालकिले में कर्नल हबीबुर्रहमान से पूछताछ की जा रही थी, तलाश करने वाले तीन दल, जिन्हें नेताजी को जीवित या मृत गिरफ्तार कर लाने का आदेश था, जी-जान से उनकी तलाश में लगे हुए थे। एक दल सुदूर पश्चिम में भारत सरकार द्वारा भेजा गया था। उसके प्रधान थे फिगेस और डेविस। दूसरा सैनिक गुप्त सूचना दल माउंटबेटन के मुख्य कार्यालय के

आदेश से भेजा गया था। इसके नेता थे कर्नल एफ० जी० फिने जो उस समय मैकार्थर के टोकियो-स्थित मुख्य कार्यालय से सम्बद्ध थे। जब ये दोनों दल खोज कर रहे थे तो नवम्बर-दिसम्बर 1945 में ब्रिटिश ग्लोबल काउंटर इंटेलिजेंस डिपार्ट-मेंट लालकिले में हबीबुर्रहमान से लगातार पूछताछ कर रहा था। यह बड़े खेद की बात है कि फिगेस की रिपोर्ट के कुछ पृष्ठों को छोड़कर और किसी जांच की रिपोर्ट की प्रतिलिपियां न शाहनवाज़ समिति के सामने रखी गईं, न खोसला आयोग के।

उपलब्ध रिपोर्टों से, चाहे वह टुकड़ों में ही रही हो, स्पष्ट है कि हबीबुर्रहमान ने तथ्यों को दबाने या जांच दलों को भ्रम में डालने के लिए असाधारण सावधानी बरती, क्योंकि यदि उनसे ज़रा-सा भी संकेत मिल जाता तो नेताजी को खोज निकाला जाता और उनकी जान खतरे में पड़ जाती। हबीब इस बात पर अड़े रहे कि नेताजी का बच निकलने का कोई इरादा नहीं था, और उन्होंने यह कभी नहीं कहा कि वह मंचूरिया जा रहे थे। इसके विपरीत वह बार-बार यही दोहराते रहे कि नेताजी आज़ाद हिंद फौज के आत्मसमर्पण के बारे में परामर्श करने टोकियो जा रहे थे और उसके बाद सिंगापुर वापस आने वाले थे। किसी भी जापानी या आज़ाद हिंद फौज के गवाह ने इस बात की पुष्टि नहीं की। हबीबुर्रहमान इतने सतर्क और सावधान थे कि उन्होंने इसोडा, हाचिया और कर्नल टाडा के नाम भी नहीं लिए। उन्होंने यहां तक झूठ बोला कि नेताजी साइगोन में ले० जनरल चटर्जी के खाली बंगले में ठहरे थे जिससे ब्रिटिश दल को नारायण दास का सुराग मिल न जाए जिसके बंगले में वह वास्तव में ठहरे थे। तीनों खोज दलों को नाकाम करना ही हबीबुर्रहमान का निरंतर प्रयास था।

जब ब्रिटिश सरकार नेताजी की तलाश में उतनी सक्रिय नहीं थी तो, 1956 में, शाहनवाज़ समिति को हबीबुर्रहमान ने ज्यादा बातें बताईं, लेकिन फिर भी उन्होंने अपनी मूल कहानी को कभी नहीं बदला।

हबीबुर्रहमान ने तथ्यों को क्यों छिपाया?

नेताजी की सचमुच मृत्यु हो गई होती तो बात वहीं खत्म हो जाती। तब हबीबुर्रहमान को ब्रिटिश अधिकारियों से या अपने देशवासियों से छिपाने को कुछ न रहता। लेकिन उनके बयानों पर ध्यान देने से स्पष्ट हो जाता है कि वह नेताजी के बारे में सारे महत्त्वपूर्ण तथ्यों को छिपाने की कोशिश करते रहे। यहां तक कि उनके रवैये ने आंग्ल-अमेरिकी जांच एजेंसी को यह कहने पर बाध्य किया कि 'हबीबुर्रहमान सत्य नहीं बताना चाहते।'

सी० एस० डी० आई० सी० की रिपोर्ट पर झूठी न्यायिक गवाही

युद्धकाल में सैनिक गुप्त सूचना की ब्रिटिश विश्व एजेंसी जो, 'कम्बाइंड सर्विसेज़ डीटेल्ड इंटेलिजेंस सेंटर' (सी० एस० डी० आई० सी०) कहलाती थी, और जिसका मुख्य कार्यालय लंदन में था, ने अपने भारत-स्थित प्रधान अधिकारी कर्नल स्टीवेन्सन को हबीबुर्रहमान से कड़ी पूछताछ करने का आदेश दिया। स्टीवेन्सन ने बी० सी० चक्रवर्ती और तीन अन्य अधिकारियों से, हबीबुर्रहमान से, जो उस समय लालकिले में नज़रबंद थे, पूछताछ करने को कहा। कई दिनों तक उनसे और आज़ाद हिंद फौज के कुछ अन्य अफसरों से कड़ी पूछताछ करने के बाद स्टीवेन्सन द्वारा हस्ताक्षरित 75 पृष्ठों की रिपोर्ट लंदन के ऑफिस को भेजी गई।

राष्ट्रीय समिति ने इस रिपोर्ट को प्राप्त करने के लिए सरकार पर बहुत जोर डाला, लेकिन वह नहीं मिली। खैर, मुख्य जांच अधिकारी बी० सी० चक्रवर्ती ने खोसला आयोग को बताया, "उस समय सी० एस० डी० आई० सी० के पास जितनी रिपोर्टें थीं उनका विश्लेषण करने के बाद यह स्पष्ट हो गया था कि हबीबुर्रहमान झूठ बोले थे और जापानी सरकार ने तथ्यों को छिपाया था। उनके उत्तर 18 अगस्त, 1945 को नेताजी की गतिविधि के बारे में की गई साज़िश के अलावा और कुछ नहीं थे। प्राप्त रिपोर्टों में इतनी असंगतियां थीं कि यह विश्वास नहीं किया जा सका कि नेताजी की मृत्यु के बारे में दी गई सूचना सही है।"

जिरह के समय श्री बी० सी० चक्रवर्ती ने आयोग को यह बताया :

"**प्रश्न :** कथित वायुयान-दुर्घटना और उसमें हुई नेताजी की मृत्यु के बारे में लंदन को भेजे गए निष्कर्ष क्या थे?

"**उत्तर :** मैं केवल वही उत्तर दूंगा जो मैंने लिखा है, जो सुना है वह नहीं। हबीबुर्रहमान का वक्तव्य लिखने के बाद मैंने स्वयं के उत्तर लिखे जो उन्होंने जिरह के दौरान दिए थे। मैंने उनसे पूछा था कि जब डाक्टरों ने घोषित किया कि ऑपरेशन टेबल पर नेताजी की मृत्यु हो गई, तो अपने प्रिय नेता का मुंह देखने के लिए वह व्याकुल क्यों नहीं हुए? उनका उत्तर था कि उन्हें देर तक वहां खड़ा नहीं रहने दिया गया। दूसरे, मैंने पूछा कि जब उनको बताया गया कि नेताजी का शव दाहगृह में ले जाया जाएगा, तो क्या आज़ाद हिंद फौज के दूसरे प्रमुख अधिकारी होने के नाते शव के साथ जाना उनका कर्त्तव्य नहीं था? इसके उत्तर में वह केवल मेरे मुंह की ओर देखते रहे, कुछ बोले नहीं। फिर चौंककर बोले, 'मैं कुरान की कसम खाकर कह सकता हूं कि मुझे शव के साथ जाने नहीं दिया गया था।' तीसरे, जब 19 अगस्त, 1945 को जापानी सेना के एक कर्नल और

जापानी सैनिक अस्पताल के एक डॉक्टर ने उन्हें पीतल का एक बर्तन देकर कहा कि उसमें नेताजी की भस्म है, तो उन्होंने कहा कि जनरल भोसले को वह बर्तन सौंप देना ही उनका कर्त्तव्य था, और वही उन्होंने किया। चौथे, जब मैंने उनसे पूछा कि किसकी राय से आप भस्म को टोकियो ले गए, तो उन्होंने कोई उत्तर नहीं दिया। जब मैंने उनसे पूछा कि अपने देश के इतने बड़े नेता की मृत्यु की खबर देने की बजाय वह टोकियो में क्यों छिपे हुए थे, तो वह फिर चुप रहे।

"**प्रश्न :** आपको यह नहीं सूझा कि उनसे पूछें कि जब वह और नेताजी एक ही विमान में थे तो यह कैसे हुआ कि उनको तो मामूली चोटें आईं और नेताजी की जान ही चली गई?

"**उत्तर :** मैंने यह प्रश्न नहीं पूछा, लेकिन मैं इसका जवाब दे सकता हूं। जब शरीर भारी होता है तो टक्कर का असर उसपर ज्यादा पड़ता है। फिर भी कर्नल रहमान अपने वक्तव्य पर अड़े रहे। ऐसा कोई नहीं है जो उनकी बात का समर्थन या खंडन कर सके।

"**प्रश्न :** क्या यह ठीक है कि उस समय कोई निर्णयात्मक निष्कर्ष नहीं निकाला जा सका?

"**उत्तर :** यह ठीक है। कर्नल हबीबुर्रहमान का बयान ही एकमात्र साक्ष्य था। उन्होंने सारे प्रश्नों के ठीक उत्तर नहीं दिए। बात यह थी कि वह सच नहीं बोल रहे थे।

"**प्रश्न :** क्या मैं यह मान सकता हूं, श्री चक्रवर्ती, कि आपने 30 दिसम्बर, 1945 को जब अपनी रिपोर्ट दी थी, तो नेताजी सुभाषचंद्र बोस के पूरे मामले को आपने लिया था?

"**उत्तर :** मैंने 30 दिसम्बर, 1945 की शाम को अपनी रिपोर्ट कमान को दी थी। तीन अफसरों के साथ मैं बहादुरगढ़ में बैठा। रिपोर्ट को अफसरों ने पढ़ा—एक इंग्लैंड से आया था जिसका नाम मैं नहीं जानता। उसने भी रिपोर्ट पढ़ी। अच्छी तरह से उसका परीक्षण करने के बाद और उसमें कुछ त्रुटियां बताने के बाद उसके लिए प्रेषक नोट तैयार किया गया।

"**प्रश्न :** क्या रिपोर्ट में कथित विमान-दुर्घटना तक की नेताजी से संबंधित सारी घटनाएं ली गई थीं?

"**उत्तर :** संभवतः तीन महीनों की उनकी गतिविधियों और जापान के पतन तथा आत्मसमर्पण को उसमें लिया गया था। मेरी रिपोर्ट, जो इंग्लैंड की सरकार से प्राप्त हो सकती है, बहुत लम्बी थी—उसमें सारे विवरण थे, यहां तक कि आई० एन० ए० के नेताओं द्वारा दिए गए वक्तव्य भी उसमें शामिल किए गए थे।

"**प्रश्न :** क्या आपने कर्नल रहमान के हाथ देखे थे?

"**उत्तर :** हां, मैंने उनके हाथ देखे थे और उनकी डाक्टरी परीक्षा भी करवाई थी।

"**प्रश्न :** कृपया यह बताएं कि आपकी रिपोर्ट भारत सरकार द्वारा ही मंगवाई जा सकती है?

"**उत्तर :** लंदन के युद्धकालीन कार्यालय सी॰ एस॰ डी॰ आई॰ सी॰ के तत्कालीन सचिव भारत सरकार के नियंत्रण में नहीं थे। युद्ध समाप्त होने के बाद उस कार्यालय को भी भंग कर दिया गया था। मैं नहीं सोचता कि उसके अफसर इतने महत्त्वपूर्ण कागज़ात यहां छोड़ गए होंगे। संभव है, कुछ वक्तव्य, जो उतने महत्त्वपूर्ण नहीं थे, भारत सरकार के पास छोड़ दिए गए हों।"

सी॰ एस॰ डी॰ आई॰ सी॰ की रिपोर्ट कमीशन के सामने कभी नहीं रखी गई और श्री खोसला ने इस बात को स्वीकार किया था। आश्चर्य की बात है कि बाद में उन्होंने अपनी रिपोर्ट में लिखा, "सी॰ एस॰ डी॰ आई॰ सी॰ द्वारा करवाई गई जांच की लंबी रिपोर्ट आयोग को उपलब्ध कराई गई। परीक्षा करने पर लगता है कि श्री चक्रवर्ती की दलीलें गलत धारणाओं और अनिर्णयों का एक सिलसिला है। इस रिपोर्ट की तारीख 31 दिसम्बर, 1945 है।...श्री हबीबुर्रहमान के वक्तव्य के रेकॉर्ड में वे असंगतियां और विरोधी बातें नहीं हैं जिनका श्री चक्रवर्ती ने ज़िक्र किया था।" उसके बाद श्री खोसला ने मंहफट तरीके से लिखा है कि "रिपोर्ट श्री चक्रवर्ती के अपने वक्तव्य को असत्य साबित करती है।...जान पड़ता है फाइल के उपलब्ध न होने से आयोग के सामने श्री चक्रवर्ती का आचरण धृष्ट और लगभग दुःसाहस की सीमा तक पहुंचने वाला हो गया था, क्योंकि वह समझते थे कि उनके वक्तव्य का खंडन होने का कोई खतरा नहीं है।"

एक और स्थान पर श्री खोसला ने लिखा, "ले॰ कर्नल फिगेस द्वारा तैयार की गई रिपोर्ट सी॰ एस॰ डी॰ आई॰ सी॰ द्वारा हबीबुर्रहमान से की गई पूछ-ताछ पर आधारित है।"

श्री खोसला ने फिगेस और सी॰ एस॰ डी॰ आई॰ सी॰ दोनों की रिपोर्टों की तारीखें देखीं। फिगेस की रिपोर्ट भारत सरकार को 8 अक्तूबर, 1945 को पेश की गई थी और दूसरी 31 दिसम्बर, 1945 को।

श्री खोसला की टिप्पणियों से तो यही जान पड़ता है कि उनका विश्वास था कि फिगेस की रिपोर्ट वास्तव में सी॰ एस॰ डी॰ आई॰ सी॰ की रिपोर्ट है, लेकिन उन्होंने यह नहीं लिखा कि फिगेस कमेटी भारत की तत्कालीन सरकार द्वारा नियुक्त की गई थी, जबकि दूसरी टीम लंदन के कार्यालय ने नियुक्त की थी। इस कारण सी॰ एस॰ डी॰ आई॰ सी॰ द्वारा फिगेस को रिपोर्ट पेश करने का प्रश्न ही नहीं उठता। श्री खोसला ने आगे कहा कि फिगेस की रिपोर्ट में सम्मिलित

सी० एस० डी० आई० सी० की रिपोर्ट में हबीबुर्रहमान के बयान को सच मानकर स्वीकार कर लिया गया है। लेकिन उन्होंने स्पष्ट रूप से यह न कहकर कि फिगेस रिपोर्ट में सी० एस० डी० आई० सी० की पूरी रिपोर्ट सम्मिलित थी या केवल आंशिक रूप, काफी उलझन पैदा कर दी। फिगेस की रिपोर्ट के बारे में भी उन्होंने उस चार्ट का उल्लेख नहीं किया जो हबीबुर्रहमान के विभिन्न बयानों को लेकर फिगेस ने तैयार किया था। इस चार्ट से तो यही पता चलता है कि फिगेस ने रहमान के बयान पर विश्वास नहीं किया था।

श्री गोविन्द मुखोटी ने अपनी दलीलों में सरकार पर आरोप लगाया था, "सी० एस० डी० आई० सी० की असली रिपोर्ट को प्रकाशित नहीं किया गया, क्योंकि उसमें दुर्घटना की कहानी का समर्थन नहीं किया गया था।" आयोग के सामने श्री मुखोटी की जिरह के समय भी श्री खोसला ने यह नहीं प्रकट किया कि एक सरकारी अफसर ने वह रिपोर्ट उनको दिखाई थी। यदि यह मान लिया जाए कि उनको सी० एस० डी० आई० सी० की रिपोर्ट गुप्त रूप से दिखाई गई थी, तो उसे आयोग के सामने प्रदर्श के रूप में रखे बिना उन्होंने उसे दस्तावेज़ के रूप में कैसे स्वीकार कर लिया? किसी वकील को वह रिपोर्ट देखने को नहीं मिली। क्या गुप्त रूप से दिखाई गई रिपोर्ट का आयोग की रिपोर्ट में हवाला देना उचित था? लेकिन इस प्रकार के प्रश्नों से उन्होंने अपने विवेक को कभी परेशान नहीं होने दिया। अपनी रिपोर्ट में एक स्थान पर श्री खोसला ने चक्रवर्ती को 'विश्वसनीय और ज़िम्मेदार' अफसर बताया, लेकिन जब उनके साक्ष्य की उपेक्षा करना आवश्यक जान पड़ा तो उन्हें 'धृष्ट-असत्यवादी' कह दिया। जिस रिपोर्ट को फिगेस की रिपोर्ट के अंदर पाया गया था, क्या उसपर श्री चक्रवर्ती और कर्नल स्टीवेन्सन के हस्ताक्षर थे? क्या उन्होंने पूछा था कि 75 पृष्ठों की रिपोर्ट को 25 पृष्ठ का कैसे बना दिया गया? उन्होंने सी० एस० डी० आई० सी० की मौलिक रिपोर्ट देखी थी या फिगेस रिपोर्ट में उद्धृत उसके केवल कुछ अंश? यदि उन्होंने मौलिक रिपोर्ट देखी थी तो श्री गोविन्द मुखोटी को क्यों नहीं दिखाई? आयोग के सामने उस रिपोर्ट को प्रस्तुत करने की बजाय उसे बाद में गुप्त रूप से केवल अध्यक्ष को क्यों दिखाया गया? श्रो खोसला ने इन संगत प्रश्नों में से किसीका भी उत्तर देने का कष्ट नहीं किया।

यदि श्री खोसला में कोई न्यायिक विवेक होता तो सी० एस० डी० आई० सी० की रिपोर्ट पर जिरह करने के लिए श्री बी०सी० चक्रवर्ती को फिर बुलाना चाहिए था, और राष्ट्रीय समिति के कानूनी सलाहकार श्री मुखोटी को भी जिरह करने का मौका देना चाहिए था। श्री खोसला ने कानूनी दृष्टि से एक अक्षम्य शपथभंग किया—श्री बी० सी० चक्रवर्ती के बयान को काटकर। एक न्यायिक आयोग के अध्यक्ष के ऐसे आचरण की भारत के अदालती इतिहास में मिसाल नहीं है।

हबीबुर्रहमान द्वारा दिए गए संकेत

1947 मैं हबीबुर्रहमान पाकिस्तान चले गए, जब उनके कई आत्मीय साम्प्रदायिक दंगों में मारे गए। 1956 में शाहनवाज़ समिति के सामने बयान देने के लिए वह भारत आए थे। उनके दिल्ली पहुंचने के कुछ रोज़ पहले पाकिस्तान के 'सिविल एंड मिलिटरी गज़ट' में एक रिपोर्ट छपी जिसके अनुसार हबीबुर्रहमान ने उसके संवाददाता को बताया था कि नेताजी विमान-दुर्घटना में नहीं मरे थे। पुराने पूर्वी पाकिस्तान के एक बंगाली पत्र ने भी इस रिपोर्ट को छापा। हबीबुर्रहमान ने उसका प्रतिवाद नहीं किया।

हबीबुर्रहमान दिल्ली में पाकिस्तान के हाई कमीशन के कार्यालय में ठहरे थे जहां श्री सुनील गुप्त और अमर मजुमदार उनसे मिले। श्री मजुमदार ने उनसे हुई बातचीत के बारे में खोसला आयोग को बताया। उन्होंने जो बताया उसका श्री गुप्त ने सारांश दिया। श्री गुप्त राष्ट्रीय समिति के एक विशिष्ट सदस्य थे जो खोसला आयोग की चार वर्ष की कार्रवाई में बराबर बिना नागा उपस्थित रहे। वह केवल उसके साथ दक्षिण-पूर्व एशिया नहीं जा सके, क्योंकि उनका पासपोर्ट समय से नहीं दिया गया। हबीबुर्रहमान के साथ उनकी भेंट की संक्षिप्त रिपोर्ट यह है :

नेताजी की मृत्यु की रिपोर्ट पर कर्नल रहमान का मंतव्य

"नई दिल्ली, 6 अप्रैल, 1956। प्रातः करीब नौ बजे थे। श्री अमर मजुमदार और मैं नई दिल्ली में पाकिस्तान के हाई कमिश्नर के कार्यालय में पहुंचे। 'सिविल एंड मिलिटरी गज़ट' में प्रकाशित अपने वक्तव्य को अस्वीकार करते हुए उन्होंने हमारे प्रश्नों के उत्तर दिए। उन्होंने कहा कि पत्र ने गलत छापा था। हमने पूछा कि आपने उसका प्रतिवाद क्यों नहीं किया? इसके उत्तर में उन्होंने कहा कि वह रिपोर्टरों से दूर रहते हैं क्योंकि अक्सर वे गलत बात छाप देते हैं। फिर उन्होंने कहा, 'जिस कहानी का कोई आधार नहीं है उसे ढहाने की कोशिश क्यों करते हैं? उन्हें घोषित करने दीजिए कि नेताजी मर गए। जब वह लौटेंगे तो हमारा दुगना लाभ होगा।' हमने पूछा, 'दुगुना लाभ कैसे होगा?' तो उन्होंने कहा, 'एक तो नेताजी हमें फिर मिल जाएंगे, दूसरे, जो विमान-दुर्घटना की बात को स्थापित करना चाहते हैं उनका पर्दाफाश हो जाएगा।' उन्होंने हमसे अनुरोध किया कि उनकी बातों को प्रकाशित न करें।

"उसी दिन कर्नल रहमान को शाहनवाज़ समिति के सामने गवाही देने के

लिए जाना था। सुबह साढ़े नौ बजे थे। उनको ले जाने के लिए शाहनवाज़ खां गाड़ी में आए। कर्नल रहमान ने हमसे पीछे के दरवाजे से निकल जाने को कहा ताकि शाहनवाज़ खां हमें देख न लें। फिर वह शाहनवाज़ खां के साथ चले गए।

नई दिल्ली
6 अप्रैल, 1956

सुनील गुप्त"

यह एकमात्र अवसर नहीं था जब रहमान नेताजी के मामले को एकदम गोपनीय नहीं रख सके। उन्होंने अपने कई सहयोगियों से कहा था कि मैं अपने नेता की आज्ञा का पालन कर रहा हूं। 1947 में वह अलवर में थे। उनके चाचा और ससुर रियासत के प्रधान मंत्री थे। उन्होंने उनके सचिव, श्री खेमचंद, आई० सी० एस० से कहा था कि नेताजी की मृत्यु की कहानी गढ़ी हुई है। (यह बात खेमचंद ने इस लेखक को लिखकर बताई।)

1966 में नेताजी की जीवनी के जापानी लेखक हायाशीडा रहमान से रावलपिंडी में मिले। उनके नाम एक नोट में रहमान ने लिखा था, "···नेताजी सुभाषचंद्र बोस इस शताब्दी में भारत के सबसे महान क्रांतिकारी थे। भारत में बहुत-से लोग अब भी समझते हैं कि वह जीवित हैं और एक दिन वापस आएंगे। काश! वह जीवित वापस आते! यदि ऐसा हुआ होता तो निःसंदेह भारत की राजनीति में उनका प्रमुख स्थान होता। तब शायद भारत और पाकिस्तान के संबंध मैत्रीपूर्ण होते, इस प्रकार कटु न होते जैसे आज हैं। वह विवेकशील और निष्पक्ष नेता थे। उनकी जलाई हुई आज़ादी की लौ अब भी जल रही है और सारी दुनिया में आज़ादी के लिए लड़नेवालों को प्रेरणा देती रहेगी।"

यदि नेताजी सचमुच तैहोकू में मर गए होते तो उनके जीवित वापस लौटने का प्रश्न ही कहां उठता! लगता है हबीबुर्रहमान अपने अवचेतन मन में अब भी भगवान से प्रार्थना करते हैं कि उनके नेता अपनी मातृभूमि को लौट आएं।

8
घड़ी और अंतिम वसीयत की कहानी

लगता है कि नेताजी की मृत्यु की खबर को सच प्रमाणित करने के लिए श्री खोसला तिनके का भी सहारा लेने से नहीं चूके थे। आयताकार घड़ी, जो हबीबुर्रहमान ने पं० नेहरू को यह कहकर दी थी कि वह नेताजी की कलाई पर बंधी थी, ऐसा ही एक उदाहरण है। इसके बारे में श्री खोसला ने अपनी रिपोर्ट में लिखा था, "आयताकार घड़ी, जिसकी रबड़ की पट्टी कुछ नष्ट हो गई है, ताइपेई के सैनिक अस्पताल में नेताजी की मृत्यु के बाद उनकी कलाई पर से उतारी गई थी। इस प्रकार यह घड़ी तैहोकू की विमान-दुर्घटना का एक प्रमाण है।" क्या डॉ० योशीमी ने नेताजी की घड़ी उतारने के बारे में कुछ कहा था? हबीबुर्रहमान ने कहा था कि घड़ी उनको डॉ० योशीमी ने दी थी। लेकिन डॉ० योशीमी ने इंकार किया।

शाहनवाज़ समिति ने घड़ी के बारे में अपनी रिपोर्ट में क्या कहा था? हबीबुर्रहमान अपने साथ जो घड़ी लाए थे, उसके बारे में कुछ मतभेद है। घड़ी आयताकार थी। कर्नल हबीबुर्रहमान का कहना था कि डॉ० योशीमी ने घड़ी उनको दी थी, यह कहकर कि नेताजी की घड़ी है। लेकिन डॉ० योशीमी ने कहा कि उनको उसके बारे में कुछ याद नहीं। शाहनवाज़ समिति की टिप्पणियों की उपेक्षा करके श्री खोसला ने आयताकार घड़ी को ही नेताजी की मृत्यु का सबूत माना। नेताजी के भतीजे श्री अमियनाथ बोस के बयान से उद्धरण देते हुए श्री खोसला ने आगे कहा, "पंडितजी ने यह घड़ी निकालकर कहा कि हबीबुर्रहमान ने उसे उनके पिता को दे देने के लिए कहा था। अमियनाथ ने विश्वास कर लिया कि घड़ी वास्तव में सुभाषचंद्र बोस की थी।···उन्होंने उसको बहुत संभालकर रखा। उनके परिवार के सदस्यों के अस्वीकार करने पर भी अमिय बोस विश्वास करते हैं कि घड़ी उनके चाचा की है।"

लेकिन श्री खोसला ने रिपोर्ट में अन्य तथ्यों का उल्लेख नहीं किया। राष्ट्रीय समिति ने आयोग को एक समाचारपत्र में प्रकाशित समाचार दिखाया जिसके

अनुसार शरत्‌चंद्र बोस ने घड़ी स्वीकार नहीं की थी।

श्री खोसला ने इसका भी उल्लेख नहीं किया कि 5 दिसम्बर, 1969 को विशिष्ट संसद्-सदस्यों की एक सभा में अमिय बोस ने क्या कहा था। इस सभा की रिपोर्ट सरकार द्वारा खोसला आयोग को दी गई थी। अमिय बोस ने कहा था कि भूलाभाई देसाई को घड़ी देते हुए रहमान ने कहा था कि जब दुर्घटना हुई तो घड़ी उसी समय रुक गई थी। भूलाभाई ने एक घड़ीसाज़ को बुलवाकर घड़ी को हबीबुर्रहमान की उपस्थिति में खुलवाया। घड़ी के अंदर का तेल ज्यों का त्यों था यद्यपि रहमान ने कहा था कि घड़ी बुरी तरह जल गई थी। भूलाभाई ने मुस्कराकर घड़ी रहमान को लौटा दी। स्पष्ट है कि उन्होंने दुर्घटना की बात पर विश्वास नहीं किया। इस सभा में अमिय बोस ने भी इससे इन्कार किया कि घड़ी नेताजी की थी।

दिसम्बर 1945 में रहमान ने ब्रिटिश प्रश्नकर्ताओं से कहा था कि नेताजी की कलाई पर घड़ी नहीं थी। उनकी जेब में थी या नहीं यह मुझको नहीं मालूम। (खोसला आयोग के प्रदर्श से) लेकिन 1956 में शाहनवाज़ समिति से उन्होंने कहा था कि नेताजी की कथित मृत्यु के बाद डॉ० योशीमी ने उनको वह घड़ी दी थी। लेकिन जापानी डॉक्टर ने इन्कार किया।

यूरोप और दक्षिण-पूर्व एशिया में नेताजी किस प्रकार की घड़ी इस्तेमाल करते थे? उनके निजी सचिव भास्करन ने श्री खोसला को बताया था कि नेताजी जो घड़ी पहना करते थे वह गोल थी। भास्करन, जो नेताजी को प्रतिदिन निकट से देखते थे, के बयान को अस्वीकार करते हुए श्री खोसला ने कहा, "भास्करन के बयान पर विश्वास नहीं किया जा सकता—मैं उनका बयान विचारार्थ स्वीकार करने को तैयार नहीं हूं।" समझ में नहीं आता कि श्री खोसला ने भास्करन को अविश्वसनीय क्यों बताया, जब कि वह स्वयं नेताजी के विश्वासपात्र थे।

नेताजी के निजी सेवक कुंदनसिंह की शहादत को भी श्री खोसला ने अस्वीकार कर दिया। शाहनवाज़ समिति के अनुसार, "नेताजी के निजी सेवक कुंदनसिंह ने भी कहा कि नेताजी गोल घड़ी पहना करते थे।" कुंदनसिंह सिंगापुर के उनके निवास-स्थान पर 16 अगस्त, 1945 तक उनकी सेवा में था।

कुंदनसिंह ने शाहनवाज़ समिति को बताया, "नेताजी के पास एक ही घड़ी थी—गोल, चांदी या निकल की। अंतिम यात्रा पर भी वह वही घड़ी पहने हुए थे। जब उसको आयताकार घड़ी दिखाई गई तो उसने कहा, "ऐसी घड़ी उन्होंने कभी नहीं पहनी।"

शाहनवाज़ समिति के अनुसार "अधिकांश चित्रों में नेताजी गोल घड़ी पहने हुए हैं। किताबों में उनकी असंख्य तस्वीरें छपी मिलती हैं। छः तस्वीरें राष्ट्रीय समिति ने भी पेश की थीं जिनमें वह गोल घड़ी पहने हुए हैं। किसी भी चित्र में

वह आयताकार घड़ी नहीं पहने हैं।" श्री खोसला ने लिखा, "श्री समर गुह ने विभिन्न मौकों पर लिए गए और किताबों में छपे चित्र साक्ष्य के रूप में प्रस्तुत किए। लेकिन इसपर कोई निर्णय नहीं लिया जा सका, क्योंकि एक बयान के अनुसार बोस के पास एंक से ज़्यादा घड़ियां थीं।"

सवाल यह नहीं है कि नेताजी के पास कितनी घड़ियां थीं, सवाल यह है कि वह कैसी घड़ी पहना करते थे। यद्यपि श्री खोसला ने आयताकार घड़ी को विमान-दुर्घटना के प्रमाणों में से एक बताया, उन्होंने बाद में यह भी लिखा, "हबीबुर्रहमान का वक्तव्य ही यह प्रमाणित कर सकता था कि घड़ी नेताजी के शरीर पर से उतारी गई थी। इस प्रकार के वक्तव्य के अभाव में घड़ी को विमान-दुर्घटना के प्रमाण के रूप में स्वीकार नहीं किया जा सकता।" इस प्रकार की टिप्पणी करके श्री खोसला ने मुख्य मुद्दे को टाल दिया कि हबीबुर्रहमान आयताकार घड़ी दिखाकर आंग्ल-अमेरिकी जांच एजेंसियों को भ्रम में डालना चाहते थे।

अंतिम वसीयत की कहानी

नेताजी की मृत्यु की कहानी को अधिक से अधिक विश्वसनीय बनाने की चिंता में हबीबुर्रहमान ने अनजाने में ही उसे नाटकीय बना दिया। उन्होंने शाहनवाज़ समिति से कहा था, "जब नेताजी जलते हुए विमान से बाहर निकले तो मैंने उनको ज़मीन पर लिटा दिया, मैं भी उनके साथ ही लेट गया। नेताजी ने हिंदुस्तानी में मुझसे पूछा, 'आपको ज़्यादा तो नहीं लगी?' मैंने कहा, 'नहीं, ठीक हो जाऊंगा।' अपने बारे में वह बोले कि मैं नहीं बचूंगा। उन्होंने इन्हीं शब्दों में कहा, 'जब अपने मुल्क वापस जाएं तो मुल्की भाइयों को बताना कि मैं आखिरी दम तक मुल्क की आज़ादी के लिए लड़ता रहा हूं, वह जंगे-आज़ादी को जारी रखें। हिंदुस्तान ज़रूर आज़ाद होगा। उसको कोई गुलाम नहीं रख सकता।' "

शाहनवाज़ समिति ने इससे प्रभावित होकर लिखा, "एक तरह से यह उनकी अंतिम वसीयत थी। 21 अक्तूबर, 1943 को अंतःकालीन आज़ाद हिंद सरकार की स्थापना करते समय उन्होंने अपनी आखिरी सांस तक भारत की आज़ादी के लिए लड़ते रहने की जो शपथ ली थी, ये शब्द उसीके अनुकूल थे।"

हबीबुरहमान ने समिति को बताया था कि दुर्घटना के तुरंत बाद ही नेताजी ने यह संदेश दिया था, लेकिन अपने सबसे प्रमाणित वक्तव्य में, जो उन्होंने अपनी भस्म की पेटी के साथ रखने के लिए लिखा था, उन्होंने बताया है कि यह संदेश उन्होंने तैहोकू के हवाई अड्डे पर नहीं बल्कि नोनमोन अस्पताल में दिया था। रहमान ने समिति को बताया था कि नेताजी अस्पताल में सारा समय अचेतावस्था में थे। लेकिन अपने लिखित बयान में उन्होंने कहा कि मृत्यु से कुछ पहले नेताजी

को होश आ गया था। वह शांत थे और जब भी बात की तो हिंदुस्तान की आज़ादी के बारे में। मृत्यु से पहले उन्होंने कहा था कि मेरा अंत निकट है, मेरे देशवासियों को मेरा यह संदेश दे दीजिएगा :

"मैं आखिरी दम तक हिंदुस्तान की आज़ादी के लिए लड़ा और उसीके लिए अपनी जान भी दे रहा हूं। मेरे देशवासियो, आज़ादी की जंग को जारी रखो। जल्दी ही हिंदुस्तान आज़ाद हो जाएगा। आज़ाद हिंद ज़िदाबाद!"

सितम्बर 1945 में यही कहानी रहमान ने ऐयर को टोकियो में सुनाई।

विभिन्न परिस्थितियों और विभिन्न शब्दों के अतिरिक्त इस अंतिम संदेश के बारे में उन जापानी गवाहों ने कुछ नहीं कहा जिनका दावा था कि वह नेताजी की मृत्यु तक बराबर उनके साथ थे। सभी ने यह कहा था कि मृत्यु के पहले ही नेताजी अचेत हो गए थे।

कहानी यहीं खत्म नहीं होती। कैप्टन आराई ने अपने लिखित वक्तव्य में कहा कि नेताजी ने यह संदेश न तैहोकू एयरपोर्ट पर दिया था और न अस्पताल में। लेकिन जब विमान तूरेन से तैहोकू की ओर उड़ रहा था तो उन्होंने नेताजी को यह कहते हुए सुना था, क्योंकि वह नेताजी और हबीबुर्रहमान के पीछे ही बैठे थे।

ले० कर्नल नोनोगाकी ने 1969 में 'एमूरी शिम्बुन' में नेताजी की अंतिम वसीयत की कहानी में एक और नई बात जोड़ी।

"ले० कर्नल ताकामिया एक दुभाषिये के साथ बोस से मिलने अस्पताल गए। बोस ने कहा कि वह जापान के बादशाह और जनरल तेराउची को अपना अभिनंदन भेजना चाहते हैं। बोस से उन्होंने पूछा, 'आज़ाद हिंद फौज के लिए कोई संदेश है?' बोस ने कहा, 'नहीं, कोई संदेश नहीं है।' 18 अगस्त, 1945 की रात को आठ और नौ बजे के बीच ताकामिया की बोस से यह बातचीत हुई।"

आयताकार घड़ी और वसीयत की कहानी से क्या सिद्ध हुआ? यही कि यद्यपि हबीबुर्रहमान ने अपनी कहानी को पूरी तरह से विश्वसनीय बनाने की कोशिश की, पर उन्होंने उसमें अनजाने में कई ऐसे रिक्त स्थान छोड़ दिए जो संदेहजनक हैं।

9
योजना और उसकी कार्यान्विति

नेताजी के बड़े भाई, स्वर्गीय सुरेशचंद्र बोस, जिन्होंने शाहनवाज़ समिति के निष्कर्षों से असहमति प्रकट की थी, ने खोसला आयोग को बताया था, "योजना यह थी कि नेताजी रूस जाएंगे। जापानियों की सहायता से उन्हें रूस पहुंचाया जाएगा। जब विजयी अंग्रेज़ और अमेरिकी नेताजी को युद्ध-अपराधी के रूप में मांगेंगे तो उनसे कहा जाएगा कि वह विमान-दुर्घटना में मर गए।"

सुरेश बाबू के बयान के इस अंश को सुनने के बाद श्री खोसला ने तुरंत टिप्पणी की, "यदि ऐसी योजना थी तो यह शाहनवाज़ समिति के विरुद्ध ज़बर्दस्त दलील है···और यह प्रमाणित करने में सहायक होगा कि नेताजी विमान-दुर्घटना में नहीं मरे थे।"

क्या नेताजी को रूस पहुंचाने की ऐसी कोई योजना थी? यदि थी, तो उसे बनाया किसने था, और कार्यान्वित किसने किया था? नेताजी ने अकेले ही वह योजना बनाई थी या जापानी अधिकारियों ने नेताजी की सम्मति से बनाई थी? खोसला आयोग के सामने उस मामले में काफी साक्ष्य आए। जापान के खास-खास व्यक्तियों ने, जो आज़ाद हिंद सरकार के साथ सम्पर्क रखते थे, आयोग को यही बताया कि योजना नेताजी को मंचूरिया तक पहुंचाने की थी। वहां से उनको स्वयं ही सीमा पारकर रूस पहुंचना था। सारे जापानी गवाहों ने इनका समर्थन किया। उन्होंने कहा कि नेताजी ने रूस जाने की इच्छा व्यक्त की थी, और वहां तक उनको पहुंचाने की योजना टोकियो के राजकीय मुख्य कार्यालय और साइगोन के दक्षिण-पूर्व एशियाई मुख्य कार्यालय ने मिलकर बनाई थी। योजना के जो अंश सबसे गोपनीय थे उनपर बाद में कर्नल टाडा ने रोशनी डाली। जब 1951 में नेहरू के दूत एस० ए० ऐयर टोकियो में उनसे मिले, तो उन्होंने बताया कि राजकीय मुख्य कार्यालय ने वास्तव में यह तय किया था कि नेताजी के मंचूरिया की सीमा को पार करते ही उनके लापता हो जाने की खबर उड़ा दी जाएगी।

योजना की पुष्टि में इतने साक्ष्यों के होते हुए श्री खोसला के लिए उन्हें

नज़र अंदाज़ कर देना, या इसे अस्वीकार कर देना कि नेताजी का वास्तव में रूस जाने का इरादा था, आसान नहीं था। लेकिन यदि वह मान लेते कि जापान के उच्चतम सैनिक अधिकारियों ने वह योजना बनाई थी, तो उन्हें यह भी मानना पड़ता कि नेताजी की मृत्यु की कहानी कपोल-कल्पित थी और टोकियो रेडियो के साथ पहले से ही व्यवस्था कर ली गई थी। इस प्रकार के दुर्निवार निष्कर्ष को टालने के लिए श्री खोसला ने एक प्रकार का राजनैतिक परिकल्प निकाला जिसके अनुसार उन्होंने बिना किसी सबूत के कई पूर्वानुमान किए, और ऐसा करते हुए उन्होंने नेताजी के क्रांतिकारी चरित्र की भद्दी तस्वीर खींच डाली। उनके परिकल्प का सार यही था कि यद्यपि जापानी अधिकारी नेताजी को रूस पहुंचाने को राजी हो गए थे, उनके द्वारा बनाई गई योजना बहुत अस्पष्ट थी, क्योंकि जापान के आत्म समर्पण के बाद वह बोस जैसे बेकार के दोस्त से छुटकारा पाना चाहते थे।

श्री खोसला ने 17 अगस्त, 1945 को नेताजी के साइगोन से चलने के पहले की घटनाओं का खुलासा इस प्रकार दिया, “12 अगस्त को बोस के पास संदेश-वाहक भेजा गया जिसने जापान के आत्मसमर्पण की शर्तें उन्हें बताईं। बोस को तुरंत ही तय करना था कि उन्हें क्या करना चाहिए। उन्होंने जापानियों से उन्हें रूस पहुंचा देने की व्यवस्था करने को कहा, क्योंकि उनको विश्वास था कि भारतीयों की आकांक्षा के प्रति रूसियों को सहानुभूति है। जब रूसियों ने युद्ध की घोषणा कर ही दी थी तो बोस को रूस भेजने से मित्रराष्ट्रों के साथउन को कोई राजनैतिक परेशानी न होती। युद्ध खत्म हो गया था। बोस की अब उन्हें ज़रूरत नहीं थी। उनसे छुटकारा पाने का यह एक अच्छा अवसर था। मित्रराष्ट्रों के नियंत्रण में बोस को बाहर भेजने की योजना नहीं बन सकती थी, क्योंकि अमेरिकियों ने जापानियों द्वारा सारी उड़ानों पर रोक लगा दी थी। जापानियों की अपमानजनक हार के बाद उनकी जो अस्त-व्यस्त स्थिति थी उसके कारण उड़ान की कोई पक्की तारीख निश्चित नहीं की जा सकती थी। इसलिए बोस को रूस की दिशा में उड़ने वाले किसी भी विमान में जगह मिलते ही रवाना होने के लिए तैयार रहना था।”

श्री खोसला ने आगे लिखा, “दक्षिण-पूर्व एशिया में जापानी सेना के कमांडर फील्ड मार्शल तेराउची थे जो दालात में थे। यह साइगोन से दूर नहीं है। हो सकता है, तेराउची को टोकियो से परामर्श मिला हो। बोस की योजना अस्पष्ट और बिना किसी रूप-रेखा की थी।”

क्या स्थिति सचमुच इतनी अस्त-व्यस्त थी?

जब भी किसी संगत प्रश्न का उचित उत्तर न मिलता, श्री खोसला ‘जापान

के आत्मसमर्पण के बाद उसकी अस्त-व्यस्त स्थिति' को उसका कारण बता देते। साइगोन में उड़ान-चार्ट क्यों नहीं मिला? नेताजी के हमसफर कहलाने वाले जापानी गवाहों ने कोई दस्तावेज़ क्यों नहीं तैयार की? यह साबित करने के लिए कि उनका तबादला टोकियो से दैरेन को हो गया था? यह प्रमाणित करने के लिए कि विमान 17 अगस्त, 1945 को मनीला से आया था, कोई दस्तावेज क्यों नहीं प्रस्तुत की गई? उसका कोई पक्का प्रमाण क्यों नहीं मिल सका कि डॉ० योशीमी और डॉ० त्सुरुता ने सचमुच नेताजी की नोनमोन अस्पताल में शुश्रूषा की थी? तैहोकू हवाई अड्डे पर जनरल शिडेई और नेताजी की अगवानी करने का शिष्टाचार क्यों नहीं बरता गया? नेताजी और शिडेई के शव के फोटो क्यों नहीं लिए गए? तैहोकू में जनरल शिडेई के अंतिम संस्कार के बारे में कुछ भी क्यों नहीं पता चला? नेताजी के दाह संस्कार के समय कोई वरिष्ठ अधिकारी क्यों नहीं उपस्थित था? नेताजी या जनरल शिडेई के नाम के मृत्यु-प्रमाण-पत्र या दाह के अनुमति-पत्र क्यों नहीं पाए गए जो उन दिनों अनिवार्य थे, और जिसके रिकार्ड म्यूनिसिपल ब्यूरो के पास होते थे? नेताजी की भस्म की कोई रसीद क्यों नहीं रखी गई? फारमोसा या टोकियो के मुख्य कार्यालयों ने विमान-दुर्घटना की नियमानुसार जांच क्यों नहीं करवाई? नेताजी की मृत्यु की खबर पांच दिन बाद क्यों प्रसारित की गई? इस प्रसारण में यह क्यों कहा गया कि नेताजी का शव टोकियो ले जाया गया था? प्रेस की विज्ञप्ति फारमोसा के सैनिक मुख्य कार्यालय के गुप्त सूचना विभाग ने क्यों जारी की, और वह भी सात दिनों बाद? टोकियो और तैहोकू से जारी की गई खबरों में दाह की तारीख क्यों नहीं बताई गई? दोमेई एजेंसी के नाम से मृत्यु के समाचार का मसौदा तैयार करने को ऐयर से क्यों कहा गया?

इन सारे प्रश्नों के लिए श्री खोसला के पास एक ही उत्तर था—जापान की हार के बाद वहां की स्थिति अस्त-व्यस्त थी।

यह एक ऐतिहासिक तथ्य है, जिसे खोसला आयोग ने भी रेकॉर्ड किया है कि 7 सितम्बर, 1945 तक जापान के आत्मसमर्पण का अर्थ केवल युद्ध का बंद हो जाना था। जापान के सैनिक या असैनिक विमानों की उड़ानों पर कोई प्रतिबंध नहीं था, न ही जापानी सैनिकों के विमानों को 7 सितम्बर तक न उड़ने का आदेश ही दिया गया था। असंख्य सैनिक विमान जापान के सैनिक अड्डों से जाते-आते रहे।

यदि स्थिति सचमुच इतनी अस्त-व्यस्त थी तो 25 अगस्त को जनरल तनाका और डॉ० बा माव टोकियो जाते हुए तैहोकू से कैसे गुज़रते? फिलिपिन्स के राष्ट्रपति डॉ० लॉरेल और अन्य दक्षिण-पूर्व एशियाई नेता बहुत बाद में टोकियो कैसे पहुंचे? और हायाशीडा, साकाई और हबीबुर्रहमान 5 सितम्बर को नेताजी

की कथित भस्म को लेकर तैहोकू से टोकियो कैसे गए? असल में 7 सितम्बर, 1945 तक अनेक जापानी विमान दक्षिण-पूर्व एशिया के क्षेत्र में उड़ते रहे थे।

कुछ जापानी अफसरों की आत्म हत्या की घटनाएं अवश्य घटी थीं। इसके अतिरिक्त जापान में बड़े पैमाने पर किसी गड़बड़ी या अस्तव्यस्तता के संकेत नहीं मिले। जापानी पूर्वी एशिया के हर क्षेत्र से बड़े व्यवस्थित ढंग से निकले, और फारमोसा तो सितम्बर, 1945 के अंत तक च्यांग-काई-शेक की सेना द्वारा कब्ज़ा करने तक जापान के प्रशासनिक नियंत्रण में था।

इस कारण इन ऐतिहासिक तथ्यों से श्री खोसला की यह पूर्वधारणा सिद्ध नहीं होती कि 15 अगस्त, 1945 के तुरंत बाद जापान और उसके अधीनस्थ सारे क्षेत्रों में एकदम अराजकता फैल गई थी।

नेताजी की सहायता की कोई पूर्वनिश्चित योजना थी?

नेताजी के रूस जाने की योजना के बारे में शाहनवाज़ खां ने खोसला आयोग को बताया था अक्तूबर, 1944 में, यानी जापान के आत्मसमर्पण से आठ महीने पहले हुई मंत्रिमंडल की बैठक में नेताजी ने कहा था कि "युद्ध का रुख बदल रहा है, और मेरी राय में उसका एक ही अंत हो सकता है—इंग्लैंड और अमेरिका की जीत होगी। उससे हमारे लिए कोई फर्क नहीं पड़ता। हम तो हिन्दुस्तान की आज़ादी के लिए लड़ रहे हैं। अगर जापानी हार भी जाएं, हम अपनी आज़ादी के लड़ाई जारी रखेंगे।" उन्होंने कहा कि मैं रूस और साम्यवादी देशों की सहायता लेना चाहता हूं। इस कारण उन्होंने रूस जाने की इच्छा व्यक्त की।

श्री खोसला के एक प्रश्न के उत्तर में शाहनवाज़ खां ने यह बताया कि नेताजी के इस इरादे का पता उन्हें जनरल भोसले, कर्नल डॉ० राजू और श्री आनंदमोहन सहाय से चला जब अक्तूबर, 1944 में रूस ने जापान के विरुद्ध युद्ध की घोषणा नहीं की थी। नेताजी ने टोकियो में रूसी राजदूत जेकब मलिक से सम्पर्क स्थापित करने की कोशिश की, लेकिन सफल नहीं हुए। तब उन्होंने आनंद-मोहन सहाय को, हो ची मिन्ह से सम्पर्क करने की कोशिश करने के लिए हनोई भेजा। उनका इरादा मंचूरिया जाने का था—वहां से वह पैदल ही रूसी क्षेत्र में चले जाना चाहते थे। वह खतरा उठाने को तैयार थे।

शाहनवाज़ खां के बयान से स्पष्ट है कि नेताजी रूस को अपने कार्यकलाप का केंद्र बनाना चाहते थे।

इस बात की पुष्टि करते हुए नेताजी के निजी सचिव भास्करन ने खोसला आयोग को बताया, "जनवरी, 1945 में नेताजी ने एक अफसर से जापानी मुख्य

कार्यालय को संदेश भिजवाया। उनसे रूस संदेश भेजने को कहा गया था।" भास्करन ने यह भी बताया कि जब विषय बहुत गोपनीय होता था, तो नेताजी पत्र आदि अपने हाथ से लिखा करते थे।

आयोग के पास एक तार की प्रतिलिपि थी। इसके अनुसार च्यांग-काई-शेक के चुंकिंग में स्थित एक ब्रिटिश गुप्त सूचना अधिकारी ने टोकियो से भेजा गया एक संदेश पकड़ा जिसमें नेताजी से आग्रह किया गया था कि जब जापानी सेना बर्मा से हट रही हो तो वह आजाद हिंद फौज से अपने को अलग कर लें। तार माउंटबैटन के मुख्य कार्यालय को भेजा गया था। इससे जान पड़ता है कि जापानी आत्मसमर्पण के कई महीने पहले से ही नेताजी को दक्षिण-पूर्व एशिया से हटाने की योजना बना रहे थे।

जापानी राजकीय मुख्य कार्यालय के ले० जनरल मारिया ताकाकुरा ने खोसला आयोग को बताया था, "जापान के आत्मसमर्पण से दो महीने पहले मैं बैंगकाक गया और जनरल तेराउची, ले० जनरल इसोडा और चंद्र बोस से मिला। चंद्र बोस हमारे साथ सहयोग करने को तैयार थे। जापानी सैनिक वर्ग में यही आम धारणा थी कि चंद्र बोस को किसी ऐसे स्थान पर चले जाना चाहिए जहां उन्हें आज़ादी हो। जापान आने पर उनके गिरफ्तार हो जाने की संभावना थी। इस कारण उनके लिए ऐसी जगह चले जाना बेहतर होगा जैसे रूस······ मंचूरिया की सीमा······जनरल शिडेई की क्वानतांग सेना में नियुक्ति हो गई थी। ······इसी कारण चंद्र बोस उनके साथ गए थे। मुख्य कार्यालय ने दैरेन होकर रूस जाने की नेताजी की योजना स्वीकार कर ली और जनरल शिडेई को उन्हें पहुंचाने का आदेश दिया गया।"

ले० ताकाकुरा के लिए श्री खोसला ने लिखा था, "······उनके बयान पर विश्वास न करने का कोई कारण नहीं है।"

ले० जनरल ताकाकुरा के बयान से तीन बातें सामने आईं—पहली, जापान के आत्मसमर्पण के कम से कम दो महीने पहले नेताजी के रूस जाने की योजना बना ली गई थी। दूसरी, योजना जापान के उच्चतम सैनिक अधिकारियों ने बनाई थी। तीसरी, राजकीय मुख्य कार्यालय ने नेताजी को सोवियत संघ-मंचूरिया की सीमा तक पहुंचने के लिए जनरल शिडेई जैसे उच्च पदाधिकारी को चुना था। 14 अगस्त को ले० कर्नल साकाई की सिंगापुर-यात्रा से ले० जनरल ताकाकुरा के बयान का समर्थन होता है। श्री खोसला ने अपनी रिपोर्ट में स्वीकार किया है कि जापान के आत्मसमर्पण के तीन दिन पहले ले० कर्नल साकाई को नेताजी से मिलकर उनको रूस भेजने की योजना के बारे में सूचना देने के लिए सिंगापुर भेजा गया था। 11 अगस्त को नेगीशी को सेरमबान भेजा गया था नेताजी को जापान की आत्मसमर्पण की गुप्त शर्तें बताने

के लिए। नेताजी को अपने बारे में चिंतित न पाकर तेराउची के कार्यालय ने ले० जनरल इसोडा और हाचिया को नेताजी को समझाने के लिए भेजा कि वह तुरंत साइगोन पहुंच जाए। नेताजी तब भी हीला-हवाला करते रहे। फिर 14 अगस्त को साकाई को सिंगापुर भेजा गया।

ले० जनरल इसोडा ने भी आयोग को बताया था, "उनकी यात्रा का उद्देश्य था रूस जाना। दैरेन पहुंचने के बाद यदि समय होता तो वह टोकियो जाकर जापानी सहायता के लिए आभार प्रकट करना और कुछ सामान लेना चाहते थे। उनका मुख्य उद्देश्य सोवियत संघ जाना था, टोकियो जाना नहीं।" हाचिया, नेगीशी और वातानाबे ने भी इसोडा का समर्थन किया।

नेताजी के लापता हो जाने की घोषणा का रहस्योद्घाटन

जब 1951 में पं० नेहरू ने नेताजी की मृत्यु के बारे में गुप्त रूप से पूछताछ करने के लिए एस०ए० ऐयर को भेजा तो वह युद्धकालीन कई विशिष्ट जापानी व्यक्तियों से मिले। कर्नल टाडा से भी मिले।

नेहरू को दी गई रिपोर्ट में ऐयर ने एक गुप्त नोट भी संलग्न किया था जिसमें एक चौंका देने वाली बात लिखी थी, "कर्नल टाडा ने मुझको बताया कि व्यवस्था यह थी कि नेताजी उसी विमान में जाएंगे जिसमें शिडेई जा रहे थे। शिडेई दैरेन तक चंद्र बोस की देखभाल करेंगे। उसके बाद वह अपने ही साधनों से रूसियों के साथ सम्पर्क स्थापित करेंगे। जापानी यह घोषणा कर देंगे कि बोस दैरेन से लापता हो गए। इससे वे मित्रराष्ट्रों की नज़रों में भी उत्तरदायित्व से मुक्त हो जाएंगे।"

कर्नल टाडा ने जो सबसे महत्त्वपूर्ण बात बताई वह यह कि जापानी मुख्य कार्यालय ने नेताजी के लापता हो जाने की झूठी खबर फैलाने की योजना बना ली थी।

अपने मंत्रिमंडल के एक सदस्य जॉन थिवी के नाम एक नोट में, जो 17 अगस्त की रात को तीन बजे लिखा गया था, नेताजी ने संकेत किया था कि शायद वह विमान-दुर्घटना में ग्रस्त हो जाएं। इस प्रकार उन्होंने अपने एक विश्वस्त सहयोगी को अपनी पलायन-योजना के एक भाग का गुप्त अग्रिम संकेत दे दिया था।

इस नोट के बारे में पूर्णतया अनभिज्ञ, श्री अमियनाथ बोस ने, जो संसद्-सदस्य थे, संसद् के सभी दलों के मुख्य सदस्यों को 5 दिसम्बर, 1969 में हुई सभा में यही बात बताई। सभा की अध्यक्षता तत्कालीन गृहमंत्री

यशवंतराव चव्हाण ने की थी। बोस ने कहा था, "नेताजी की मृत्यु की घोषणा के बारे में जापान की सरकार स्वीकार करती है कि हिरोशिमा पर परमाणु बम के हमले के बाद जापानी सरकार नेताजी को दैरेन जाने के लिए विमान देने को राज़ी हो गई। यह भी तय हुआ कि जापानी सरकार उनकी मृत्यु की घोषणा कर देगी।"

कर्नल टाडा के बारे में और गृहमंत्री की संसद्-सदस्यों के साथ सभा के बारे में अलग-अलग वक्तव्य खोसला आयोग को पेश किए गए थे। श्री खोसला ने न तो उनमें दी गई सूचनाओं का विश्लेषण किया और न ही अपनी रिपोर्ट में उनके बारे में एक भी शब्द लिखा।

विभिन्न सम्पर्कों की स्थापना

आयोग के सामने बयान देते हुए आज़ाद हिंद सरकार के भूतपूर्व मंत्री देवनाथ दास ने कहा था, "जब हम विदेश मंत्री शेगोमत्सू के ज़रिये जेकब मलिक से बातचीत कर रहे थे तो हमें टोकियो-स्थित सैनिक प्राधिकरण से पत्र मिला जिसमें कहा गया था कि जापान के लिए नेताजी को रूस भेजना संभव न होगा। उसके बाद नेताजी ने स्वयं क्या बातचीत की, यह हम नहीं जानते।"

जापानी सैनिक मुख्य कार्यालय से नेताजी को भेजे गए तार की प्रतिलिपि शाहनवाज़ समिति और खोसला आयोग को भी पेश की गई थी। उसमें लिखा था, "महामहिम, आपकी, जो जापान के साथ अंत तक सहयोग करना चाहते हैं, भारत की आज़ादी के उद्देश्य के लिए सहायता करने का जापान का इरादा बदला ही नहीं है, वह इस आत्मिक बंधन को और भी दृढ़ करना चाहता है। जापान की सरकार को आशा नहीं है कि वह रूसी सरकार से महामहिम की ओर से सम्पर्क स्थापित कर सकेगी, लेकिन वह करेगी।"

यह तार नेताजी को 1945 में जून के दूसरे सप्ताह में भेजा गया था। तार में जापान की सरकार या नेताजी द्वारा जेकब मलिक से सम्पर्क करने की बात से इन्कार नहीं किया गया था।

दूसरे साक्ष्यों के अनुसार जापान के आत्मसमर्पण के बहुत पहले ही नेताजी ने जेकब मलिक से सम्पर्क स्थापित कर लिया था।

देवनाथ दास के साक्ष्य के अनुसार नेताजी ने उनसे गुप्त रूप से इंडो-चीन और तिब्बत के रास्ते भारत जाने की योजना बनाने को कहा था। नेताजी ने चीन या चीन के रास्ते रूस जाने के बारे में भी सोचा था। इसके लिए उन्होंने श्री आनंदमोहन सहाय को हो ची मिन्ह से मिलने के लिए हनोई भेजा था। सहाय ने खोसला आयोग को बताया, "मुझको हनोई जाकर वियतनामी क्रांतिकारी,

हो ची मिन्ह और उनके साथियों से सम्पर्क स्थापित करने के आदेश थे। उनसे परिचित होने में मुझको काफी समय लगा। नेताजी ने मुझसे हो ची मिन्ह के ज़रिये चीनी कम्यूनिस्टों से सम्पर्क करके कैण्टोन, शांघाई और चीन तथा इंडो-चीन में अन्य स्थान पर भारतीय प्रचार-केन्द्र स्थापित करने का प्रयत्न करने को कहा था।" श्री खोसला के पूछने पर कि वह उनसे मिले थे, श्री सहाय ने उत्तर दिया, "हां, मैं कुछ तो कर सका था। मैंने हो ची मिन्ह से मिलकर व्यवस्था कर ली थी।"

आयोग के सामने प्रस्तुत किए गए इसोडा, हाचिया, नेगीशी, ताकाकुरा, साकाई, वातानाबे और अन्य जापानी गवाहों के बयानों कर्नल टाडा द्वारा बताई गई बातों और शाहनवाज़, भास्करन, ऐयर, आनंदमोहन सहाय, देवनाथ दास और आजाद हिंद फौज के अन्य लोगों के साक्ष्यों के बावजूद क्या नेताजी की सोवियत संघ जाने की योजना को 'अस्पष्ट' या 'बिना किसी रूपरेखा वाली' कहा जा सकता है, जैसा कि श्री खोसला ने कहा था?

योजना बदल गई थी या जल्दबाज़ी में बनाई गई थी?

श्री खोसला ने फिर अपनी कल्पना पर ज़ोर डालकर अपनी रिपोर्ट में लिखा, "शुरू से ही उन्होंने (जापानियों ने) उनको (नेताजी को) अपने महसूल के रूप में चाहा था, अपने हाथों में शतरंज के मोहरे की तरह, जो उनकी मरज़ी के अनुसार चलता। उन्होंने उनको अपना विशेष विमान नहीं दिया, जो पहले उनके निजी उपयोग के लिए दे दिया गया था। साइगोन से चलने वाले बमबर्षक विमान में उनके सहयोगियों को जगह नहीं दी गई। बोस इतने नाराज़ थे कि वह इसके लिए तैयार थे कि वह साइगोन से आगे न जाएं।"

उन्होंने आगे लिखा, "यह स्मरण होगा कि नेताजी को और उनके साथियों को जो दो विमान दिए गए थे वे वापस लौट गए थे। इसमें संदेह नहीं कि जापानी बोस को किसी सुरक्षित स्थान, जैसे मंचूरिया में, पहुंचाने को राज़ी हो गए थे। लेकिन उनके साइगोन पहुंचने के पहले उनके लिए किसी विशेष विमान में जगह आरक्षित नहीं रखी गई थी। न ही उन्होंने उनके बच निकलने की योजना के बारे में ही सूक्ष्मता से सोचा-विचारा था। इस कारण इसमें आश्चर्य नहीं कि नेताजी के हमसफर उनके लिए अजनबी थे। जापानियों का बोस के लिए सम्मान उनकी उपयोगिता के साथ ही समाप्त हो गया। आत्मसमर्पण के बाद बोस उनकी कोई मदद नहीं कर सकते थे। उनके निजी उपयोग के लिए उनको जो विमान दिया गया था वह उनसे ले लिया गया। उन्होंने उनके प्रति सम्मान नहीं दिखाया।

फील्ड मार्शल तेराउची बोस के निजी दूत से नहीं मिले। उन्होंने मौखिक सहानुभूति दिखाई और जापान में शरण देने को कहा। उनके बच निकलने के लिए वे कुछ मदद करने को तैयार थे लेकिन उससे अधिक वह कुछ करने को तैयार नहीं थे···बोस के अनुरोध पर वह उनको रूस पहुंचाने को राज़ी हो गए थे, और उनकी इच्छा की पूर्ति के लिए उन्होंने कुछ कदम भी उठाए।"

अपने निष्कर्षों के समर्थन में राजनैतिक परिकल्प गढ़ने के लिए श्री खोसला ने जापान के राष्ट्रीय चरित्र का ही अपमान नहीं किया, बल्कि नेताजी की भव्य क्रांतिकारी प्रतिमा को भी कलंकित करने की कोशिश की। उन्होंने यह धारणा बनाने का प्रयत्न किया कि जापानियों द्वारा हर प्रकार के अपमान को निगलकर उन्होंने अंतिम समय किसी प्रकार विमान में सीट पाने के लिए अपने साथियों के साथ विश्वासघात करने में भी संकोच नहीं किया। आयोग के 5000 पृष्ठों के बयानों की रिपोर्ट में इसका कहीं कोई भी संकेत नहीं किया गया था कि जापानी नेताजी को कठपुतली या त्याज्य समझते थे। इसके विपरीत प्रत्येक भारतीय और जापानी गवाह ने यही कहा कि जापानी सरकार और जनरल नेताजी का बहुत आदर करते थे।

श्री खोसला ने अपने इस निष्कर्ष के पक्ष में कि नेताजी के बचाव की योजना जल्दी-जल्दी बनाई गई थी, ये दलीलें पेश कीं :

(1) नेताजी के प्रतिनिधि से तेराउची ने भेंट नहीं की।
(2) नेताजी का निजी विमान भी उन्हें नहीं दिया गया। (इसे श्री खोसला ने अपनी रिपोर्ट में तीन बार दोहराया।)
(3) उनके लिए कोई विशेष विमान नहीं था। बहुत बहस करने के बाद उनको सिर्फ दो सीटें उस विमान में दी गईं जो संयोग से मनीला से आ गया था।
(4) जापानियों ने उनके पांच-छः साथियों को विमान में जगह देने से इन्कार कर दिया।

अब देखें कि साक्ष्य इस तर्क का कहां तक समर्थन करते हैं।

नेताजी ने किसी दूत को नहीं भेजा था

यह बिलकुल झूठ है कि 16 या 17 अगस्त, 1945 को नेताजी ने तेराउची के पास अपना दूत भेजा था। नेताजी की पलायन-योजना मुख्यतः जनरल इसोडा और कर्नल टाडा द्वारा गुप्त रूप से तैयार की गई थी। दूसरों को उसके बारे में जानकारी नहीं थी।

क्या इसपर विश्वास किया जा सकता है कि तेराउची, जिन्होंने 13 और 14 अगस्त को नेगीशी, इसोडा, हाचिया और साकाई को सिंगापुर नेताजी से

मिलने और उनसे तुरंत साइगोन का क्षेत्र छोड़ देने का आग्रह करने के लिए भेजा था, और जो उनका बहुत सम्मान करते थे, उनके दूत से मिलने से इन्कार कर देंगे?

जनरल इसोडा ने खोसला आयोग से स्पष्ट कहा था कि चंद्र बोस को आज़ाद हिंदुस्तान की सरकार के प्रधान के रूप में स्वीकार किया गया था। उनके दूत से न मिलने का प्रश्न ही नहीं उठता था। इसके अलावा जापानी फील्ड मार्शल नेताजी का बहुत आदर करते थे। उन्होंने यह भी कहा था कि चंद्र बोस के इसोडा या किसी अन्य जापानी के घर जाने का कोई सवाल नहीं था, क्योंकि आज़ाद हिंद सरकार से सम्पर्क रखने वाले सब जापानी अफसर उनके चाहने पर स्वयं उनके पास जाते थे।

नेताजी ने कभी निजी विमान नहीं मांगा

श्री खोसला ने अपनी रिपोर्ट में बार-बार लिखा कि नेताजी को निजी उपयोग के लिए विमान नहीं दिया गया था। इसोडा ने आयोग को बताया था कि दो विमान जो नेताजी और उनके साथियों को सिंगापुर से बैंगकाक ले गए थे, तेराउची के आदेश से रोक लिए गए थे।

खोसला को यह खबर कहां से लगी कि नेताजी ने साइगोन से जाने के लिए निजी विमान मांगा था? इतनी गुप्त योजना को कार्यान्वित करने के लिए नेताजी निजी विमान कैसे मांग सकते थे?

फिर, यदि नेताजी निजी विमान में थे, तो शिडेई, जिन्हें क्वानतांग सेना का चार्ज लेने मंचूरिया जाना था और जिन्हें नेताजी के साथ जाने के लिए चुना गया था, उस विमान में कैसे जा सकते थे? तब क्या संसार को योजना के अंतिम अंश, यानी दुर्घटना में नेताजी की मृत्यु के बारे में बताने के लिए, अन्य जापानी उनके साथ भेजे जा सकते थे? फिर नेताजी अपने साथियों को अपने साथ जाने से कैसे रोकते? नेताजी को अपना विमान उड़ाकर ले जाने की अनुमति देने के लिए जापान मित्रराष्ट्रों को क्या सफाई देता? 17 अगस्त तक कोई नहीं जानता था कि नेताजी कहां जा रहे हैं, क्योंकि उनकी योजना बहुत ही गुप्त रूप से बनाई गई थी। यह सोचा भी नहीं जा सकता कि इस प्रकार की गुप्त योजना को कार्यान्वित करने के लिए नेताजी ने अपना निजी विमान मांगा होगा।

कोई विशेष विमान या सुनिश्चित उड़ान नहीं

श्री खोसला ने लिखा कि नेताजी को दैरेन पहुंचाने के लिए न कोई विशेष विमान था न सुनिश्चित उड़ान। उनको अनिश्चित अवस्था में प्रतीक्षा करनी पड़ी। मनीला से विमान का आना एक संयोग था जिसमें बहुत मोलतोल करने के

बाद केवल दो सीटें उपलब्ध हो सकीं। भूतपूर्व मुख्य न्यायाधीश की कल्पना का इतना हास्यास्पद होना आश्चर्यजनक है।

जापान के साइगोन-स्थित दक्षिण-पूर्व एशिया के मुख्य कार्यालय के पास कई दर्जन सैनिक विमान थे। जनरल शिडेई को मंचूरिया में जापान की क्वान-तांग सेना का चार्ज लेने जाना था जो 15 अगस्त, 1945 के बाद जापान की एकमात्र सक्रिय सेना रह गई थी। उनको जल्दी से जल्दी दैरेन पहुंचना था। तो क्या यह माना जाए कि एक जनरल जिसको इतना महत्त्वपूर्ण काम सौंपा गया था, संयोगवश मनीला से विमान आने की प्रतीक्षा में बैठा रहा? यह बचकानी बात है कि फील्ड मार्शल तेराउची को जनरल शिडेई के लिए विशेष विमान नहीं मिला, और वह उनकी उड़ान की समय-तालिका नहीं बना सके, खास कर जब नेताजी भी उनके साथ जा रहे थे, वह भी तेराउची के मुख्य कार्यालय और राजकीय मुख्य कार्यालय की संयुक्त योजना के अनुसार।

श्री खोसला को यह किसने बताया कि विमान मनीला से आया था—सिर्फ नोनोगाकी ने, और वह झूठे सिद्ध हो चुके थे। पहले तो उन्होंने कहा कि विमान मनीला से आया था, फिर उसी सांस में कहा कि सिंगापुर होते हुए मालान से आया था। नोनोगाकी ने यह भी कहा था कि उतरते समय विमान को नुकसान पहुंचा था और उसकी मरम्मत करनी पड़ी थी। क्या इसपर विश्वास किया जा सकता है कि जनरल शिडेई, प्रतिष्ठित क्वानतांग सेना के मनोनीत सेनाध्यक्ष, को इतने महत्त्वपूर्ण काम पर जाने के लिए वैसा विमान दिया जाता जब कि दर्जनों दूसरे विमान मौजूद थे? इसोडा और अन्य जापानी गवाहों ने, जो नोनोगाकी से अधिक ऊंची श्रेणी के थे, कहा था कि वह बिलकुल नया बमवर्षक विमान था।

नेताजी पांच-छः व्यक्तियों को साथ नहीं ले जाना चाहते थे

युद्ध की समाप्ति के पहले जापानी अधिकारी नेताजी के प्रति कितने उदासीन हो गए थे, इसके उदाहरण के तौर पर श्री खोसला ने यह दलील पेश की कि नेताजी के पांच-छः साथियों को उनके साथ विमान में जगह नहीं दी गई। यह गलत है, और उनकी योजना को देखते हुए यह संभव नहीं लगता कि वह अपने पांच-छः सहयोगियों को साथ ले जाना चाहते होंगे।

नेताजी सिंगापुर से बैंगकाक तक पांच-छः सहयोगियों को ले गए थे, लेकिन ऐयर की गवाही के अनुसार उन्होंने केवल एक बार कहा कि शायद उनको (ऐयर को), हबीबुर्रहमान को और प्रीतमसिंह को उनके साथ जाना पड़े। लेकिन आज़ाद हिंद सरकार के सारे मंत्रियों और आज़ाद हिंद फौज के वरिष्ठ अधि-कारियों ने देखा कि 14 अगस्त से, जब नेताजी ने साइगोन छोड़ने का फैसला कर लिया था, वह हबीबुर्रहमान की ओर ज्यादा ध्यान दे रहे थे। ऐयर के अनुसार

नेताजी ने 14 अगस्त की आधी रात को रहमान को बुलवा भेजा। जब रहमान पहुंचे तो ऐयर और गुप्ता वहां बैठे थे। हबीबुर्रहमान आज़ाद हिंद फौज के उप-सेनाध्यक्ष थे। नेताजी ने उनसे अपना कार्यभार एम० ज़ेड० किआनी को सौंपकर, उनके साथ चलने के लिए तैयार हो जाने को कहा। बैंगकाक में इसोडा से और साइगोन में टाडा के साथ बातचीत में उन्होंने सिर्फ रहमान को ही शरीक होने के लिए कहा था।

स्पष्ट है कि नेताजी रहमान को आगे के कामों के लिए तैयार कर रहे थे। उनके प्रिय 'हबीब' के अतिरिक्त और कोई उनके अनुग्रह का पात्र नहीं था।

नेताजी द्वारा 17 अगस्त को थिवी को लिखे गए पत्र, और बाद में टाडा ने जो कुछ ऐयर को बताया, उससे मालूम होता है कि नकली विमान-दुर्घटना में नेताजी की मृत्यु की घोषणा करना जापान की 'साज़िश' थी। इसका उद्देश्य था नेताजी को मंचूरिया की सीमा को पार कर भूमिगत होने का अवसर प्रदान करना। इस साज़िश में ऐयर या प्रीतमसिंह का कोई योगदान नहीं था। ऐयर कुशल प्रचारक थे, लेकिन किसी साज़िश के लिए बिलकुल बेकार थे। कर्नल प्रीतमसिंह बहादुर थे और नेताजी के प्रति निष्ठावान थे, लेकिन यदि वह प्रीतम-सिंह और हबीबुर्रहमान दोनों को साथ ले जाते और बाद में यह खबर उड़ाई जाती कि दुर्घटना में नेताजी मर गए, लेकिन वे दोनों बच गए तो इससे अवश्य संदेह उत्पन्न होता। दूसरे, हबीबुर्रहमान की हथेलियों के पृष्ठभाग और कान के पास चोट के निशान कृत्रिम जान पड़ते थे। क्या कोई सिख यह समझा सकता था कि यह कैसे हुआ कि विमान-दुर्घटना में उसकी पगड़ी और दाढ़ी तो बच गई, और केवल उसके हाथ और पैर जल गए? यदि प्रीतमसिंह इस साजिश में फंस गए होते तो उनकी कहानी बिलकुल ही अविश्वसनीय होती। हबीबुर्रहमान की दाढ़ी-मुंछ सफाचट थी—उनके लिए कृत्रिम चोटों को असली चोटें कहकर दिखाना ज्यादा आसान था। इन कई कारणों से उनका नेताजी द्वारा चुने जाना स्वाभा-विक था।

वे अन्य यात्री कौन थे जिनके लिए श्री खोसला ने लिखा था कि वे दैरेन या टोकियो नई नियुक्ति पर जा रहे थे। वे पांच निम्न श्रेणी के अफसर थे—दो लेफ्टिनेंट कर्नल, दो मेजर और एक कैप्टन। श्री खोसला ने बिना किसी साक्ष्य के यह मान लिया कि वे मनीला से आए थे। लेकिन तारा कुनो ने शाहनवाज़ समिति को बताया। था। कि वे टोकियो जाने वाले किसी विमान में सीट के लिए दो सप्ताह तक साइगोन में प्रतीक्षा करते रहे। मेजर ताकाहाशी बर्मी सेना से सम्बद्ध थे और कैप्टन आराई वायुसेना के ग्राउंड इंजीनियर थे जो दालात के मुख्य कार्यालय से सम्बद्ध थे। ले० कर्नल साकाई ने श्री खोसला से यह कभी नहीं कहा कि वह मनीला से आए थे, बल्कि उन्होंने साफ-साफ कहा था कि वह बर्मी सेना में थे। फारमोसा

की सेना के सूचना ब्यूरो ने 25 अगस्त, 1945 को प्रेस विज्ञप्ति में स्पष्ट कहा था कि विमान सिंगापुर से आया था।

इन सारे साक्ष्यों की अवहेलना करके श्री खोसला ने अगंभीर नोनोगाकी के बयान को लेकर यह स्थापित कर दिया कि विमान मनीला से आया था।

उन पांच सैनिक अफसरों में से कोई भी इस बात का लिखित प्रमाण नहीं दे सका कि वह दैरेन या टोकियो नई नियुक्ति पर जा रहा था। क्या इसकी कल्पना की जा सकती है कि इस श्रेणी के अफसरों का दैरेन या टोकियो में कोई अभाव था? यदि उन्होंने सचमुच साइगोन से नेताजी और शिडेई के साथ यात्रा की थी, तो उन्हें केवल तैहोकू में दुर्घटना की मनगढ़ंत कहानी सुनाने को भरती किया गया था।

यदि नेताजी सचमुच दो सीटें चाहते थे तो यह सोचा भी नहीं जा सकता कि दो मेजर या कैप्टेन नहीं छोड़े जा सकते थे। यदि जापानियों ने श्री खोसला की कल्पना के अनुसार इतना बुरा व्यवहार किया था, तो नेताजी वे दोनों सीटें भी न लेते। इसके कितने ही उदाहरण पेश किए जा सकते हैं कि नेताजी ने जापानियों की कभी किसी प्रकार की अशिष्टता सहन नहीं की। नेताजी के साथ पहली भेंट में हाचिया जल्दी में अपना जापानी राजदूत काप्रमाण-पत्र लाना भूल गए थे। यह सुनकर नेताजी ने उनसे भेंट नहीं की। आज़ाद हिंद क्रांति के इतिहास में एक भी अवसर ऐसा नहीं आया जब नेताजी जापान के किसी भी प्रकार के दबाव में आए हों।

श्री खोसला की कल्पना की और उड़ानें

नेताजी की मृत्यु तैहोकू में हुई, यह साबित करने के लिए श्री खोसला ने और भी राजनैतिक कल्पना की उड़ानें भरीं। अपने निष्कर्षों को न्यायसंगत सिद्ध करने के लिए उन्होंने फिर लिखा, "यह देखते हुए कि बोस अपने भविष्य की योजना के बारे में अपने मंत्रियों से बार-बार बातचीत कर रहे थे, यह संभव नहीं लगता कि उन्होंने बैंगकाक के लिए रवाना होने से पहले उसे इतना गुप्त रखा होगा।" "बयानों से ऐसा लगता है कि बोस केवल जापानियों के साथ ही गुप्त मंत्रणा करते थे, और उनके सहयोगियों में हबीबुर्रहमान के अलावा और किसीको कुछ मालूम नहीं था।" क्या यह संभव है कि उन्हें अपने मंत्रियों से ज्यादा जापानियों पर विश्वास था, खासकर जब उन्हें याद था कि युद्ध के अंतिम दिनों में जापानियों ने उनकी ज्यादा परवाह नहीं की थी? जापानियों की अपमानजनक हार के बाद वह जापानियों पर अपना विश्वास खो बैठे थे। इन परिस्थितियों में क्या यह संभव है कि वह जापानियों को उस गुप्त योजना के बारे में बताते जिसे उन्होंने अपने सह-

योगियों से भी इस हद तक छिपा रखा था कि वह उनके प्रति धोखा कहा जा सकता है? क्या वह अपने विश्वस्त साथियों को छोड़कर जापानियों के साथ साज़िश करते? इसका उत्तर केवल एक ही हो सकता है—'नहीं'।

नेताजी के सहयोगियों के आत्मसम्मान को कचोटने के लिए बिना किसी साक्ष्य के, श्री खोसला ने फिर कहा कि "जापानी नेताजी का आदर नहीं करते थे, और युद्ध के अन्तिम दिनों में वह भी उनका अविश्वास करने लगे थे।" यह हम बाद में देखेंगे कि नेताजी की योजना की गोपनीयता उनके सहयोगियों के प्रति 'धोखा' कहला सकती है?

पूर्व योजना की कार्यान्विति

यह बात काफी जानी हुई है कि किशोरावस्था से ही नेताजी की प्रकृति रहस्य-पूर्ण थी। क्रांतिकारी को गोपनीयता की रक्षा कैसे करनी चाहिए इसमें वह दक्ष थे।

अपने कॉलेज के दिनों में जब वह हिमालय के क्षेत्र में गए तो किसीको नहीं बता गए कि वह कहां जा रहे हैं। कलकत्ता के मेयर की हैसियत से 26 जनवरी, 1931 को सरकारी निषेध का उल्लंधन करके उन्होंने कलकत्ता मॉन्युमेंट मैदान पर राष्ट्रीय झंडा फहराने का निश्चय किया। जब एक दिन पहले पुलिस उन्हें गिरफ्तार करने गई तो वह घर से गायब थे। उन्होंने किसीको नहीं बताया कि वह कहां छिपे थे—उन्हें भी नहीं, जिन्होंने दूसरे दिन उनके साथ जाकर कलकत्ता मॉन्युमेंट मैदान पर झंडा फहराते समय पुलिस से मार खाई और घायल हुए।

नेताजी जब प्रेसिडेंसी जेल में थे तो ढाका के निर्वाचन-क्षेत्र से केन्द्रीय विधान सभा के लिए चुनाव लड़े। उनका उद्देश्य था ब्रिटिश अधिकारियों में यह धारणा निर्मित करना कि वह संघर्ष का रास्ता छोड़कर वैधानिक राजनीति अपनाना चाहते हैं। जब चुने जाने के बाद भी उनको नहीं छोड़ा गया तो उन्होंने आमरण अनशन शुरू कर दिया। उनके साथ फारवर्ड ब्लॉक के कई प्रमुख नेता भी जेल में थे, लेकिन अनशन का उद्देश्य क्या था, यह उन्होंने किसीको नहीं बताया।

छुटकारा पाने के बाद जब बोस भारत छोड़ने की योजना बना रहे थे तो फारवर्ड ब्लॉक के कई विश्वस्त नेताओं से मिले और उनको आगे के काम के बारे में आदेश दिए, लेकिन यह किसीको नहीं बताया कि वह भारत से निकल जाने की योजना बना रहे हैं। उनके सहयोगियों ने तो यही सोचा कि वह फिर से जेल जाने की तैयारी कर रहे हैं, क्योंकि स्वास्थ्य सुधरने के बाद वह फिर से गिरफ्तार कर लिए जाने वाले थे। यहां तक कि उनके परिवार के सदस्यों को भी कुछ नहीं मालूम था। हां, वह दाढ़ी बढ़ाने लगे थे। यह देखकर उनके घर वाले सोचते थे

कि शायद वह फिर से संसार का त्याग करने की सोच रहे हैं जैसा वह पहले भी एक बार कर चुके थे। वह रेशमी वस्त्र धारण कर नित्य पूजा करने लगे। अपनी योजना का कुछ अंश उन्होंने केवल अपने बड़े भाई शरत्चंद्र बोस को बताया था। उनसे कहा कि उनके चले जाने के दस दिन बाद वह बदरीनाथ, कामाख्या, पांडिचेरी आदि सारे तीर्थस्थानों को तार भेजें ताकि इससे ब्रिटिश पुलिस को यह भ्रम हो जाए कि वह किसी तीर्थस्थान को चले गए हैं। बहुरूपिया तो वह कमाल के थे। कलकत्ता से काबुल तक उन्होंने पठान के वेश में यात्रा की।

उन्होंने 1941 में भारत से अपने पलायन को गुप्त रखने के लिए जो कुछ किया था, क्या वह अपने सहयोगियों और परिवार वालों को छलने के लिए था? ब्रिटिश पुलिस ने दिल्ली को भेजी गई अपनी रिपोर्ट में कहा कि शायद रासबिहारी बोस की तरह वह भी जापानी जहाज़ से भारत की सीमा के बाहर निकल गए। कई महीनों की तलाश के बाद उनको पता चला कि बोस काबुल के रास्ते गए थे।

जर्मनी से सुमात्रा तक तीन महीने लम्बी अपनी ऐतिहासिक पनडुब्बी-यात्रा की योजना बनाते समय उन्होंने किसीको कुछ नहीं बताया था। उन्होंने योजना बनाने का काम जर्मन नौसेना के युद्धकालीन प्रधान एडमिरल डोएनिट्ज़ और बर्लिन में जापान के मिलिटरी अटैची एस० हिगुची के ऊपर छोड़ दिया था। हायाशीडा की पुस्तक में दिए गए हिगुची के बयान के अनुसार, “फरवरी 1943 में बर्लिन से रवाना होने के एक दिन पहले बोस ने चार-पांच जर्मन दोस्तों, सीरिया के आर्च-बिशप, इराक के निर्वासित प्रधानमंत्री, अफगानिस्तान के मंत्रीं को और मुझको दिन के खाने पर निमंत्रित किया। बोस के और मेरे अतिरिक्त किसीको जर्मनी से उनकी जाने की योजना के बारे में कुछ नहीं मालूम था। यह निमंत्रण भी वैसा ही था जैसा वह अक्सर दिया करते थे। बातों ही बातों में स्वाधीनता-आंदोलन का ज़िक्र करके वह बोले, ‘मैं चाहता हूं कि हमारा आंदोलन ज्यादा ज़ोर पकड़े। वियना में कई भारतीय रहते हैं। मैं बर्लिन से शायद एक महीने के लिए चला जाऊं।’ मेज़बान और मेहमान कुछ देर तक इस विषय पर बातें करते रहे।”

इसी प्रकार नेताजी ने जर्मनी में आज़ाद हिंद फौज के अपने सहयोगियों से बताया कि दो-एक महीने के लिए वह वियना और यूरोप के कुछ अन्य देशों का दौरा करेंगे और वहां के भारतीयों का संगठित करेंगे। उन्होंने नाम्बियार को आज़ाद हिंद केंद्र का प्रधान मनोनीत किया और उनको गुप्त सूचना दी कि शायद वह जर्मनी छाड़ दें।

जर्मनी के रूस पर हमले के बाद नेताजी का जर्मनों पर से विश्वास उठ गया। उन्होंने जर्मनी के एक उच्च अधिकारी से कहा, “आप भी जानते हैं और मैं भी कि जर्मनी यह युद्ध नहीं जीत सकता, लेकिन इस बार विजयी ब्रिटेन हिंदुस्तान से हाथ धो बैठेगा।” फिर भी उन्होंने दक्षिण-पूर्व एशिया जाने की योजना बनाने के

लिए उच्च जर्मन और जापानी सैनिक अधिकारियों पर भरोसा किया।

किएल से मैडागास्कर तक, जर्मन यू-बोट में 120 दिनों की लंबी पनडुब्बी-यात्रा के दौरान, और फिर मैडागास्कर से सुमात्रा तक जापानी पनडुब्बी में किसी जर्मन या जापानी कर्मचारी को यह पता नहीं लगा कि उनके साथ वह विशिष्ट भारतीय कौन था। नेताजी अपने इरादे को और अपनी योजनाओं को इस हद तक गोपनीय रख सकते थे।

दक्षिण-पूर्व एशिया में केवल उनको ही उनकी गतिविधि के बारे में ज्ञान था जो उनके सन्निकट थे। उनके सहयोगियों ने कई बार उनसे आग्रह किया कि भारत से पलायन और जर्मनी से अपनी पनडुब्बी-यात्रा के बारे में बताएं; लेकिन उन्होंने हमेशा यह कहकर टाल दिया कि "उसका समय अभी नहीं आया—शायद मुझे फिर वही तरीका अपनाना पड़ जाए।"

इतनी सतर्कता क्यों?

जापान के बर्मा से पीछे हट जाने के बाद नेताजी, जो स्वभाव से ही सतर्क थे, और भी सावधान हो गए थे। ब्रिटिश जासूस बर्मा में घुस आए थे। कई बार नेताजी की हत्या करने की कोशिश की गई। ये जासूस उनकी गतिविधि के बारे में ब्रिटिश अधिकारियों को सूचना देते रहते थे। मौलमीन से बैंगकाक तक मार्च करते समय कई बार नेताजी पर, उनके साथियों और रानी झांसी रेजिमेंट पर बम फेंकने की कोशिश की गई। ऐसी परिस्थिति में दक्षिण-पूर्व एशिया से निकलने के लिए अतिरिक्त सतर्कता की ज़रूरत थी। आम तौर से वह किसीको ऐसा कुछ नहीं बताते थे जिससे उसका सरोकार न हो। साइगोन से बचकर जाने की योजना से केवल जनरल इसोडा, कर्नल टाडा और कुछ हद तक हबीबुर्रहमान का ही सम्बन्ध था। इसमें कोई आश्चर्य नहीं कि नेताजी के अन्य सहयोगी गुप्त मंत्रणाओं में शामिल नहीं किए गए थे।

श्री खोसला ने स्वयं इसोडा और भास्करन से यह पता लगाने के लिए जिरह की कि बैंगकाक और साइगोन में गुप्त मंत्रणा के समय कोई और भी उपस्थित था या नहीं। लेकिन इसोडा और भास्करन ने बार-बार यही उत्तर दिया कि कोई और नहीं था। केवल बैंगकाक में बातचीत के आखिरी चरण में हबीबुर्रहमान को शामिल होने के लिए कहा गया था।

भास्करन, इसोडा और ऐयर के वक्तव्यों से यह स्पष्ट हो गया कि बैंगकाक की बातचीत में ही नेताजी की पलायन-योजना को अन्तिम रूप दिया गया था। किसी और से बातचीत में शरीक होने को नहीं कहा गया था। केवल अन्त में हबीबुर्रहमान को बुलाया गया था।

क्या नेताजी ने अपने सहयोगियों से छल किया?

क्या नेताजी के सहयोगी सोचते हैं कि उनको नेताजी ने धोखा दिया? ऐयर ने खोसला आयोग से कहा था, "मैं इस मौके पर कहना चाहता हूं कि नेताजी का प्रत्येक सहयोगी अपने को उनका विश्वासपात्र समझता था। साथ ही वह किसीको ऐसी बातें नहीं बताते थे जो उससे सम्बन्ध न रखती हों! उनसे वह प्रचार की बातें करते थे, लेकिन यह नहीं बताते थे कि जापानी सरकार के साथ उनकी क्या बातचीत हुई।" आगे उन्होंने कहा कि "नेताजी की आंतरिक योजनाओं के बारे में उनके मंत्री भी नहीं जानते थे।"

शाहनवाज़ खां ने कहा, "नेताजी जो चाहते थे उसीपर बातचीत करते थे।"

नेताजी के एक और सहयोगी टी० एस० मेहतानी ने खोसला आयोग़ को बताया, "नेताजी अपनी योजनाओं के बारे में अपने सहयोगियों से भी चर्चा नहीं करते थे। अन्तिम क्षण तक कोई नहीं जानता था कि वह कहां जा रहे हैं।"

जिरह के दौरान जनरल ताकाकुरा ने स्वीकार किया, "शायद कोई नहीं जानता था कि वह किस विमान से आ रहे थे।"

श्री खोसला के निष्कर्ष के विपरीत, नेताजी के प्रत्येक सहयोगी को उनपर पूरा विश्वास था। किस बात पर चर्चा करनी चाहिए या किससे करनी चाहिए, इसका निर्णय करने का अधिकार नेता को है, यह उन्होंने मान लिया था। उनके बच निकलने की योजना ही ऐसी थी जिसके लिए पूर्ण गोपनीयता अनिवार्य थी, और यह उनके सभी साथियों ने स्वीकार किया।

नेताजी बैंगकाक में एक पूरी रात अपने सहयोगियों को पत्र लिखते रहे, जिनसे वह सिंगापुर या बैंगकाक में नहीं मिल पाए थे। जापान के आत्मसमर्पण के बाद उनके क्या कर्तव्य होंगे, इसके बारे में उनको आदेश दिए थे। भास्करन और कुछ अन्य साथियों ने उनसे कुछ देर विश्राम करने को कहा था, क्योंकि वह दूसरे ही दिन सुबह साइगोन के लिए रवाना होने वाले थे। उन्होंने मुस्कराकर कहा, "कल के बाद मुझको विश्राम करने का बहुत समय मिलेगा।" 17 अगस्त को सवेरे तीन बजे उन्होंने भास्करन को जॉन थिवी के नाम पत्र लिखवाया। भविष्य में जो होने वाला था उसका संकेत देते हुए उन्होंने लिखवाया, "मैं यह सब कुछ इसलिए लिख रहा हूं क्योंकि मैं लम्बी हवाई यात्रा पर जा रहा हूं, और कौन जाने कोई दुर्घटना ही हो जाए।" यह एक हल्का-सा संकेत था, उनको और उनके ज़रिये अन्य सहयोगियों को कि वह विमान-दुर्घटना में नेताजी की मृत्यु की घोषणा के लिए तैयार रहें।

श्री खोसला की अतिरंजित परिकल्पना

अपने निष्कर्षों की पुष्टि में दिए गए न्यायिक तर्कों के बारे में पूरी तरह आश्वस्त न होने के कारण श्री खोसला ने अतिरंजित अनुमानों और अटकलों का सहारा लिया। उन्होंने अपनी रिपोर्ट में लिखा, "क्या यह संभव है कि जापानी, जो नेताजी के प्रति लापरवाह बर्ताव करने लगे थे, अन्तिम क्षण में इतनी गूढ़ साजिश में उलझ जाते, और सत्ताइस वर्ष बाद भी सत्य बोलने से इनकार कर देते? जापानियों की दृष्टि में बोस की इतनी ज्यादा प्रतिष्ठा नहीं थी कि वे उनके लिए राष्ट्रव्यापी साज़िश करते और अपने उच्च सैनिक अधिकारियों को झूठी गवाही देने पर बाध्य करते। ऐसी साजिश या एक व्यक्ति को बचाने के लिए इतने बड़े पैमाने पर झूठे साक्ष्य की कोई मिसाल इतिहास में नहीं है।"

श्री खोसला ने आगे लिखा, "वे बोस को रूस भेजने पर राज़ी हो गए थे। उनके खास अनुरोध पर उनकी इच्छा पूरी करने के लिए कुछ कदम भी उठाए गए। बाद में उन्होंने उनकी बात मानना बिल्कुल छोड़ दिया। जब युद्ध खत्म हो गया और जापानी सेना की स्थिति अस्तव्यस्त थी, जापान की इस प्रकार की गोपनीयता, छल और कपटाचरण के लिए राज़ी होने का प्रश्न ही नहीं उठता; वह भी एक विदेशी के लिए जो उनके लिए कुछ हद तक उपयोगी था, लेकिन जो युद्ध में कुछ कर नहीं सका। मित्रराष्ट्रों ने बोस को उनके हवाले कर देने की मांग नहीं की थी, उनके लिए बहाने खोजने और उनका प्रचार करने की कोई आवश्यकता ही नहीं थी। बोस का नाम युद्ध के अपराधियों की किसी सूची में नहीं था।"

श्री खोसला के अलावा कोई भारतीय यह नहीं सोच सकता था कि जापान नेताजी को मात्र एक विदेशी मानता था; जिसके लिए उनके पास केवल मौखिक सहानुभूति थी। उन्होंने आयोग के सामने प्रस्तुत दस्तावेज़ों से यह जानने की परवाह नहीं की कि इस विदेशी को जापान के प्रधानमन्त्री तोजो ने 'एशिया का सबसे महान क्रांतिकारी' कहा था, और उसके बिदेश मन्त्री शिगेमात्सु ने 'हमारे युग का महानतम वीर नायक' कहा था। लेकिन इस भूतपूर्व न्यायाधीश ने नेताजी को जापान की 'कठपुतली' कहा, इस कारण, उनकी राय में ऐसे व्यक्ति की रक्षा के लिए भला जापानी नेता कैसे साज़िश कर सकते थे? श्री खोसला ने यह बात जानबूझकर भुला दी कि जापानी अधिकारियों ने बर्मा के डॉ० बा माव, फिलि-पीन के डॉ० लॉरेल और दक्षिण-पूर्व एशिया के कई नेताओं को, जिन्हें वे मित्र समझते थे, संरक्षण प्रदान किया था। क्या नेताजी उनसे कम महत्त्वपूर्ण थे?

श्री खोसला की दलील थी कि एक विदेशी को संरक्षण देने के लिए जापान राष्ट्रव्यापी साज़िश न करता। नेताजी की पलायन-योजना को तीन भागों में बांटा जा सकता है : (1) साइगोन से प्रस्थान, (2) तैहोकू में विमान-दुर्घटना की

काल्पनिक कहानी, (3) जापान की सरकार द्वारा उनकी मृत्यु की घोषणा। श्री खोसला ने पहले भाग को तो स्वीकार कर लिया, लेकिन यह अस्वीकार करने के हेतु कि दूसरा भाग पहले और तीसरे भाग का स्वाभाविक परिणाम था, उन्होंने जानबूझकर ऐयर के नाम कर्नल टाडा के पत्र और जॉन थिवी के नाम नेताजी के पत्र में निहित आशय पर ध्यान नहीं दिया।

लेकिन श्री खोसला ने यह अस्वीकार नहीं किया कि राजकीय मुख्य कार्यालय और तेराउची के मुख्य कार्यालय ने नेताजी को टोकियो की ओर उड़ने वाले विमान में जगह देने के लिए साजिश की, और जनरल शिडेई को दैरेन तक उनके साथ जाने और मंचूरिया-साइबीरिया सीमा तक पहुंचा देने का अदेश दिया गया था। उन्होंने इसे भी अस्वीकार नहीं किया कि जापान के आत्मसमर्पण के दो महीने पहले ताकाकुरा नेताजी से मिले थे और उनको आश्वासन दिया था कि जापानी सरकार उनको रूस पहुंचा देने का वादा करती है। उन्होंने यह भी स्वीकार किया कि नेगीशी, इसोडा और हाचिया नेताजी से सिंगापुर जाकर मिले और उनसे जल्दी से जल्दी साइगोन के लिए रवाना होने का आग्रह किया। जापानी अधिकारियों ने उनको और उनके साथियों को ले जाने के लिए दो विमानों की व्यवस्था की। श्री खोसला ने यह भी स्वीकार किया कि 17 अगस्त, 1945 को जापानी विमान नेताजी और शिडेई को लेकर दैरेन के लिए रवाना हुआ था।

श्री खोसला ने जिन तथ्यों को साक्ष्यों के आधार पर स्वीकार किया उनपर नज़र डालने के बाद कोई भी व्यक्ति किस निस्कर्ष पर पहुंचेगा? क्या यह स्पष्ट नहीं है कि नेताजी को मंचूरिया पहुंचाने के लिए उच्चतम जापानी सैनिक अधिकारियों ने स्वयं ही योजना बनाई थी या 'साज़िश' में शामिल हुए थे? इसको देखते हुए क्या श्री खोसला का यह कहना संगत है कि "यह सोचना भी असंभव है कि जापान एक विदेशी के लिए राष्ट्रव्यापी साज़िश करेगा।" (?)

श्री खोसला ने एक प्रश्न और उठाया था—पाचों जापानी गवाह झूठी गवाही क्यों देते, और सत्ताईस वर्षों के बाद भी सत्य को क्यों छिपाते? उन्होंने यहां तक कहा कि इतिहास में कहीं ऐसा उदाहरण नहीं मिलता।

यह हम बाद में देखेंगे कि नेताजी की मृत्यु की रहस्यमय घोषणा करने के बाद जापानियों ने काफी संकेत छोड़ दिए थे, जिनसे अनुमान किया जा सकता है कि पर्दे के पीछे क्या हुआ था। जिसे श्री खोसला ने झूठी गवाही कहा था, वह उन गवाहों के लिए राष्ट्रीय कर्तव्य था। 'हाराकिरी' की राष्ट्रीय परम्परा वाले उन पांच जापानियों के लिए अपनी सरकार की इच्छा के अनुसार झूठी गवाही देना कोई बड़ी बात नहीं। नेताजी के अंग्रेज़ और अमेरिकी जीवनी-लेखकों और 'अति गोपनीय' ब्रिटिश दस्तावेज़ों ने स्वीकार किया है कि जापानी सैनिक और असैनिक अधिकारी नेताजी का बहुत आदर करते थे और उन्हें एक महामानव मानते थे।

इसके अरिरिक्त जापान की सरकार समझती थी कि 'भारत के नेताजी' की रक्षा करने का अर्थ है जापान और भारत के आपसी सम्बन्धों की रक्षा करना। इस कारण कुछ जापानियों का राष्ट्र के हित में जांच आयोग के सामने काल्पनिक कहानी सुना देना कोई असाधारण घटना नहीं थी।

श्री खोसला का अन्तिम प्रश्न था कि यदि जापनियों ने सचमुच नेताजी को संरक्षण प्रदान किया था तो, इतने वर्षों बाद भी, उन्होंने सत्य को प्रकट क्यों नहीं किया? युद्ध के प्रारम्भिक दिनों के हिकारी कीकान के प्रधान जनरल फूज़ीवारा से जब बार-बार यही प्रश्न किया गया तो उन्होंने झुंझलाकर कहा, "जापानी अपने युद्धकालीन नेताओं की बदनामी क्यों करे? यह पता लगाना तो भारतीय संसद् का काम है कि चन्द्र बोस का क्या हुआ।"

भारत में सैकड़ों-हजारों लोग क्या यह नहीं जानते कि भारत ने बंगला देश के स्वतन्त्रता-संघर्ष में किस प्रकार मदद की थी, 'मुजीबनगर' कहां था, और उसकी मुक्तिवाहिनी को प्रशिक्षण और साज़-सामान कहां से मिले? फिर भी कोई देशभक्त भारत सरकार के गोपनीय मामलों के बारे में सड़कों पर चर्चा नहीं करता फिरता। जापान जैसे राष्ट्र के लिए, जो दो हज़ार वर्ष तक अबाध्य रूप से स्वतन्त्र रहा है, यह उसके संस्कार का एक अंश बन गया है कि वे किसी गोपनीय राष्ट्रीय मामले को कई दशकों तक गुप्त रख सकते हैं। जापानियों के राष्ट्रीय चरित्र की इस विशिष्टता को समझना श्री खोसला के लिए कठिन है, इस कारण अपने निष्कर्षों को न्यायसंगत सिद्ध करने के लिए वह नेताजी, भारतीय जनता और जापानियों के चरित्र को विकृत करने से भी नहीं चूके।

10
अज्ञात की पुनः खोज

टोकियो रेडियो द्वारा नेताजी की मृत्यु के समाचार के प्रसारण के तुरंत बाद ब्रिटिश सरकार ने तुरंत उस रिपोर्ट की जांच का आदेश जारी किया। दिल्ली से वैवेल के, सिंगापुर से माउंटबैटन के और टोकियो से मैकार्थर के कार्यालयों से तीन उच्च स्तरीय दल नेताजी का पता लगाने और उन्हें 'जीवित या मृत' पकड़ लाने के लिए निकल पड़े। इन तीन दलों ने साइगोन, बैंगकाक, सिंगापुर, तैहोकू और टोकियो-स्थित जापान के सैनिक कार्यालयों की छानबीन की और जापानी सेना तथा आज़ाद हिंद फौज के कई मुख्य अधिकारियों को गिरफ्तार किया। नेताजी के बारे में उनसे सूचना प्राप्त करने की हर संभव कोशिश की गई। उनसे कई बार कई विभिन्न जांच समितियों द्वारा कठोर पूछताछ की गई। उनकी जांच-पड़ताल का कोई निश्चित परिणाम नहीं निकला तो ब्रिटिश सरकार ने जांच जारी रखने का आदेश दिया। अंत में 1 मार्च, 1946 को एक टीम ने रिपोर्ट दी, "यह निश्चित रूप से कहा जा सकता है कि बोस साइगोन से रवाना हुए थे, तैहोकू में किसी विमान की व्यवस्था की गई थी। संभवतः उसके बाद वह कहीं लापता हो गए।" नेताजी के लापता हो जाने के बाद भी अंग्रेज़ यह जानने की कोशिश करते रहे कि बोस का क्या हुआ।

1950 में जब जापान अभी अमेरिकी नियंत्रण में ही था तो एक गुप्तचर दल टोकियो भेजा गया। इस जांच की रिपोर्ट प्रकाशित नहीं की गई थी।

जापानियों द्वारा नेताजी की मृत्यु की घोषणा के ठीक दो वर्ष बाद पंडित नेहरू ने सत्ता ग्रहण की। तब माउंटबैटन भारत के वाइसराय थे, जिनसे नेहरू के निकट संबंध थे। उस समय नेहरू सारे जांच दलों की रिपोर्ट हासिल कर सकते थे। यदि उन्हें इंग्लैंड, अमेरिका, रूस और चीन से आगे कोई रिपोर्ट मिली थी तो वह विदित नहीं है। लेकिन खबर थी कि उन्हें रूसी और चीनी सूत्रों से रिपोर्ट मिली थी, और शायद मैकार्थर के मुख्य कार्यालय से भी। आशा तो यही की जाती थी कि भारत सरकार उच्च स्तरीय जांच समिति नियुक्त करेगी।

लेकिन आश्चर्य है कि पं० नेहरू इस मामले में मौन ही नहीं रहे, उन्होंने जांच की सभी मांगों का विरोध किया। जब प्रमुख नागरिकों ने डॉ० राधाविनोद पाल की अध्यक्षता में गैरसरकारी जांच करवाने का प्रस्ताव किया, तो 1956 में अचानक पं० नेहरू ने शाहनवाज़ खां की अध्यक्षता में जांच समिति की नियुक्ति की घोषणा कर दी।

शाहनवाज़ समिति और बाद में खोसला आयोग को भारत सरकार ने कुछ गोपनीय दस्तावेज़ें दीं। इनमें माउंटबैटन की डायरी के कुछ पन्ने, फिगेस रिपोर्ट के कुछ अंश और सी० एस० डी० आई० सी० द्वारा हबीबुर्रहमान से पूछताछ की रिपोर्ट के कुछ अंश शामिल थे।

सरकारी दस्तावेज़ों के बंडल में एक रहस्यमय नोट प्राप्त हुआ जिसमें नेताजी की मृत्यु के मामले से संबंधित उन तीस फाइलों की सूची थी जिनके लिए कहा गया था कि वे या तो नष्ट हो गईं या गुम कर दी गईं। यह भी पता लगा कि जो फाइल खोसला आयोग के सामने पेश की गई थी उसमें से कुछ पृष्ठ गायब थे।

गुम हो गई या नष्ट कर दी फाइलों की सूची

नेताजी के मामले से संबंधित सारी गोपनीय फाइलें पं० नेहरू अपने पास ही रखते थे। वे श्री मोहम्मद यूनुस, जो बाद में श्रीमती इंदिरा गांधी के विशेष दूत नियुक्त हुए थे, की देख-रेख में थीं।

"नष्ट किए गए कागजात

क्रम संख्या	1-ए, 2-ए, 3-ए, 6-ए, 8-ए,
क्रम सं० 16-ए	यू० ओ० नोट नं० डी/एस 8666 दिनांक 24 अगस्त, 1953, प्रधान मंत्री के सचिवालय से श्री मोहम्मद यूनुस, एम० ई० ए० (एस० ई० ए० बी० आर०) को।
क्रम सं० 17-ए	यू० ओ० नोट नं० 3788-8 ई ए/53 27 अगस्त, 1953, श्री मोहम्मद यूनुस, एम० ई० ए० (एस० डी० ए० बी० आर०) से प्रधान मंत्री के सचिवालय को।
क्रम सं० 27-ए	मीमो नं० 2/53/19713/601/ (151) 13 अक्तूबर, 1953, श्री मोहम्मद यूनुस से प्रधानमंत्री के सचिवालय को।
क्रम सं० 33-बी	पत्र संख्या 20/62 (एकाउंट्स) 12 अप्रैल, 1954, आल इंडिया आई० एन० ए० इन्क्वायरी एंड रिलीफ कमेटी, 82 दरियागंज, दिल्ली, के संयुक्त सचिव से राष्ट्रपति को।

क्रम सं० 33-डी अमृत बाज़ार पत्रिका के कर्तन, दिनांक 3 अप्रैल, 1954, सिंगापुर में आई० एन० ए० की जायदाद के संरक्षक उसको बेचना चाहते हैं।

क्रम सं० 34-ए राज्यसभा का 'स्टार्ड' प्रश्न नं० 334, दिनांक 2 अगस्त, 1955.

क्रम सं० 35-बी नोट्स फार सप्लिमेंटरीज़

क्रम सं० 37-ए, लोकसभा का 'स्टार्ड' प्रश्न नं० 334, दिनांक 2 अगस्त, 1955

क्रम सं० 37-बी

सी डी क्र० सं० 37 ए का संलग्न पत्र"

"और नोट

सी डी 11, 12, 13, 14, 15, 18, 19, 23, 24, 25, 26 और 29 (नष्ट)"

"प्रधानमंत्री के सचिवालय की फाइलें

1. 23 (156) 51-पी एम इंडियन नेशनल आर्मी (आई एन ए) इन द फार ईस्ट

2. 23 (11) 56-57 पी एम आई एन ट्रेज़र

3. 12 (226) 56-पी एम (पेंसिल से लिखा और बाद में नष्ट कर दिया गया) इनवेस्टिगेशन्स इन टु दि सरकमस्टांसेज लीडिंग टु दि डेथ ऑफ सुभाषचंद्र बोस"

फाइल नं० 7-ए, 16, 17, 20, 21, 22, 27 और 28 कहां गईं? उनमें कौन-सी सूचना थी? इतने महत्त्वपूर्ण मामले में संबंधित फाइलों की ऐसी असाधारण संकेत-सूची आश्चर्यजनक है। जो फाइलें गुम हो गई या नष्ट कर दी गई बताई गई थीं उनमें ब्रिटिश और अमेरिकी जांच की रिपोर्टें थीं। सुभाषचंद्र बोस की परिस्थितियों की जांच-संबंधी प्रधानमंत्री की सबसे महत्त्वपूर्ण फाइल के लिए कहा गया कि उसे नष्ट कर दिया गया। लालकिले में हबीबुर्रहमान से कई पूछताछ की रिपोर्ट के कुछ अंश मात्र ही पेश किए गए, उनके अन्य महत्त्वपूर्ण वक्तव्य नहीं।

यह मानना तर्कसंगत ही होगा कि वे फाइलें जानबूझकर गुम या नष्ट कर दी गईं। वे ऐतिहासिक महत्त्व की थीं। भारत के स्वाधीनता-संघर्ष का इतिहास लिखने के लिए वे मूल्यवान् सामग्री थीं। शायद इसी कारण उन्हें गायब कर दिया गया, नष्ट नहीं किया गया।

यह मानना शायद गलत न होगा कि उन फाइलों में दी गई सूचना नेताजी

की मृत्यु के समाचार का खंडन करने वाली थी। कुछ और भी सूचना थी जिससे यह पता चल जाता कि पं० नेहरू ने नेताजी की मृत्यु के रहस्य की उच्च स्तरीय जांच क्यों नहीं करवाई। उन दिनों कई ज़िम्मेदार व्यक्तियों का कहना था कि माउंटबैटन ने नेताजी के बारे में कुछ ऐसी बातें पं० नेहरू को बताई थीं जिनसे उनका रवैया बदल गया था।

यह एक ऐतिहासिक तथ्य है कि नेहरू ही एक ऐसे भारतीय नेता थे जिन्होंने, माउंटबैटन से मिलने के बाद, स्वतंत्रता-संघर्ष में नेताजी के योगदान की प्रशंसा में वर्षों तक एक शब्द भी नहीं कहा। वह ब्रिटिश सेनाध्यक्ष फील्डमार्शल ऑकिन-लेक से सहमत थे कि आज़ाद हिंद फौज को भारतीय सेना में शामिल न किया जाए। उन दिनों यह भी कहा गया था कि जब फारमोसा राष्ट्रीयतावादी चीन के अधिकार में आ गया तो नेहरू ने च्यांग-काई-शेक से तैहोकू की विमान-दुर्घटना के बारे में सूचना मांगी थी। लार्ड वैवेल को दी गई गुप्त सूचना के अनुसार 1646 में पं० नेहरू को नेताजी का कोई अत्यंत महत्त्वपूर्ण पत्र मिला था। उसके बाद उनको नेताजी के रूस पहुंच जाने का समाचार भी मिला था।

यदि नेताजी-संबंधी गोपनीय फाइलें, जिन्हें पं० नेहरू स्वयं अपने पास रखा करते थे, शाहनवाज़ समिति और खोसला आयोग को पेश कर दी जातीं, तो कई अज्ञात तथ्यों का पता चल जाता। यह रहस्य भी खुल जाता कि पं०नेहरू जांच करवाने में टालमटोल क्यों कर रहे थे। आश्चर्य तो यह है कि श्री खोसला ने यह आवश्यक नहीं समझा कि श्री यूनुस से यह समझाने के लिए कहें कि इस प्रकार की महत्त्वपूर्ण फाइलें क्यों और किस प्रकार गुम हो गईं, और जांच-संबंधी फाइलें नष्ट क्यों कर दी गईं?

चार महत्त्वपूर्ण संकेत

ब्रिटिश गुप्त सूचना दल ने बैंगकाक के हिकारी कीकान के कार्यालय से चार संकेत (सिगनल) पकड़े थे। यद्यपि जापानी सैनिक अधिकारियों ने युद्ध-संबंधी अपने सारे दस्तावेज़ नष्ट कर दिए थे, ये चारों सिगनल संभालकर ब्रिटिश सेना की पहुंच के अन्दर रखे थे। वे नीचे दिए जा रहे हैं :

"सिएटिक सेक्शन
इंटेलिजेंस एसॉल्ट यूनिट
7 इंड डिव ए एल एफ, सियाम
24 सितम्बर, 1945

विषय : प्राप्त संदेशों का अनुवाद : हिकारी कीकान की फाइलों में प्राप्त-बोस की मृत्यु

" **अति गोपनीय**

('टी' का अर्थ है बोस)

1. हिकारी कीकान सिगनल आर० ई० 'टी'

18 अगस्त

ओ० सी० हिकारी कीकान को

दक्षिणी सेना के सेनाध्यक्ष से

दक्षिणी सेना सिगनल, 393

आज 17-00 बजे (17 अगस्त) 'टी,' ले० जनरल शिडेई और अन्य लोगों के साथ फारमोसा और दैरेन के रास्ते टोकियो के लिए रवाना हुए। भारतीय समुदाय को सूचना दी जाए।"

2. ओ० सी० कीकान

दक्षिणी सेना के सेनाध्यक्ष " **अति गोपनीय**

18 अगस्त को राजधानी जाते हुए तैहोकू में विमान-दुर्घटना के परिणाम-स्वरूप 'टी' बुरी तरह घायल हुए थे और आधी रात को उनकी मृत्यु हो गई। फारमोसा की सेना ने उनका शव टोकियो भेज दिया।

मैंने फारमोसा की सेना को उसकी कृपा के लिए धन्यवाद दिया। मैंने उनकी मृत्यु के प्रमाणों, चित्रों आदि को इकट्ठा करने के लिए कह दिया।

केन्द्र के लिए मैंने स्टाफ आफिसर टी० डी० ए० से, जो 20 तारीख को साइगोन जा रहे हैं, विस्तृत रिपोर्ट देने को कह दिया है। इस मामले में पूरी गोपनीयता बरती जाए।"

3. हिकारी कीकान सिगनल आर० ई० 'टी'

24 अगस्त, 1945

"ओ० सी० मलाया शाखा को ओ० सी० साइगोन एम्बारकेशन प्वाइंट चीफ आफ स्टाफ, दक्षिणी सेना ओ० सी० हिकारी कीकान से 'टी' की मृत्यु के बारे में दोमेई की विज्ञप्ति के बारे में भारतीय समुदाय को बताया जाए। 'टी' की मृत्यु के बारे में।"

4. हिकारी संदेश 1020

27 अगस्त, 1945

"चीफ आफ स्टाफ सदर्न आर्मी को

ओ० सी० हिकारी कीकान से

कर्नल हबीबुर्रहमान पर ताज़ा रिपोर्ट भेजिए

नोट :—

ये संदेश साधारण फाइलों में उचित स्थान पर पाए गए। इनके बारे में

संदिग्ध कुछ नहीं जान पड़ता था।

सिगनल नं० 4, 5 और 6 — डी० एम०

सिएटिक दस्तावेज़ 128 — पी० पी० एस० हैदर

कैप्टन

ओ० सी० विभाग

इन अति गोपनीय संकेतों का विश्लेषण करने और खास-खास जापानी अफसरों से पूछताछ करने के बाद ब्रिटिश गुप्त मुख्य कार्यालय ने 5 अक्तूबर, 1945 को रिपोर्ट दी, "अक्तूबर 1944 से ही बोस जापानियों से आग्रह कर रहे थे कि उन्हें मंचूरिया जाने दें, जब उन्होंने बताया कि बर्मा से भारत पर हमला करने की कोई संभावना नहीं है, इसलिए वह मास्को से दिल्ली पहुंचने का रास्ता ढूंढ़ना चाहते थे। बोस को भाग निकले में मदद करने की और उनकी मृत्यु की झूठी खबर फैलाने की हिकारी कीकान की योजना थी। तारों की यह फाइल और अन्य दस्तावेज़ें जान-बूझकर अंग्रेज़ों के लिए छोड़ दी गई होंगी। यद्यपि इस समय बोस के जीवित होने की संभावना को अस्वीकार नहीं किया जा सकता, तारों की इस फाइल में चार सबसे महत्त्वपूर्ण सूचनाएं हैं जिनसे बोस को भाग निकलने में मदद देने की योजना का संकेत मिलता है।" मित्रराष्ट्रों की स्थलसेनाओं (एलाइड फोर्सेज़ एस० ई० ए०) नं० 57 के और गोपनीय रिकार्ड (2 नवम्बर, 1945) में कहा गया था, "बोस की कथित मृत्यु की पहली रिपोर्ट टोकियो से दोमेई एजेंसी की एक विज्ञप्ति में (23 अगस्त, 1945) दी गई थी। उसके अनुसार उनकी चिकित्सा जापान के एक अस्पताल में की गई जहां अगस्त 18-19 की रात को उनकी मृत्यु हो गई।" बोस की मृत्यु के स्थान के बारे में विरोधी सूचनाओं से गुप्त सूचना विभाग को संदेह हुआ। उन्होंने तैहोकू और टोकियो में पूछताछ की और उसके आधार पर डब्ल्यू० मेकराइट ने गुप्त सूचना विभाग के मेजर यंग को पत्र लिखा जिसमें 'दस्तावेज़ नं० सी-5 इंटेलिजेंस ब्यूरो (एच० डी०) नई दिल्ली 3, दिनांक 19 फरवरी, 1946, गोपनीय' के अनुसार यह कहा गया था :

"प्रिय यंग

बोस की मृत्यु के बारे में हमने यहां अपनी जांच पूरी कर ली है। परिणाम स्पष्ट नहीं है। इसमें संदेह नहीं है कि उनकी भूमिगत होने की योजना थी। पहले की रिगोर्ट में संकेत था कि जापानियों ने बोस को संरक्षण देने का वायदा किया था।

—डब्ल्यू० मेकराइट"

बारह दिनों बाद यंग ने उत्तर दिया, "शव के बारे में विरोधी बयान सन्देह-जनक है। यदि योजना धोखा देने की थी तो बड़ी कुशलता और सावधानी से बनाई

गई थी। यह निश्चित रूप से कहा जा सकता है कि बोस साइगोन से चले थे, और शायद तैहोकू से उड़ने के बाद दुर्घटना भी हुई थी। हो सकता है दुर्घटना में बोस को चोट न आई हो और या तो वह स्वयं ही फारमोसा में छिपे हों या स्थानीय अधिकारियों ने उन्हें छिपा देने का तत्काल निर्णय किया हो।" मार्च, 1946 में भी ब्रिटिश गुप्त सूचना विभाग किसी निष्कर्ष पर नहीं पहुंच सका था और उसने अपनी रिपोर्ट (पृष्ठ 17) में लिखा था, "हो सकता है भस्म बोस की न हो— रहस्य बना ही रहा।"

मृत्यु का अस्पष्ट समाचार

एलाइड इंटेलिजेंस टीम ने अपनी एक रिपोर्ट में लिखा, "यदि नेताजी की मृत्यु की कहानी साज़िश थी तो तैहोकू उसके लिए आदर्श स्थान था। बोस के साथी हबीबुर्रहमान के अलावा और कोई भी विदेशी नहीं था जो बोस की मृत्यु की खबर का समर्थन कर सकता।" मित्रराष्ट्रों की जांच टीमों को यह निश्चित करने में 45 दिन लगे कि तैहोकू को बोस की कथित मृत्यु का स्थान माना जाए या टोकियो को। उनको यह पता लगाने में बहुत समय लगा कि इस कहानी से सम्बन्धित व्यक्ति कौन थे।

नेताजी की मृत्यु का समाचार इन माध्यमों से दिया गया (1) 20 अगस्त का बैंगकाक का सिगनल, (2) 23 अगस्त का टोकियो प्रसारण, (3) 25 अगस्त को प्रेस द्वारा प्रचार।

(1) **चार सिगनल :** इसका ब्यौरा पहले ही दिया जा चुका है।

(2) **टोकियो से प्रसारण :** दोमेई एजेंसी द्वारा जारी की गई खबर भी पहले अध्याय में दी जा चुकी है। उसमें कहा गया था कि 18 अगस्त को तैहोकू में बोस की विमान-दुर्घटना में मृत्यु हो गई। जापान के अस्पताल में उनकी चिकित्सा की गई। आधी रात को उनकी मृत्यु हो गई।

(3) **फारमोसा का बुलेटिन :** 1945 में फारमोसा के एकमात्र समाचारपत्र में ही एक समाचार प्रकाशित हुआ था जिसकी फोटोस्टेट प्रतिलिपि राष्ट्र समिति द्वारा खोसला आयोग को पेश की गई थी। ताइवान की अन्तःकालीन सरकार ने उसे प्रमाणित किया था।

समाचार

(अनुवाद)

'ताइवान शिन पाओ' समाचारपत्र

शनिवार 25 अगस्त, 1945

"इंटेलिजेंस ब्यूरो द्वारा प्रकाशित"
(22 अगस्त, 1945, मध्याह्न दो बजे)

"स्वतन्त्र भारत के स्वाधीनता-संघर्ष के नेता श्री सुभाषचन्द्र बोस जापानी अधिकारियों से बातचीत करना चाहते थे। 16 अगस्त को टोकियो जाने के लिए वह चाओ नान (सिंगापुर) में विमान पर चढ़े। 18 अगस्त को दोपहर में दो बजे तैहोकू एयरपोर्ट के पास विमान दुर्घटनाग्रस्त हो गया। श्री बोस बुरी तरह जल गए, और पास के ही एक अस्पताल में चिकित्सा के लिए ले जाए गए। 19 अगस्त की आधी रात को उनकी मृत्यु हो गई। उसी विमान में एक वरिष्ठ अधिकारी कर्नल फू यान मोन भी थे जिनके गम्भीर चोटें आईं। इसके अलावा, जापानी लेफ्टिनेंट शू चू चिंग भी थे, जिनको बहुत चोटें आईं और उनकी मृत्यु हो गई। अन्य चार अफसरों में से किसीको ज्यादा और किसीको कम चोटें आईं।"

जापान के सरकारी स्रोतों से परोक्ष रूप से केवल यही तीन दस्तावेज़ें प्राप्त हुईं। इनमें इतनी असंगतियां थीं, इतने तथ्यों को दबाया गया था, नामों को बिगाड़कर लिखा गया था, भ्रम में डालने वाली बातें थीं कि इनसे निम्नलिखित प्रश्नों का उठना संगत है :

(1) नेताजी की गतिविधि की सूचना भारतीय समुदाय को देने के लिए हिकारी कीकान के बैंगकाक कार्यालय के प्रधान को तार क्यों भेजा गया जब यह ज्ञात था कि जब साइगोन से नेताजी का विमान उड़ा तो जनरल इसोडा और नेताजी के प्रमुख भारतीय सहयोगी ऐयर, देवनाथ दास, हसन, गुलज़ारासिंह, प्रीतमसिंह आदि एयरपोर्ट पर मौजूद थे? क्या भारतीय समुदाय को कथित दुर्घटना में नेताजी की मृत्यु की गढ़ी हुई खबर के लिए उन्हें पहले से ही तैयार कर देना इस तार का उद्देश्य था?

(2) तीनों दस्तावेज़ों में—विशेषकर दूसरे सिगनल में, टोकियो प्रसारण और 'ताइवान शिन पाओ' में वही खबर थी जो हबीबुर्रहमान ने सुनाई थी कि नेताजी टोकियो जा रहे थे। ऐसा क्यों किया गया? यद्यपि बाद में सब जापानी गवाहों ने कहा कि नेताजी दैरेन होकर सोवियत संघ जाना चाहते थे।

(3) हिकारी कीकान को 20 अगस्त को भेजे गए सिगनल में यह क्यों कहा गया था कि नेताजी का शव तैहोकू से टोकियो भेजा जाने वाला था जब कि अपने 23 अगस्त के प्रसारण में टोकियो ने कहा कि नेताजी की जापान में मृत्यु हो गई, और फारमोसा बुलेटिन इस सम्बन्ध में खामोश रहा।

(4) ये तीनों दस्तावेज़ें नेताजी के शव के अन्तिम संस्कार के मामले में क्यों मौन धारण किए रहीं कि उनका अन्तिम संस्कार किस स्थान पर किया गया और कब किया गया? जनरल इसामाया या फोरमोसा कमान के जनरल आण्डो जैसे

वरिष्ठ पदाधिकारियों ने इस सम्बन्ध में कुछ नहीं कहा, बल्कि कैप्टन नाकामुरा जैसे सामान्य अफसर ने 1956 में शाहनवाज़ समिति के समक्ष बयान दिया कि नेताजी के कथित शव को टोकियो ले जाने का इरादा था, लेकिन इतना बड़ा ताबूत विमान पर नहीं चढ़ाया जा सका। तब, 19 अगस्त को, तैहोकू और टोकियों के बीच तारों द्वारा निर्णय किया गया कि तैहोकू में ही दाह कर दिया जाए, लेकिन इन तारों की प्रतिलिपियां जांच समिति को नहीं दिखाई गईं। यदि टोकियो के मुख्य कार्यालय के आदेशानुसार शव का दाह किया गया था तो 23 अगस्त को टोकियो से प्रसारण में यह क्यों कहा गया था कि नेताजी को आहत अवस्था में टोकियो ले जाया गया था और जापान में ही उनकी मृत्यु हो गई। 'ताइवान शिन पाओ' ने 25 अगस्त को प्रकाशित अपने समाचार में टोकियो प्रसारण की भूल को ठीक क्यों नहीं किया? वह दाह की तारीख और स्थान के बारे में मौन क्यों था?

(5) ऐयर ने खोसला आयोग को बताया था कि दोमेई एजेंसी द्वारा जारी किए गए समाचार का मसौदा उन्होंने तैयार किया था। ऐयर तो 22 अगस्त को ही टोकियो पहुंच गए थे। अगर ऐसा था तो उन्हें सारी बातें मालूम हो जानी चाहिए थीं।

(6) 27 अगस्त को साइगोन के सैनिक कार्यालय से बैंगकाक में इसोडा को भेजे गए तार में हबीबुर्रहमान के बारे में क्यों पूछा गया था? इसोडा के पास ऐसे कोई सूत्र नहीं थे जिनसे उनको हबीबुर्रहमान के बारे में ऐसे समाचार मिल सकते जो साइगोन के मुख्य कार्यालय को नहीं मिल सकते थे। फिर उनसे क्यों पूछा गया? फारमोसा में जारी की गई विज्ञप्तियों में यह क्यों नहीं बताया गया कि हबीबुर्रहमान का तैहोकू में इलाज हो रहा था या नहीं? इस गोपनीयता से क्या यह सन्देह नहीं होता कि इन सबके पीछे यही उद्देश्य था कि रहमान कहां हैं, इसका संकेत न मिलने पाए?

(7) 'ताइवान शिन पाओ' में प्रकाशित प्रेस विज्ञप्ति भी रहस्यमय थी। गुप्त सूचना विभाग ने समाचार क्यों जारी किया? फारमोसा के सैनिक या असैनिक अधिकारियों ने क्यों नहीं? यह खास तौर से क्यों कहा गया था कि समाचार 22 अगस्त, 1945 को दोपहर में दो बजे लिखा गया था? और वह प्रसारण के दो दिन बाद क्यों छापा गया? यह संशोधन क्यों नहीं किया गया कि नेताजी का शव टोकियो नहीं भेजा गया था? यह क्यों कहा गया था कि नेताजी का विमान 17 अगस्त को साइगोन से नहीं उड़ा था बल्कि 16 अगस्त को सिंगापुर से आया था? कर्नल हबीबुर्रहमान का नाम कर्नल फू यान मोन क्यों बताया गया? यह क्यों कहा गया कि "केवल सुभाषचन्द्र बोस और ले० जनरल शू चू चिंग की मृत्यु हुई और अन्य चार व्यक्ति घायल हुए?" यह क्यों नहीं बताया गया कि शव का दाह कब और कहां हुआ?

इन सब अस्पष्ट और पहेली लगनेवाली खबरों से एक ही निष्कर्ष निकलता है कि टोकियो के प्रसारण और उसके दो दिन बाद 'शिन पाओ' में प्रकाशित समाचार का उद्देश्य था नेताजी को मंजिल तक पहुंचने का समय देना। उसके बाद भी जो कुछ लिखा गया वह ब्रिटिश गुप्त सूचना विभाग की आंखों में धूल झोंकने के लिए। हबीबुर्रहमान और शिडेई के नाम बदल दिए गए ताकि उनका पता लगाने में समय लगे। किसी घायल या मृत व्यक्ति का नाम नहीं लिखा गया ताकि ब्रिटिश और अमेरिकी तुरन्त उनकी शिनाख्त न कर सकें।

यह कहानी नेताजी के भारत से जाने की कहानी से मिलती-जुलती है। नेताजी 16 जनवरी, 1944 को निकल गए थे, लेकिन शरत्चन्द्र बोस ने दस दिन बाद, यानी 26 जनवरी को खबर प्रकाशित की। ब्रिटिश गुप्तचर विभाग की आंखों में धूल झोंकने के लिए अरविन्द आश्रम, बदरीनाथ, कामाख्या के मन्दिर और अन्य तीर्थस्थानों को तार भेजे गए, मानो नेताजी ने फिर से संसार को त्यागकर संन्यासी हो जाने का निश्चय कर लिया हो। अंग्रेज़ों को यह पता लगाने में कई महीने लग गए कि वह काबुल के रास्ते जर्मनी चले गए थे।

इसी प्रकार अंग्रेज़ों और अमेरिकियों को कथित विमान-दुर्घटना और नेताजी की मृत्यु से सम्बन्धित कहानी के बारे में पूरी जानकारी प्राप्त करने में कई महीने लगे। 29 सितम्बर, 1945 तक उनको मालूम नहीं था कि नेताजी के कथित शव का दाह कहां किया गया। सितम्बर के मध्य में इसोडा और हाचिया को गिरफ्तार किया गया। जब इसोडा से साइगोन में पूछताछ की गई तो उन्होंने यही कहा कि नेताजी के शव को टोकियो ले जाया गया था।

हबीबुर्रहमान को सितम्बर के अन्तिम सप्ताह में गिरफ्तार किया गया था। पूछताछ के दौरान उन्होंने कहा कि दाह तैहोकू में किया गया था। रहमान और इसोडा दोनों ने कहा कि वे चालक दल के उन लोगों के नाम नहीं जानते थे जो दुर्घटना में मारे गए थे। जो बच गए थे, उनके नाम भी उनको नहीं मालूम थे। इसका परिणाम यह हुआ कि नोनोगाकी, तारा कुनो, साकाई, ताकाहाशी, आराई इत्यादि को हिरासत में नहीं लिया जा सका। नेताजी-सम्बन्धी रिपोर्ट के सिलसिले में ब्रिटिश केवल इसोडा, हाचिया, जनरल फूज़ीवारा और हबीबुर्रहमान को गिरफ्तार करने में सफल हो सके, और अक्तूबर, 1945 में वह दिल्ली के लाल-किले में लाए गए। कुछ महीनों बाद, 1946 में, डॉ० योशीमी को हिरासत में लिया गया। उनको हांगकांग के स्टेनली जेल में रखा गया। जब फिगेस का दल टोकियो गया तो जापान सरकार ने उसको केवल कुछ चित्र दिए, उन लोगों के नामों की सूची नहीं दी जिन्होंने नेताजी के साथ यात्रा करने या तैहोकू के अस्पताल में उनकी शुश्रूषा करने का दावा किया था। कर्नल टाडा 1946 में बहुत बाद में गिरफ्तार किए गए।

एक चमत्कार

तैहोकू की दुर्घटना के 11 वर्ष बाद जब शाहनवाज़ समिति वहां गई तब यात्रियों की पूरी सूची प्रकाशित की गई। साइगोन के सिगनलों या टोकियो के प्रसारण में सुभाषचन्द्र बोस, जनरल शिडेई और हबीबुर्रहमान के अतिरिक्त और किसीका नाम नहीं लिया गया था।

1956 में शाहनवाज़ समिति को बताया गया था कि उनके अलावा, चालक दल में पांच-छ: व्यक्ति थे। नामों की जो सूची दी गई थी उनमें ओकिस्ता, तोमी-नागा, और दो अन्य इंजीनियरों के नाम नहीं थे। उनका क्या हुआ, कोई नहीं जानता।

बताया गया कि दुर्घटना में चालक दल के अतिरिक्त नेताजी और शिडेई मारे गए। शेष यात्रियों को थोड़ी-बहुत चोटें आईं पर वे बच गए। यह एक चमत्कार ही था कि चालक दल के अलावा वही मरे जो महत्त्वपूर्ण थे—नेताजी और शिडेई। गैरज़रूरी लोग सब बच गए!

दुर्घटना का जैसा विवरण दिया गया था उसके अनुसार तो विमान के अंदर का दृश्य भयंकर रहा होगा। बमवर्षक में सीटें न होने के कारण यात्री और सामान एक-दूसरे के ऊपर गिर गए होंगे। लेकिन ऐसा नहीं हुआ। चुने हुए लोग मरे। जो गैरजरूरी थे, वे बच गए! इस प्रकार का चमत्कार तो स्वयं विधाता भी नहीं कर सकता था!

1956 में कुछ विमानशास्त्र-विशेषज्ञों ने दुर्घटना की कहानी का विश्लेषण करने के बाद उसे नितांत असंगत और तर्कहीन बताया। उन्होंने कहा था कि युद्ध-काल में प्रशांत क्षेत्र में ऐसी कोई दुर्घटना नहीं हुई थी। यदि विमान नाक के बल गिरा होता, तो चूर-चूर हो गया होता और दुर्घटना की कहानी सुनाने को कोई बच न रहता—यह विशेषज्ञों का कहना था।

जनरल शिडेई

तैहोकू एयरपोर्ट पर हुई जनरल शिडेई की मृत्यु का कहीं कोई रिकार्ड था? केवल 'ताइवान शिन पाओ' में उनकी मृत्यु का उल्लेख था, लेकिन उनका नाम जनरल शू चू चिंग दिया गया था। यह शू चू चिंग कौन था? किस सेना का था? यदि वह शिडेई ही थे तो त्सुनामासा शिडेई क्यों नहीं लिखा गया था? और यह क्यों नहीं लिखा गया था कि वह क्वानतांग सेना के अध्यक्ष नियुक्त होकर जा रहे थे।

उनके शव का क्या किया गया? जनरल इसामाया, जनरल आंडो, ले० कर्नल शिबूया, इनमें से कोई भी इस विषय में कुछ नहीं बता सका। शाहनवाज़ समिति

के अनुसार एकमात्र सूचना कैप्टन नाकामुरा या यामामोतो ने दी, "जगरल शिडेई के साथ पायलट ताकीज़ावा और को-पायलट आयोआगी की भी मृत्यु हो गई। शेष यात्रियों और चालक दल के अन्य सदस्य को थोड़ी ही देर में नोनमोन अस्पताल भेज दिया गया।" यदि वह सच है तो आयोआगी के साथ नेविगेटर ओकिस्ता, रेडियो आपरेटर तोमोनामा और एक-दो इंजीनियर भी मारे गए थे।

इन साधारण व्यक्तियों को छोड़िए, लेकिन जनरल शिडेई, जो जापानी दृष्टि से सबसे महत्त्वपूर्ण व्यक्ति थे, उनका क्या हुआ? केवल एक मामूली कैप्टन ही उनके बारे में सूचना दे सका। किसी जनरल ने कमांडर के बारे में पूछताछ नहीं की। उनके शव का पोस्ट मार्टम नहीं किया गया। मृत्यु का प्रमाण-पत्र नहीं दिया गया जो कि दाह की अनुमति प्राप्त करने के लिए अनिवार्य था।

जापान की सरकार ने एक अजीबोगरीब दस्तावेज़ प्रस्तुत की जिसे ले० जनरल शिडेई की मृत्यु का सैनिक रेकॉर्ड बताया गया। शाहनवाज़ समिति ने उसकी परीक्षा करने का कोई प्रयत्न नहीं किया। लेकिन श्री खोसला ने इसको जनरल शिडेई की मृत्यु का पक्का प्रमाण माना। दस्तावेज़ और उसके साथ जापान सरकार का प्रेषक नोट इस प्रकार थे :

स्व० ले० जनरल शिडेई की मृत्यु का सैनिक रेकॉर्ड
(अनुवाद)

4 अगस्त, 1974

आर० वाई० यू०—एस० ई० एन०—एम० ए० एन० नं० 483
सैन्य विघटन एजेंसी के अध्यक्ष को

प्रेषक
प्रधान, कोरिया और मंचूरिया के मामलों का प्रभाग
प्रथम सैन्य विघटन ब्यूरो,
सैन्य विघटन एजेंसी

नीचे लिखित व्यक्ति प्रथम सैन्य विघटन ब्यूरो की धारा 26 पैराग्राफ 5, नं० 744 (1946) के अंतर्गत आता है। उसकी उन्नति की अर्ज़ी विचारार्थ प्रस्तुत की जा रही है।

मृत्यु की तारीख	18 अगस्त, 1945
मृत्यु का कारण	युद्ध में मृत्यु
मृत्यु का स्थान	तैहोकू एयरपोर्ट
स्थिति	मंचूरिया के सैनिक मुख्य कार्यालय से सम्बद्ध
सैनिक पद	लेफ्टिनैंट जनरल

नाम — त्सुनामासा शिडेई
जन्म-तिथि — जनवरी 27, 1895
स्थायी निवास-स्थान — नं० 24, ओकू-ओनोए-चो
यामाशीनालज़ूशी, मा-कू, कियोटो

प्रधान
कोरिया और मंचूरिया के मामलों का प्रभाग
(सरकारी मुहर) — प्रथम सैनिक विघटन ब्यूरो
सैन्य विघटन एजेंसी

नोट : उन्नति की प्रार्थना अस्वीकृत

जनरल शिडेई के सैनिक कैरियर

दिसम्बर 25, 1915 — अश्वसेना में सब-लेफ्टिनेंट के पद पर नियुक्ति
अगस्त 1, 1940 — मेजर-जनरल के पद पर नियुक्ति
अक्तूबर 27, 1943 — ले० जनरल के पद पर नियुक्ति
मई 23, 1945 — बर्मा में जापानी सेना के अध्यक्ष के पद पर नियुक्ति
अगस्त 18, 1945 — फारमोसा के युद्ध में मृत्यु

विदेश मंत्रालय द्वारा अधिकृत और प्रमाणित

हस्ताक्षर—यासूतेरु आसाहीना
विदेश मंत्रालय सचिव पुरालेख विभाग

इस दस्तावेज़ की जांच करने पर आवेदन-पत्र में कई असाधारण असंगतियां और अस्पष्टता पाई जाती हैं।

(1) जिस दस्तावेज़ को सैनिक रेकॉर्ड कहा गया है वह ले० जनरल शिडेई के मरणोपरांत पदोन्नति के लिए आवेदन के अतिरिक्त और कुछ नहीं है।

(2) आवेदन-पत्र की तारीख 4 अगस्त, 1947 है जिसमें जनरल के सैनिक सेवाकार्य का कोई रेकॉर्ड नहीं है। लेकिन ऐसा नोट आवेदन से अलग, 4 जून, 1956 को संलग्न किया, वह भी रक्षा मंत्रालय द्वारा नहीं, बल्कि विदेश मंत्रालय द्वारा।

(3) इस रेकॉर्ड में भी यही लिखा गया है कि जनरल शिडेई का अंतिम पद जापान में बर्मी सेना के प्रधान का था। क्वानतांग सेना में नियुक्ति के बारे में कोई उल्लेख नहीं है।

(4) इन दोनों आवेदनों में मृत्यु का कारण युद्ध बताया गया है। लेकिन 15

अगस्त, 1945 के बाद सारे क्षेत्रों में युद्ध बंद हो गया था। केवल मंचूरिया के क्षेत्र में जापान और रूस के बीच लड़ाई चल रही थी।

(5) यदि जनरल शिडेई की वास्तव में तैहोकू में मृत्यु हो गई होती तो आवेदन दक्षिणी कमान के प्रधान के कार्यालय या फारमोसा कमान के प्रधान के कार्यालय से आता। लेकिन वह आया कोरिया और मंचूरिया प्रभाग से। इससे यह स्पष्ट है कि जनरल शिडेई की युद्ध में मृत्यु उस क्षेत्र में हुई जो जापानी सेना के कोरिया-मंचूरिया विभाग के अधीन था।

(6) यदि शिडेई की मृत्यु तैहोकू के हवाई अड्डे पर हुई थी तो आवेदन-पत्र के साथ फारमोसा कमान का प्रमाण-पत्र, नोनमोन अस्पताल द्वारा जारी किया गया मृत्यु का प्रमाण-पत्र, और दाह का अनुमति-पत्र आदि दस्तावेज़ साथ संलग्न होते, क्योकि इन दस्तावेज़ों के बिना जापान सरकार किसी भी आवेदन-पत्र पर विचार नहीं कर सकती थी। एक मामूली सैनिक के लिए भी इन दस्तावेज़ों का होना आवश्यक समझा जाता था।

(7) आवेदन-पत्र में मृत्यु का जो कारण बताया गया था वह अस्पष्ट था, इससे लगता है कि तथ्यों को छिपाने की कोशिश की गई थी।

(8) आवेदन-पत्र यही संकेत करते हैं कि शिडेई मंचूरिया की युद्धभूमि में पहुंच गए थे, और वहां कमान ग्रहण करने के बाद ही उनकी मृत्यु हुई।

(9) आवेदन-पत्र किसने दिया यह स्पष्ट नहीं है। उनकी विधवा ने, पुत्र ने, पुत्री ने या कोरिया-मंचूरिया विभाग के प्रधान ने?

(10) यद्यपि आवेदकों का नाम नहीं दिया गया था, फिर भी उसपर विचार किया गया ओर दो वर्ष बाद उसे बिना कारण बताए अस्वीकार कर दिया गया।

यह सोचना भी हास्यास्पद है कि जापान के पुरालेख विभाग में जनरल शिडेई जैसे उच्च पदस्थ सैनिक अधिकारी के सेवाकाल के बारे में कोई रेकॉर्ड नहीं होगा। पर जापानी सरकार ने प्रस्तुत भी किया तो उनके मरणोपरांत दिया गया आवेदन-पत्र। और कुछ नहीं! स्पष्ट है कि जापानी सरकार यह नहीं प्रकट करना चाहती थी कि वह वास्तव में युद्ध में मारे गए या युद्ध के समाप्त होने के बाद संसार त्यागकर बौद्ध भिक्षु बन गए। इस सत्य को जानने के लिए उनकी पत्नी या पुत्र-पुत्री की गवाही लेनी चाहिए थी। लेकिन न शाहनवाज़ समिति ने यह किया, न खोसला आयोग ने। शिडेई की मृत्यु की सच्चाई का पता लगने पर नेताजी की कथित मृत्यु का भी रहस्योद्घाटन हो सकता था।

राष्ट्रीय समिति के श्री गोविन्द मुखोटी ने इन आवेदन-पत्रों को नकली बताया था। श्री खोसला ने भी इसे स्वीकार किया था। लेकिन बाद में इसी नकली दस्ता-वेज़ को उन्होंने नेताजी की मृत्यु के प्रमाण के रूप में स्वीकार किया। उन्होंने अपनी रिपोर्ट में लिखा, "इस दस्तावेज़ में जनरल शिडेई की मृत्यु की तारीख 18

अगस्त, 1945 बताई गई है और मृत्यु का स्थान तैहोकू एयरपोर्ट। यह दस्तावेज़ दुर्घटना की और उसमें हुई जनरल शिर्डई की मृत्यु की पुष्टि करता है।" नाकामुरा के साक्ष्य के अतिरिक्त जापानी सरकार और कोई प्रमाण प्रस्तुत नहीं कर सकी। इसके विपरीत जापान के रक्षा विभाग कोरिया-मंचूरिया प्रभाग द्वारा दिए गए आवेदन-पत्रों में शिडेई की मृत्यु युद्ध में हुई बताई गई थी। सैनिक रेकॉर्ड से यह स्थापित होता है कि जनरल शिडेई मंचूरिया पहुंच गए थे। यदि तैहोकू में उनकी कथित मृत्यु की बात सही नहीं है, तो नेताजी की मृत्यु की खबर कैसे सच हो सकती है?

क्या वह तूरेन में अलग हो गए थे?

संभव है जनरल शिडेई और नेताजी तूरेन से अन्य यात्रियों से अलग हो गए हों, और तैहोकू जाने वाले विमान में बैठे ही न हों। इस धारणा के समर्थन में ये तथ्य हैं : (1) साइगोन से उनके साथ चलने वाले यात्रियों में कोई यह नहीं बता सका कि तूरेन में उन्होंने रात कहां बताई थी; (2) जापानी सैनिक विभाग के कोरिया-मंचूरिया विभाग द्वारा जनरल शिडेई के सैनिक रेकॉर्ड को प्रमाणित करना, (3) तैहोकू में उनकी मृत्यु और दाह के प्रमाण का अभाव, और (4) खोसला आयोग की वहां उपस्थिति के समय तैहोकू एयरपोर्ट के निरीक्षण की रिपोर्ट, जो 18 अगस्त, 1945 को दुर्घटना की बात का पूरी तरह से खंडन करती है।

1956 में शाहनवाज़ समिति तूरेन गई। वहां उन्होंने उन सारे होटलों में, जो युद्धकाल से वहां थे, पूछताछ की। कोई भी नहीं बता सका कि शिडेई और नेताजी कहां ठहरे थे। कनाडा के पत्रकार अल्फ्रेड वाग ने पं० नेहरू को बताया था कि विमान-दुर्घटना के समाचार के बाद वह नेताजी से साइगोन के निकट मिले थे। दालात के बिशप ने भी इसका समर्थन किया।

इन सब साक्ष्यों से यही लगता है कि 17 अगस्त, 1945 की रात को तूरेन में, नेताजी और शिडेई अन्य यात्रियों से अलग हो गए थे, और दालात चले गए थे। संभव है कि सड़क के रास्ते दालात पहुंचने के बाद दोनों अलग विमान से दैरेन चले गए हों। 18 अगस्त को साइगोन वाला विमान हबीबुर्रहमान तथा अन्य यात्रियों को लकर तूरेन से तैहोकू के लिए रवाना हो गया हो।

ताइपेई के पुराने तैहोकू एयरपोर्ट के निरीक्षण ने यह साबित कर दिया कि 18 अगस्त को वहां कोई विमान-दुर्घटना नहीं हुई थी।

काल्पनिक विमान-दुर्घटना

अगस्त के महीने में तैहोकू एयरपोर्ट के मौसम की रिपोर्ट का विश्लेषण और उसके इर्द-गिर्द के पहाड़ी इलाके यह साबित कर देते हैं कि 18 अगस्त की विमान-दुर्घटना काल्पनिक थी।

तैहोकू के हवाई अड्डे पर प्रति वर्ष अगस्त-सितम्बर में उत्तर से दक्षिण की ओर हवा बहती है। विमान हमेशा हवा की दिशा के विपरीत उड़ान भरता है। यदि 18 अगस्त, 1945 को कोई विमान तैहोकू हवाई अड्डे से चला होता, और उड़ान भरने के तुरंत बाद ही ध्वस्त हो गया होता, तो दुर्घटना-स्थल निःसन्देह हवाई अड्डे का उत्तरी छोर होता। लेकिन जैसा कि अक्सर साज़िशों में होता है, इस अत्यंत महत्त्वपूर्ण बात की ओर जापानी गवाहों ने ध्यान नहीं दिया। उन सबने और हबीबुर्रहमान ने भी कहा कि दुर्घटना दक्षिणी छोर पर हुई थी। दक्षिणी छोर पर इस प्रकार की दुर्घटना का होना, अगस्त के मौसम की रिपोर्ट के अनुसार, संभव नहीं है। दुर्घटना की कहानी के इस पहलू पर पहले ध्यान नहीं दिया गया।

जापानी गवाहों के बयान ने केवल उस ताइवानी गवाह का समर्थन ही किया, जिसने कहा था कि एक विमान दक्षिणी छोर पर अगस्त 1944 में उतरते समय ध्वस्त हो गया था।

जापान की सरकार द्वारा प्रस्तुत ध्वस्त विमान के तीनों चित्रों में जो पहाड़ियां दिखाई देती हैं उनको वहां के वास्तविक भूदृश्य से मिलाकर देखने पर यह स्पष्ट हो जाता है कि वे तीनों चित्र एक ही ध्वस्त विमान के नहीं हैं। खोसला आयोग को एक ताइवानी गवाह ने बताया था कि 1945 में एक अमेरिकी बी 2 बमवर्षक और दो जापानी लड़ाकू बमवर्षक वहां गिरे थे। संभव है कि उन तीनों ध्वस्त विमानों के चित्रों को ही जापानी सरकार ने 18 अगस्त की कथित दुर्घटना में ग्रस्त विमान के चित्रों के रूप में प्रस्तुत कर दिया हो।

आश्चर्य है कि किसी जांच दल ने इन तथ्यों के प्रकाश में तैहोकू हवाई अड्डे का निरीक्षण नहीं किया। यदि निरीक्षण किया जाता तो यह निर्विवाद रूप से सिद्ध हो जाता कि जो विमान-दुर्घटना वास्तव में 1944 में हुई थी, उसे 1945 में हुई बताया गया, और वे तीनों चित्र 1945 में ध्वस्त तीन विभिन्न विमानों के चित्र थे।

यदि दुर्घटना की कहानी ही काल्पनिक सिद्ध हो जाती है, तो नेताजी और जनरल शिडेई की मृत्यु को सत्य साबित करने के लिए क्या बच रहता है?

नेताजी के कथित शव का चित्र क्यों नहीं है?

नेताजी के शव का फोटो सारी शंकाओं का समाधान कर देता। फिर भी जापानी अधिकारियों ने जानबूझकर इस प्रकार के पक्के प्रमाण जुटाने की कोशिश नहीं की।

शाहनवाज़ समिति ने अपनी रिपोर्ट में लिखा था, "जापानियों ने नेताजी की मृत्यु की खबर को शुरू-शुरू में गुप्त ही नहीं रखा, बल्कि दक्षिण-पूर्व एशिया के भारतीयों को उसका कोई प्रमाण भी नहीं दिया गया। मृत्यु के दो दिन बाद कुछ चित्र लिए गए—एक में हबीबुर्रहमान चौकसी कर रहे हैं, दूसरे में कोई ढकी हुई वस्तु है। इन चित्रों से मृतक की पहचान नहीं की जा सकती। डॉ० योशीमी ने कहा था कि शव का चित्र लेना जापानी प्रथा के प्रतिकूल है। हबीबुर्रहमान ने कहा था कि उन्होंने नेताजी के चेहरे का चित्र नहीं लेने दिया था, क्योंकि वह सूज गया था और विकृत हो गया था। उनकी निजी वस्तुएं भी किसीको नहीं दिखाई गई।"

शाहनवाज़ समिति द्वारा पूछताछ के दौरान हबीबुर्रहमान ने स्वीकार किया कि ताबूत के ढक्कन को हटाने पर नेताजी का चेहरा पहचाना जा सकता था, लेकिन क्योंकि वह विकृत हो गया था, उन्होंने फोटोग्राफर से केवल दो चित्र लेने को कहा—एक, जिसमें चेहरा न दिखाई दे, और दूसरा, ताबूत के पास बैठे हुए अपना चित्र। यदि रहमान उनका चेहरा पहचान सकते थे, तो फिर उसको चित्र क्यों नहीं लेने दिया?

रहमान ने कहा था कि नेताजी के शव के दो चित्र लिए गए थे, लेकिन वे न तो शाहनवाज़ समिति को दिखाए गए न खोसला आयोग को। तीन फोटो दिखाए गए थे—तीन कथित ध्वस्त विमान के, एक किसी ढकी हुई वस्तु का, और तीसरा एक पेटी का जिसमें नेताजी की भस्म रखी बताई गई थी। उसके पास हबीबुर्रहमान बैठे हैं जिनके चेहरे और हाथों पर पट्टियां बंधी हैं। इन चित्रों से न तो विमान-दुर्घटना ही प्रमाणित हुई, न नेताजी की मृत्यु।

इन चित्रों के बारे में श्री खोसला ने लिखा था, "तीन फोटो उस ध्वस्त विमान के थे जिसमें, कहा जाता है कि, बोस ने यात्रा की थी, दूसरे में हबीबुर्रहमान, जिनके चेहरे और हाथों पर पट्टियां बंधी हैं, ताइपेई के अस्पताल की एक कुर्सी पर बैठे हैं, तीसरा, चादर से ढके किसी शरीर का है जिसकी शिनाख्त नहीं की जा सकती···।" उन्होंने आगे कहा, "इन पांच चित्रों पर निर्भर नहीं किया गया है, क्योंकि हबीबुर्रहमान गवाह के रूप में हाज़िर नहीं हुए और इन चित्रों की असलियत का कोई प्रमाण नहीं है···यह मालूम नहीं कि किन परिस्थितियों में ये चित्र लिए गए या किसने लिए, किसको दिए गए, और किस सूत्र द्वारा प्रकाशित

किए गए।" अपनी रिपोर्ट के पृष्ठ 60 पर श्री खोसला ने स्वयं स्वीकार किया है कि "पांचों चित्र जापान की सरकार द्वारा दिए गए थे।"

हबीबुर्रहमान ने शाहनवाज़ समिति को बताया था कि नेताजी शव के दो चित्र लिए गए थे। सी० एस० डी० आई० सी० की टीम को भी उन्होंने यही बताया जिसकी रिपोर्ट को श्री खोसला ने उद्धृत किया, "बी 1269 (हबीबुर्रहमान का सांकेतिक नाम) अपने साथ लकड़ी की पेटी, जिसमें नेताजी की भस्म थी, 21 अगस्त, 1945 को लिए गए दोनों फोटो, ध्वस्त विमान के तीन फोटो और चमड़े की पट्टी वाली आयताकार सोने की घड़ी ले गए। इसका अर्थ यह हुआ कि कुल मिलाकर छः फोटो लिए गए थे और वे जापान की सरकार के पास थे। उससे ये चित्र ले० कर्नल फिगेस को मिले। लेकिन छठा चित्र कहां गया जिसे हबीबुर्रहमान ने ताबूत को अंदर रखा शव का चित्र बताया था?

श्री खोसला ने भी कहा कि नेताजी के शव का चित्र क्यों नहीं लिया गया, इस प्रश्न का उत्तर नहीं मिला। लेकिन सफाई के तौर पर उन्होंने यह भी लिखा कि "जान पड़ता है श्री बोस के चेहरे का चित्र लेने का कोई प्रयोजन न होता, क्योंकि वह इतना ज्यादा जल गए थे कि उनका चेहरा विकृत हो गया था और पहचाना नहीं जा सकता था।"

जापानियों की इस गंभीर भूल को श्री खोसला ने स्वाभाविक बताया। जापानियों का और चित्र लेना तो स्वाभाविक था, लेकिन शव का अनावृत चित्र लेना स्वाभाविक नहीं था। जापान सरकार द्वारा छठे चित्र को प्रस्तुत न करना भी असाधारण नहीं समझा गया। हबीबुर्रहमान के अनुसार छठा चित्र ताबूत के अंदर शव का चित्र था—बिना चेहरे के।

फोटोग्राफ लेने में इतने फुर्तीले जापानियों ने नेताजी के शव का फोटो क्यों नहीं लिया, इसके कारणों का विश्लेषण करते हुए श्री गोविंद मुखोटी ने कहा कि, "जापानियों ने कुछ चित्र तो लिए, लेकिन नेताजी के शव का चित्र नहीं लिया क्योंकि शव था ही नहीं।" शव के चित्र का न होना परोक्ष रूप से इसका प्रमाण है कि विमान-दुर्घटना की कहानी मनगढ़ंत थी।

मृत्यु का नकली प्रमाण-पत्र तथा दाह का अनुमति-पत्र

जापानियों का जब वहां पर कब्ज़ा था तो तैहोकू के एकमात्र दाहगृह में मृत्यु का प्रमाण-पत्र और स्वास्थ्य तथा सफाई विभाग द्वारा दाह का अनुमति-पत्र प्रस्तुत करना अनिवार्य था। यह नियम अब भी है।

1946 में बम्बई के एक पत्रकार हरीन शाह ताइपेई गए। वहां की नगर-

पालिका की सहायता से उन्होंने दो दस्तावेज़ें प्राप्त कीं—डॉ० त्सुरुता द्वारा हस्ताक्षरित मृत्यु का प्रमाण-पत्र और डॉ० योशीमी द्वारा हस्ताक्षरित दाह का अनुमति-पत्र। उन्होंने नेताजी की मृत्यु-संबंधी अपनी रिपोर्ट के साथ ये दस्तावेज़ें भी एस० ए० ऐयर को दीं। श्री ऐयर ने वह अपनी टोकियो रिपोर्ट के साथ संलग्न करके पं० नेहरू को भेज दिया। हरीन शाह ने 1956 में 'गैलेंट एंड ऑफ नेताजी' शीर्षक से एक पुस्तक छपवाई—लगभग उसी समय शाहनवाज़ समिति की नियुक्ति हुई। उन दस्तावेज़ों की फोटोस्टेट प्रतिलिपि अनुवाद सहित यहां प्रस्तुत की जा रही है।

हरीन शाह ने शाहनवाज़ समिति को बताया था कि ये दोनों दस्तावेज़ उन्होंने ताइपेई के म्यूनिसिपल ब्यूरो के निदेशक की सहायता से प्राप्त किए थे। उसको जारी किया था तान चीचू और लिनचिन क्वो नामक क्लर्कों ने जो तारीख 21 अगस्त, 1945 को ड्यूटी पर थे। ब्यूरो का प्रधान जापानी था और इन दोनों क्लर्कों ने किन्हीं जापानी सैनिक अधिकारियों से सुना था कि शव भारतीय नेता सुभाषचंद्र बोस का है। शव के साथ जो लोग थे उनमें उन्होंने किसी भारतीय को नहीं देखा। उन्होंने हरीन शाह से कहा, "आमतौर पर हम शव की जांच करते हैं, लेकिन जापानी अफसरों ने हमें नियमानुसार जांच करने को मना कर दिया था। हमें केवल डॉक्टर की रिपोर्ट दर्ज करके दाह का अनुमति-पत्र दे देना था। हर दाहक्रिया के लिए इस प्रकार का अनुमति-पत्र अनिवार्य था।" हरीन शाह ने शाहनवाज़ समिति को यह भी बताया कि अनुमति-पत्र नेताजी के नाम से नहीं, एक जापानी सैनिक के नाम से दिया गया था, क्योंकि जापानी अफसर नेताजी का नाम गुप्त रखना चाहते थे। जापान की सरकार ने हरीन शाह की इस बात का समर्थन किया।

शाहनवाज़ समिति ने औपचारिक रूप से जापान की सरकार से, और टोकियो में भारतीय दूतावास के प्रथम सचिव, श्री ए० के० दास से नेताजी की मृत्यु का प्रमाण-पत्र और दाह का अनुमति-पत्र समिति के सामने पेश करने को कहा। विदेश मंत्रालय में एशियाई ब्यूरो के जापानी सचिव ने केवल दाह का अनुमति-पत्र ही दिया और श्री दास से कहा कि मृत्यु का प्रमाण-पत्र नहीं मिला। जापान सरकार द्वारा प्रस्तुत किया गया दाह का अनुमति-पत्र ठीक वही है जो हरीन शाह ने दिखाया था।

श्री खोसला ने अपनी रिपोर्ट में लिखा, "शाहनवाज़ समित के आगे दोनों दस्तावेज़ों की फोटोस्टेट कापियां प्रस्तुत की गईं। इनमें से किसींमें भी मृतक का नाम सुभाषचंद्र बोस नहीं दिया गया था। न ही उनमें दी गई मृतक के जन्म की तारीख श्री बोस के जन्म की तारीख है। मृत्यु का कारण हृदय की गति का रुक जाना लिखा था। जब आयोग ताइपेई में था तो श्री समर गुह ने यह पता लगाने

की बहुत कोशिश की कि किसी अस्पताल या दाहगृह में सुभाषचंद्र बोस का नाम तो नहीं दर्ज है, लेकिन वे केवल उन्हीं दोनों दस्तावेज़ों की फोटोस्टेट कापियां पेश कर सके जो शाहनवाज़ समिति को पेश की गई थीं।"

श्री खोसला ने आगे लिखा, "इस संबंध में मैं एक पत्रकार श्री हरीन शाह का हवाला देना चाहूंगा जो अगस्त, 1946 में ताइपेई गए थे।......उन्होंने दोनों दस्तावेज़ें ताइपेई के म्यूनिसिपल ब्यूरो से प्राप्त कीं और 1951 में उन्हें एस० ए० ऐयर को दे दिया। ऐयर ने पं० नेहरू को दी गई अपनी रिपोर्ट में उनका जिक्र किया है। 1956 में हरीन शाह ने 'वर्डिक्ट फ्रॉम फारमोसा : गैलेंट एंड ऑफ नेताजी' शीर्षक पुस्तक प्रकाशित की। हरीन शाह ने लिखा है कि यद्यपि उन दोनों दस्तावेज़ों में नेताजी का नाम नहीं दिया गया है पर वे उन्हीं से संबंध रखते हैं। उसका कारण उन्होंने यह बताया कि जापानी नेताजी की मृत्यु की बात को गुप्त रखना चाहते थे।"

इन असंगतियों को ध्यान में रखते हुए श्री खोसला ने फिर लिखा, "मृत्यु के प्रमाण-पत्र में मृतक का नाम इचिरो ओकुरा दिया गया है—पुरुष, जन्म 9 अप्रैल, 1901। मृत्यु का कारण—हृदय की गति का रुक जाना। 17 अगस्त, 1945 को रोग प्रकट हुआ और 19 अगस्त, 1945 को तीसरे पहर चार बजे मृत्यु हुई। मृतक का पेशा बताया गया है तैहोकू सैनिक मुख्य कार्यालय में अस्थायी सैनिक। दाह का अनुमति-पत्र डॉ० योशीमी द्वारा 21 अगस्त, 1945 को जारी किया गया। दाह का समय दिया गया था 22 अगस्त, सायं 6 बजे।

"स्पष्ट है कि मृतक का नाम या जन्मतिथि बोस से मेल नहीं खाते। किसी भी दस्तावेज़ में मृत्यु का कारण विमान-दुर्घटना में लगी चोटें नहीं बताया गया है।"

श्री खोसला के अनुसार डॉ० योशीमी ने शाहनवाज़ समिति और खोसला आयोग को बताया था कि "18 अगस्त को मैंने एक व्यक्ति की मृत्यु का प्रमाण-पत्र जारी किया था। उसका नाम जापानी में चंद्र बोस लिखा था और लिखा था कि मृत्यु जल जाने के कारण हुई। अस्पताल में रखी एक डायरी में बोस का रेकॉर्ड रखा जाता था। उसमें उनकी मृत्यु भी रेकॉर्ड की गई थी। मुझको नहीं मालूम कि युद्ध के बाद अस्पताल के कागज़ात का क्या हुआ।"

जिरह के दौरान डॉ० योशीमी ने बार-बार कहा कि चंद्र बोस को 39° से० बुखार था और नाड़ी की गति 120 थी। उनको यह भी ठीक-ठीक याद था कि उनको कौन-कौन-सी दवाएं दी थीं। लेकिन अपने ही द्वारा दिए गए मृत्यु के सर्टीफिकेट में उनको चोटों के अलावा और कुछ याद नहीं था, जो उन्होंने नोट किया था।

यद्यपि शाहनवाज़ समिति ने उन दस्तावेज़ों को बहुमूल्य बताया था, श्री

खोसला ने इसके विपरीत लिखा था, "दोनों दस्तावेज़ों का साक्ष्य की दृष्टि से कोई मूल्य नहीं है। वे बोस से नहीं, किसी और व्यक्ति से संबंध रखते हैं।"

श्री गोविंद मुखोटी ने जिरह की कि ये दोनों दस्तावेजें नेताजी की मृत्यु की कहानी को झूठ साबित करती हैं। उनकी दलील का प्रतिवाद करते हुए श्री खोसला ने लिखा था, "जो बात किसी घटना से संबंध ही नहीं रखती, उसका उपयोग उसे झूठ को साबित करने के लिए नहीं किया जा सकता। इस कारण मैं इस दलील को नहीं मानता कि ये दस्तावेजें बोस की मृत्यु की बात को झूठ ठहराती हैं।" श्री खोसला को अधिकार है कि वह शाहनवाज़ समिति की राय को या हरीन शाह के साक्ष्य को अस्वीकार कर दें। लेकिन उस दस्तावेज़ के बारे में क्या कहेंगे जिसे जापान की सरकार ने पेश किया था?

प्रदर्श नं० कॉम०। 5ए के अनुसार, दिनांक 14 जून, 1956 के एक पत्र में, जिसे टोकियो में भारतीय राजदूतावास के श्री ए० के० दास के ज़रिये भेजा गया था, जापान के विदेश मंत्रालय के एशियाई ब्यूरो के सचिव ने लिखा था :

"1. सारी कोशिशों के बावजूद श्री दास के पत्र में उल्लिखित डॉक्टर और पुलिस की रिपोर्ट ताइपेई में नहीं मिल सकी।

"2. दाह का असली अनुमति-पत्र मिल गया। दस्तावेज़ में मृतक का नाम इचिरो ओकुरा लिखा था, क्योंकि श्री सुभाषचंद्र बोस की मृत्यु बहुत गोपनीय रखी गई थी। यह कहा जा सकता है कि यह प्रमाण-पत्र उन्हींसे संबंध रखता है। अतः दाह का उक्त अनुमति-पत्र अंग्रेज़ी अनुवाद सहित संलग्न है।"

यदि श्री खोसला जापान सरकार द्वारा दी गई दस्तावेज़ की ओर ध्यान देते तो नेताजी की मृत्यु की पूरी कहानी ढह जाती। दस्तावेज़ कल्पना की सृष्टि नहीं, बल्कि यथार्थ थी—जापान की सरकारी दस्तावेज़।

जापान सरकार ने नेताजी की मृत्यु को झूठ साबित करने वाली दस्तावेज़ क्यों प्रस्तुत की? शायद वह शाहनवाज़ समिति को संकेत देना चाहती थी, ताकि वे गहरी जांच-पड़ताल करके सत्य का पता लगा लें।

जापान सरकार ने दाह का अनुमति-पत्र ताइपेई के म्युनिसिपल ब्यूरो से प्राप्त किया था। उसी स्रोत से हरीन शाह और राष्ट्रीय समिति ने भी दोनों दस्तावेज़ें प्राप्त की थीं। दाह के अनुमति-पत्र में मृत्यु का प्रमाण-पत्र निहित है, क्योंकि स्पष्ट है कि उसके बिना दाह की अनुमति नहीं दी जा सकती। मृतक के बारे में दोनों में एक-सा ही ब्यौरा है। यदि जापान की सरकार का दाह का अनुमति-पत्र मिल गया तो मृत्यु का प्रमाण-पत्र भी मिल सकता था। लेकिन कठिनाई यह थी कि डॉ० योशीमी ने शाहनवाज़ समिति और खोसला आयोग से बार-बार कहा था कि मृत्यु के प्रमाण-पत्र पर स्वयं उन्होंने हस्ताक्षर किए थे, लेकिन दस्तावेज़ों से ज्ञात होता है कि मृत्यु के प्रमाण-पत्र पर डॉ० त्सुरुता के हस्ताक्षर थे

और दाह के अनुमति-पत्र पर डॉ० योशीमी ने हस्ताक्षर किए थे। यदि मृत्यु का प्रमाण-पत्र वही था जो जापान की सरकार ने प्रस्तुत किया था, तो डॉ० योशीमी, जो पहले कई बार अपने को झूठा साबित कर चुके थे, स्वयं जापान की सरकारी दस्तावेज़ द्वारा निश्चित रूप से असत्यवादी ठहराए जाते।

इचिरो ओकुरा की मृत्यु के प्रमाण-पत्र को नेताजी का क्यों बताया गया? इस रहस्य की चर्चा हम आगे करेंगे।

तीन महत्त्वपूर्ण बातें : मृत्यु तथा दाह का समय और तारीख

यदि नेताजी की मृत्यु वास्तव में तैहोकू के अस्पताल में हुई होती तो गवाहों द्वारा बताए गए समय में इतनी भिन्नता न होती। जापान की सरकारी दस्तावेज़ में मृत्यु की तारीख 19 अगस्त, 1945 और समय तीसरे पहर में 4 बजे दिया गया था।

दाह की तारीख में कोई गलती हो सकती है? गवाहों ने 19 से लेकर 22 अगस्त तक की तारीखें बताईं। हबीबुर्रहमान ने भस्म की पेटी के साथ रखे गए अपने लिखित वक्तव्य में दाह की तारीख 22 अगस्त बताई थी। टोकियो पहुंच-कर उन्होंने श्रीमती सहाय और ऐयर को बताया कि दाह 20 अगस्त को हुआ था। उसके 15 दिन बाद काउंटर इंटेलिजेंस कोर को उन्होंने बताया कि दाह 22 अगस्त को हुआ। लालकिले में पूछताछ के दौरान उन्होंने 20 अगस्त से 23 अगस्त तक की तारीखें बताईं।

डॉ० योशीमी ने कहा था कि "नेताजी के शव को कमरे के एक कोने में पर्दे के पीछे रखा गया था।" रहमान ने कहा था कि "शव को 20 अगस्त को ही वहां से हटा दिया गया था।" नाकामुरा ने कहा कि "शव को 19 अगस्त को हटाया गया।" ताइवानी गवाह ने बताया कि "शव को ताबूत में रखकर कमरे के बीचों-बीच रखा गया और 21 या 22 अगस्त की सुबह उसको वहां से उठाया गया।" दाह करने वाले चू त्सान ने हरीन शाह को बताया था कि "शव को 21 अगस्त, 1945 को दोपहर तीन बजे वहां लाया गया था।"

शाहनवाज़ समिति ने लिखा था, "कर्नल हबीबुर्रहमान, नाकामुरा, नागातोमो और एक बौद्ध भिक्षु निश्चित रूप से दाह के समय उपस्थित थे।"

परन्तु स्वास्थ्य और सफाई ब्यूरो के अधिकारियों ने बताया था कि शव को सुबह लाया गया था और कोई भारतीय उसके साथ नहीं था। ताइवानी संतरी ने बताया था कि शव को जब भट्टी में रखा गया तो न कोई भारतीय वहां मौजूद था न

कोई पुरोहित। भट्ठी को जलाने के तुरंत बाद ही सब लोग वहां से चले गए थे। 24 अगस्त के अपने वक्तव्य में हबीबुर्रहमान ने लिखा था, "21 अगस्त, 1945 को एक वरिष्ठ जापानी अधिकारी का सुझाव था कि दाह तैहोकू में किया जाए···और सैनिक अधिकारियों की व्यवस्था में 22 अगस्त, 1945 को दाहकर्म तैहोकू में किया गया। 23 अगस्त, 1945 को भस्म इकट्ठी की गई।" परन्तु 29 सितम्बर, 1945 को उन्होंने काउंटर इंटेलिजेंस कोर को बताया, "22 अगस्त, 1945 को नाकामुरा और मेजर नागातोमो ने भस्म उठाई थी।" उन्होंने न तो ऐयर को यह बताया न काउंटर इंटेलिजेंस कोर को कि दाह के समय वह मौजूद थे या भस्म को इकट्ठा करने वह भी गए थे। लेकिन 1956 में शाहनवाज़ समिति को उन्होंने बताया कि दाह के समय वह उपस्थित थे और अगले दिन भस्म इकट्ठी करने गए थे।

शिडेई के दाह के बारे में किसीने एक शब्द भी नहीं कहा। जनरल इसामाया और जनरल आंडो को उसके बारे में कुछ भी नहीं मालूम था। कैप्टन की श्रेणी के एक सैनिक नाकामुरा ने कहा कि उसने शिडेई का दाह-कर्म किया था। उनका किसी प्रकार का सैनिक सम्मान नहीं किया गया। क्वानतांग सेना के मनोनीत सेनाध्यक्ष के दाह में कोई वरिष्ठ सैनिक अधिकारी शामिल नहीं हुआ। इसी प्रकार नेताजी के अंतिम संस्कार के समय भी किसी प्रकार का सम्मान नहीं किया गया, और मेजर नागातोमो और एक दुभाषिया नाकामुरा के अतिरिक्त न कोई वरिष्ठ अधिकारी वहां आया। डॉ० योशीमी भी नहीं आए, जिन्होंने शाहनवाज़ समिति को बताया कि वह नेताजी की मृत्यु पर रो पड़े थे। वे चार जापानी गवाह नोनोगाकी, कुनो, साकाई और ताकाहाशी भी, जिन्होंने कहानी के हर दृश्य में उपस्थित होने का दावा किया था, बोस की कथित मृत्यु के बाद अचानक अदृश्य हो गए।

फारमोसा की सेना के कमान के असाधारण व्यवहार की शाहनवाज़ समिति ने गहराई से जांच तो नहीं की, पर वह उससे स्पष्ट रूप से अप्रसन्न थी। "स्पष्ट है कि स्थानीय सैनिक कमान ने नेताजी के शव में कोई विशेष दिलचस्पी नहीं ली।···जनरल इसामाया का कहना है कि, मैंने बोस की भस्म की व्यवस्था करने का काम अपने स्टाफ अफसर को सौंप दिया था। उससे कोई रिपोर्ट न मिलने पर मैंने यही अनुमान लगाया कि सब-कुछ ठीक-ठाक हो गया होगा।" जनरल शिडेई का शव भी दाह के लिए एक कैप्टन को सौंप दिया गया था। किसने उसको यह काम सौंपा था, यह कोई नहीं जानता।

फारमोसा के सैनिक कमान का अपने कर्त्तव्य की इस प्रकार अवहेलना करना श्री खोसला को विचित्र नहीं लगा। उन्होंने अपनी रिपोर्ट में बस इतना ही लिखा, "इस दलील में कोई बल नहीं है कि शव के फोटो नहीं लिए गए, इस कारण बोस की मृत्यु नहीं हुई, और दाह नही हुआ। न ही मुझको इस दलील में कोई तर्क नज़र आता है कि फूलों का न होना मृत्यु की सारी कहानी को झुठला देता है।

उन परिस्थितियों में ये भूलें बिल्कुल स्वाभाविक जान पड़ती हैं। बल्कि मैं औपचारिक रूप से किए गए दाह की कहानी पर अविश्वास करता।"

अब बताया जा सकता है

अब कहा जा सकता है कि तैहोकू में नेताजी की मृत्यु की कहानी असंख्य रहस्यपूर्ण प्रश्नों से क्यों भरी पड़ी थी? कहानी के साथ ऐसे उलझन में डाल देने वाले प्रश्नों की शृंखला जुड़ी है। 18 अगस्त, 1945 को तैहोकू के हवाई अड्डे पर जनरल इसामाया और जनरल आंडो ने नेताजी और जनरल शिडेई की अगवानी करने की औपचारिकता क्यों नहीं बरती? जनरल शिडेई की कथित मृत्यु के बाद फारमोसा के वरिष्ठ सैनिक अधिकारी घटना-स्थल पर तुरन्त क्यों नहीं पहुंचे? एयरपोर्ट के सुरक्षा प्रहरी, मात्र एक कैप्टन ने क्यों यह दावा किया कि उसने शिडेई का दाह-कर्म किया, जब कि फारमोसा का सैनिक मुख्य कार्यालय इस विषय में कोई भी सूचना नहीं दे सका? विभिन्न जापानी गवाहों ने विमान के तैहोकू पहुंचने का समय अलग-अलग क्यों बताया? हबीबुर्रहमान ने यह क्यों कहा कि नेताजी के शरीर का केवल ऊपरी भाग जला था, माथे पर चार इंच लम्बा घाव था, उनकी पतलून को आंच नहीं पहुंची थी, जब कि अन्य जापानी गवाहों ने कहा था कि नेताजी के माथे पर कोई चोट नहीं थी, लेकिन उनका सारा शरीर बुरी तरह जल गया था, और वह बिल्कुल नग्न अवस्था में अस्पताल लाए गए थे? मृत्यु का समय गवाहों ने अलग-अलग क्यों बताया? मृत्यु की तारीख 18 या 16 अगस्त क्यों बताई गई? शव को ताबूत में प्रदर्शन के लिए कमरे के बीचोंबीच रखकर उसपर बड़े अक्षरों में 'चंद्र बोस' क्यों लिखा गया? कथित शव के फोटो क्यों नहीं लिए गए? हबीबुर्रहमान ने क्यों कहा था कि चेहरे को छोड़कर शेष शरीर का फोटो लिया गया था? वह फोटो जांच समिति और आयोग को क्यों नहीं दिखाया गया? जापानी अधिकारियों ने शव को न देखने की सख्त हिदायत क्यों की थी? दाह के पहले सैनिक सम्मान क्यों नहीं किया गया? हबीबुर्रहमान ने अपने 24 अगस्त के लिखित वक्तव्य में दाह की तारीख 22 अगस्त बताई थी। फिर बदलकर 20 अगस्त क्यों कर दी? विभिन्न जापानी गवाहों ने दाह की तारीख 19 से लेकर 22 अगस्त तक बताई। क्यों? इस प्रकार के अनेक प्रश्न हैं।

आंग्ल-अमेरिकी जांच दल इन प्रश्नों के संतोषजनक उत्तर नहीं पा सके। तैहोकू की घटनाओं के बारे में उनकी जांच किसी निष्कर्ष पर नहीं पहुंच सकी। मृत्यु का प्रमाण-पत्र और दाह का अनुमति-पत्र भी उलझन में डालने वाले थे, विशेषकर इसलिए कि दाह की अनुमति इचिरो ओकुरा नामक किसी जापानी के

नाम से दी गई थी, और जापान की सरकार ने साफ-साफ कहा था कि उसका संबंध सुभाषचंद्र बोस से होना चाहिए।

दाह का अनुमति-पत्र इस तमाम पहेली को सुलझाने की कुंजी था। इस पहेली को सुलझाने के लिए नेताजी की सुरक्षा के लिए जापान द्वारा तैयार की गई योजना को समझना ज़रूरी है।

इस योजना के मुख्य शिल्पी थे जनरल इसोडा और कर्नल टाडा। उनके विभिन्न बयानों के आधार पर यह निश्चित रूप से कहा जा सकता है कि जापान की सरकार ने नेताजी की सहमति से यह निर्णय किया था कि ले० जनरल शिडेई के साथ नेताज़ी को विमान द्वारा दैरेन पहुंचा दिया जाएगा। तब जनरल शिडेई उन्हें रूस की सीमा के अंदर पहुंचाने की व्यवस्था करेंगे। नेताजी के अपनी मंज़िल तक पहुंच जाने के बाद जापान की सरकार तैहोकू में विमान दुर्घटना की और उसमें हुई नेताजी की मृत्यु की खबर उड़ा देगी। इस समाचार को फैलाने में इतना समय लगाया जाएगा जिसमें नेताजी सुरक्षित रूप से अपने गंतव्य स्थान तक पहुंच जाएं। इसी योजना के अनुसार, हालांकि 18 अगस्त को कथित वायुयान-दुर्घटना हुई थी, परन्तु टोकियो रेडियो ने इस सूचना को पांच दिन बाद 23 अगस्त, 1945 को प्रसारित किया।

मूल योजना तैहोकू में बनी थी। 19 अगस्त को तीसरे पहर चार बजे नोन-मोन अस्पताल में इचिरो ओकुरा नामक एक जापानी सैनिक मर गया। नेताजी की मृत्यु की कहानी को अधिक से अधिक विश्वसनीय बनाने के लिए इस संयोग का फायदा उठाया गया। इचिरो ओकुरा के शव को एक ताबूत में रखकर अस्पताल के एक कमरे में अन्य रोगियों के बीचोंबीच रख दिया गया। उसपर बड़े-बड़े जापानी 'काटा-काना' अक्षरों में 'चंद्र बोस' लिख दिया गया। इचिरो ओकुरा के शव के दो फोटो लिए गए, एक कम्बल से ढका हुआ, दूसरा कम्बल के बिना—चेहरे को छोड़कर बाकी शरीर का। मृतक को पहचाना न जा सके इसलिए चेहरे का फोटो नहीं लिया गया। म्यूनिसिपल ब्यूरो से दाह की अनुमति मांगने पर भी शव को नहीं दिखाया गया। पुलिस के जो सिपाही ताबूत को उठाए थे उनको भी मना कर दिया गया था कि शव को देखने की कोशिश न करें। इचिरो ओकुरा के शव का दाह करते हुए ऐसा दिखाया गया कि मानो 'चंद्र बोस' के शव का ही दाह किया गया हो। एक असाधारण काम यह किया गया कि पूरे ताबूत को ही भट्टी में डाल दिया गया ताकि पुलिस के सिपाही शव को देख न सकें कि किसका शव जलाया गया है। इचिरो का दाह 22 अगस्त, 1945 को हुआ था। इस तरह उसके शव को चंद्र बोस का शव बताकर अस्पताल से दाहगृह में भेज दिया गया। यदि हम इचिरो ओकुरा की मृत्यु और उसके दाह के चित्र को अपने सामने रखें तो नेताजी की मृत्यु की रहस्य-मय पहेली बहुत हद तक सुलझाई जा सकती है।

दाह के अनुमति-पत्र की सरकारी प्रमाणित प्रतिलिपि

कॉम/5 ए

दि गाइमूशो 24 जून, 1956

प्रिय श्री दर,

आपके पत्र दिनांक 30 मई, 1956, क्रम संख्या एफ 5 (1) एन जी ओ-1 और अपने पत्र दिनांक 14 जून, 1956 के संदर्भ में, मैं आपको सूचित करना चाहता हूं कि हमारे प्रश्न के बारे में ताईपेई में जापान के राजदूत श्री होरीउची से निम्नलिखित उत्तर प्राप्त हुआ है :

1. श्री दर के पत्र में उल्लिखित डॉक्टर तथा पुलिस की रिपोर्टें नहीं मिलीं।
2. ताइपेई के म्यूनिसिपल कार्यालय के स्वास्थ्य और सफाई विभाग से दाह के अनुमति-पत्र की प्रमाणित प्रतिलिपि प्राप्त हुई, जिसमें मृतक का नाम इचिरो ओकुरा और आवेदक का नाम तानेयोशी योशीमी दिया गया है। क्योंकि श्री सुभाषचंद्र बोस की मृत्यु की बात उस समय अत्यंत गोपनीय रखी गई थी, ऐसा विश्वास है कि इचिरो ओकुरा के नाम से दिया गया अनुमति-पत्र वास्तव में बोस के लिए ही था।

मैं दाह के अनुमति-पत्र की प्रतिलिपि और इसका अंग्रेज़ी अनुवाद संलग्न कर रहा हूं।

भवदीय
हीसाजी हतोरी
चौथे विभाग के प्रधान
एशियाई मामले का ब्यूरो
विदेश मंत्रालय

श्री ए० के० दर
प्रथम सचिव
भारतीय राजदूतावास
टोकियो

पहले हम ले० जनरल इसोडा के आचरण पर विचार करें। उन्हें सितम्बर, 1945 के पहले सप्ताह में गिरफ्तार किया गया था और ब्रिटिश गुप्तचर विभाग ने उनसे कठोर पूछताछ की। सितम्बर के दूसरे सप्ताह में भी वह अपनी बात पर अड़े रहे कि नेताजी के शव को टोकियो ले जाया गया और वहीं 20 अगस्त को उनका दाह किया गया। साइगोन और टोकियो के बीच, अगस्त के अंत तक, संचार के साधन खत्म हो गए थे। इस कारण उनको इचिरो ओकुरा की मृत्यु का फायदा उठाने की योजना के बारे में मालूम नहीं था। साइगोन के मुख्य कार्यालय को उनके लिए चार सिगनल भेजे गए। मूल योजना के अनुसार ये सिगनल हिकारी

परिशिष्ट 'डी'

मुहर

कॉम/5 (बी) 25-9-73

सं०	रोग का नाम	मृत्यु की तारीख अनुमति की तारीख दाह की तारीख	पेशा	स्त्री या पुरुष?	पता	मृतक का नाम	जन्म की तारीख	आवेदक का पता	नाम
2640									
2641	हृदय की गति रुक जाना	अगस्त 19, 1945 अगस्त 21, 1945 अगस्त 22, 1945	सेना का अस्थायी कर्मचारी	पुरुष	नं० 1, 2-चोमे, दोगेनज़ाका, शिबूया-कू, टोकियो, नं०-2, 3-चोमे नोगी-माची, ताइपेई	इचिरो ओकुरा	9 अप्रैल 1900	यूनिट नं० 21123	तानेयोशी योशीमी
2642	दफनाने और दाह का स्थान म्यूनिसिपल दाहगृह				विदेश मंत्रालय द्वारा अधिकृत				
2643					हस्ताक्षर				
2644					यासुतेरु आसाहीना सचिव, विदेश मंत्रालय (पुरालेख विभाग)				

प्रमाणित किया जाता है कि दाह के अनुमति-पत्र का यह संक्षिप्तीकरण सत्य है।

जुलाई 14, 1956;
स्वास्थ्य और सफाई ब्यूरो,
ताइपेई म्यूनिसिपल ऑफिस (मुहर)

कीकान के कार्यालय को भेजे गए, वर्ना 27 अगस्त को साइगोन बैंगकाक से हबीबुर्रहमान के बारे में क्यों पूछता? तब तक साइगॉन के तैहोकू के साथ सारे सम्पर्क टूट चुके थे, और केवल टोकियो ही हबीबुर्रहमान के बारे में आवश्यक सूचना प्राप्त कर सकता था। चारों सिगनल ब्रिटिश अधिकारियों को उलझन में डालने के लिए भेजे गए थे ताकि नेताजी को मंज़िल तक पहुंच जाने का समय मिल जाए। इन चार सिगनलों ने ब्रिटिश दल को ऐसी उलझन में डाल दिया कि वह सितम्बर के उत्तरार्ध में ही तैहोकू पहुंच सका। इसोडा को तैहोकू की नई योजना के बारे में कुछ नहीं मालूम था, इस कारण वह मूल योजना के अनुसार ब्रिटिश दल को भ्रम में डालने की कोशिश करते रहे।

दूसरे, इचिरो ओकुरा के दाह-पत्र से यह तो स्पष्ट था कि उसका दाह 22 अगस्त को तीसरे पहर तीन बजे हुआ था। हबीबुर्रहमान ने भी अपने लिखित वक्तव्य में नेताजी के शव के दाह की यही तारीख बताई थी। इंटेलिजेंस ब्यूरो की प्रेस विज्ञप्ति में यह विशेष रूप से क्यों कहा गया था कि मसौदा 22 अगस्त को दोपहर दो बजे तैयार किया गया? क्योंकि तब तक यह उनको पता चल गया था कि इचिरो ओकुरा का शव दाहगृह पहुंचा दिया गया। लेकिन इन सबसे हबीबुर्रहमान को बड़ी परेशानी हुई। 7 सितम्बर को टोकियो पहुंचने पर उनको पता चला कि टोकियो के मुख्य कार्यालय ने मूल योजना नहीं बदली थी जिसमें नेताजी के दाह की तारीख 20 अगस्त निश्चित की गई थी। इस कारण उन्होंने भी जल्दी से तारीख बदल दी और श्रीमती सहाय तथा श्री ऐयर से कह दिया क़ि दाह 20 अगस्त को हुआ था। लेकिन कुछ ही दिनों बाद फिगेस को उन्होंने 21 अगस्त बताया। उनके लिए तारीख को नया तालमेल बिठाना कठिन हो गया था। उन्होंने अपना 24 अगस्त का लिखित वक्तव्य न ऐयर को दिखाया न फिगेस को। वह उनके हाथ से निकल गया था, इस कारण वह दाह की तारीख बदलना या तो भूल गए या उनको मौका नहीं मिला।

तीसरे, जापानी गवाहों ने नेताजी के कथित शव के दाह की तारीख के मामले में बहुत गड़बड़ कर दी। वे जानते थे कि ओकुरा का दाह 22 अगस्त को हुआ था, लेकिन क्योंकि टोकियो के मुख्य कार्यालय ने नेताजी के शव के दाह की तारीख 20 अगस्त निश्चित कर दी थी, उनको जिरह के दौरान अपनी बात पर अड़े रहना कठिन हो गया और उन्होंने कह दिया कि दाह 19 और 22 अगस्त के बीच कभी हुआ होगा।

चौथे, हबीबुर्रहमान फोटो के बारे में अपने बयान में गड़बड़ा गए। यह माना जा सकता है कि जापान की सरकार ने सोचा होगा कि यदि चेहरा विहीन फोटो भी फिगेस समिति के सामने पेश किया गया, तो भी यह पता लगाना कठिन न होगा कि फोटो वास्तव में ऊंचे कद वाले नेताजी का नहीं बल्कि

नाटेजापानी का है। यद्यपिइ स उलझन से बचने के लिए हबीबुर्रहमान ने फिगेस से कह दिया था कि दो फोटो लिए गए थे, जापान की सरकार ने केवल एक ही चित्र दिखाया।

पांचवें; जनरल शिडेई और नेताजी की अगवानी करने के लिए फारमोसा कमान का कोई वरिष्ठ अधिकारी क्यों नहीं गया? किसीने शिडेई के शव के बारे में क्यों नहीं पूछा, नेताजी को देखने कोई अस्पताल क्यों नहीं गया? इसका एक ही उत्तर है—क्योंकि वे सब जानते थे कि नेताजी या शिडेई तैहोकू पहुंचे ही नहीं। और जो व्यक्ति नोनमोन अस्पताल में मरा था वह चंद्र बोस नहीं, इचिरो ओकुरा नामक एक साधारण सैनिक था।

छठे, किसीको शव क्यों नहीं देखने दिया गया; शव को ताबूत के बाहर क्यों नहीं निकाला गया; उसे ताबूत सहित भट्ठी में क्यों रख दिया गया, और भट्ठी के जलते ही सारे पुलिस के सिपाही वहां से चले क्यों गए? जापानी पुलिस के सिपाहियों के इस विचित्र आचरण का एक ही उत्तर है—शव चंद्र बोस का नहीं, इचिरो ओकुरा का था।

सातवें, सैनिक सम्मान क्यों नहीं दिया गया? जनरल, इसामाया जनरल आंडो या और कोई वरिष्ठ अधिकारी दाह के समय क्यों नहीं था, नागातोमो और नाकामुरा जैसे निम्न श्रेणी के अफसरों को क्यों भेजा गया? इन प्रश्नों का उत्तर भी बहुत आसान है। फारमोसा कमान जानता था कि शव किसका है। यह आशा नहीं की जा सकती थी कि जनरल सारी सैनिक परम्परा को तोड़कर एक साधारण अस्थायी सैनिक के दाहकर्म के समय उपस्थित रहते। यही कारण है कि मृतक का सैनिक सम्मान नहीं किया गया। यदि नेताजी की सचमुच जनरल शिडेई के साथ मृत्यु हो गई होती, तो सैनिक सम्मान न देना संभव न होता। उस समय तैहोकू की स्थिति इतनी अस्त-व्यस्त नहीं थी कि फारमोसा का कमान अपने साधारण कर्त्तव्य की अवहेलना करता।

इन सब कारणों से यह विश्वास और भी दृढ़ हो गया कि नेताजी और जनरल शिडेई तैहोकू पहुंचे ही नहीं। कोई विमान-दुर्घटना नहीं हुई थी इस कारण नेताजी या जनरल शिडेई की मृत्यु होने का प्रश्न ही नहीं उठता था। शायद कथित घटना के ग्यारह वर्ष बाद जापान की सरकार शाहनवाज़ समिति को संकेत देना चाहती थी जिससे वह सच्चाई का पता लगा सके।

सरकारी पुष्टिकरण या जांच क्यों नहीं?

जापान की सरकार ने सरकारी विज्ञप्ति क्यों नहीं जारी की? यदि आत्म-समर्पण के बाद जापानी अधिकारियों ने स्वतंत्र भारत के प्रधान को सार्वजनिक रूप

से मान्यता देना उचित नहीं समझा तो जनरल शिडेई की मृत्यु की पुष्टि क्यों नहीं की? क्वांनतांग सेना के जनरल की मृत्यु को रेकॉर्ड करना एक नियमित कर्त्तव्य था। लेकिन वैसा नहीं किया गया।

जापान की सरकार और उसका सैनिक मुख्य कार्यालय नेताजी और जनरल शिडेई की मृत्यु की खबर की पुष्टि करके उस मामले में फंसना नहीं चाहते थे। लेकिन दोमेई समाचार एजेंसी, टोकियो रेडियो और 'ताइवान शिन पाओ' को, जो उसके नियन्त्रण में थे, समाचार को प्रकाशित करने का आदेश दिया गया। यह निष्कर्ष तर्कसंगत ही होगा कि जापानी अधिकारी भली भांति जानते थे कि तैहोकू में क्या हुआ, वहां कौन मरा था और चंद्र बोस के नाम से किसके शव का दाह किया गया था। इसी कारण उन्होंने न तो समाचार की पुष्टि की और न ही उसका खंडन किया।

फिर, यदि वास्तव में नेताजी और जनरल शिडेई की मृत्यु कथित विमान-दुर्घटना में हुई होती, तो फारमोसा के सैनिक कमान को उसकी पूरी जांच करवानी ही पड़ती। इस बात को जनरल इसामाया ने भी स्वीकार किया था। 1956 में शाहनवाज़ समिति को जापान सरकार ने भी सूचित किया था कि दुर्घटना के कारण का पता लगाने के लिए कोई सरकारी जांच आयोग नहीं बिठाया गया था।

स्पष्ट है कि फारमोसा का कमान जांच नहीं कर सकता था, क्योंकि उसको मालूम था कि नेताजी और शिडेई तैहोकू नहीं पहुंचे थे। यदि साधारण नियमित जांच भी की जाती तो सारी साज़िश का पर्दाफाश हो जाता, और जापान की सरकार के लिए स्थिति संकटपूर्ण हो जाती।

उनकी गीता और चण्डी का क्या हुआ?

जब मे नेताजी जर्मनी से सिंगापुर गए थे, कुंदनसिंह उनका निजी सेवक था। वह लगभग चौबीस घंटे ही घर के किसी न किसी काम में लगा रहता था। वह उनकी सुख-सुविधा का ख्याल रखता, उनको भोजन देने के पहले स्वयं चखकर देखता, कपड़े संभालता और उनके सोने के कमरे, उनके नौकरों आदि की देखभाल करता था। नेताजी दौरे पर जाते तो वह भी उनके साथ जाता। शाहनवाज़ समिति ने नेताजी के इस विश्वस्त सेवक से तैहोकू हवाई अड्डे पर पड़ी मिलीं, जलकर काली हुई कुछ चीजों की शिनाख्त करने को कहा। कुन्दनसिंह ने नेताजी की कुछ निजी वस्तुओं को पहचाना, जैसे सोने का सिगरेट केस, सिगरेट लाइटर, सुपारी की सोने की डिब्बी, तारे की आकृति का एक लॉकेट, कागज़ काटने का चाकू, बेल्ट का बकले इत्यादि। उसने कई सोने की जली हुई वस्तुओं और गहनों को पहचाना जो नेताजी साइगोन छोड़ते समय चमड़े के चार बक्सों में भरकर

अपने साथ ले गए थे। कुन्दनसिंह ने शाहनवाज़ समिति को बताया, "जिन बक्सों में गहने और अन्य मूल्यवान चीजें रखी थीं उनका वजन दो-ढाई मन रहा होगा। जो चीजें मुझको आज दिखाई गई हैं उनका वजन बीस सेर से ज्यादा न होगा।"

नेताजी अपने साथ जो खज़ाना ले जा रहे थे, उसके बारे में कुन्दनसिंह ने कहा, "बैंगकाक पहुंचकर नेताजी ने स्वयं प्रत्येक बक्स खोलकर सामान की जांच की। उस समय मेजर हसन और मैं मौजूद थे। इन चार बक्सों में गहने थे जो आम तौर पर भारतीय स्त्रियां पहना करती हैं—घड़ियों की चेनें, हार, चूड़ियां, अंगूठियां इत्यादि। वे सोने और कीमती नगीनों के थे। कुछ सोने की घड़ियां भी थीं जो अधिकतर स्त्रियों की थीं। मोहरें भी थीं। कुछ चेन थीं, जिनमें गिन्नियां लगी थीं। सोने के तार और छड़ें थीं। सारा सामान चार बक्सों में तरतीब से रखा था। बक्से मुहरबन्द थे।"

खज़ाने का दस प्रतिशत ही क्यों मिला? बाकी कहां गया? सोने की छड़ें और ठोस चीज़ें कहां गईं? क्या इससे यह नहीं पता चलता कि इसके पीछे कोई योजना थी? हबीबुर्रहमान ने, जो तैहोकू से ये चीज़ें उठाकर लाए थे, कभी यह शिकायत नहीं की कि छोटी चीज़ें तो मिल गईं, लेकिन भारी चीज़ें चोरी हो गईं। जली हुई इन वस्तुओं की सूची से जान पड़ता था कि नेताजी खज़ाने की अधिकांश भाग अपने साथ ले गए थे—केवल थोड़ा-सा हिस्सा छोड़ गए थे जिसे कृत्रिम रूप से जलाकर दुर्घटना का प्रमाण जुटाया जा सके। नेताजी की निजी वस्तुओं, जैसे सोने का सिगरेट केस, लाइटर इत्यादि को शाहनवाज़ समिति के सामने प्रस्तुत किया गया। नेताजी सोने के सिगरेट केस को, जिसे हिटलर ने उन्हें भेंट किया था, रूस कैसे ले जा सकते थे? इस कारण उसे नेताजी की निजी, जली हुई वस्तुओं में शामिल कर लिया गया। लाइटर आदि तो उनके पास कई थे जिनमें से कुछ छोड़े जा सकते थे। लेकिन उनकी घड़ी? कुन्दनसिंह ने निश्चयपूर्वक कहा था, "उनके पास एक ही गोल घड़ी थी। अपनी अंतिम यात्रा पर भी वह वही घड़ी पहने हुए थे।" फिर हबीबुर्रहमान ने जले हुए पट्टे वाली, आयताकार घड़ी कैसे पेश की? कुन्दनसिंह ने यह भी बताया कि नेताजी अपने पलंग के पास वाली मेज़ पर एक जेब घड़ी रखा करते थे। उसका क्या हुआ?

नेताजी की निजी वस्तुओं का क्या हुआ, जो उनके लिए बहुत मूल्यवान थीं? कुन्दनसिंह ने कहा था, "नेताजी गीता की एक प्रति, चंडी की एक प्रति और कंठ-माला रखते थे। प्रार्थना के समय उनका उपयोग करते थे। जहां कहीं भी जाते, वे उनके साथ जातीं। जब वे दौरे पर जाते तो वे हमेशा उनके अटैची केस में रखी रहती थीं। जब वह अपनी अंतिम यात्रा पर बैंगकाक से जा रहे थे तो हमेशा की तरह ये चीजें अटैची केस में रखी थीं। दूसरे चमड़े के बक्स में उनके कपड़े रहते थे।"

इन चीज़ों का क्या हुआ? उनके कपड़े क्या हुए? उसका चश्मा कहां गया? क्या वे जलकर राख हो गए थे। फिर कागज़ काटने का चाकू, लॉकेट और बकल इत्यादि कैसे बच गए? कागज़ और चमड़े की कुछ अन्य वस्तुएं भी बच गईं—लेकिन नेताजी के निजी उपयोग की वस्तुओं में से, जो उनके निजी अटैची केस में रखी थीं, एक भी नहीं बच सकी। क्या यह कहानी विश्वास करने योग्य है?

नेताजी का अपना इस संसार में कुछ नहीं था, केवल गीता, चंडी और कंठ-माला को छोड़कर। वे उन्हें कभी नहीं छोड़ सकते थे।

आखिर सत्य प्रकट हुआ

1945-46 में, और अंग्रेज़ों के भारत से चले जाने के बाद भी कुछ वर्षों तक तैहोकू की कथित घटना से संबंधित सूचना बहुत अस्पष्ट, उलझी हुई और अपर्याप्त थी। वे गुमराह करने वाली अधिक और सही रास्ते पर ले जाने वाली कम थीं।

बाद में, जब युद्ध के बाद का राजनैतिक तनाव कम हो गया, कुछ और तथ्य प्रकाश में आए—पहले शाहनवाज़ समिति के आगे, फिर खोसला आयोग के। तथ्यों की जांच और विश्लेषण के बाद एकमात्र निष्कर्ष यही निकलता है कि तैहोकू में विमान-दुर्घटना और उसमें नेताजी की मृत्यु की कहानी काल्पनिक थी।

1941 में नेताजी अंग्रेज़ों के भारत से अकेले ही चले गए थे। महीनों तक पता नहीं चल सका कि वह कैसे गए थे। 1943 में फिर अटलांटिक और हिन्द महासागरों के जलमार्गों की निरन्तर चौकसी करने वाली ब्रिटिश और अमेरिकी नौसेना और वायुसेना की आंखों में धूल झोंककर जर्मनी होते हुए सिंगापुर पहुंच गए। उनकी पनडुब्बी-यात्रा में केवल एक ही साथी था—आबिद हसन। इसमें आश्चर्य नहीं कि बह फिर मृत्यु की कहानी के पर्दे के पीछे अज्ञात में अदृश्य हो गए। उनका क्रान्तिकारी जीवन सदा ही रहस्यों से घिरा रहा। उस रहस्यपूर्ण मार्ग से वह एक और बहुत बड़े रहस्य में डूब गए, जिसका अभी पूरी तरह से पता लगना बाकी है।

अभी तक यह विश्वास कि नेताजी की तैहोकू में मृत्यु नहीं हुई, तथ्यों पर नहीं, परिस्थितियों पर आधारित था। लेकिन अब 'अति गोपनीय' ब्रिटिश दस्तावेज़ों के प्रकाशन के बाद यह कहा जा सकता है कि नेताजी की मृत्यु की कहानी पूर्ण रूप से मनगढंत थी। तीस वर्ष बाद प्रकाशित ब्रिटिश दस्तावेज़ों के तीसरे भाग में (ट्रांसफर आफ पावर—1942-47) यह प्रकट कर दिया गया है कि नई दिल्ली और लंदन में ब्रिटिश अधिकारियों को निश्चित रूप से मालूम था कि बोस भाग गए हैं। वे यह भी जानते थे कि वह कहां गए थे। मानव जाति के इतिहास में इतने बड़े रहस्य का यह सबसे आश्चर्यजनक उद्‌घाटन है। बोस के भाग निकलने

की सूचना मिलने के बाद ब्रिटिश अधिकारियों के लिए यह एक दुश्चिंता का विषय बन गया कि उनके साथ कैसा व्यवहार किया जाए। परिस्थिति का विश्लेषण करने के बाद यह फैसला किया गया कि वह जहां हैं, उन्हें वहीं रहने दिया जाए।

यह फैसला उन्होंने अपने साम्राज्यवादी हित के लिए किया होगा, लेकिन स्वतंत्र भारत की पहली सरकार ने क्या किया? क्या वे नहीं जानते थे कि नेताजी को कहां बंदी बनाकर रखा गया था?

1939 में त्रिपुरी में संकट के समय सुभाष बोस ने नेहरू को अपना बड़ा भाई कहा था। लेकिन उस बड़े भाई ने उनके लिए क्या किया? नेहरू ने भी ब्रिटिश नीति का अनुसरण किया जो भारतीय राष्ट्रीय आंदोलन के सबसे महान नेता के प्रति कपट था। कैसे राष्ट्र हैं हम? भारत सरकार ने उस महान क्रांतिकारी के लिए कुछ नहीं किया, जिसने देश में स्वतंत्रता का नया युग लाने के लिए, अपनी चिंता न कर, सब कुछ त्याग दिया। यदि नेताजी के नेतृत्व में आज़ाद हिन्द फौज ने ब्रिटिश साम्राज्य को हिला न दिया होता तो भारत क्या इतनी जल्दी स्वतंत्र हो जाता?

1945 में कांग्रेस का राजनैतिक भविष्य डांवाडोल था। ऐसे महत्त्वपूर्ण और नाज़ुक समय में नेताजी और उनकी आज़ाद हिन्द फौज ने निष्क्रिय वातावरण में अपने धमाके से हलचल पैदा कर दी। अचानक भारतीय जनता का मानस देशप्रेम से भरकर क्रान्ति के लिए उग्र हो उठा। नेताजी और आज़ाद हिन्द फौज की महिमा ने सारे देश को प्रेरणा से भर दिया। भारतीय सशस्त्र सेनाओं ने भी संघर्ष में जूझती जनता का साथ दिया। 1857 के बाद ऐसी क्रांति देश में कभी नहीं उठी थी। जनता और सेना आज़ादी की लड़ाई में साथ-साथ कदम से कदम मिला रही थीं। हिन्दू, मुसलमान, सिख, ईसाई—सबको इस महान क्रांति ने, स्वतन्त्रता की लड़ाई ने, एक बना दिया था। नेताजी और आज़ाद हिन्द फौज के कारनामों ने उनमें प्रेरणा भर दी थी।

जापान के आत्मसमर्पण के बाद नेताजी ने अपने महत्त्वपूर्ण प्रसारण में भारतीय जनता को आश्वासन दिया था कि युद्ध के बाद देश के अंदर क्रांति होगी। कांग्रेस के नेता जनता की क्रांतिकारी मनःस्थिति को नहीं समझ सके, लेकिन ब्रिटिश अधिकारी नवंबर 1945 से लेकर फरवरी 1946 तक के उसके विप्लववादी महत्त्व को समझ गए थे। पहले ब्रिटिश प्रशासन को निष्क्रिय बना देने के लिए असहयोग आंदोलन हुए, पर सेना ने उसका साथ नहीं छोड़ा था। अंग्रेज़ों के ताज के प्रति भारतीय सेना की निष्ठा में कोई अन्तर नहीं आया था। अंत में नेताजी और आज़ाद हिन्द फौज की दिव्य कथाओं ने इस पारंपरिक निष्ठा को खत्म कर दिया। अब ब्रिटिश के सामने भयंकर स्थिति थी—या तो वे 1857 से भी अधिक बड़े पैमाने पर रक्त की नदियां बहते देखते या राज-पाट छोड़कर जा सकते

थे। उन्होंने दूसरा रास्ता चुना। महात्मा गांधी ने गुलामी की नींद में सोई भारतीय चेतना को जगाया, लेकिन नेताजी ने ब्रिटिश सत्ता की आखिरी चूल को हिला दिया। उनकी क्रांतिकारी प्रेरणा ने भारतीय सेना का दृष्टिकोण बदल दिया। 1946 में ब्रिटिश सत्ता का यह अंतिम दुर्ग ढह गया। यदि आज़ाद हिन्द फौज का भारतीय सेना पर ज़बर्दस्त क्रांतिकारी प्रभाव न पड़ा होता तो अंग्रेज़ कभी भारत न छोड़ते।

भारत की स्वतंत्रता के लिए हमपर नेताजी का उतना ही ऋण है जितना गांधीजी का। गांधीजी ने भारत की आज़ादी की पृष्ठभूमि तैयार की, अंत में नेताजी ने अंग्रेज़ों को राज्य छोड़कर जाने पर बाध्य किया। आज़ादी के बाद जब लार्ड एटली एक साधारण नागरिक की हैसियत से भारत आए तो बंगाल के राज्यपाल ने उनसे पूछा कि युद्ध में विजयी होने के बाद अंग्रेज़ों ने भारत क्यों छोड़ दिया? इंग्लैंड के भूतपूर्व प्रधानमंत्री ने, जो हाउस आफ कॉमन्स में इंडियन इंडिपेंडेंस बिल के कर्णधार थे, उत्तर दिया, "सुभाष बोस के कारण।"

लेकिन भारत के नेता उनके प्रति कितने अकृतज्ञ निकले!

अब राष्ट्र क्या करेगा? 'अति गोपनीय' दस्तावेज़ों के प्रकाशन के बाद जो रहस्योद्घाटन हुआ है, उसके प्रति उनकी क्या प्रतिक्रिया होगी? क्या भारत सरकार अब इस महान राष्ट्रीय नेता से संबंधित रहस्य का पता लगाने के लिए जी-जान से प्रयत्न करेगी? यदि हमने यह नहीं किया तो आगामी पीढ़ियां हमें कभी क्षमा नहीं करेंगी।

•••

अपनी विशेष वेशभूषा में नेताजी

तै होकू में तथाकथित दुर्घटनाग्रस्त विमान के जले हुए टुकड़े

कर्नल हबीबुर्रहमान नेताजी की तथाकथित राख के सामाने बैठे हैं।

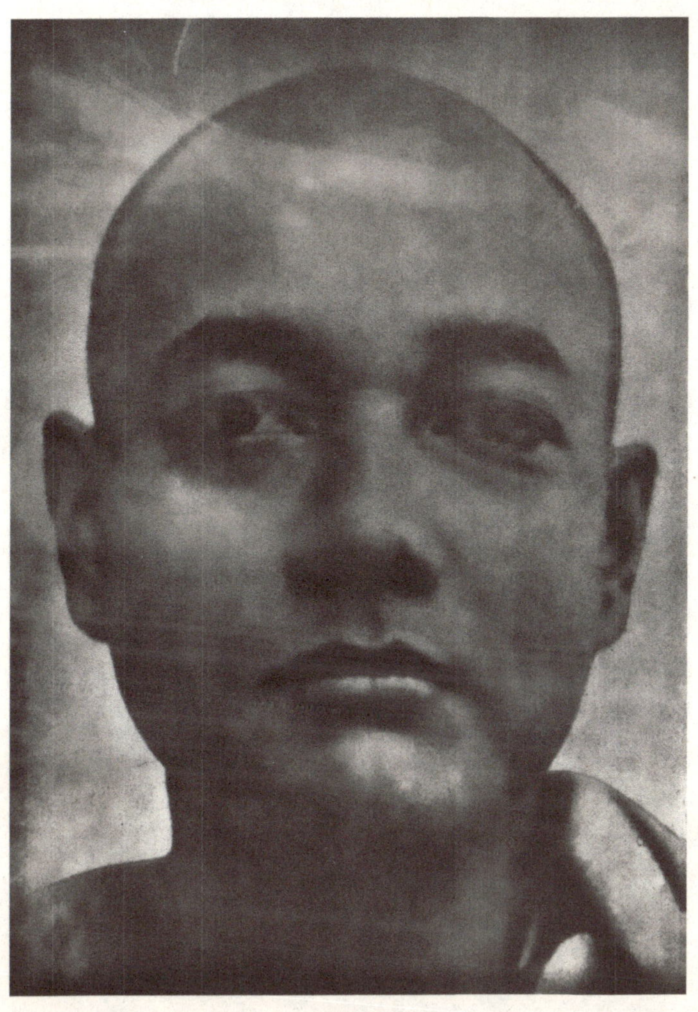

भारत की आज़ादी का अविस्मरणीय नक्षत्र

टोकियो में रेंकोजी मन्दिर

रेंकोजी मन्दिर बाहर से देखने पर ऐसा लगता है।

श्र खोसला एवं लेखक के साथ अन्य सदस्य तथाकथित दुर्घटना-स्थल की जांच करते हुए।

तथाकथित दुर्घटनाग्रस्त विमान के अवशेष

नेताजी की तथाकथित राख—अन्दर के पात्र में।

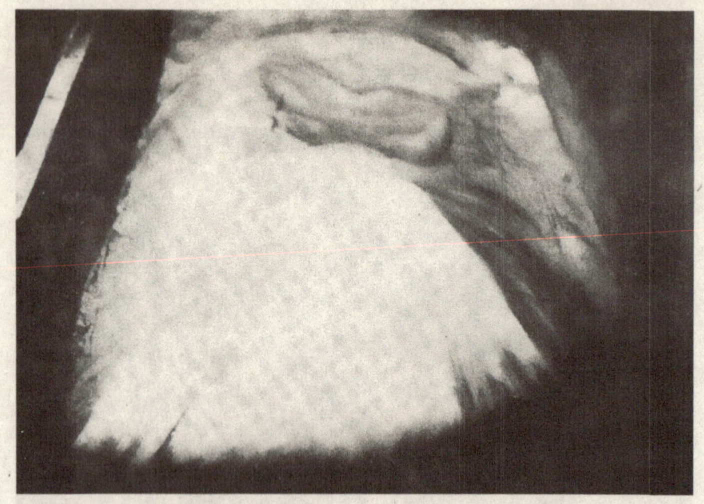

नेताजी का तथाकथित शव एक कपड़े से ढका हुआ।

तैहोकू में तथाकथित हवाई दुर्घटना।